Papel certificado por el Forest Stewardship Council®

FSC
www.fsc.org
MIXTO
Papel | Apoyando la silvicultura responsable
FSC® C117695

Penguin
Random House
Grupo Editorial

Título original: *Hot & Cold*

Primera edición: septiembre de 2024



*Printed in Spain* – Impreso en España

ISBN: 978-84-19746-92-4
Depósito legal: B-11.333-2024

Compuesto en Compaginem Llibres, S. L.
Impreso en Liberdúplex, S. L.
Sant Llorenç d'Hortons (Barcelona)

GT 4 6 9 2 4

LENA KIEFER

# WEST WELL

## CALIENTE Y FRÍO

Traducción de
**Patricia Mora**

montena

*Para Simone,*
*eres mi heroína*

# Playlist

*Westwell Theme* – Technokrates
*I Don't Pray* – AVEC
*Breathe Easy* – Blue
*I Guess I'm in Love* – Clinton Kane
*You Are The Reason* – Duet Version – Calum Scott, Leona Lewis
*Out Of The Woods* – Taylor Swift
*Lost Without You* – Freya Ridings
*Shape of My Heart* – Backstreet Boys
*Warm* – Moncrieff
*Cry On Me* – Ella Henderson, Mikky Ekko
*Half a Heart* – One Direction
*Walk With Me* – Måns Zelmerlöw, Dotter
*Crazy What Love Can Do (Acoustic)* – David Guetta, Becky Hill, Ella Henderson
*Little By Little* – Oasis
*Lay Me Down* – Sam Smith
*Closer* – Kings of Leon
*Brave* – Ella Henderson
*11:11* – Ben Barnes
*Wonderland* – Taylor Swift
*Where It All Begins* – Summer Kennedy

Esos violentos placeres
tienen violentos fines
y en su triunfo mueren:
son como el fuego y la pólvora
que, al ponerse en contacto, se consumen.

William Shakespeare,
*Romeo y Julieta*

# 1
# Helena

—¿Emergencias, dígame? —La voz sonaba tranquila, casi imperturbable. Del todo opuesta a la mía.

—Hola, soy…, soy Helena Weston —conseguí decir. Me temblaban tanto las manos que apenas era capaz de sujetar el móvil—. Necesito urgentemente una ambulancia en el restaurante Emilio's del West Village.

—Tranquilícese, señorita. ¿Qué ha pasado?

—Mi novio… necesita ayuda de inmediato. —De eso estaba segura, a pesar de que no tenía ni idea de lo que había ocurrido. Su voz, el tono de voz, jamás había oído a Jess hablar así.

—Señorita, debe decirme lo que ha pasado; si no, no podré ayudarla.

—¡No sé qué ha sucedido, joder! —repliqué con violencia. Sabía que no estaba siendo justa, pero el miedo se hizo con todos los pensamientos razonables de mi cabeza. La persona al otro lado del teléfono respiró hondo.

—¿Qué ha visto? ¿Está inconsciente, sigue respirando, tiene lesiones graves?

—No estoy a su lado, estábamos hablando por teléfono, ha dicho mi nombre, pero con una voz débil como si…, como si se estuviera muriendo. ¿Puede enviar a alguien? ¡Por favor!

Las lágrimas corrieron por mis mejillas y contemplé la calle desesperada. Estaba delante de la casa de Jess, ¿cómo de lejos quedaba el restaurante que había mencionado?

—De acuerdo, he mandado una ambulancia —respondió finalmente, aunque el alivio me duró apenas unos segundos antes de que volviera a sumirme en el pánico. ¿Qué le había pasado a Jess? ¿Y llegarían los de emergencias a tiempo para salvarlo?

Dije de nuevo el nombre del restaurante y el mío propio antes de colgar y me dispuse a pedir un taxi, pero no había ninguno en absoluto. ¿Cómo era posible que en esta puta ciudad donde había más taxis que habitantes de repente no hubiera ninguno cerca?

Mi maleta seguía a mi lado y, sin perder ni un segundo, la empujé entre un par de arbustos que había a la entrada. En estos momentos me daba lo mismo si alguien me la robaba. Acto seguido, eché a correr en dirección a la séptima con la esperanza de pillar allí algún taxi, pero me topé con el vacío absoluto. Era Nochebuena, probablemente se debiera a eso.

Deprisa abrí la aplicación de mapas del móvil, me equivoqué dos veces al escribir la dirección, porque mis dedos no respondían de los nervios, y maldije en voz baja. Luego busqué el restaurante y pulsé la ruta a pie. Según decía, estaba a un kilómetro y medio y tardaría veinticinco minutos en llegar.

«Más me vale echar a correr».

Empecé a correr y, mientras atravesaba la calle, me imaginé los peores escenarios posibles: alguien lo había atropellado y se había dado a la fuga, alguien le había dado una paliza, alguien le había atacado con una navaja. Lo único que había conseguido decir era mi apodo, con un tono tan terriblemente apagado que parecía que le habían abandonado todas las fuerzas. Y cuando le había pedido, suplicado, gritado que me dijera qué pasaba, no había recibido respuesta alguna. Aunque nunca había escuchado la voz de un moribundo, estaba segura de que sonaba así. Y entonces la conversación finalizó, con un simple tono melódico que me separó de él sin remedio.

Pasé corriendo por delante de un bistró en el que había un par de fumadores, choqué con uno de ellos y mascullé una disculpa. En mi cabeza solo estaba Jess. Los pocos recuerdos que teníamos juntos, la noche en el Bella Ciao, la velada en su casa, la tormenta de nieve en el Randy East. Siempre había tenido miedo de no volverlo a ver, que no me permitieran volver a verlo, pero nunca me había imaginado una posibilidad tan terrorífica como esta.

En plena carrera, eché un vistazo a mi móvil, estaba ya a medio camino. Hacía tiempo que notaba una punzada en los costados, pero no le presté ni la más mínima atención. ¿Llegaría a tiempo? ¿Llegaría la ambulancia a tiempo? Mierda, mierda, mierda. Ya había perdido a una persona que lo significaba todo para mí. No podía pasarme de nuevo.

Se me acercó un grupo de gente que se tambaleaba un poco, la mayoría parecían estar borrachos. Reduje la velocidad y traté de quitarme de su camino, pero no me lo permitieron. Enfadada, aparté a uno de los hombres con más fuerza de la que pretendía, y seguí corriendo.

El tipo seguía insultándome cuando llegué al siguiente cruce. Durante unos cientos de metros, lo único que pude oír fue mi propia respiración y el ruido de los pocos coches que pasaban a mi lado. No me atreví a parar a ninguno. Como neoyorquina que era, sabía que nadie se detendría por mí. Lo más probable era que, si lo intentaba, acabarían llamando a la policía, y no podía arriesgarme. Así que corrí, corrí tan rápido como pude. Porque tenía la esperanza de encontrar a Jess a tiempo.

Los metros se estiraron lentamente delante de mí, y mi cuerpo empezó a avisarme de que estaba al límite. Aun así, no bajé el ritmo. Y si al final me derrumbaba, al menos habría llegado hasta Jess. Tenía que hacerlo.

Estaba empapada de sudor bajo el abrigo cuando por fin vi el letrero del restaurante al final de la calle. Sin embargo, mi mirada se desvió con rapidez, ya que en la esquina de un callejón vi luces parpadeantes y un corrillo de gente. Detuve mis pasos al instante, petrificada, mientras contemplaba aquel escenario que solo había visto en las películas. ¿Y si era como en las series de policía? ¿Y si estaba muerto?

Una parte de mí quiso echar a correr, otra quería quedarse tal como estaba. Los recuerdos de la mañana en que murió Valerie inundaron mi mente, cada uno de ellos como un golpe doloroso que me dejó paralizada.

No, por favor. No, por favor. No, por favor.

—No, por favor. —La voz sonó extraña en mis oídos, sin aliento y suplicante. Entonces, me libré de mi parálisis y me puse en movimiento.

Estaba a punto de cruzar la calle cuando oí un aullido ensordecedor y una ambulancia pasó a mi lado a toda velocidad, en dirección al norte. Nada más verla, lo supe. No tenía ni idea de por qué, pero sabía que Jess iba dentro. Ya se lo habían llevado. Yo había sido demasiado lenta.

Dejé escapar un lamento, a medio camino entre un grito y un sollozo, y sentí que mis rodillas estaban a punto de ceder, pero las obligué a seguir funcionando. Ahora no podía derrumbarme. Jess me necesitaba. Tenía que recomponerme y preguntar qué había pasado, a pesar de que jamás había tenido tanto miedo de oír una respuesta.

—¿Qué ha ocurrido? —pregunté al azar a un par de personas que estaban detrás de la cinta policial.

—Han disparado a alguien —respondió una señora de mediana edad, con la chaqueta de punto cruzada delante del pecho—. Un asunto de lo más desagradable. Con lo tranquilo que es este barrio.

—¿Dis… disparado? —repetí atonal, aturdida y, sobre todo, impotente. A Jess lo habían disparado. Disparado. La palabra me daba vueltas por la cabeza sin que le encontrara el sentido.

—Querida, ¿te encuentras bien? —La mujer me miró preocupada.

No llegué a responder, porque, en aquel momento, la gente se hizo a un lado y pude ver todo el callejón. Un par de metros más allá de la cinta, un agente de policía encendía un foco que estaba apoyado en el suelo. Se me encogió el estómago cuando vi la enorme mancha de color oscuro. Era sangre. Mucha sangre. ¿Cuánta sangre tenía una persona? ¿Podría sobrevivir si perdía esa cantidad? El «no» en mi cabeza resonaba como un grito. Pero la ambulancia había salido a toda velocidad, así que aún había esperanza, ¿no?

Si alguna vez había creído que mi mente iba acelerada, ahora sabía que no había sido el caso hasta este mismo momento. No era capaz de formular una pregunta antes de que se me ocurriera la siguiente. Sentía el cuerpo entumecido, totalmente alejado de la realidad. Quizá solo fuera un sueño. Quizá me despertara y Jess estaría a mi lado, vivo y coleando.

Pero no era un sueño. Y no me desperté.

Un policía pasó a mi lado y lo detuve, tratando de mantener la cordura.

—Señor, ¿sabe adónde se han llevado al herido?

Me miró con atención.

—No puedo darle información al respecto, señorita.

—¡Por favor, dígamelo! —exclamé desesperada—. Es mi novio, es… —El resto de la frase se quedó atascada en mi garganta. Era la segunda vez que me refería a Jess como novio, y me dolía en el alma pensar que tal vez fuera la última vez que pudiera hacerlo en presente.

El policía pareció compadecerse de mí y suavizó la mirada.

—Querían llevarlo al hospital Monte Sinaí, en la plaza Stuyvesant, es el que está más cerca. —Me di la vuelta, pero él me habló de nuevo—. ¿Señorita? No hemos encontrado ninguna identificación de la víctima. ¿Podría decirnos quién es? Así podemos contactar con su familia.

Me habría encantado no responder, porque sabía a quién iban a llamar. Pero Trish tenía derecho a enterarse de lo que había pasado, así que asentí.

—Se llama Jessiah Coldwell. Seguro que sabe quién es su madre.

Y sin esperar respuesta alguna, fui a paso ligero a la calle por la que había pasado la ambulancia. Como si el universo se estuviera burlando de mí, de repente no solo había un taxi, sino varios. Sin saber de dónde sacaba las fuerzas, hice un gesto enérgico para detener a uno, abrí la puerta y me dejé caer en el asiento.

—¿Adónde vamos?

El taxista se giró hacia mí y estuve a punto de gritarle dónde había estado hacía veinte minutos. En su lugar, me concentré en lo importante: Jess.

—Al hospital Monte Sinaí, en la Primera Avenida. Lo más rápido que pueda.

# 2

# Helena

El taxista escuchó mis palabras y se dirigió rápidamente a la Primera Avenida. Durante todo el trayecto, amasé entre los dedos la lana de mi abrigo, imaginándome que era Jess, como si así pudiera mantenerlo con vida. Por un instante, me planteé llamar a alguien, a Malia o a Lincoln, pero no quería tener que decir en voz alta lo que había pasado. También consideré un instante avisar a mis padres, un reflejo infantil, hasta que me acordé de que hacía una hora había afirmado que me iba de casa para estar con Jess. Parecía que habían pasado días de aquello.

El Monte Sinaí entró en mi ángulo de visión y tuve que hacer un esfuerzo para estirar los dedos acalambrados y sacar la cartera. El pánico que me embargaba superaba a todo lo demás, pero, aun así, entendí que debía pagar al taxista.

—Hemos llegado.

El taxista se detuvo en la puerta principal del hospital y le pagué con toda la premura que pude antes de bajarme del coche y correr a la entrada. Las puertas correderas se abrieron a mi paso y me recibió una luz resplandeciente que me causó picor en los ojos tras venir de la oscuridad del exterior. Ignoré el dolor y miré alrededor, aunque no vi a Jess por ninguna parte. Pues claro que no. Lo más probable era que lo hubieran llevado directamente a quirófano.

—Hola —saludé a la mujer que había en el mostrador de información y compuse una leve sonrisa—. Acaban de traer a un chico, que..., le han..., está herido. ¿Podría decirme cómo está?

Me miró con atención.

—¿Es familiar del paciente?

—Sí —mentí, porque sabía que, de lo contrario, no me dirían nada—, lo soy. Es mi... Somos parientes.

—¿Y de qué forma están emparentados? —El escepticismo se abrió paso en su mirada profesional y supe que no se creía mi mentira. Normalmente se me daba genial, pero en este estado era incapaz de ser convincente. Así que cedí.

—De ninguna forma. Es mi novio. Iba a verme con él cuando me llamó y sonaba como si estuviera muriendo. Llamé a emergencias y corrí en su busca, pero estaba demasiado lejos y tardé en llegar, así que ya se lo habían llevado. —Las palabras salían atropelladas y sentí que empezaba a temblar a medida que la conmoción y el miedo se apoderaban de la adrenalina—. Así que he venido aquí, pero no sé qué ha pasado. Y creo que me voy a volver loca si no sé siquiera si está vivo o no.

La enfermera pareció darse cuenta del estado tan lamentable en el que me encontraba.

—¿Cómo se llama, señorita?

—Helena... Helena Weston —dije, con los dientes castañeteando. No podía reprimir los tiritones.

—Señorita Weston, entiendo por lo que está pasando, pero esto es todo lo que puedo decirle: su novio está ahora mismo en quirófano. No estoy autorizada a darle más datos de su estado de salud, o me meteré en un buen lío. ¿Conoce a alguien de su familia a quien pueda llamar? Así pueden esperar juntos a que llegue alguna noticia.

Estuve a punto de reírme como una histérica. Sí, seguro que Trish Coldwell esperaría conmigo y me pondría al corriente de cómo estaba su hijo. Antes se congelaría el infierno. Sin embargo, sabía que no conseguiría mucho más, así que asentí.

—Gracias —repliqué sin entusiasmo y me aproximé a las sillas de la sala de espera, donde me senté, porque no tenía ni idea de cuánto más podría aguantar en pie.

Me sentía exhausta y, al mismo tiempo, como si me hubiera tomado diez tazas de café, inquieta y nerviosa. Lo único que podría poner fin a estos sentimientos era la noticia de que Jess había sobrevivido.

¿Quién le había disparado? ¿Se trataba de un simple robo y Jess se encontraba en el sitio equivocado en el momento equivocado? ¿O habían ido a por él? Pensé en Valerie y Adam, en la posibilidad de que alguien los hubiera asesinado. Pero ¿por qué querrían matar también a Jess? No tenía ningún sentido.

Las manecillas del reloj de la sala de espera se movían a cámara lenta, o eso me pareció. Daba un respingo cada vez que alguien salía de la zona que había al otro lado de las puertas de vidrio esmerilado, pero solo era el personal sanitario haciendo su trabajo. Jamás habría pensado que podría sentirme tan mal, tan vulnerable y débil. Los últimos seis meses sin Jess habían sido horribles, pero siempre había sabido que estaba vivo. Ahora sabía, no, sentía, que estaba luchando por sobrevivir. Tal vez fueran solo imaginaciones mías. Seguí pensando en él y confiando, rezando por que le salvaran la vida.

Mis dedos se posaron sobre mi móvil y deseé más que nunca que Valerie siguiera viva, que estuviera aquí para decirme que todo saldría bien, aunque ella tampoco tuviera ni idea de lo que estaba pasando. Así no habría estado tan sola ni me habría sentido tan impotente. Pero Valerie ya no estaba. Solo existía su voz en mi cabeza, que me hablaba de vez en cuando para darme consejos.

«Llama a Lincoln».

Como ahora.

Había descartado ese primer impulso, pero, si era sincera, necesitaba urgentemente hablar con alguien para no volverme loca. Y mi hermano era una de las personas más tranquilas que conocía.

¿Se podían usar los móviles en los hospitales o seguía estando prohibido? No tenía ni idea, pero no vi ninguna señal de advertencia y no confiaba en que mis piernas me sostuvieran, así que me arriesgué y marqué el número. Descolgó al segundo tono.

—Len, ¿va todo bien?

—Linc, yo... necesito tu ayuda. —Sonaba del todo patética, pero en estos momentos no podía ser fuerte.

—¿Qué ha pasado? —preguntó alarmado—. ¿Estás bien? ¡Dime!

—Yo estoy bien, pero Jess... —Me volví a quedar callada cuando un sollozo se abrió paso por mi garganta. Decirlo en voz alta lo hacía un poco más real—. Le han disparado.

—¿Disparado? —repitió mi hermano con incredulidad—. ¿Y cómo está? ¿Lo están atendiendo?

—Sí, llamé a emergencias y se lo llevaron.

—¿Estabas presente? ¿Estás herida? —El pánico se coló en su voz.

—No, estábamos hablando por teléfono —respondí con rapidez—, y ahora estoy aquí en el hospital, pero no quieren decirme nada porque no soy familiar y… —No pude contener más los sollozos. Me llevé una mano a la boca para ocultar el llanto.

—Voy para allá. ¿En qué hospital estáis? —Oí el tintineo de unas llaves y el susurro de un abrigo. No sabía si seguía en casa de nuestros padres o si ya había vuelto a la suya. Tampoco me importaba.

—En el Monte Sinaí, en la Primera Avenida —dije entre los dedos.

—Vale, está cerca de casa. Llegaré en nada, Len, aguanta. —Y colgó.

Me sentí increíblemente aliviada cuando me retiré el móvil de la oreja, solo porque alguien más sabía lo que había pasado. El estado de Jess no cambiaría porque Lincoln estuviera conmigo, pero la espera de novedades sería más llevadera. Hablaría con él de lo que fuera.

Mi hermano aún no había llegado cuando se abrieron las puertas de cristal e irrumpió una persona, una mujer alta y rubia cuyo abrigo beige ondeaba a su paso. Era Trish Coldwell. No miró a su alrededor, simplemente se dirigió con paso firme al mostrador. Me quedé sentada donde estaba, sin saber muy bien qué hacer.

—Han ingresado a mi hijo —le espetó a la enfermera—. Jessiah Coldwell. Quiero saber ahora mismo cómo está.

No llegó a mis oídos la respuesta, ya que se encontraba demasiado lejos, pero la mujer estuvo hablando más rato que conmigo, así que supuse que le estarían dando más información. Acto seguido, se puso en pie y desapareció tras el vidrio esmerilado en busca de algún médico. Trish se quedó en el vestíbulo esperando.

Estaba de espaldas a mí, así que no me había visto y, si era sincera, no me habría importado que hubiera permanecido así, aunque solo fuera porque no sabía qué consecuencias tendría para mi familia. No me apetecía en absoluto hablar con ella, pero en estos momentos era la única que podía decirme cómo estaba Jess. Tal vez podíamos acortar distancias a partir de ahora, por su bien.

Reuní todo el coraje que tenía, me levanté y me acerqué a ella.

—¿Señora Coldwell? —pregunté con cautela—. ¿Podría decirme…?

Se giró hacia mí.

—¡¿Tú?! —exclamó con tanta virulencia que retrocedí—. ¿Estabas con él cuando pasó?

—No —negué con la cabeza—, pero justo estábamos al teléfono y…

—¿Qué te dije sobre tener contacto con mi hijo? —me espetó y vi en sus ojos el mismo miedo que yo sentía—. ¡Te dije que no te acercaras a él, joder!

—¡Lo intenté! —grité, y no me importó que el personal del hospital presenciara esta discusión.

—¿Y ya está? ¿Lo intentaste? —resopló con un deje de desesperación—. Sabías muy bien lo que pasaría si rompías nuestro acuerdo, ¿no es así? Entonces ¿por qué has violado nuestro pacto?

—¡Porque quiero a Jess! —Era terrible que esta fuera la primera vez que lo decía en voz alta, cuando temía por su vida y mientras discutía con su madre. Pero era cierto.

Se me acercó, amenazante e iracunda. Por un instante, creí que iba a soltarme una bofetada, pero entonces bajó la voz en un tono afilado.

—Sí, esa es siempre la excusa para todo, ¿verdad? ¿No te parece suficiente que la descarriada de tu hermana se llevara a Adam por delante? ¿También tienes que matar a Jess?

Sentí como si me hubiera abofeteado en la cara.

—Yo…, yo no…, jamás… —No podía más que tartamudear, atónita ante esas acusaciones tan injustas. Los ojos de Trish brillaban de odio. Odio hacia mí.

—Eres la responsable de que mi hijo pueda morir, Helena. Solo tú. Y te juro por lo más sagrado que, como no sobreviva, no solo haré que tu familia se convierta en una nota a pie de página en las altas esferas de Nueva York. No, si muere, entonces desearás que te hubieran disparado a ti, y…

—¡Trish, ya basta! —De repente, Lincoln apareció a mi lado, me rodeó con un brazo y me protegió de aquella mujer—. Entiendo que estés fuera de sí por lo que le ha sucedido a Jess, pero estoy seguro de que no fue culpa de Helena.

Trish soltó una carcajada amarga.

—Vaya si es culpa suya. ¡Los Weston sois una puta maldición! Si no hubiera sido por Valerie, Adam aún estaría vivo. Si no fuera por Helena, ¡Jess no estaría ahora en un quirófano! ¡No sabéis más que destruir a mi familia!

Un médico salió de las puertas, claramente molesto de vernos allí a todos, el rostro contraído de la incredulidad y el rechazo.

—¿Señora Coldwell? —preguntó.

—Sí, soy yo. —Se abalanzó sobre él—. ¿Qué pasa con mi hijo? ¿Cómo está?

Agucé el oído todo lo que me fue posible. No me atrevía a acercarme.

—Ahora mismo no podemos afirmar nada con certeza, aún le están operando —dijo el médico en tono tranquilo—. Lo probable es que estén con él un par de horas más y hasta entonces no podemos determinar el diagnóstico.

—Pero vivirá, ¿verdad? —La voz de Trish ya no destilaba dominación ni odio, era más bien una súplica.

—En estos momentos no lo sabemos. Mis compañeros están haciendo todo cuanto está en sus manos por salvarle la vida. Hay que ser pacientes.

Me llevé la mano a la boca, sospechaba que sus palabras ocultaban en realidad un «es posible que no sobreviva». Lincoln me acogió en sus brazos y apretó con fuerza. Sin embargo, lo único en lo que podía pensar era en el deseo de que fuera Jess quien me abrazara. Habíamos pasado muy poco tiempo juntos. No podía morirse. No podía pasar esto.

—¿Sois de la familia? —nos preguntó entonces el médico y me separé de mi hermano.

—No, en absoluto y de ninguna manera —respondió Trish con dureza—. Es lo contrario, en realidad. Esta muchacha es la responsable de lo sucedido. No podría ser menos de la familia.

La mirada del médico cambió cuando me miró, y yo sacudí la cabeza con vehemencia.

—¡Eso no es cierto! No he hecho nada, solo estaba al teléfono...

Lincoln me agarró del brazo, me alejó unos cuantos metros de Trish y del médico hasta que este se despidió de ella y desapareció.

—Helena, creo que deberíamos irnos.

—¿Qué? ¡No! —Me separé de él—. ¡No puedo irme hasta que no sepa si ha sobrevivido o no!

Mi hermano lanzó una mirada a la madre de Jess, que estaba ladrando órdenes por teléfono. Parecía muy preocupado.

—No puedes quedarte aquí. Es evidente que cree que eres la responsable. Y sabes la influencia que tiene, lo que le hizo a Valerie. No quiero que te haga algo de lo que no puedas protegerte.

—Pero no he tenido nada que ver —me defendí desesperada—. Estaba esperándole en la puerta de su casa, él estaba en la inauguración de un restaurante y pensaba volver directo a casa. Nos llamamos por teléfono, eso es todo. —Volvieron a caerme las lágrimas.

—Lo sé. Pero es mejor que no la provoques. Vente conmigo a casa, que no está lejos de aquí, y puedes volver dentro de diez minutos si quieres. Llamaré a Ben a ver si puede mantenernos al tanto.

No había pensado en Ben Hatfield. Era el mejor amigo de Lincoln y trabajaba de médico auxiliar en el hospital y, aunque no podía saltarse las normas, tal vez lo hiciera por mi hermano.

Aun así, todo mi cuerpo se negaba a hacerlo. No podía marcharme mientras Jess seguía ahí dentro peleando por su vida. Me parecía lo peor, como si lo abandonase en la estacada.

Tampoco me moví cuando varios hombres entraron en el vestíbulo. Llevaban el uniforme de la policía de Nueva York y fueron directos hasta Trish. Cuando le estrechó la mano a uno de ellos y habló con él, pareció que nos ignoraba, pero, aun así, sentí miedo. Si me detenían o me llevaban a un interrogatorio porque Trish lo sugería, no tendría forma de enterarme del estado de Jess. No me quedaba otra opción.

—De acuerdo —cedí mirando a mi hermano—. Vámonos.

Tras dedicarle una última mirada a Trish, salí del hospital y seguí a Lincoln al exterior, sintiendo el pánico en el pecho, no por mí, sino por Jess. Solo por Jess. No quería ni imaginarme que pudiera morir, pero el pensamiento me daba vueltas por la cabeza con tanta insistencia que no dejaba lugar a nada más. Apenas fui consciente de haberme subido al coche de Lincoln y que él condujera. Pero sí que noté cada metro que me separaba de Jess y me dolió tanto como si me hubieran arrancado el corazón.

¿Qué iba a hacer si lo perdía?

¿Qué podía hacer para evitarlo?

# 3

# Helena

Paige nos recibió en cuanto entramos en la casa. Tuve que concederle el mérito de no hacer ninguna pregunta, tan solo limitarse a abrazarme e irse a la cocina a prepararme un té. Lincoln cogió nuestros abrigos y yo avancé con inquietud hacia el salón hasta que él regresó y, con un leve empujón, me invitó a sentarme en el sofá. Mientras sacaba el móvil para llamar a su amigo Ben, Paige trajo una bandeja y la dejó sobre la mesita frente al sofá. Cuando me puso una taza entre las manos, la miré agradecida incapaz de pronunciar palabra.

—Sí, entiendo. Gracias. Hasta pronto. —Lincoln colgó y se sentó a mi lado—. Hoy Ben no está trabajando, pero va a llamar al hospital para enterarse. Ahora nos dirá algo.

Me limité a asentir y di un sorbo al té. Ahora que ya no estaba cerca de Jess, el pánico había dado paso a la conmoción. Mis dedos se aferraron a la taza y apenas podía sentir las piernas. Era como si cada fibra de mi cuerpo estuviera estirada hasta el punto de llegar a romperse, así que seguí callada hasta que sonó el móvil de Lincoln. Mi hermano descolgó y yo permanecí en silencio mientras observaba cómo hablaba con Ben. Sin embargo, en cuanto terminó la conversación, abrí la boca.

—¿Y bien? —Mi voz sonó aguda y estridente, como si no me perteneciera.

—Es grave —contestó Lincoln. Mi corazón pareció hundirse un poco más y estuve a punto de dejar caer la taza. No sabía qué estaba esperando, pero eso no—. Ben dice que Jess recibió un tiro en la espalda. Afortunadamente, la bala no ha alcanzado ninguno de los vasos sanguíneos importantes de esa zona, pero sí ha afectado al riñón y también al bazo. No soy médico, pero, por lo que he entendido, ahora mismo están intentando detener la hemorragia y salvar los órganos.

Me llevé un puño a la boca, pero no sirvió de nada, pues las lágrimas ya corrían por mis mejillas. Un disparo en la espalda, riñón, bazo, hemorragias internas. ¿Qué otro significado podría tener esas palabras salvo el hecho de que podría morir? Esto se había convertido en una puta pesadilla, una de esas en las que buscas una puerta por la que salir pero siempre acabas en la misma habitación. Esta noche tendría que haber sido muy distinta; tendría que haber sido la primera noche de nuestra vida juntos. Felicidad, intimidad, amor, esos deberían haber sido los sentimientos predominantes, en vez de odio, miedo e impotencia.

—Ben va a acercarse al hospital para informarnos sobre el terreno —dijo Lincoln, que me acarició el brazo.

Dejé la taza en la mesa porque me temblaban las manos demasiado para seguir sujetándola. Mi hermano se dio cuenta y volvió a abrazarme. Lo agradecí, aunque sabía que, por mucho que

Lincoln pudiera protegerme, no había nada que él pudiese hacer por Jess.

—Tengo mucho miedo, Linc —susurré enterrándome en su jersey.

—Lo sé, pero Jess se recuperará —murmuró Lincoln en tono calmado mientras me acariciaba la espalda—. Es un tío fuerte, luchará y seguro que sale con vida.

Parecía una verdad incontestable, pero sabía que no era más que esperanza. No obstante, me convencí de ella porque no tenía otra cosa a la que agarrarme.

—Sonaba increíblemente débil. —Me aparté de Lincoln y me enjugué el rostro con la manga—. Muy lejos de mí. Fue horrible.

Jess era la persona con más vida que conocía. Sus ojos, todo su ser, irradiaba ese salvajismo tan especial del que me había enamorado. Escucharlo en ese estado me había sacudido todo el cuerpo. Nada más de pensar que esa podía ser la última vez que había escuchado mi voz, que mis gritos desesperados podían ser lo último que había escuchado en su vida… Respiré hondo. Esperanza. En eso debía concentrarme ahora. Esperanza. No podía pensar en lo peor que podría pasar, sino en lo mejor, que se recuperara y saliera con vida de esta. Habría dado todo lo que tenía, incluso habría prometido mantenerme alejada de él durante el resto de mi vida, con tal de que volviera a abrir los ojos.

—¿Quieres contarnos qué pasó cuando te fuiste de casa? —preguntó Lincoln con delicadeza.

Negué con la cabeza; ahora no podía.

—Mamá y papá estarían fuera de sí, ¿no? —En realidad no me apetecía hablar del tema, pero así conseguía apartar de mi cabeza esas horribles imágenes—. Seguro que estaban cabreados de que quisiera irme con Jess.

Paige y Lincoln intercambiaron una mirada.

—No —respondió Paige—. A mí me dio la impresión de que estaban tristes.

Resoplé. Sí, tristes, seguro. En la conversación que habíamos tenido no estaban en absoluto tristes, solo decepcionados y enfadados porque no me estaba comportando tal como ellos pretendían. Incluso ahora que me encontraba en un estado de absoluta alarma y no tenía ni idea de qué sucedería, tenía una cosa clarísima: no pensaba volver.

—¿Debería… llamarlos? —Lincoln me miró.

—No, de ninguna manera. —Me miré las manos—. Pero probablemente deberías avisarlos mañana por la mañana como muy tarde, para que estén atentos. Trish Coldwell sabe que he roto nuestro acuerdo. En cuanto tenga la oportunidad, hará todo lo posible por hundir el Grupo Weston.

Mi hermano asintió.

—De eso ya nos ocuparemos nosotros.

Sin embargo, sonaba inquieto y quizá yo también lo habría estado si todos mis pensamientos y sentimientos no estuvieran centrados en Jess. Mis padres habían plantado cara a la competencia durante años sin mi ayuda y habían dejado más que claro que no la valoraban.

—¿Quieres comer algo? —Paige me lanzó una mirada inquisitiva—. Puedo hacerte un bocadillo si quieres. También tenemos sopa de ayer.

Compuse una sonrisa.

—Gracias, pero no podría tragar nada. —Los dos sorbos de té habían hecho gemir de forma incómoda a mi estómago, como si no tuviera claro si quería digerirlos o no, así que era mejor que no tomara nada más—. Siento mucho haberos despertado. Seguro que no teníais pensado pasar así las Navidades.

Lincoln me cogió la mano y la apretó.

—No tienes que disculparte por eso. Eres mi hermana y para eso estamos. Siempre.

—Puedes quedarte aquí todo el tiempo que quieras —dijo también Paige—. Hasta que Jess se recupere y sepas qué hacer.

Me habría sorprendido que me apoyara en este tema si no fuera porque creía que Paige también se planteaba de vez en cuando cómo alejarse de su familia. Desde fuera, parecía que la gente como nosotros solo tenía privilegios: dinero, influencias, poder. Lo que muchos no veían eran las obligaciones que conllevaba esta vida, que a menudo te arrebataba cualquier atisbo de libertad.

Volví a dar las gracias, pero ya no quedaba más que decir, así que permanecimos en silencio y yo me dediqué a repetir el mantra de que Jess se recuperaría. Tal vez incluso rezara, aunque no era religiosa, mientras miraba la hora y me preguntaba cuánto duraba una operación de esas características.

Si no hubiera sido por su madre, me habría quedado en el hospital para estar presente cuando se produjera alguna novedad. ¿Qué pasaría con Eli? ¿Sabría ya lo acontecido o Trish lo habría dejado dormir para contarle mañana lo que había sucedido? Mi corazón se estremeció al pensar en el hermano pequeño de Jess. Ya había perdido a Adam, y necesitaba a Jess más que a nadie, incluso más que yo.

Nos quedamos despiertos, los tres, casi toda la noche. En algún momento, Lincoln le dijo a Paige que se fuera a la cama, pero ella no quiso y se quedó sentada con nosotros. Lo agradecí, a pesar de que no estábamos hablando ni hubiera mucho que hacer mientras esperábamos aquella llamada que nos diera buenas noticias. Ben volvió a llamar a las dos y nos dijo que no había ningún cambio y, después de eso, el teléfono permaneció en silencio mucho rato.

En algún momento debí de quedarme dormida, ya que tuve sueños extraños y, cuando me desperté, estaba bajo una manta de lana en el sofá, y mi hermano a mi lado con una mano sobre mi brazo. Di un respingo e ignoré el mareo.

—¿Alguna novedad? —pregunté con temor. El semblante de Lincoln estaba a medio camino entre la felicidad y el pesar, así que no pude interpretarlo.

—Sí, Ben acaba de llamar. Jess ha salido del quirófano, han conseguido estabilizarlo y detener la hemorragia. Todavía no está fuera de peligro y su estado sigue siendo crítico. Las próximas horas son decisivas. Mañana por la mañana sabremos si ha salido de esta.

De nuevo los ojos se me llenaron de lágrimas y las sequé. Me sentía aliviada de que aún estuviera vivo, pero también tenía miedo de que la próxima llamada nos diera la peor de las noticias.

—¿Puedo..., puedo ir a verle?

Tenía que verlo para creer que seguía vivo. Tal vez eso le diera fuerzas. Pero Lincoln negó con la cabeza.

—Mientras esté en la UCI, solo pueden visitarlo sus familiares y por poco tiempo. Además, por lo visto, Trish Coldwell ha contratado personal de seguridad que tiene acordonada casi toda la planta en la que está Jess. Ben dice que aquello parece una prisión de máxima seguridad.

Me quedé mirándolo por un momento.

—¿Crees que lo ha hecho por mí? —pregunté en voz baja. ¿Cómo íbamos a ser felices Jess y yo si su madre intentaba impedirlo con tanta virulencia? Él me había dicho que no le tenía miedo, pero probablemente fuera la única persona que se sintiera así. A mí me daba miedo. Y mucho.

Mi hermano negó con la cabeza.

—No, Len, claro que no. Le ha dicho al personal que le preocupaba que el que ha disparado a Jess quiera volver, ya sabes, para terminar lo que empezó. Por lo visto, Trish considera que Jess ha sufrido un ataque directo más que un robo que se ha ido de las manos. Me parece que está un poco paranoica, pero seguramente tarde o temprano se relajará y pondrá fin a estas medidas.

—Puede que no. —Tardé un poco en asimilar lo que eso implicaba, y el pánico estalló en mi interior—. Eso significa que no puedo ir a verlo, ¿verdad?

Aunque Trish no hubiera contratado al personal de seguridad por mi culpa, seguro que les había advertido de que no debía acercarme a Jess. Me creía responsable por algún motivo.

Lincoln se sentó a mi lado con una expresión seria en los ojos.

—Claro que sí. Nos odia, pero en el fondo es una persona racional. En cuanto pase el peligro, se dará cuenta de que no has tenido nada que ver en este asunto. Cómo ibas a hacerlo, es una acusación absurda.

En la cabeza de Trish probablemente no fuera así, sobre todo, si creía que la muerte de su hijo mayor estaba relacionada con el ataque a Jess. Pensé en esas imágenes de vigilancia manipuladas y en lo que habíamos descubierto sobre nuestros hermanos. Aunque Lincoln no sabía nada.

—Linc, tengo algo que contarte. —Me armé de valor antes de atreverme a mirarlo a la cara. Y acto seguido, lo solté sin más—. Es posible que Valerie y Adam… fueran asesinados.

Mi hermano estaba a punto de ponerse en pie y se detuvo a mitad de movimiento. En su semblante se sucedió el miedo, el desconcierto y la consternación.

—¿Qué? —Leí la palabra en sus labios, pero no la escuché. Se dejó caer en el sofá.

—Jess y yo llevamos meses investigando juntos y hay indicios que apuntan a que alguien estuvo en su habitación cuando murieron. Alguien que no quería ser visto. —Seguí hablando antes de que pudiera replicar—. Jess y yo hemos contratado a una especialista para que vuelva a revisar el caso, pero aún no ha dado resultados.

—Joder. —Lincoln sacudió la cabeza, levemente al principio, luego con vigor y, de nuevo, con suavidad. Después se puso en pie otra vez—. ¿Quién…? Es decir, ¿cómo…?

—No lo sabemos. Ni siquiera sabemos si sucedió así. —Desde entonces me debatía entre el deseo de que fuera cierto porque así Valerie sería exonerada, y la esperanza de que ninguno de los dos hubiera muerto de esa manera—. Pero si Trish sospecha algo, tiene motivos para pensar que a Jess le haya podido pasar lo mismo.

Aun así, no tenía sentido que no se hubiera centrado en encontrar a los asesinos y, en su lugar, hubiera emprendido una campaña de difamación contra Valerie. Aunque tal vez no se enteró hasta más tarde.

Lincoln asintió lentamente.

—¿No secuestraron al más pequeño hace unos años?

—A Eli, sí. Hace seis años.

—Entonces debería echarse las culpas a ella, no a ti. Está claro que ser un Coldwell es peligroso. —Dejó escapar el aire—. ¿Crees que es cierto? ¿Que alguien los asesinó a los dos?

Entrelacé los dedos y clavé la vista en la moqueta que tenía bajo los pies.

—No lo sé. Pero, si es así, encontraremos al responsable.

—¿Vosotros? ¿Estás loca? —Abrió los ojos de par en par—. Sé que querías aclarar este asunto, pero si es un asesinato… debe encargarse la policía.

—La policía podría estar involucrada, Lincoln. No podemos confiar en ellos en este caso.

Mi hermano se quedó callado un buen rato. Luego alzó la cabeza y pareció más que decidido.

—Si es así, necesitas protección. Yo me encargaré de ello.

Aprecié su preocupación, pero ahora mismo no podía pensar en eso.

—¿Podemos hablar del tema cuando haya pasado todo esto? Solo quería que estuvieras al tanto.

—Por supuesto —sonrió de lado—. Voy a hacernos un café.

Salió del salón y yo miré el reloj que había en la pared. Desde que Lincoln me había despertado, habían pasado quince minutos, así que apenas eran poco más de las siete de la mañana. Mierda. Iba a ser el día más largo de mi vida.

Mi móvil, que había dejado sobre la mesa de café cuando llegué al apartamento, empezó a vibrar levemente. Cuando vi el nombre en la pantalla, acepté la llamada corriendo.

—¿Malia?

—Len, me acabo de enterar. ¿Estás bien? —Sonaba más que preocupada—. ¿Estabas allí cuando pasó?

En pocas palabras, y muy desordenadas, le describí cómo había presenciado el ataque a Jess. Desde la distancia, sin poder intervenir. Si hubiera estado con él, ¿también me habrían atacado a mí? ¿Habrían ido a buscarlo a su apartamento si no lo hubieran encontrado en la calle? Solo de pensarlo empezaron a temblarme de nuevo las manos, pero me obligué a controlarme.

—¿Sabe algo la policía? —pregunté. Toda mi atención se había centrado en la recuperación de Jess, pero también era importante encontrar al responsable de lo que le habían hecho.

—Todavía están revisando las declaraciones de todos los testigos y hay un equipo *in situ* interrogando a los vecinos de la zona. En principio, parece ser un robo. Lo está llevando la comisaría número seis, así que voy a pasarme por allí, que no estoy de servicio. ¿Has prestado declaración?

—Yo... No. Tampoco es que estuviera presente, y por teléfono no pude escuchar nada que sea útil. —No escuché ninguna otra voz ni nada que pudiera ayudar a identificar al agresor.

—De acuerdo, si te acuerdas de algo, llámame. Me pondré en contacto contigo cuando haya novedades. —Colgó y dejé el móvil a un lado.

¿Podría tratarse de un robo? ¿Estaría Jess en el lugar equivocado en el momento equivocado? Lo conocía lo suficiente para saber que no le daba importancia a las cosas materiales y era lo bastante inteligente como para no correr ese riesgo. No me cabía duda de que habría entregado el dinero, el móvil o las llaves del coche si alguien le hubiera amenazado con una pistola.

—¿Quién era? —preguntó Paige cuando entró junto a Lincoln con un plato de panecillos y una cafetera.

—Malia. La policía está investigando en Greenwich, interrogando a los posibles testigos. Me llamará cuando tenga más información.

En cuanto lo dije en voz alta, mi atención volvió a alejarse de la investigación y de Malia. Por supuesto, era importante que arrestaran al culpable, pero lo primordial era que Jess sobreviviera.

Acepté el café que Paige me ofrecía y rechacé el panecillo. Entonces, empecé a tener esperanza de nuevo.

# 4

# Helena

El día trascurrió tan lento como había esperado. Después de que amaneciera en el exterior, Lincoln llamó a nuestros padres y, en escasas palabras, les contó lo que había pasado y que probablemente Trish Coldwell emprendiera duras medidas dentro de poco. No tenía ni idea de qué habían respondido ni tampoco me interesaba. En esos momentos no podía pensar en lo que suponía la ruptura de mi relación con ellos, o cómo sería en el futuro. Lo único que tenía claro era que volvería a tomar la misma decisión una y otra vez. Para no tener una vida que no me pertenecía, y por Jess.

Lincoln se quedó en casa, pero no le pregunté qué habían dicho mis padres. En su lugar, me obligué a darle un par de bocados a uno de los panecillos y lo regué con el café suficiente para que mi pulso pasara de un latido fuerte a un *staccato* frenético. Sobre las once, me planteé salir a correr para soltar un poco de la tensión acumulada, pero entonces me sonó el móvil. No conocía el número y, por un momento, deseé que fuera Jess, aunque sabía que eso era imposible. ¿Debería dejarlo sonar? A excepción de él y de Ben, no tenía ganas de hablar con nadie, pero podía ser algo importante.

—¿Diga? —respondí con aspereza. El llanto de la noche me había dejado mella.

—¿Helena? —La voz me sonaba familiar, pero no pude reconocerla.

—Sí, soy yo. ¿Quién es?

—Soy Eli. Eli Coldwell. —El hermano pequeño de Jess parecía tranquilo, pero de una forma que me daba a entender que le estaba costando no perder los papeles. Me sentí identificada—. Espero que no te moleste que… haya buscado tu número.

—Por supuesto que no —respondí, mi corazón latía a una velocidad que rompía todos los récords. ¿Me estaba llamando porque sabía algo? ¿Habría empeorado Jess?

—Solo quería… Pensé que quizá tú sabrías algo de Jess. Mi madre está en el hospital, pero hace un rato que no logro dar con ella y me da miedo que eso signifique que ha pasado algo malo… —Se le rompió la voz y a mí el corazón al oírlo. Por lo visto sabía aún menos que yo.

—Jess ha salido de quirófano, han conseguido estabilizarlo. —El suspiro de alivio al otro lado de la línea me hizo ver que Trish ni siquiera le había contado eso—. Pero hay que seguir a la espera.

—Vale, pero eso es bueno, ¿no? —Sonaba tan impotente—. Bien… Gracias, Helena. Si te enteras de algo más, ¿te importaría llamarme? Te lo agradecería mucho.

Qué educado era, a pesar del miedo que debía de estar pasando ante la perspectiva de perder a otro hermano. Sobre todo con el pasado que tenía. Entonces se me pasó por la cabeza un pensamiento terrible.

—Eli, ¿estás solo en casa? —pregunté.

—Sí —fue su respuesta templada, aunque noté que la voz le temblaba de lo mucho que se estaba controlando—. Mi padre no está en la ciudad, y mis abuelos tampoco se encuentran disponibles.

Tomé aire. Por supuesto, Eli tenía ya casi dieciséis años, era prácticamente un adulto y no necesitaba una niñera, pero dejarlo a solas con sus pensamientos en una situación como esta me parecía del todo cruel. Aunque parecía típico de Trish. Ahora que recordaba cómo había informado a Jess de la muerte de Adam, era justo lo que cualquiera esperaría de ella.

Entonces tomé una decisión sin atisbo de duda. En realidad, yo también necesitaba apoyo moral en estos momentos, pero Eli mucho más.

—En veinte minutos estoy en tu casa —le dije poniéndome en pie.

—No es necesario, de verdad. Estoy bien.

No sonaba sincero. Aun así, no quería ser condescendiente diciéndole que no era capaz de gestionar una situación como esta, así que opté por otro enfoque.

—Estoy segura, pero creo que nos vendría bien a los dos.

—De acuerdo —cedió Eli aliviado—. Gracias, Helena.

—Hasta ahora.

Colgué y me dirigí al perchero para coger mi abrigo. Lincoln pareció haberme escuchado, porque se acercó al pasillo.

—¿Qué sucede? ¿Adónde vas?

—El hermano pequeño de Jess está solo en casa y se va a volver loco si nadie le cuenta lo que está pasando. Tengo que ir a verlo.

Mi hermano asintió.

—Entonces deja que te lleve. No me parece bien que entres ahí tú sola.

Sabía por qué lo decía. Coldwell House era el territorio de Trish y ninguno de los dos sabíamos qué haría si ella volvía a casa y me encontraba allí.

—Vale.

No me sentía lo bastante confiada como para rechazar la oferta. Mi hermano me había apoyado tanto en las últimas horas que me daba miedo perderlo. Paige se aproximó a donde estábamos mientras sacábamos los abrigos.

—¿Hay alguna novedad?

Mi hermano le explicó por qué debíamos irnos y ella asintió.

—Cuando estéis allí, hacedme un favor: metedle el cepillo de dientes en el váter.

A pesar de que solo quería llorar, tuve que reírme, porque escuchar a Paige bromeando era demasiado divertido. Los dos rieron conmigo y me sentí tan bien que durante un segundo olvidé que era uno de los peores días de mi vida. Pero entonces regresaron las sombras, el miedo y la preocupación y, cuando salí de la casa con Lincoln, no tuve claro si verdaderamente nuestras familias sufrían algún tipo de maldición.

Veinte minutos después, nos detuvimos frente al edificio de altura kilométrica y el servicio de aparcacoches se encargó del vehículo de Lincoln. Aunque sabíamos que Eli estaba esperando nuestra ayuda, ambos nos quedamos en la entrada y contemplamos la fachada de cristal blanquecino. Tuve que admitir que me sentía algo intimidada. Detestaba este edificio con todo mi ser, pero era igual de impresionante.

—¿Dos Weston en Coldwell House? —Miré a mi hermano—. Hay gente que diría que eso solo pasaría si la Semana Santa cayera en Navidad.

—Entonces espero que hoy tengamos algo que celebrar.

Me puso una mano en la espalda y juntos atravesamos el portal de puertas de cristal. Lo que nos esperaba al otro lado era una especie de Antártida negra: suelos negros, mobiliario negro, escritorio de recepción negro, probablemente el más largo de Nueva York. Nos acercamos a una joven con uniforme oscuro que había al otro lado y que parecía estar esperándonos.

—¿Señorita Weston? —La conserje me sonrió con educación y luego miró a mi hermano—. Y el señor Weston, por lo que veo. Los están esperando. He reservado el ascensor número cuatro para ir hasta el ático.

Levanté las cejas levemente en dirección a Lincoln, pero le di las gracias a la chica y fuimos a los ascensores. Era evidente que Eli había avisado de nuestra visita, ya que sabía que era probable que no nos hubieran dejado pasar de no ser así. Ya era consciente de lo inteligente que era el hermano de Jess, pero que se hubiera acordado de hacer algo así en una situación como esta me sorprendió.

Nos montamos en el ascensor, que empezó a ascender, y la velocidad de la subida me mareó un poco.

—¿Estás bien?

—Sí, todo bien. Aunque, si te digo la verdad, nadie debería subir a varios metros por segundo.

Antes de que pudiera responder, habíamos llegado, y las puertas se abrieron dejando a la vista un pasillo de entrada enorme y vacío. Eli se encontraba en el umbral de la puerta de su casa, agarrándose los antebrazos con fuerza. En cuanto me vio, se acercó a mí y, a pesar de que solo nos habíamos visto un par de veces y no teníamos mucha relación, lo rodeé firmemente entre los brazos, o quizá fuera al revés, y nos sostuvimos el uno al otro. Cuando lo dejé ir, compuse una sonrisa tranquilizadora, aunque yo no sentía ni un ápice de esa calma, pero Eli lo necesitaba en estos momentos.

—Siento mucho haberte llamado. —Se pasó la mano por el rostro—. Pero no sabía a quién preguntar para saber cómo estaba Jess. Mi madre no contesta al teléfono.

Contuve el impulso de soltar un par de comentarios sobre el comportamiento inapropiado de Trish y, en su lugar, le rocé el brazo.

—No tienes de qué disculparte. Nadie que se preocupe por Jess debería estar solo en estos momentos. —Me giré—. ¿Conoces a mi hermano Lincoln? —Eli había acompañado a su madre en muy pocas ocasiones, pero estaba segura de que habrían coincidido alguna vez—. Su amigo Ben trabaja en el hospital en el que está Jess y nos va informando de su estado. —De lo contrario, habría estado del todo en la inopia. Le debía un buen favor a Ben.

—¿Qué? ¿En serio? —Eli miró a Lincoln con atención, como si nunca hubiera esperado que otro Weston fuera capaz de pasar por alto su apellido—. Muchas gracias.

—De nada.

Lincoln sonrió levemente y me di cuenta entonces de que por mucho que se odiaran nuestros padres, ese rencor no tenía por qué trasmitirse a nuestra generación. El amor de Valerie y Adam, el de Jess y yo, o el hecho de que mi hermano y yo estuviéramos en aquella casa demostraba que el odio no se heredaba.

La mirada de Eli vagaba por todas partes, como si no supiera en qué centrarse para no perder los estribos. Lo agarré de los hombros con firmeza.

—Lo conseguirá —repetí las palabras de Lincoln—. Tu hermano es una de las personas más fuertes que conozco. Volverá con nosotros, ¿de acuerdo?

Eli asintió con valentía.

Lincoln tomó mi abrigo y los dejó sobre el respaldo del enorme sofá de cuero blanco que había en el salón descomunal.

—Voy a ver si encuentro algo de té.

Se fue a la cocina, que, como todo lo que había en el ático, era de un tamaño desproporcionado. Pero también era muy impersonal, en mi opinión, casi estéril. Un contraste absoluto con el piso de Jess, que era cálido y acogedor, con madera en tonos oscuros y un enorme sofá de terciopelo. Aquí todo era blanco: los suelos, los muebles, la cocina. Y en medio de todo eso, estaba Eli, con una sudadera holgada y unos vaqueros andrajosos, que encajaba tan poco en aquel lugar que llamaba la atención. Este respiró hondo y miró por uno de los ventanales, aunque no pareció disfrutar de las vistas a Central Park.

—¿Quién haría algo así? —preguntó en voz baja—. Quiero decir, sé que en esta ciudad pasan cosas horribles todos los días, pero ¿por qué querría alguien atacar a Jess? No le ha hecho nada a nadie.

A veces no hacía falta ninguna provocación para que se produjeran estas cosas, pero no quise decirlo, porque Eli ya lo sabía.

—La policía está investigando todo lo posible. Creen que fue un robo.

Eli bajó la vista al suelo y sospeché que estaba pensando en cuando él mismo fue víctima de la violencia al ser secuestrado.

Para evitar que se sumiera más en esos recuerdos, pensé en sacar otro tema de conversación, y encontré uno: en el sofá había una tablet y una libreta de dibujo.

—¿Pintas? —pregunté.

—Sí. —Se encogió de hombros—. Nada en concreto, solo cosas que me vienen a la mente o que he visto en alguna parte. Mi madre dice que es una tontería, pero a mí me gusta.

Y otro motivo más para seguir el consejo de Paige de meter el cepillo de dientes en el váter. Entendí mejor entonces por qué Jess se quedaba en la ciudad a pesar de odiar tanto Nueva York. Su hermano no tenía a nadie más que estuviera de su parte.

El miedo de perder a Jess volvió con toda su intensidad, pero respiré hondo. Tenía que pensar en positivo. Teníamos que pensar en positivo, todo lo demás no ayudaba en nada.

—¿Puedo ver esos dibujos? —Sabía que había artistas que eran muy recelosos de sus obras y no quería presionar los límites de Eli.

—Claro.

Cogió la libreta, pero entonces pareció recordar sus modales y me hizo un gesto para indicar que podía sentarme en el sofá. Acepté la libreta, mientras mi hermano llenaba de agua una tetera de diseño y la ponía al fuego. Confié en que funcionaran los electrodomésticos de esta casa. No tenía a Trish por una persona que cocinara a menudo.

Abrí la libreta y, un segundo después, me di cuenta de que no me esperaba en absoluto lo que había en su interior. Lo que tenía delante de mí no eran los garabatos de un adolescente que quería pasar el rato, sino un dibujo de un muelle que parecía tan vivo que la gente que salía en él se antojaba real.

—Vaya, son muy buenos.

Eli pareció un poco avergonzado.

—Solo son esbozos.

—Esto no es un esbozo —le reprendí, y me sentí como si fuera una hermana mayor orgullosa, con la diferencia de que eran realmente buenos y no tenía que fingir.

A este le seguían dibujos muy detallados de edificios, pero noté que Eli siempre dibujaba gente que paseaba por la acera o estaba sentada a su alrededor. Era como si quisiera acostumbrarse a la presencia de otras personas, lo cual no me parecía mala idea a la hora de afrontar sus miedos, ya que podía controlar a las personas de sus dibujos, al contrario que las de la vida real. No fue lo único que me llamó la atención. Había otros seres vivos en la mayoría de sus obras.

Levanté la vista de la libreta.

—Te gustan los perros, ¿verdad?

Los había de todos los tipos, desde pequeños perros salchicha a enormes gran daneses, a un nivel de detalle que tenía clara la respuesta a mi pregunta.

—Me encantan. —Por un momento, vi que el semblante de Eli se iluminaba, aunque desapareció con rapidez tras la máscara del miedo—. Me encantaría tener uno, pero mi madre no me deja. No cree que sea capaz de controlar mis propios ataques. —Se encogió de hombros con futilidad.

Sentí compasión al escucharlo, y me acordé de un artículo que había leído hacía poco sobre los perros de apoyo emocional. Todo el mundo conocía la existencia de los perros guías, pero también había otros que se entrenaban para reconocer otros problemas, como la diabetes, la epilepsia o los ataques de ansiedad postraumática como los que sufría Eli. Estos perros eran increíbles, no solo eran capaces de detectar un ataque de pánico inminente mucho antes de que la persona lo hiciera, sino que también podían calmarlo mediante el contacto físico o encender la luz en el caso de las pesadillas. Tendría que buscar de nuevo ese artículo. Seguro que Jess… «Jess». La punzada de dolor en el corazón fue tan fuerte que tuve que contener un gemido al pensar en él. Por un instante había olvidado que se encontraba entre la vida y la muerte, solo había sido un instante, pero fue suficiente. Me había ocurrido también con Valerie. Al principio, pensaba a menudo en ella como si todavía estuviera viva y la incluía en mis planes de la forma más natural del mundo, a pesar de que yo ya estaba en el internado de Inglaterra. Eran momentos de amnesia muy breves y la realización posterior era una caída muy dura. Al igual que ahora.

«Pero Jess no está muerto», me recordé por enésima vez. Estaba vivo. Iba a sobrevivir. Todo lo demás no tenía cabida en mi mente. Y, sin embargo, el miedo volvió a atenazarme como una serpiente enroscándose lista para morder.

Eli me posó una mano en el brazo y levanté la mirada. Era evidente que se había dado cuenta de que me había sumido en mis oscuros pensamientos y con ese roce fugaz me hizo volver al presente. Esbocé una sonrisa porque sabía que era lo que tocaba, aunque no la sintiera.

En el apartamento de Lincoln solo había tenido que lidiar con mi propio dolor y mi propio miedo, un remolino interminable que cada vez se hundía a más profundidad. Sin embargo, después de la llamada de Eli, había encontrado a otra persona que compartía el mismo dolor y el mismo miedo, y esa persona necesitaba que la ayudara a recomponerse. Pero no era una calle de un sentido. A mí también me reconfortaba saber que no estaba sola en mi inquietud.

Mi hermano ya tenía listo el té y me pregunté si sería la mezcla con los genes británicos lo que nos hacía poner una tetera al fuego cada vez que había alguna crisis. Entonces recibió una llamada y me puse en tensión, pero él negó con la cabeza y respondió con un «Hola, papá» antes de salir al pasillo de la entrada.

Miré a Eli.

—Espero que tengas algo por aquí con lo que pueda defenderme de tu madre si vuelve —bromeé en un intento de aligerar el ambiente.

—Sí, por supuesto —respondió Eli en el mismo tono—. Tengo una pistola del 45 debajo de la almohada y una escopeta en el armario.

Me reí y al instante me puse seria.

—¿Lo dices en serio?

—No, mi madre odia las armas. No quiere tener ninguna en casa. —Se quedó callado unos segundos y me miró. Vi lágrimas en sus ojos—. Jess no se va a morir, ¿verdad?

Cuando empezó a llorar en silencio, lo abracé y fruncí los labios para no echarme a llorar yo también. ¿Por qué había sido tan rematadamente estúpida de sacar ese tema que no mejoraba para nada el ánimo? Después de llevar dos años estudiando psicología, debería haber sido más cuidadosa.

—No lo sé —respondí con sinceridad—, pero tenemos que confiar en que sobrevivirá, ¿entiendes? Si podemos ayudar de alguna forma, lo haremos.

Eli se separó de mí y volvió a asentir con esa actitud valiente que me rompió el corazón más que sus lágrimas. No quería ni imaginar cuánto luchaba cada día y lo importante que era Jess para él.

Cogió su móvil, más por bochorno que por la esperanza de tener alguna novedad, pero abrió los ojos un segundo antes de volver a desilusionarse.

—Mi madre va a quedarse en el hospital. Dice que por ahora no puede marcharse.

Por una parte, lo entendía, pero por otra no. Trish debía de saber por lo que estaba pasando su hijo menor.

—¿Te ha dicho si puedes ir?

Eli negó con la cabeza.

—¿No quieres preguntárselo?

Volvió a negar y dejó el móvil a un lado.

—No me va a dejar. No…, no se le da nada bien gestionar las situaciones difíciles. Con Adam pasó lo mismo. —Eli entrelazó los dedos—. Estuvo todo el tiempo organizando cosas y hablando con los proveedores, sin descansar ni un segundo, como si fuera a morirse por detenerse un poco a sentir sus emociones.

—Probablemente fuera así —respondí de forma escueta. No quería defender el comportamiento de Trish en ningún caso, porque, por mucha tristeza o dolor que uno estuviera sintiendo, no podías pensar solo en ti mismo. No obstante, sabía cómo me había sentido después de la muerte de Valerie y que, cuando sucedía algo así, podías perder de vista todo lo demás.

Las horas pasaron, y entramos en la tarde. En algún momento, Lincoln desapareció para buscar algo de comer que ni Eli ni yo tocamos. El hermano de Jess me enseñó su habitación, que estaba amueblada de una forma mucho más acogedora que el resto de la casa. Al fin y al cabo, debíamos hacer algo para no quedarnos escuchando el tictac del reloj.

—Es muy bonita —afirmé al ver la butaca cómoda y la alfombra colorida que cubría el suelo.

—Fue Jess quien compró todas estas cosas. —Eli sonrió con algo de tristeza—. Dijo que no podía vivir «dentro de un frigorífico».

Correspondí la sonrisa.

—En mi opinión, tenía razón.

—Suele tenerla. Es bastante odioso.

En cuanto se dio cuenta de lo que había dicho, se llevó una mano a la boca como si hubiera insultado profundamente a Jess. Algo que también reconocí de la época posterior a la muerte de Valerie.

—No pasa nada, no tienes que disculparte por eso —dije con rapidez—. Estoy seguro de que estaría de acuerdo con lo que has dicho.

Eli asintió no del todo convencido. Luego pareció caer en algo.

—Oye, ¿puedo preguntarte una cosa?

—Por supuesto.

—¿Estáis juntos ahora? ¿Jess y tú? Sé que mi madre te hizo romper con él.

Por un instante, me embargó mi propio dolor al recordar lo que había sucedido la noche anterior. Por eso no me di cuenta al principio de lo que implicaban sus palabras.

—¿Cómo lo sabes? —Me quedé totalmente perpleja.

—No me lo dijo Jess —replicó Eli—. Lo adiviné yo solo. Tampoco fue difícil cuando vi lo triste que estaba porque no estabais juntos, y lo triste que parecías tú. No me cuadraba.

Resultaba evidente que era un buen observador.

—Siento que hayas tenido que guardar el secreto. —Porque era obvio que así había sido. Trish no se habría quedado quieta si hubiera sabido que había roto el acuerdo.

—No pasa nada. —Se obligó a elevar las comisuras de la boca—. No es el único secreto que guardo. Y con este no lo pasé mal.

Quise responder a su pregunta sobre Jess y yo, pero no encontraba palabras que no me hicieran un nudo en la garganta. Antes de que consiguiera decir algo, apareció Lincoln en la puerta.

—Hola —dijo de una forma que hizo que tanto Eli como yo nos pusiéramos en alerta. Sin embargo, vi una sonrisa en los ojos de mi hermano y contuve el aliento—. Ben me acaba de llamar, hay novedades. Las constantes vitales de Jess han mejorado, mucho más de lo que todo el mundo esperaba. Sus médicos están convencidos de que va a sobrevivir.

Por un momento me quedé mirándolo como si fuera un fantasma, un sueño, de lo mucho que había deseado oír esas palabras. Pero entonces entendí que Lincoln estaba allí en carne y hueso y que lo que había dicho era verdad. El temor por la vida de Jess había acabado.

Solté un grito a medio camino entre una palabrota y una oración y sentí que me inundaba un alivio infinito. Abracé a Eli, luego a Lincoln y de nuevo a Eli, y finalmente tuve que sentarme en la butaca porque no me sostenían las rodillas. Lágrimas de alivio me corrían por las mejillas y le pedí tres veces a Lincoln que me contara las palabras exactas que había dicho Ben, mientras mi cerebro asimilaba que Jess iba a salir vivo de esta. Iba a vivir. Conmigo. Era lo que había decidido anoche y el ataque no había hecho más que reafirmarme en mi decisión. Estaríamos juntos. No iba a ser fácil gestionar a nuestras familias, pero lo conseguiríamos. Y estaba deseando besarlo en mitad de la calle sin miedo a que alguien nos viera.

—¿Qué sucederá ahora? —pregunté al cabo de un rato. En el hospital seguía apostado el personal de seguridad de Trish y estaba segura de que no me dejarían pasar. Al darme cuenta, mi euforia se evaporó un poco, aunque sabía que no era relevante poder visitarlo o no siempre y cuando siguiera recuperándose.

—Tardará un par de días en despertarse. —Lincoln se pasó una mano por el pelo, también parecía increíblemente aliviado—. Primero tiene que recuperarse de las lesiones y, por lo que me ha dicho Ben, estará en observación durante un tiempo.

Asentí. Aunque me habría encantado ir a ver a Jess, ni siquiera su madre podría impedirnos que volviéramos a estar juntos.

Sonó el móvil de Eli, que se lo llevó a la oreja al responder. Por su semblante, supe que estaba hablando con su madre, pero no dijo nada que indicara que ya sabía la noticia por boca de Lincoln. En su lugar, respondió con pocas palabras y con naturalidad antes de colgar y secarse las mejillas.

—Dice que ya puedo ir al hospital, así que voy a avisar a mi chófer para que me recoja. ¿Vienes, Helena? —Me miró esperanzado.

—No creo que sea buena idea. —No le había contado que su madre me había increpado la noche anterior y, aunque habría dado todo lo que tenía por ver a Jess, sabía que no convenía montar ninguna escena—. Pero podemos llevarte nosotros si quieres. Así no tienes que esperar al chófer.

Si no recordaba mal, a Eli seguía costándole ir en coche con un chófer y así podía evitarle el sufrimiento.

—No, no hace falta que os molestéis —afirmó sacudiendo la cabeza.

—No es ninguna molestia —dijo Lincoln, que estaba a mi lado—. Hemos venido con mi coche y no tengo nada que hacer hoy, así que podemos dar un pequeño rodeo.

—Vale, entonces..., gracias.

Eli sonrió, y supe que no solo se refería al ofrecimiento de llevarlo. Me alegré de haber venido y haber pasado el día juntos. Lo quisiera Trish o no, había sido lo correcto.

Lincoln recogió nuestros abrigos y Eli sacó su chaqueta de un armario de la entrada.

—¿Listo? —pregunté, mirándolo atentamente para saber si se sentía incómodo con la situación. Aunque el día de hoy nos había unido, apenas nos conocíamos. Eli respiró hondo.

—Sí.

—Pues vámonos.

El camino desde la zona sur de Central Park hasta la Primera Avenida apenas nos llevó veinte minutos con el tráfico de media tarde. Cuando nos detuvimos frente a las puertas del Monte Sinaí, noté que se me encogía el estómago. Sabía que Jess estaba en ese edificio, a poco más de cien metros de distancia, y quería verlo con todo mi ser, asegurarme de que seguía vivo, decirle que estaba allí, aunque no pudiera oírme. Sin embargo, en estos momentos no tenía fuerzas para enfrentarme a Trish y era consciente de que este deseo se basaba más en lo que quería yo que en lo que era mejor para Jess. Lo único que importaba era que despertara y que, cuando lo hiciera, su madre ya no podría separarnos. ¿Qué eran un par de días de espera frente a los muchos que estaban por venir? Nada.

—¿Seguro que no quieres entrar? —insistió Eli.

—Sí, no es el momento de provocar una pelea.

—De acuerdo —asintió—, pero te escribiré en cuanto esté con él. Y cuando mi madre se calme, vienes, ¿vale?

—Nadie podrá impedírmelo.

Eli volvió a darnos las gracias, salió del coche y corrió hacia el hospital. Cuando desapareció tras las puertas de cristal, mi hermano y yo espiramos al unísono.

—¿Cómo te sientes por no poder entrar? —preguntó mi hermano.

—Fatal. Pero no tanto como cuando no sabía si viviría o no, así que lo superaré. —Acaricié la manilla con los dedos, tentada de abrir la puerta. Pero retiré la mano—. Vámonos. Necesito comer algo urgentemente.

Lincoln puso el intermitente y se reincorporó al tráfico. Estuvimos callados casi todo el camino de vuelta a su casa, aunque era más un silencio provocado por el cansancio que por la incomodidad.

—Gracias por haberme apoyado hoy —dije por fin—. No tienes ni idea de lo que significa para mí.

—Soy tu hermano mayor. Es mi trabajo, ¿no? —comentó en tono relajado, y yo sonreí, porque ambos sabíamos que había hecho mucho más que eso.

—¿Qué te dijo papá? —pregunté entonces.

—Quería saber si ibas a volver. Están preocupados.

Torcí el gesto.

—¿También creen como Trish que el ataque tiene algo que ver con nosotros?

—No, creen que ayer cometiste un error y que ahora te arrepientes. Quieren que te informe de que no están enfadados por haberte largado.

—Anda, qué bien. Pues diles, por favor, que se pueden meter ese comentario condescendiente por donde les quepa.

Mi hermano rio brevemente.

—En realidad, ya le dije que responderías algo por el estilo, aunque no usé esas palabras. De todas formas, quieren que sepas que todavía tienes la puerta abierta.

Habría sido una oferta sincera si la hubieran planteado de otra forma. Así lo único que me dejaban claro era que debía seguir haciéndoles caso y ponerle fin a mi comportamiento rebelde. Y ya podían esperar sentados. Había tomado una decisión. No había sido un arrebato ni un capricho, sino la consecuencia lógica después de lo que había pasado en los últimos meses. Quería seguir siendo su hija, si me dejaban ser como era de verdad. Sin embargo, no parecía ser el caso y por eso no pensaba volver con ellos. Ahora mismo no podía valerme por mí misma, para eso necesitaba tiempo y el apoyo de la otra parte de mi familia.

Miré a mi hermano.

—Linc, ¿crees que podría vivir con vosotros una temporada?

Este quitó la mano del volante y me acarició el hombro.

—Por supuesto. Todo el tiempo que quieras, hermanita.

# 5

# Jessiah

No tenía ni idea de cuánto tiempo llevaba inconsciente, pero, en el instante en el que desperté, sentí como si me hubieran desarmado para luego volverme a montar. Me dolía muchísimo la cabeza, como si todas las células de mi cerebro estuvieran gritándose unas a otras. Por otro lado, mi cuerpo estaba absolutamente quieto y lo notaba extraño, incapaz de moverse. Sentía una punzada de dolor en la espalda o, más bien, en todo el torso. Joder, pero ¿qué había pasado?

Intenté recordar, pero mi cerebro iba a una lentitud pasmosa y no tenía ganas de trabajar. Solo veía imágenes aleatorias que no tenían ningún sentido. Me esforcé por abrir los ojos y gemí al notar el brillo de la luz. «Dios, cómo duele». Me dolía todo. Así que los volví a cerrar y me quedé dormido de nuevo.

Cuando me desperté la siguiente vez, el dolor había remitido un poco, pero estaba confuso y no sabía dónde me encontraba. A la mente solo se me vino una cosa. La última cosa en la que había pensado antes de desmayarme.

—Helena —dije, o quise decir, porque de mi boca no salió ningún sonido. En su lugar, noté como si hubiera algo atascado en mi tráquea.

Un momento, ¿había algo atascado en mi tráquea? Me entró el pánico y me toqué la cara, pero entonces escuché mi nombre.

—¿Jess?

Alguien apareció en mi campo visual y parpadeé un par de veces hasta que reconocí a mi madre. Estaba pálida y tenía los ojos abiertos de par en par. Tuve que resultarle patético, porque nunca había visto esa preocupación en Trish.

—¡Está despierto! —gritó en tono autoritario, y me martilleó la cabeza de lo fuerte que había sonado. Unos pasos después, un rostro extraño se inclinó sobre mí. Parecía una médica.

—Señor Coldwell, ¿puede oírme? —me dijo—. Limítese a asentir, ahora mismo no puede hablar, primero debemos extubarle.

Asentí obedientemente, todavía asustado. ¿Extubar? ¿Qué significaba eso?

—Se encuentra en el hospital, en el Monte Sinaí. ¿Sabe qué ha pasado?

Negué con la cabeza. Así que estaba en un hospital. Eso explicaba algunas cosas.

—Lo ingresamos hace cinco días con una herida de bala.

¿Una herida de bala? No me acordaba de nada de eso, solo de la llamada de Helena. Estaba en la puerta del Harper's, había escuchado su mensaje de camino al coche y la había llamado. Me había dicho que estaba a punto de llegar a mi casa y que me esperaría allí, que se había marchado de casa de sus padres y que había decidido apostar por nosotros. Pero entonces... Nada. Solo oscuridad. No sabía lo que había pasado ni por qué alguien me había disparado. Disparado. Cuando asimilé el significado de esa palabra, me quedé sin aliento. Quise respirar con todas mis fuerzas, pero no pude. Sentí el pánico acumulado en la garganta.

—Te daré algo para calmarte —me dijo la médica mientras manipulaba el soporte intravenoso que había a mi lado—. No te preocupes, te pondrás bien.

Tenía razón, no tardé mucho en relajarme. Los pensamientos se difuminaron hasta convertirse en una masa espesa que ya no lograba comprender.

—Su hijo tiene que dormir —le dijo alguien a Trish, y entonces me dormí y volví a caer en la esponjosa nube de algodón en la que había venido.

Soñé con cosas de lo más extrañas, con lagartos del tamaño de una persona que llevaban deportivas y con dinosaurios que aterrorizaban Nueva York. Sin embargo, cuando salí del mundo de los sueños, supe dónde me encontraba y por qué. Parecía que me habían quitado aquella cosa de la garganta, porque ya no notaba ningún cuerpo extraño. En cambio, la sentía en carne viva, como una madera sin tratar que se deja bajo la lluvia. En realidad, así notaba todo el cuerpo.

La claridad ya no me molestaba tanto en los ojos, quizá fuera porque era de día y las luces estaban apagadas, por la ventana vi un cielo encapotado. Giré la cabeza y miré a mi alrededor. Para ser una habitación de hospital, me pareció bastante acogedora, con paredes en tonos pastel y todo un juego de cojines. En uno de los sofás se encontraba mi hermano pequeño, acurrucado y profundamente dormido. Al verlo se me encogió el corazón.

—Hola —pronuncié casi sin entonación. Era evidente que todavía no podía hablar bien, así que me aclaré la garganta y aquello fue tan efectivo como un despertador. Eli se despertó al segundo, se orientó un instante y sonrió cuando vio que estaba despierto. O como se llamara el estado en el que estaba. Alguien me había disparado, recordé entonces. Pero seguía siendo el mayor de los misterios quién o por qué.

Eli se aproximó hasta quedarse a un lado de la cama y me miró con atención.

—¿Cómo te encuentras? —preguntó de una forma que me dio a entender que este asunto había sido más que serio.

—Yo…

Tuve que toser de nuevo y Eli cogió el vaso de plástico con pajita que había en la mesita de noche. La sostuvo con cuidado delante de mi boca y di un par de tragos, que se deslizaron por mi garganta como si fueran lava. No pude evitar componer una mueca de dolor.

—¿Quieres que llame a la médica? —preguntó mi hermano.

—No. —Era la primera palabra que sonaba como tal—. No hace falta.

Volví a hundirme en la cama.

—¿Estás seguro? Si te duele, puede subirte la dosis.

Negué despacio la cabeza. No sentía mi cuerpo como si fuera realmente mío, pero el dolor era soportable, quizá debido a los calmantes. A mi lado había un aparato que monitorizaba el pulso. Pip, pip, pip, cada sonido me atravesaba el cerebro como una lanza. Deseé que lo apagasen lo más rápido posible.

—Me alegro de que estés aquí —conseguí decir—. ¿Qué día es hoy?

—Sábado. —Eli se sentó en una silla que había junto a la cama—. Ayer fue Nochevieja.

Me había perdido un cambio de año, era un sentimiento extraño, sobre todo, porque significaba que llevaba aquí más de una semana. Una semana desde el incidente. Una semana desde que Helena había apostado por nosotros. Sin embargo, no recordaba haber visto su rostro las veces que me había despertado. Solo había aparecido en mis sueños más aterradores.

—¿Ha..., ha venido Helena? —pregunté con cierta duda, porque no estaba seguro de si quería escuchar la respuesta.

Eli dijo que no y noté que se me formaba un nudo en el estómago. Sabía que iba en dirección a mi casa cuando me dispararon. Me había dicho que quería estar conmigo sin importar las consecuencias para su familia. ¿Se lo habría pensado mejor? ¿O Trish habría ideado otro complot para evitar que Helena pudiera visitarme?

—Quería venir —aclaró Eli—, pero mamá ha..., ha contratado a personal de seguridad. Están plantados delante de la puerta y no dejan entrar a nadie salvo al personal médico, a mí y a ella. A Helena no.

«Sobre todo a Helena», parecía indicar su mirada. El nudo de mi estómago se transformó en rabia. Trish estaba decidida a aplicar cualquier medida con tal de mantenernos alejados.

—¿Puedes llamar a Trish? Tengo que hablar con ella.

—Jess, solo está preocupada —intervino Eli en tono comprensivo. Por lo visto el mío había sido bastante duro—. Está muy asustada por lo que te ha pasado. Creía que te perdería a ti al igual que a Adam. Todos los pensábamos.

—¿Y qué es lo que ha ocurrido?

Me sentía de nuevo tan cansado como si llevara despierto diez días seguidos en vez de apenas diez minutos. Pero tenía que aguantar un poco más.

Mi hermano se encogió de hombros.

—Creo que es mejor que te lo cuente otra persona.

La puerta se abrió y la misma médica que había visto antes entró en la habitación.

—Señor Coldwell, está despierto —dijo en un tono satisfecho y profesional.

—A duras penas, doctora —la corregí.

—Sí, no me extraña. Tardará una temporadita en volver a sentirse en plena forma. —Comprobó el monitor que había junto a mi cama y la dosis de la vía. Eli se levantó y dijo que iba a traerme algo para leer—. Soy la doctora Wang, la médica que lo está tratando. ¿Le duele algo en estos momentos?

Negué despacio con la cabeza.

—Poco. Es más como un entumecimiento.

—De acuerdo. Si empeora, presione este botón y se liberará automáticamente la dosis adecuada. Si nota un dolor demasiado fuerte, entonces llámenos, por favor.

—Lo haré, gracias.

Quise sonreír, pero no lo conseguí. Me notaba torpe, como si estuviera a cámara lenta. Me había lesionado varias veces y a los doce años acabé en el hospital con una pierna rota, pero lo de ahora era una nueva dimensión, estaba claro. Alguien me había disparado. Era algo que aún no había sido capaz de asimilar.

—Por cierto, la policía quiere hablar con usted. —La doctora Wang levantó la vista del portapapeles—. Lo he postergado hasta ahora, diciéndoles que tenía que descansar, pero me temo que no puedo seguir evitándolo.

Repasé mis recuerdos, pero seguía viendo una oscuridad absoluta.

—Puedo hablar con ellos, aunque dudo que sirva para algo. No sé nada del ataque.

Me miró inquisitiva.

—No es de extrañar. Es lo que llamamos amnesia retrógrada, suele suceder después de un evento traumático. Es más que probable que recupere esos recuerdos, pero es posible que tarde un tiempo. Si siente ansiedad por ello, podemos darle alguna medicación para tratarla.

—No, no necesito nada.

Si me encontrara en forma, seguramente me habría vuelto loco no recordar nada del ataque, pero por el momento estaba agradecido. Con independencia de lo que hubiera sucedido, tal vez ese mecanismo de mi cerebro estaba funcionando por alguna buena razón, incluso si no ayudaba a encontrar a los culpables.

—¿Sabe usted lo que pasó?

Mi mente empezó a fatigarse, pero me esforcé por mantener la concentración.

La doctora Wang dejó el portapapeles al pie de la cama.

—Por lo que sabe la policía, iba camino de su coche cuando le asaltaron varias personas. No saben qué querían de usted, pero cuando le encontraron no tenía ni la cartera ni el móvil.

Entonces había sido un robo. No sabía qué era lo que esperaba, pero de alguna forma, me tranquilizó. Sin embargo, antes de que pudiera seguir preguntando, la puerta se abrió y mi madre irrumpió en la habitación.

—¡Eli me ha dicho que estás despierto! —Corrió hasta mi cama, como siempre con un abrigo de tonos claros y un peinado impecable. Capté el olor de su perfume de Clive Christian en cuanto se acercó. En apariencia parecía ser la misma persona de siempre, pero en sus ojos percibí también una preocupación verdadera—. Doctora Wang, ¿cómo se encuentra?

La médica levantó una ceja.

—Ahora que está despierto puede preguntárselo usted misma. Desde el punto de vista médico, lo que necesita es reposo. Mucho. —Imprimió firmeza en cada una de las palabras antes de lanzarle una mirada significativa y desaparecer por la puerta, que cerró a su paso.

—Cariño, ¿cómo te sientes? —preguntó mirándome.

¿Cariño? Eso sí que era nuevo.

—Estoy bien —respondí, y luché contra una nueva oleada de cansancio que me pedía a gritos que volviera a dormirme. Sin embargo, quería aclarar algo antes—. ¿Es cierto que has contratado a personal de seguridad para que vigilen mi habitación?

Trish alzó la nariz un poco más.

—Así es. Has estado a punto de morir, Jessiah, en un callejón del Village porque alguien te ha disparado, por Dios santo. Nadie sabe quién ha sido, así que mi trabajo es protegerte. Nadie puede asegurarme que no lo intentarán de nuevo. Eso por no mencionar que la prensa se abalanzaría a por nosotros si no le ponemos remedio. Todos los medios se han hecho eco del incidente y lo hemos mantenido bajo control, pero les gustaría entrevistarte en persona.

—Entonces ¿esos tipos están ahí para protegerme? —repliqué—. ¿O para mantener a alguien alejado de mí?

A Helena, para ser más concretos. ¿Cómo se habría sentido después de haber estado una semana sin saber si me recuperaría? ¿Y dónde estaba? ¿Había vuelto a casa de sus padres? No, no me parecía factible. O prefería no pensarlo.

—¿Hablas de la pequeña de los Weston? —Trish me miró cómo si supiera exactamente la decisión que Helena había tomado en Nochebuena—. ¿De esa chica que tuvo la insolencia de presentarse en el hospital para enterarse de tu estado como si tuviera algún derecho a hacerlo? ¿La que tuvo la insolencia de decir que te quería?

—¿Qué?

La miré con mucha atención, incapaz de creer lo que me estaba contando. ¿Helena le había dicho a mi madre que me quería? Una oleada de calidez recorrió mi cuerpo y tuve que controlarme para no sonreír. «Me quiere». Era la mejor noticia que me habían dado en mucho tiempo.

Trish pareció darse cuenta de que había cometido un error. Probablemente había advertido que esa declaración de amor era algo nuevo para mí. Ahora me lo había revelado y eso no entraba en sus planes.

—Sea como fuere —añadió enseguida—, aquí no entra nadie sin mi autorización. Y no hay más que hablar. Es demasiado peligroso.

Dejé escapar un suspiro. La parte superior de mi cuerpo empezó a palpitar de forma dolorosa, seguramente por la contención de la rabia que me estaban provocando los tejemanejes de Trish. Entonces me di cuenta de que no había ningún teléfono en la mesita de noche. ¿Me lo habría quitado?

—Estás paranoica —espeté—. Ha sido un robo que se ha ido de las manos. Mala suerte, nada más. Y es inútil que intentes sabotear mi relación con Helena. En cuanto salga de aquí, estaremos juntos. Me da igual lo que tengas que decir al respecto.

La boca de Trish se transformó en una fina línea, pero no dijo nada más y mi cerebro entorpecido supuso por qué: porque no quería delatarse. Y yo no podía contar nada más hasta que no hablase con Helena. Aunque entendía que el trato se había ido al traste, no quería pelearme con Trish por eso sin saber de antemano la opinión de Helena.

—Eso ya lo veremos —replicó mi madre, y reuní todas mis fuerzas para repetirle que no podía impedir el paso a quien quisiera visitarme. Sin embargo, en ese momento entró Eli por la puerta y me tragué mis palabras.

Mi hermano nos miró de hito en hito, consciente de la tensión que se respiraba en el ambiente. Aun así, no dijo nada, se limitó a dejarme unas cuantas revistas sobre la cama.

—No sabía qué te apetecería leer, así que te he traído un poco de todo. Si de repente te interesas por los yates, hay una revista en la que salen todos los nuevos modelos.

Sonrió con socarronería.

—Sí, me estaba planteando comprarme un barco excesivamente caro —comenté en el mismo tono—. Gracias, enano.

—Eli, recoge tus cosas. Jess tiene que descansar. —Trish se echó el bolso al hombro y esperó a que mi hermano cogiera la chaqueta del sofá y se la pusiera. Después se giró de nuevo hacia mí—. Luego nos vemos. Descansa un poco, seguro que estás cansado.

«Sí, sobre todo, de ti», pensé. Pero no lo dije en voz alta.

Ya había salido por la puerta cuando Eli se dio la vuelta. Al principio creía que se le había olvidado algo, pero entonces miró a su alrededor como si quisiera asegurarse de que Trish no lo había visto. Metió la mano en el bolsillo de su chaqueta y sacó algo para dármelo: su teléfono móvil.

Lo miré desconcertado.

—Su número está guardado —susurró.

—Elijah, vámonos —lo llamó Trish desde el pasillo, y mi hermano salió tan rápido que no le dio tiempo ni a escuchar mi agradecimiento.

# 6

# Helena

*Nombre del estudiante: Helena Grace Weston*
*Departamento elegido: Jonathan M. Tisch Center of Hospitality*
*Rama de estudio elegida: Turismo y viajes*
*Por favor, cargue aquí su documentación…*

Suspiré al darme cuenta de que llevaba minutos contemplando la pantalla de mi ordenador y que todavía no había subido los documentos necesarios a la página de la universidad. Había pasado casi una hora intentando concentrarme en la solicitud de la NYU, pero las líneas se desdibujaban ante mis ojos, y mis pensamientos iban a la deriva. Había transcurrido más de una semana. Ocho días desde que dispararon a Jess, y todavía no me habían permitido verlo. Me había dejado caer hacía tres por el hospital Monte Sinaí, pero el personal de seguridad no me había permitido pasar. Y poco a poco, la situación empezaba no solo a causarme tristeza e impotencia, sino también rabia.

Estiré la espalda agarrotada y me puse en pie. Tal vez me vendría bien tomarme un descanso. Me habría encantado salir y dar un paseo por Central Park, pero la temperatura había descendido un par de grados y no quería quedarme congelada. Además, tenía otra cosa en la que centrarme.

La casa estaba en silencio cuando salí del dormitorio de invitados y me dirigí a la cocina para hacerme una taza de té. Lincoln se encontraba trabajando y Paige había ido a una reunión de su asociación de mujeres, que pretendía crear una organización benéfica para los niños desfavorecidos. Me alegré de que ambos estuvieran dedicados a sus responsabilidades, no quería que mi hermano también perdiera el favor de mis padres.

Mientras esperaba a que el agua empezara a hervir, me asomé por la ventana y observé las nubes grises que encapotaban el cielo desde hacía días. La Nochevieja la pasé en esta casa, sola. Lincoln y Paige estaban invitados a casa de unos amigos, e intentaron convencerme de que fuera con ellos, pero no estaba de humor para fiestas. Entonces propusieron quedarse conmigo y tuve que echarlos para que se fueran. Después de eso, me senté ante la ventana, estuve leyendo y, cuando a medianoche estallaron los fuegos artificiales desde Central Park, miré al exterior y sentí alegría y miedo a partes iguales. Era la primera vez en mi vida que no tenía nada seguro.

Aunque ahora sabía lo que quería, eran más deseos que planes y, por mucho que mi hermano me apoyara, estaba en una situación temporal. La semana siguiente tenía una cita con nuestro banco, ya que quería saber cuáles eran mis opciones a la hora de pedir un préstamo. Lo más probable era que llamaran a mis padres, pero me daba igual. Ninguno de los dos se había pasado por allí ni me habían llamado, solo se comunicaban con Lincoln. Siempre dejaban caer que podía volver si cambiaba de opinión, pero no parecía que quisieran apoyarme. No me quedaba claro si realmente pensaban que todo esto era una fase y que no lo hacía en serio. Si me hubieran preguntado, les habría dicho que no cambiaría mi decisión por Jess. Lo amaba y quería estar con él; quería saber si lo nuestro podía ser tan maravilloso como yo creía. Y lo mismo con mi decisión de vivir mi vida de acuerdo con mis propios deseos. Esperaba que lo aceptaran en algún momento. Aunque ahora llevaba bien no tener contacto alguno con mis padres, sabía que me afectaría a la larga.

La tetera chisporroteó y busqué en el estante bien surtido de tés alguna variedad que me gustara. No había llegado a encontrar una cuando me sonó el teléfono en la habitación de invitados y corrí en su busca.

En la pantalla aparecía el número de Eli. Se había encargado de ponerme al tanto los días anteriores del estado de salud de Jess y de cuándo se despertaba, aunque fuera a ratos. Sin embargo, nunca me había llamado y me pregunté qué querría mientras desplazaba el botón verde hacia la derecha. Ojalá no fueran malas noticias.

—Hola, Eli —saludé, intentando no delatar mi preocupación.

—Frío, frío —recibí como respuesta.

Estuve a punto de dejar caer el móvil cuando escuché aquella voz tan familiar, que sonaba bastante exhausta, pero igual a como la recordaba.

—Jess —susurré, como si fuera un fantasma que pudiera desaparecer si hablaba en voz alta.

—Hola, amapola. Siento no haberte llamado antes.

—No…, no pasa nada. —Sentí el picor de las lágrimas en los ojos, aunque esta vez eran de alegría. Aunque ya sabía que Jess estaba fuera de peligro, hablar con él me provocaba un alivio muy distinto—. ¿Cómo te encuentras?

Jess inspiró.

—Bien. Bueno, bien no, pero lo estaré dentro de poco. ¿Cómo estás tú? ¿Va todo bien?

Su tono cariñoso no consiguió que se deshiciera el nudo que tenía en la garganta. Tragué saliva antes de responder.

—Sí, claro. —No era del todo cierto, pero, al contrario que en su caso, mi vida nunca había corrido peligro. Me parecía ridículo contarle que ahora mismo no sabía qué hacer con mi vida.

—¿Dónde estás? —me preguntó.

—Estoy en casa de Lincoln, me ha ofrecido asilo.

—Muy amable por su parte. —Sonaba tan aliviado que supuse que creía que me había vuelto con mis padres. Un momento, ¿creería también que por eso no había ido a verle? Tomé aire rápidamente—. Quería ir a verte —prometí—, quería ir, pero…

—Esos tipos de la puerta no te dejaron pasar, lo sé. —Jess resopló—. Esto es peor que una celda de alta seguridad. Si Eli no me hubiera dado su teléfono, ni siquiera habría podido llamarte.

Sonreí.

—Un gesto muy generoso teniendo en cuenta lo mucho que dependen los adolescentes de los móviles.

—Sí, por eso dudo que tarde mucho en pedírmelo de vuelta. —Las palabras de Jess se tornaron más pesadas y sospeché que le costaba mucho esfuerzo el simple hecho de hablar—. Te echo de menos. Y no quiero hablar contigo por teléfono. ¿Puedes venir?

En sus labios sonaba tan fácil que en mi estómago empezó a abrirse paso un hormigueo cálido. Dios, yo también lo echaba de menos, y mucho. Y nada me habría gustado más que dejarlo todo para correr a sus brazos. Pero había un problema.

—Sigue habiendo unos hombres apostados en tu puerta —le recordé—. Llevo varios días pensando en convertirme en ninja, pero, por desgracia, no termino de dominar lo de hacerme invisible.

Jess soltó una carcajada que acabó en un improperio.

—Joder, me duele hasta reírme.

—No era mi intención —dije enseguida.

—No es culpa tuya. Además, me ha sentado bien. —Respiró hondo—. Yo me ocuparé de los hombres de la puerta.

—¿Y qué me dices de Trish?

El simple hecho de pensar en su madre me cabreaba. No es que rehuyera volver a encararme con ella, aunque aún me daba miedo qué repercusiones pudiera tener eso para mi familia. Aun así, pelearme con ella en la puerta no iba a ayudar al estado de Jess.

—Trish que se joda —se limitó a decir—. Aunque entiendo que será más complicado controlar a su panda de policías privados mientras esté presente. Y me ha dicho que volvería a visitarme.

—Entonces será mejor que vaya a verte cuando se haya ido, cuando termine el horario de visitas. A eso de las ocho. —Para eso todavía quedaban un par de horas, lo cual me parecía muchísimo tiempo, pero era mejor ser precavidos—. ¿Quieres que te lleve algo?

—No —respondió Jess, que sonaba como si se estuviera quedando dormido—. Contigo me basta.

Sonreí.

—Luego nos vemos.

Solo obtuve un murmullo por respuesta, y mantuve la sonrisa mientras colgaba y me acercaba a la ventana. El cielo seguía lleno de nubes grises, pero, de alguna forma, me dio la sensación de que se había vuelto más brillante.

Me sentí nerviosa cuando atravesé la puerta secundaria del hospital Monte Sinaí a las ocho menos cuarto. Sabía que Trish ya se había marchado, ya que Jess me había enviado un mensaje desde el móvil de Eli diciéndome que había salido del hospital hacía veinte minutos. También me había asegurado que el personal de seguridad no me daría ningún problema. Sin embargo, mi pulso iba más rápido de lo normal cuando me subí al ascensor y presioné el botón de la planta correspondiente. No porque creyera que estaba haciendo algo malo; probablemente se debía al caos que se había desatado en mi mente y mi corazón esta última semana.

La habitación de Jess se encontraba al final de un pasillo bastante despejado. Una enfermera me saludó al pasar a su lado, como si supiera sin duda quién era y a quién venía a ver. Hasta el enorme tipo de aspecto aterrador apostado junto a la puerta de la habitación se limitó a asentirme y se apartó cuando llegué. Estuve a punto de preguntar si estaba seguro de dejarme entrar, pero luego llamé a la puerta y lo hice sin más.

Me había preparado mentalmente para lo que me esperaba. Al fin y al cabo, no hacía tanto que mi padre había estado ingresado y me había impactado mucho verlo tan vulnerable. Todo el mundo parecía hacerse más pequeño en una cama de hospital, rodeados de tubos y cables, se encogían de una forma de lo más extraña.

Y, a pesar de ser consciente de ello, ver a Jess fue una sensación muy distinta.

Era evidente que no me había oído llamar a la puerta, pues sus ojos seguían cerrados cuando entorné la puerta a mi paso. A pesar de que la habitación estaba iluminada con una luz cálida, la piel de Jess se veía pálida y el moratón que tenía en la barbilla lucía de un púrpura oscuro. Incluso dormido parecía cansado y exhausto, como si los últimos días hubieran absorbido todas sus fuerzas. Aunque sabía que no era indestructible, verlo así y saber que había estado a punto de morir hizo que se me encogiera el estómago del amor y del miedo que sentía. Algo que sin duda percibió en mi expresión cuando finalmente abrió los ojos y me vio, pero no me importaba. Él era la única persona con la que no tenía que fingir fortaleza cuando me sentía débil. Sonreí y me acerqué a la cama.

—Hola —susurré con voz ahogada.

—Hola. —Las comisuras de sus labios dibujaron una sonrisa irónica—. Me miras como si estuvieras en mi funeral.

—Lo siento.

Me enjugué enseguida las lágrimas, sobre todo de alivio. Solo de verlo y hablar con él, aunque pareciera tan exhausto, me preocupaba y, al mismo tiempo, me calmaba.

—No pasa nada. Ven aquí.

Estiró una mano. Me quité el abrigo y lo dejé sobre el respaldo de la silla que había junto a la cama. Luego tomé la mano de Jess y entrelacé mis dedos con los suyos. Me apretó con más fuerza de lo que habría pensado y se echó un poco a un lado para hacerme sitio en la cama.

—¿Cómo estás? —pregunté, y le acaricié la mejilla sana con la mano que tenía libre—. ¿Te duele algo? —Tenía la piel caliente al tacto, y sentí que algo en mí, ese estado de alarma en el que había vivido la última semana, se relajaba: estaba vivo y se pondría bien. Era algo que ya sabía, pero ahora también lo sentía.

—No, solo estoy muy cansado. —De nuevo esa sonrisa torcida—. Me tienen bastante drogado, así que no siento dolor en ninguna parte. —Señaló vagamente el torso que cubría la manta, ahí donde debían de estar sus heridas. Según me había informado Ben, la bala había entrado por la espalda y había salido por delante. No quería ni imaginarme cuánto dolía eso.

Aparté la vista del torso y lo miré a la cara.

—No te haces una idea de lo mucho que me alegro de que te vayas a poner bien —susurré.

—Sí, yo también —asintió exhausto—. Todavía tenía un par de cosas planeadas para mi vida. Aunque creo que voy a tener que tachar de mi lista hacer carrera como modelo de calzoncillos.

Me reí suavemente, aunque no tenía gracia.

—Por lo que he oído, ser modelo es un trabajo bastante aburrido. La mitad del tiempo estás esperando y la otra, te congelas.

—Sí, lo sé. —Miró el techo con resignación—. Lo probé una vez y no me divertí mucho, la verdad.

—¿Fuiste modelo? —Sonreí con socarronería—. ¿Hay fotos de eso?

—Claro. Si eres capaz de encontrar un folleto de la oficina de turismo de Nueva Gales del Sur que se imprimió hace cuatro años y del que hicieron apenas quinientas copias, adelante. Te deseo mucha suerte.

Alcé el mentón.

—No subestimes mis habilidades de búsqueda en Google.

—No me atrevería. Ni esa habilidad ni ninguna otra.

Jess sonrió, levantó la mano y me acarició el brazo. Fue un gesto simple, aunque algo torpe, y bastó para recordarme que nos encontrábamos en el hospital porque había estado a punto de morir. Que nuestra relación habría podido acabar de la peor forma posible incluso antes de empezar. Y aquello provocó que se me hiciera un nudo en la garganta.

—¿Qué sucede? —me preguntó preocupado. Veía en mi gesto que mis pensamientos habían saltado a un tema totalmente distinto.

—Nada, nada en absoluto. —Sacudí la cabeza. Ahora lo importante era él, no yo—. Todo va bien.

—Vamos, habla conmigo. Si en estos días has conocido a otra persona, sería una lástima. Pero ahora mismo no puedo salir a retorcerle el pescuezo, así que está a salvo.

Se me escapó un bufido a medio camino entre enfado y risa, pero el nudo seguía presente. No intenté convencerle de nuevo de que todo iba bien. Porque no era así.

—Pensé que te perdería al igual que a Valerie —conseguí decir. Las lágrimas volvieron a abrirse paso hasta mis ojos y las aparté—. Que aquella llamada de teléfono sería la última vez que escucharía tu voz.

—Pero no fue así. —Jess me acarició la mano—. Aunque fue una buena última llamada de teléfono. Me dijiste que podríamos estar juntos por fin.

Abrí los ojos de par en par. ¿Es que no se acordaba de que me había vuelto a llamar después del disparo? Todo indicaba que no.

—No hagas esas bromas —respondí, sin decirle que esa no había sido nuestra última llamada. La amnesia era algo común cuando sucedía algo tan traumático y soltarle toda esa información en su estado no era buena idea.

Así que me contuve de explicarle que nuestra última conversación se produjo después de que le dispararan y cómo había sonado su voz. El miedo que sentí cuando lo escuché pronunciar aquella palabra, esas cuatro sílabas, a punto de perder la vida.

—Lo digo en serio. Nuestra conversación es lo último que recuerdo —murmuró Jess, que volvió a hundir la cabeza en la almohada—. No recuerdo nada del ataque.

No tuve respuesta para eso, pues el nudo volvía a atenazarme la garganta y amenazaba con asfixiarme. Jess se dio cuenta.

—Oye, mírame. Estoy aquí. —Rozó mi mano y noté que lo que quería era darme un abrazo de esos que solo él podía ofrecer, un abrazo que me hiciera sentir protegida y segura. Pero los muchos cables y tubos lo hacían imposible, por lo que solo consiguió pasar el dedo por mi mejilla—. Todo volverá a la normalidad. En un par de semanas olvidaremos lo que ha pasado.

Quería creerlo con todas mis fuerzas, pero estaba segura de que no sería tan fácil. Vivir mi vida con él había sido una decisión que no había tomado a la ligera y había sopesado todas las consecuencias. Sin embargo, este ataque me había sacudido de una forma que me hacía sentir inseguridad en todos los aspectos. En todos excepto en uno: mis sentimientos. Más que nunca tenía claro que quería a Jess.

Y como quería aferrarme a ese sentimiento, o debía aferrarme más bien, me incliné y deposité mis labios sobre los suyos. No fue un beso en toda regla, más bien un atisbo, pero, aun así, consiguió provocarme una sensación de profunda calidez en el estómago.

Jess dejó escapar un suspiro de satisfacción, seguido de uno frustrado.

—Joder, cómo odio que no podamos hacerlo bien.

Me senté de nuevo.

—Esperaremos a que salgas de aquí. —Aunque la anticipación que había desatado el beso permaneció débil, inundada por todo lo que me daba vueltas en la cabeza.

—Te tomo la palabra —respondió Jess, y me miró durante tanto tiempo que tuve la sensación de que quería leerme el pensamiento. En sus ojos vi la preocupación, hasta que habló de nuevo—. ¿Te arrepientes?

—¿De qué?

—De lo que decidiste en Nochebuena. Lo de abandonar a tu familia y estar conmigo. Es un asunto muy serio y, después de todo lo que ha pasado, entendería que…

—No —le interrumpí, y volví a acariciarle la mejilla—. Dudo de muchas cosas, pero de eso no. Ni lo más mínimo.

—Bien. Eso está bien —sonaba aliviado—. Cuando recobre las fuerzas, hablaré con Trish para que deje en paz a tu familia —murmuró, y cerró los ojos un momento.

—Será mejor que descanses.

Me puse en pie y, al instante, volvió a abrir los ojos. Me dirigió una mirada cargada de indignación.

—¿Para qué he sobornado a toda esta gente si te vas a ir después de cinco minutos? Me he gastado mucho dinero.

Sonreí de lado.

—Ah, ¿sí? ¿Así es como lo has conseguido?

—Sí. —Asintió con cansancio—. Puede que les contara alguna historia triste o empleara mis encantos, no me acuerdo muy bien. —Mantuvo los ojos abiertos con mucho esfuerzo—. ¿Te quedas un poco más?

—Me quedaré todo lo que quieras. —Después de no haberlo podido ver durante una semana (además de los seis meses que habíamos estado separados), no quería estar en ningún otro sitio. Así podría convencerme de que se ponía mejor a cada minuto que pasara—. Aunque creo que el horario de visitas termina ahora y entonces me echarán.

—No te preocupes, no vendrán aquí.

Jess se movió otro poco hacia un lado de la cama y estiró el brazo que no tenía una vía intravenosa. Una invitación que me encogió el estómago de las ganas que tenía. Nada me habría gustado más que acurrucarme en sus brazos y apoyar la cabeza en la curvatura de su cuello.

—No sé si es lo mejor para ti que me…

—Créeme, nada me vendría mejor —me interrumpió con cariño.

No discutí más, me limité a tenderme con cuidado a su lado y apoyé con suavidad la cabeza sobre sus hombros, porque no sabía si le dolería. Pero él se pegó a mí un poco más y suspiré. Estar a su lado era una sensación del todo maravillosa. Nos encontrábamos en una increíble tierra de nadie entre el pasado y el futuro, donde el tiempo no existía y, aunque no me gustaba, me sumergí en esa sensación de estar totalmente presente.

Cuando me di cuenta de que Jess se había quedado dormido, mucho más rápido que una persona sana, yo también cerré los ojos, consciente de estar en una habitación de hospital, algo que relacionaba con la pena, el dolor y la pérdida.

Y, sin embargo, en ese momento, no habría sido más feliz en ningún otro lugar.

# 7

# Jessiah

Despertarse en un hospital no era de agrado para nadie, al menos, en circunstancias normales. Sin embargo, cuando abrí los ojos esa mañana, me sentí mucho mejor de lo que esperaba. No solo porque hubiera dormido de un tirón después de haber pasado varias noches desvelándome de madrugada, sino, sobre todo, porque Helena estaba a mi lado, durmiendo plácidamente sobre mi hombro. En el exterior aún reinaba la oscuridad, aunque supuse que ya era un nuevo día; se oía el tráfico amortiguado de la Primera Avenida.

Me moví un poco y Helena debió de notarlo, porque se despertó y se incorporó de un salto cuando se dio cuenta de dónde estaba. Me miró sorprendida.

—¿Me he quedado dormida? Ay, Dios, seguro que te he hecho daño, ¿verdad?

—En absoluto. Estoy perfectamente.

Aparté un mechón de su rostro y sonreí. En alguna parte había leído que los sentimientos positivos ayudaban a sanar los dolores del cuerpo y, en estos momentos, comprobé que era verdad. Tenía la sensación de que me encontraba mejor que la noche anterior. A pesar de que notaba el cuerpo algo rígido por haber pasado varias horas en la misma postura, no me importaba.

Helena ensanchó la sonrisa.

—Ha estado bien. No tanto como nuestras otras noches, pero mejor de lo que imaginaba.

—Qué bonito —reí con suavidad—. Espero no volver a escuchar algo así.

—Depende por completo de ti.

Helena se inclinó para besarme. Esta vez no fue tan precavida, pero siguió tratándome con ternura. Fue suficiente para poner en tensión mi entrepierna, y mascullé un gemido de dolor cuando las heridas protestaron como respuesta.

—Vale, ahora sí que te he hecho daño. —Se separó rápido de mí y se levantó de la cama.

—No, de eso nada. Pero tengo demasiadas ganas de salir de aquí. —«Y mi cuerpo funciona como siempre», pensé en silencio. Me pareció tan extraño que me dio algo de miedo.

—¿Sabes cuándo será? —preguntó Helena. Seguía a un lado de la cama y empleó un tono casual; estaba claro que comprendía que no me venía bien despertar ningún tipo de deseo en mí.

—No lo sé. La médica mencionó algo sobre rehabilitación, pero no tengo ni idea de cuánto tiempo querrán dejarme ingresado.

Sonaron unos golpes cortos y fuertes en la puerta. Vi que Helena se ponía en tensión, pero yo reconocí los golpes y supe que se trataba de una de las enfermeras. Aunque no me dio tiempo a abrir la boca y decir nada antes de que entrara. Era Adele, una de las trabajadoras de más edad que ayer había tenido que ganarme con todos mis encantos para que pasara por alto la visita de Helena. Aparentemente, le resultaba romántico que fuéramos una especie de Romeo y Julieta modernos y por eso había permitido que pasara aquí la noche. Sin embargo, ahora mostraba una expresión severa y eso no auguraba nada bueno.

—Tu madre está subiendo a planta —informó—. Los de seguridad la han avisado.

«Oh, oh». Al personal de seguridad solo le había dicho que Helena acababa de ser admitida en la lista de invitados permitidos y que a mi madre no le haría mucha gracia que la llamaran para eso. El de la puerta se lo había tragado y, por primera vez, agradecí que la gente de esta ciudad le tuviera tanto miedo a Trish. Pero ahora ya no tenía sentido: en cuanto entrara por la puerta, descubriría mi mentira.

—Entonces será mejor que me vaya.

Helena echó mano a su abrigo, que seguía en el respaldo de la silla, y buscó su bolso. Detestaba la expresión de su rostro: miedo y rabia, una mezcla que Trish podría haber patentado por la cantidad de veces que la provocaba en las personas. Sabía con certeza que Helena desaparecería en unos segundos si no hacía nada por impedirlo. Así que me volví hacia la enfermera.

—Adele, ¿te importaría entretener a mi madre un par de minutos?

Esta sonrió levemente.

—Solo porque me lo pides tú. Encontraré algún formulario que deba rellenar.

—Gracias, eres un encanto.

Asintió y se fue.

Me incorporé un poco y observé a Helena. Parecía nerviosa.

—Jess, créeme, es mejor que no nos veamos. La última vez fue… No fue especialmente agradable.

Por la expresión que tenía, se estaba quedando más que corta con esa descripción.

—¿Qué te dijo?

Sabía que Helena había declarado su amor, pero Trish no había mencionado ni una palabra de lo que le dijo ella a Helena. Esta se pasó una mano por el pelo.

—No importa.

—A mí sí.

Helena dudó unos instantes.

—Me dijo que lo que te había pasado era culpa mía. —Hablaba en voz baja—. Que Valerie había matado a Adam y que yo había hecho lo mismo contigo… —Se quedó callada y tensó los labios. Jamás había tenido tantas ganas de levantarme y arroparla entre mis brazos.

—Trish miente. —Traté de animarla, pero me costaba encontrar la palabras adecuadas—. Y lo sabes.

Helena asintió con coraje.

—Lo sé. Pero prefiero irme antes que volver a escucharla.

Entendía por qué lo decía.

Helena sabía que mi madre no tenía razón, pero, aun así, le dolía. Y aunque no habíamos hablado del tema, sabíamos que Trish podía volver a idear algún plan para separarnos. Que nos hubiéramos elegido el uno al otro no significaba que fuera a ser fácil.

—Hablaremos cuando vuelvas, ¿vale? —dije para intentar alegrar el ceño fruncido de Helena.

Esta se inclinó sobre mí y me dio un dulce beso en la frente.

—Mándame un mensaje cuando no haya moros en la costa y, hasta entonces, descansa. —Me dedicó una sonrisa y, diez segundos después, ya había salido por la puerta.

No perdí el tiempo y apoyé de nuevo la cabeza sobre la almohada y cerré los ojos. Fingir que estaba dormido cuando Trish entrara me pareció la única forma de no retorcerle el pescuezo, al diablo con las lesiones. ¿Cómo había sido capaz de echarle en cara a Helena esas acusaciones en un momento como ese? ¿Cómo de insensible era para ser incapaz de contenerse por una vez?

Lo bueno fue que la farsa funcionó a las mil maravillas. Mi madre entró en la habitación, me habló y, cuando vio que no respondía, me acarició suavemente el brazo y salió de nuevo, hasta que escuché cómo le daba órdenes al personal sanitario. Por lo visto, en mi habitación hacía demasiado frío, las almohadas no estaban ahuecadas y las flores de la mesita de noche estaban empezando a marchitarse. «Una verdadera catástrofe, sobre todo, comparado con haber estado a punto de morir», pensé con sarcasmo. Aun así, me esforcé por controlar mi ira; ahora no la necesitaba.

Volvió a abrirse la puerta, aunque esta vez no sonaron los pasos de Trish.

—Se ha ido —me informó Adele, y yo abrí los ojos y exhalé furioso—. Ha dicho que hoy tenía varias reuniones y que volvería mañana.

—¿Antes o después de volver loco a todo el personal? Siento mucho que monte tanto drama.

—Ah, no pasa nada —sonrió Adele con la boca torcida—. Llevo diez años trabajando en esta planta, en el pasillo VIP para pacientes ricos. Tu madre no es ni mucho menos lo peor que he soportado.

No le pregunté qué había sido lo peor, pues me dio la impresión de que no querría saberlo.

—¿Cómo te encuentras hoy? —Adele me miró inquisitiva.

—Mejor —respondí con sinceridad, y ella sonrió.

—Lo que no arregle el amor... Pero espero que no te acostumbres a estas visitas, porque el resto de mis compañeros no verán con buenos ojos estos gestos románticos.

Me miró largo y tendido.

—En realidad, lo que esperaba es que me quitaras todos estos tubos y me dejaras ir a casa.

Adele rio.

—Me encanta tu optimismo, señor Coldwell.

—Jess, por favor.

—Muy bien, Jess. Luego vendremos a cambiarte las vendas y la doctora Wang se pasará a revisar los puntos y a ver que todo mejora como debería. Pero aunque ahora te encuentres mejor, tardarás una buena temporada en estar como nuevo.

Siempre la misma cantinela. Nadie me decía cuánto tiempo duraría esa «temporada».

—¿De cuánto estamos hablando? ¿Dos semanas? ¿Tres? —Nunca había sufrido una lesión así y, hasta el momento, no había conseguido estar despierto el tiempo suficiente para preguntárselo a nadie. Quizá fuera por miedo.

—Según mi experiencia, unos dos meses. Este tipo de herida no se cura de la noche a la mañana. —Compuso su sonrisa más profesional—. Pero lo hará. Y volverás a ponerte en pie. El tiempo pasará más rápido de lo que crees.

Resistí el impulso de colocar la mano en la herida de entrada de la bala. No me dolía en exceso, gracias a los tranquilizantes, pero, aun así, la notaba, como si mi cuerpo quisiera recordarme que algo había cambiado. Alguien me había disparado. Con una pistola. Ahora que mi mente estaba más despejada, sonaba mucho más aterrador. Tragué saliva.

—En el hospital contamos con un buen servicio psicológico, si alguna vez necesitas hablar con alguien de lo que te ha pasado. —Adele analizó las constantes en el monitor que había junto a la cama—. Me imagino que debe de ser muy estresante vivir algo así.

—Sí —mascullé—, aunque yo no recuerdo nada.

—Los recuerdos volverán cuando estés preparado para asumirlos. Paciencia.

Poco después, se marchó y yo volví a quedarme dormido, con la mente entumecida y el estómago furioso contra Trish. No tenía ni idea de cuánto había dormido cuando la doctora Wang me despertó llamando a la puerta. Sin embargo, no entró a la habitación y propuso dejar el vendaje para más adelante. Un minuto después supe por qué.

Alguien volvió a llamar a la puerta y asomó la cabeza, aunque no formaba parte del personal sanitario.

—¿Señor Coldwell? Soy el agente O'Reilly de la policía de Nueva York. ¿Se encuentra capacitado para responder a algunas preguntas?

—Sí, claro. —Me incorporé un poco y asentí. A pesar de que no sería de gran ayuda a la investigación porque no recordaba nada, era mejor quitarme de encima este peso.

—Estupendo.

O'Reilly entró. Le quedaban unos diez años para jubilarse, llevaba un bigote espeso como el de Magnum y esbozó una sonrisa no especialmente sincera cuando se sentó en la silla que había junto a la cama sin que yo se lo pidiera. Sin embargo, no fue eso lo que me causó rechazo. Había algo en su persona que me decía que no íbamos a ser amigos.

—Menudo escuadrón tiene ahí afuera —comentó señalando el personal de seguridad de mi madre—. Hay que ver todo lo que se puede comprar con dinero, ¿eh?

—Pero no todo, como puede ver —respondí con frialdad. También tenía prejuicios contra los ricos. Qué original.

—En eso tiene toda la razón. —El agente sacó una libretita del bolsillo de su chaqueta y la abrió—. Fue atacado nada más salir del restaurante Emilio's la noche del 24 de diciembre. Le dispararon y le dejaron allí, donde poco después fue encontrado y atendido por una ambulancia.

O'Reilly me miró inquisitivo, como si quisiera que confirmara todo lo que acababa de decir. Aparté la mirada.

—No sé nada de eso. Por desgracia, no recuerdo qué pasó.

El agente asintió.

—Ya me lo comentó su médico. Sin embargo, debemos acercarnos todo lo posible al momento de los hechos, hasta donde lleguen sus recuerdos. ¿Qué es lo último que recuerda?

No tuve que pensármelo mucho, pues esa escena se repetía sin parar en mi mente.

—Hice una llamada, colgué y fui en busca de mi coche, que había aparcado en uno de los callejones laterales.

—Entonces no hubo ninguna interacción con alguna persona de la zona. Bien, esa llamada de teléfono fue para… —Revisó su libreta—. Helena Weston, tal como hemos podido comprobar en su registro de llamadas.

Asentí.

—¿Qué relación tiene con la señorita Weston?

—¿Tiene importancia? —Entrecerré los ojos.

—Por supuesto, todos los datos personales son importantes en una investigación.

Resoplé y cedí.

—Es… una amiga.

Me habría encantado decir la verdad, pero ya me parecía bastante mal que constara en la investigación, así que preferí ser vago. O'Reilly tomó nota de mi respuesta y se quedó callado unos instantes.

—¿Tiene alguna pista de quién pudo hacerlo? —pregunté a continuación. Por algún motivo, me dio la sensación de que no.

—Teníamos una, pero luego nos dimos cuenta de que el motivo del ataque podía deberse a algo totalmente distinto.

Me puse en tensión.

—¿Quiere decir que no se trató de un robo?

—Bueno —el agente hizo una leve pausa—, esa fue nuestra primera suposición. Le quitaron la cartera, el móvil y las llaves del coche, por lo que parecía bastante claro que se trataba de un robo. Sin embargo, después de una búsqueda por los alrededores, lo encontramos todo en un contenedor a pocas calles de distancia. No se habían llevado ni un dólar.

Vale, eso sí que era una novedad. Y, si estaba interpretando de forma correcta el quedo latido de mi corazón, no sonaba especialmente bien. Había supuesto que los atacantes solo querían mis objetos de valor y que se les había ido la situación de las manos. Pero eso…, eso desataba una desazón por todo mi cuerpo, sobre todo, porque no recordaba a los tipos que me habían hecho esto.

—¿Qué implica eso? —pregunté—. ¿Acaso querían que pareciese un robo?

El agente se encogió de hombros.

—Es posible. Ahora mismo estamos analizando todos los objetos que había en la zona en busca de huellas dactilares y ADN. Quizá saquemos algo en claro por ahí. ¿Se le ocurre alguien que quisiera hacerle daño? Según tengo entendido, se dedica usted a la gastronomía. En Nueva York hay mucha competencia en ese sector. ¿Es posible que alguien quisiera borrarlo del mapa?

Menuda pregunta más absurda. No era un mafioso ni usaba mis locales para blanquear dinero, solo eran restaurantes que llevaban abiertos décadas con una competencia amistosa en el sector. De tanto en cuanto, los recién llegados lanzaban campañas de publicidad para superar a los veteranos, pero desaparecían tan pronto como llegaban. Sería una ridiculez que alguien del sector quisiera verme muerto.

—No, no se me ocurre nadie. Los negocios de gastronomía son complicados, pero no en este sentido.

De nuevo, tomó nota.

—¿Y qué me dice de su entorno privado? Pertenece usted a una de las familias más influyentes de la ciudad; seguro que hay más de uno con alguna cuenta pendiente con los Coldwell.

—Agente, veo por dónde va. —Estaba poniendo a prueba mi paciencia y mi cortesía, pero me contuve—. Pero se equivoca. Que me apellide Coldwell no significa que me odie la gente. Yo no soy como mi madre y todo el mundo lo sabe.

—¿Está seguro?

—Sí, estoy seguro.

—De acuerdo. —Suspiró, pero pareció aceptar mi respuesta—. Entonces hablemos de sus activos. Son muchos, hasta ahí hemos llegado. Heredó varios restaurantes de su padre, tiene una casa en el Village y sus propios ahorros. ¿Quién recibirá todo eso en caso de fallecimiento? ¿Su madre?

Negué con la cabeza.

—Cuando muera, algunos de los restaurantes pasarán a ser de los socios. —Me había parecido ridículo tener que hacer testamento cuando tenía dieciocho años, pero no quería que Trish se quedara con todo en el improbable caso de que yo muriera antes que ella—. El resto pasará a mi hermano pequeño.

—Conque su hermano, ¿no? —Había algo en el tono de O'Reilly que me hizo alzar las cejas. Su insolencia tuvo una parte positiva: durante un par de minutos, me olvidé del que había podido hacerme esto.

—Elijah tiene quince años, agente. Y ya tiene más dinero del que podrá usar en toda su vida porque mi madre cree que los fideicomisos son una tradición antigua y obsoleta.

Me contuve de dar más explicaciones a por qué Eli sería la última persona del mundo en querer matarme. Me estaba cansando de nuevo y sabía que no podría hablar mucho más tiempo antes de volver a quedarme dormido. Aunque O'Reilly no había destacado por su sutileza, pareció darse cuenta, pues se puso en pie.

—Entonces eso es todo por ahora. Seguiremos nuestra investigación en el Village, aunque, por desgracia, los testimonios son algo contradictorios. A la gente le gusta adornar las historias para llamar un poco la atención. —Me miró de arriba abajo y me tendió una tarjeta de visita sencilla—. Si empieza a recordar, llámeme. Si vio a su atacante, podría ser un gran paso para la resolución del caso.

—De acuerdo.

Acepté la tarjeta y la dejé en la mesita que tenía a mi lado. Me palpitaba el torso con punzadas dolorosas. Era evidente que esta conversación me había sacudido lo suficiente como para que mi cuerpo la interpretara como una amenaza.

El agente llegó hasta la puerta.

—Me pondré en contacto con usted si tenemos más preguntas. Hasta entonces, confío en que se sienta seguro con este ejército privado que ha contratado —afirmó. Su bigote tembló cuando compuso una sonrisa burlona, y finalmente se fue.

Me hundí en las almohadas y me olvidé de él en cuanto sus pasos se esfumaron por el pasillo. Sin embargo, eso no acalló la pregunta que se hacía más fuerte en mi cabeza a cada minuto que no encontraba respuesta: ¿quién me quería muerto? ¿Y por qué, por el amor de Dios?

Me encontraba increíblemente cansado y necesitaba una dosis doble de calmantes, pero, aun así, cogí el móvil de Eli, que había metido debajo de la almohada, y busqué un número. Mientras esperaba a que respondieran al otro lado, me pregunté si estaba siendo paranoico o si estaba justificada mi preocupación. Simplemente no confiaba demasiado en el agente O'Reilly y necesitaba una persona que pudiera aclararme este asunto.

—¿Diga? —respondieron al otro lado.

—Hola, soy Jess Coldwell. Necesito tu ayuda de nuevo.

# 8

# Helena

Tomé un taxi para volver a casa de Lincoln, creyendo que no habría nadie en casa. No era algo que me incomodara, pues estaba muerta de cansancio y solo quería meterme en la cama a dormir. Tumbarme junto a Jess y ser consciente de que estaba vivo me había relajado más que cualquier otra cosa en las últimas semanas. Sin embargo, aún no estaba del todo tranquila. La luz, los pitidos de las máquinas, la preocupación de hacerle daño cada vez que me movía un centímetro… Estaba deseando que le dieran el alta para poder acurrucarnos en la cama de su piso sin tener el olor a hospital en la nariz y todos esos tubos en su brazo.

Sin embargo, cuando abrí la puerta del apartamento, escuché unas voces. Una pertenecía a mi hermano y la otra me dejó paralizada. ¿Qué hacía aquí?

—Helena, ¿eres tú? —Mi hermano entró en el vestíbulo mientras yo me quitaba la bufanda del cuello. Anoche le había escrito diciéndole que me quedaba con Jess—. ¿Cómo se encuentra?

—Mejor —respondí—. Todavía le queda mucho para volver a estar como antes, pero va por el buen camino.

—Me alegro. —Lincoln señaló a su espalda—. Oye, antes de que entres…

—He escuchado que papá está aquí. ¿Qué quiere?

—Hablar contigo. Le he dicho que creo que eres tú quien debía decidir eso, pero parece que es muy importante para él.

Asentí. Aunque estaba agotada, me sentía capaz de estar a la altura de la situación. Quizá fuera por haber estado con Jess, lo que había reforzado mi voluntad de mantener esta decisión. A su lado podía ser yo misma tal como era en realidad, y me hacía tan feliz que jamás renunciaría a estar con él. Ni por dinero, ni por estatus ni por poder. Por absolutamente nada.

Y eso mismo pensaba decirle a mi padre.

—¿Quieres que me quede contigo? —me preguntó Lincoln.

Negué con la cabeza.

—No hace falta. —Se lo agradecí con una sonrisa y luego atravesé el pasillo hasta que llegué al comedor.

Mi padre se puso en pie cuando entré. Estaba como siempre: traje negro, corbata, peinado impecable. Sentí una punzada en el corazón cuando reconocí la alegría en su rostro.

—Len —dijo aliviado—. Me alegro de verte.

—Hola, papá. —Me limité a dedicarle un asentimiento y no hice amago de saludarlo con un abrazo, sino que me senté al otro lado de la mesa—. ¿Qué puedo hacer por ti?

Si mi tono casual sorprendió a mi padre, no lo dejó ver.

—Bueno, pensé que era el momento de hablar. Cuando te fuiste, fue todo muy precipitado y me dolía que lo dejáramos así.

—De acuerdo.

Necesité un momento para considerar lo que implicaban esas palabras. ¿De verdad quería saber cómo habíamos llegado a esta situación? ¿O todo se debía a que Trish me había amenazado con arruinar el proyecto de Winchester y a mis padres les preocupaba que la madre de Jess llevara a cabo sus amenazas y acabaran perjudicados?

Como no dije nada más, mi padre volvió a hablar.

—He venido porque queremos que vuelvas. Estamos dispuestos a olvidarnos del desagradable numerito que montaste en Nochebuena y a no mencionar ni una palabra del asunto si recoges tus cosas y te vienes conmigo a casa.

Negué con la cabeza.

—No puedo hacer eso, papá.

Mi padre entrecerró los ojos.

—¿Quieres seguir adelante con esta pataleta? ¿Con el apoyo de tu hermano?

—Esto no es ninguna pataleta. —Estuve a punto de poner los ojos en blanco—. Si lo que os preocupa es que Trish Coldwell os arrebate el proyecto de Winchester de nuevo o que os complique la vida de alguna forma…, Jess está intentando evitarlo.

Mi padre me miró con arrogancia.

—No necesitamos la ayuda de Jessiah para enfrentarnos a esa mujer.

—Entonces ¿qué quieres? —Empecé a sospechar de qué iba la cosa: del escándalo que estaba por venir. Por supuesto, no pasaría desapercibido dónde estaba viviendo: el Upper East Side era peor que la prensa rosa—. Di la verdad, ¿estás preocupado por mí? ¿O por lo que pueda decir la gente cuando se den cuenta de que ya no vivo con vosotros, sino con Lincoln y Paige?

No respondió, pero un temblor en su expresión me dio a entender que había dado en el clavo. Los Weston acababan de limpiar su nombre y habían recuperado su buena reputación. Era evidente que ese hilo tan fino podía romperse si una de sus hijas se iba a vivir con su hermano.

—Escuché lo que le dijiste a tu madre cuando te fuiste —dijo mi padre en su lugar—. Crees que no tienes la posibilidad de vivir la vida que deseas si te quedas con nosotros. Está más que claro que eso es una tontería.

Intenté por todos los medios mantener la calma, pero me costaba.

—No, lo cierto es que no. Desde que volví a Nueva York, no me habéis permitido hacer nada que no cuadrara con vuestros deseos. Y, en realidad, eso se extiende a toda mi vida.

Mi padre presionó los labios.

—Tu madre y yo siempre hemos tenido en cuenta vuestros deseos. Os hemos dado a ti y tus hermanos todo lo que teníamos. Habéis recibido una educación ejemplar, habéis asistido a cursos durante las vacaciones, habéis tenido aficiones y habéis viajado. No os ha faltado de nada.

—Sí, hemos tenido de todo… —respondí— menos libertad. Sé que no existen los privilegios sin obligaciones, y no quiero sonar desagradecida, papá. Soy consciente de que hay muchas personas que desearían formar parte de una familia como la nuestra. Pero también es una jaula. Y al final, uno no puede desarrollarse si no tiene espacio para hacerlo.

—¿Eso es lo que crees? —Entrecerró los ojos—. ¿Crees que no tienes espacio para desarrollarte solo porque no tienes permitido tener una relación con el joven Coldwell?

Solté un bufido.

—Esto no trata de Jess. No me fui por él, sino por mí. Estar con él me dio el coraje que necesitaba para encontrar mi propio camino.

—¿Por qué, porque es una persona que no valora la familia? —Mi padre sacudió la cabeza sin comprender—. Pues menuda compañía, Helena.

—No sabes cómo es —dije con más calma de la que sentía, la ira brotaba en mis entrañas—. Jess es cariñoso y leal y se preocupa por las personas que quiere. Al igual que lo hacía Adam. Y si no estuvierais tan cegados por lo fría y calculadora que es Trish Coldwell, os habríais dado cuenta hace tiempo.

—Me resulta difícil de creer. —Mi padre se quedó mirando la mesa y me pregunté si no me entendía porque no podía o porque no quería. Luego alzó la vista—. Solo queremos lo mejor para ti, Helena.

Sonreí.

—Jess es lo mejor para mí, papá.

No sabía cómo nos llevaríamos en el día a día juntos. Seguramente encontraríamos cosas que no nos gustaran el uno del otro o que nos sacaran de quicio, que nos pusieran contra la pared y más allá. Pero de eso trataban las relaciones, ¿no? De crecer juntos. Eso era lo que quería.

—No lo conoces de nada —contraatacó mi padre como si me hubiera leído la mente—. ¿Cómo sabes que tendréis futuro? Trabaja en el sector gastronómico, no tiene estudios, detesta nuestros círculos sociales y, cuando era joven, no tenía ni el más mínimo sentido de la decencia. ¿De verdad quieres compartir la vida con una persona así?

Tuve que reírme, porque me di cuenta de que era lo que yo habría pensado de Jess en el pasado si lo hubiera juzgado con la arrogancia de la alta sociedad, donde lo único que se valoraba era el prestigio y el éxito.

—Si crees que esto es una fase y que no soy más que la niña bien que se va con el tipo tatuado de la moto porque quiere rebelarse, te aseguro que no es el caso. No te estoy desafiando, papá. Simplemente me he cansado de no poder ser yo misma.

—¿Y quién eres tú si no formas parte de esta familia?

—La verdad es que no lo sé, pero quiero descubrirlo y, si estáis dispuestos a apoyarme, no con dinero sino con confianza, entonces será toda una alegría. Si no podéis hacerlo, por el motivo que sea, será una pena. Sea como fuere, no pienso volver a casa y os aseguro que no pienso volver a Inglaterra. Soy una adulta. Tengo derecho a comportarme como quiera.

Mi padre se quedó callado después de escuchar el monólogo que me había dejado sin respiración. Estuvo un buen rato así, hasta que se levantó sin pronunciar palabra. Pero cuando estaba en la puerta, se giró hacia mí.

—Me duele mucho que creas que hasta ahora tu vida ha sido una farsa y que nunca has tenido la libertad necesaria para desarrollarte. Puedes estar segura de que jamás hemos pretendido algo así, no queríamos encerrarte ni obligarte a encajar donde no querías estar. Pero en esta familia, o estás dentro o estás fuera, Helena. Tendrás que decidir qué prefieres.

Entonces se fue, sin esperar respuesta, y yo me quedé sentada a la mesa, escuchando cómo se despedía de mi hermano y se marchaba del apartamento. Unos segundos después, Lincoln asomó la cabeza por la puerta.

—Bueno, ¿qué has sacado? —preguntó. No quiso saber de qué habíamos hablado, solo el resultado. En cuanto a eficiencia, Lincoln era todo un Weston.

—Creo que no llega a entender cuál es el problema, pero le he dicho lo que quería decir. —Y me había mantenido firme, aunque una parte de mí ansiaba volver a tener la relación de siempre con mi padre. Sin embargo, el precio era demasiado alto, así que tendría que averiguar qué significaba «estar fuera», tal como había dicho.

—¿Y estás bien?

—No. —Lo cierto era que no. Se me había hecho un nudo en la garganta ante la posibilidad de no volver a tener contacto con mis padres—. Pero puedo soportarlo y eso ya es más de lo que esperaba.

Lincoln se sentó.

—¿Y qué vas a hacer ahora?

Me encogí de hombros.

—En la NYU no puedo empezar hasta septiembre, así que tengo un par de meses libres. Creo que voy a buscarme un trabajo. Y la semana que viene tengo una cita con el banco.

Vivir por mi cuenta sin el dinero de mi familia en Nueva York iba a ser difícil, pero no imposible. Ninguna universidad del mundo me concedería una beca teniendo en cuenta los ingresos de mis padres, pero quizá sí aceptaran darme un crédito para los gastos de la matrícula.

—Sabes que tengo acceso a mi fideicomiso desde hace un año —me recordó Lincoln—. Puedo prestarte algo hasta que tengas veinticinco.

—Gracias, eres un amor —le sonreí—, y si no tengo otra opción, aceptaré tu dinero. Pero primero quiero ver si puedo ser independiente por mi cuenta.

En realidad, el fideicomiso también era dinero de mis padres. Era una especie de tradición que todos los Weston recibieran una buena cantidad de dinero cuando cumplían los veinticinco años, y bastaba para pagarme más de una carrera. Pero recordaba perfectamente lo que Valerie me había dicho cuando hablamos una vez del tema: «¿Sabes lo que voy a hacer con el dinero cuando lo reciba, Lenny? Lo voy a invertir todo en nuestra empresa. Para entonces ya nos habremos labrado un nombre en Nueva York y podremos expandirnos a San Francisco, Chicago o incluso al extranjero».

Mi corazón se desplomó cuando volví a comprender que nuestra empresa conjunta de visitas por la ciudad nunca existiría. Incluso habíamos pensado dónde iba a estar nuestra oficina. Por supuesto, estaba descartado el distrito financiero o el Upper East Side. Valerie era más del SoHo y yo me inclinaba más por Greenwich. Un edificio de ladrillo de estilo industrial, parecido al bloque de pisos de Jess.

Cuando me percaté de que mi hermano también se había quedado mirando a la nada, volví al presente. Caí en la cuenta de que, con todas las preocupaciones de estas últimas semanas, había olvidado que no era la única que tenía problemas.

—¿Trish ha hecho algo que indique que ha dado por roto nuestro trato?

Mi padre había esquivado ese tema, pero yo conocía a la madre de Jess lo suficiente como para saber que no iba a dejarlo estar.

—Nada específico. —Lincoln sacudió la cabeza—. Sigue esparciendo su veneno, de una forma más directa que antes, pero creo que mientras Jess esté en el hospital, tiene la cabeza en otra parte. Lo que pase después… ya lo veremos. De todas formas, tú ya te has preocupado por esto lo suficiente. No es responsabilidad tuya que la tome contra nosotros.

Aun así, lo sentía así. Mis padres nunca habían dado la impresión de necesitar mi ayuda con Trish, pero sabía que no era cierto. Sin el proyecto de Winchester, caerían en la ruina, y por eso había renunciado a Jess. Violar el acuerdo me había resultado sencillo al principio, pero, cada día que pasaba, la losa de la responsabilidad pesaba más.

—Jess me dijo que hablaría con ella.

Solo podía confiar en él para que evitara la destrucción del Grupo Weston.

—Es muy amable por su parte, pero ya nos las arreglaremos de algún modo. Prométeme que no te vas a preocupar por eso.

Como no podía prometerle algo así, me limité a encogerme de hombros y cambié de tema.

—¿Y cómo te va a ti con… ya sabes quién?

Estábamos solos en el apartamento, Paige no parecía estar en casa. Sin embargo, me parecía mal pronunciar el nombre de Penelope en estas cuatro paredes.

—¿Sinceramente? Después de que te fueras en Nochebuena, estuve a punto de rendirme e irme con ella. Me pareció muy valiente lo que hiciste, cómo defendiste tu postura y lo que deseabas.

Yo nunca lo habría descrito como valiente, más bien impulsivo, pero no le contradije.

—¿Y entonces? —Era evidente que algo había cambiado entre tanto.

—Cuando volvíamos a casa, quise confesárselo todo a Paige. Jamás ha pasado nada entre Pen y yo, pero, aun así, quise decirle la verdad, porque me parecía deshonesto no contarle lo que pensaba sobre otra persona. Sin embargo, cuando tomé aire, sonó el teléfono, y eras tú.

—Ah. —Miré el suelo—. Lo siento mucho.

—No pasa nada —negó Lincoln con la cabeza—. En los últimos días me he dado cuenta de que sería injusto tratar a Paige de esa manera. Puede que no sea la mujer de mis sueños, pero es una buena persona y sé que nunca me dejaría, sin importar lo que pasara. Por eso se merece que yo haga lo mismo por ella.

—Entonces ¿vas a seguir con ella? —pregunté—. ¿Y no le vas a hablar de Penelope?

—Sí, lo haré, cuando todo esto se calme. Pero me gustaría hacerlo de una forma que entienda que también me preocupo por ella. Así podremos encontrar una solución los dos juntos.

A Paige le dolería, estaba seguro de ello. Amaba a mi hermano y, seguramente, tardaría un tiempo en superar que ese amor no era correspondido de la misma manera. Lincoln nunca trataría de forma irrespetuosa a una mujer, pero tampoco podía cambiar sus sentimientos. Y se merecía tanto como yo poder tomar sus propias decisiones.

—Esto suena todo muy de adulto —afirmé, y nos echamos a reír, aunque nos pusimos serios poco después—. Pero también es muy sensato. Ojalá seáis felices los dos.

—Sí, ya veremos —asintió, aunque no parecía muy convencido. Me compadecí de él, porque no hubiera querido estar en su lugar—. ¿Qué plan tienes hoy?

—Poca cosa. Voy a enviar por fin la solicitud de la universidad y luego esperaré a que Jess me dé luz verde para ir a visitarlo.

Ya lo echaba de menos. A pesar de que una habitación de hospital no era el sitio más romántico del mundo, no estar con él me pesaba más cada hora.

—¿Trish le acompaña noche y día?

—Más o menos. Tiene al personal de seguridad apostado allí, aunque me dejaron entrar sin problema. —No sabía exactamente cómo se las habría arreglado Jess. El comentario de soborno me había sonado a broma, pero me daba igual—. ¿Qué vas a hacer ahora? ¿Tienes que trabajar?

Era un día entre semana, de hecho, era rarísimo que Lincoln no solo estuviera en casa sino que llevara unos vaqueros y un jersey en vez de un traje con corbata.

—No, me he tomado el día libre. Papá me dio permiso. Creo que se piensa que voy a hacerte entrar en razón o algo así.

—¿Te meterás en problemas por darme refugio? —Mi boca se torció en una sonrisa irónica. No había tenido ninguna intención de arrastrar a Lincoln en esto, pero supuse que ya era demasiado tarde. Este se encogió de hombros.

—Creo que tendré más problemas si Paige y yo lo dejamos. Pero, oye, así tú y yo podemos hacer lo que queramos.

En eso tenía razón y me dio una idea de lo que podíamos hacer con nuestro día. Señalé en dirección al salón.

—¿Sabes lo que deberíamos hacer? Ver la tele.

—¿Ver la tele? —Lincoln me miró fijamente—. ¿A plena luz del día? ¿Entre semana?

Me eché a reír de verlo tan sorprendido ante mi propuesta. Y lo entendía; en nuestra casa jamás se había permitido algo así. Uno solo se tumbaba durante el día en el sofá si estaba enfermo. Si no, había que ser productivo desde por la mañana hasta por la noche. Conociendo a Lincoln, se habría regido por esa norma durante toda su vida, mientras que yo me había pasado más de un día en Cambridge viendo Netflix en vez de ir a la facultad.

—Claro. Pedimos algo de comer, nos hacemos una palomitas y nos pimplamos al menos dos temporadas de *Modern Family* de aquí a que se nos haga de noche.

No me vendría mal un poco de distracción después del estrés de las últimas semanas. Y así extrañaría menos a Jess hasta que se pusiera en contacto conmigo. Lincoln sonrió de lado.

—Parece un plan que nuestros padres no verían con buenos ojos.

—Y esa es la razón por la que debemos hacerlo. —Le di un codazo—. Anda, encárgate de las palomitas que yo voy a pedirnos algo a Mr. Taka.

Era casi mediodía, así que ya se podía almorzar.

—De acuerdo, voy.

Y cuando nos sentamos una hora después en el sofá, cada uno con un cuenco de ramen en la mano, entre nosotros varios paquetes de palomitas, estuve segura de que todo iría bien. No sabía si mis padres o yo volveríamos a tener contacto. O cuántos obstáculos nos pondría Trish a Jess y a mí en nuestra relación. Pero, aun así, sentí que todo saldría bien. Y fue una buena sensación.

No, miento.

Fue una sensación maravillosa.

# 9
# Jessiah

Las líneas del libro que tenía delante se emborronaron, así que lo dejé caer sobre mi torso y me quedé mirando el techo. Eli me había traído toda una montaña de libros que había leído hacía poco, pero no era capaz de concentrarme. No por las historias, sino porque me estaba volviendo loco de tener que estar inactivo. Había recibido muchas visitas en los últimos días, y no solo de Eli: Thaz había burlado al personal para traerme unas cervezas y Simon de Tough Rock se había pasado para asegurarse de que me recuperaba de las lesiones. Además, mi hermano me había traído el teléfono desechable y así había podido enviarles un mensaje a Thea y Lilly para contarle que estaba mejor, ya que se habían enterado del ataque por la prensa. Sin embargo, todo habían sido cortas distracciones en días realmente largos y aburridos. Necesitaba algo que hacer, un proyecto, un trabajo, alguna tarea o, al menos, la certeza de que habían encontrado a quien me había disparado.

El ataque había sucedido hacía dos semanas, y la policía aún no había encontrado ningún sospechoso. Por eso seguía el personal de seguridad en mi puerta y había sido imposible convencer a mi madre de que los despidiera, a pesar de todos los argumentos razonables para ello. A mí también me preocupaba que el ataque no hubiera sido aleatorio, pero ¿qué haría en el futuro si la policía no encontraba al culpable? ¿Iba a tener que ir acompañado en todo momento? Una idea maravillosa.

La buena noticia es que mi cuerpo se estaba recuperando, las heridas se iban curando y la dosis de calmantes se había reducido. Hasta se había comentado la posibilidad de recibir el alta del hospital para continuar la rehabilitación en otro lugar. Pero ni siquiera eso me hacía feliz. En la última semana, Helena y yo nos habíamos visto muy de tanto en cuanto, ya que no era fácil encontrar el momento en el que no estuviera Trish o yo no tuviera alguna cita con los médicos. Adele había estado un par de días de vacaciones, y el resto del personal de enfermería tenía unas opiniones muy estrictas respecto al horario de visitas. Así que Helena solo había podido venir un par de veces, durante apenas media hora, lo cual no era suficiente para pasar tiempo juntos.

Por eso mismo quería volver a casa cuando me dieran el alta, a mi apartamento, donde al fin empezaríamos nuestra vida juntos. Sin embargo, la doctora Wang había comentado que lo mejor sería que me marchara de Nueva York un par de semanas para recuperarme y, aunque era una propuesta que habría aceptado encantado en cualquier otro momento, por primera vez no quería irme de la ciudad. Solo deseaba estar tumbado en la cama con Helena y disfrutar durante un par de días de la sensación de que nada podría separarnos. Estaba convencido de que con ella me recuperaría mucho más rápido que con cualquier tipo de rehabilitación.

Alguien llamó a la puerta y me enderecé. Normalmente fingía estar dormido cuando alguien llegaba, por si era Trish, pero esta vez habría preferido hablar con ella que seguir mirando al techo. Sin embargo, no se trataba de Trish, sino de Louisa, una de las enfermeras jóvenes.

—Señor Coldwell, en la sala de espera hay alguien preguntando por usted. —Sonaba insegura, como si no supiera qué pensar al respecto.

—¿Por mí? ¿Quién?

Todas las visitas que recibía las anunciaba el personal de seguridad que, por suerte, ya seguía mis órdenes.

—Es el alcalde. —Louisa se ruborizó un poco—. No ha avisado de que venía, por eso nos hemos sorprendido tanto cuando ha aparecido en el hospital. Le he dicho que usted necesita reposo, pero mantiene que no se irá hasta que al menos le comente a usted que se encuentra aquí.

¿Había venido el alcalde? Eso sí que era una sorpresa. Era cierto que nos habíamos visto varias veces en el pasado y le daba mucha importancia a tener una buena relación con mi madre. Aun así, nunca me habría imaginado que eso fuera suficiente para visitarme en el hospital.

—¿Ha dicho qué quiere de mí?

—Dice que quiere desearle en persona una pronta recuperación. Por lo visto está muy conmocionado por lo que pasó.

Consideré la opción de hacerle saber que no estaba en condiciones de recibir a nadie, pero cambié de opinión. Si estaba lo bastante aburrido como para no hacerme el dormido durante una visita de Trish, el alcalde sería una buena distracción. Siempre nos habíamos llevado bien y, si hablaba con él, quizá sus contactos ayudarían a encontrar a los culpables más rápido.

—Bueno, pues supongo que tendré que ir a verlo —respondí.

—De acuerdo, yo le llevaré. —Louisa desapareció y trajo una silla de ruedas a la habitación.

—Puedo ir yo mismo caminando, gracias.

Con una cautela insólita en mí, me giré hacia un lado y cogí mi sudadera, que se encontraba a los pies de la cama. Dejar de llevar la bata del hospital y ponerme mis pantalones de chándal y camiseta había sido una de las pocas victorias de los últimos días.

—¿Está seguro? No debería…

—Sí —la interrumpí con amabilidad—. Segurísimo.

La enfermera se quedó a mí lado, absolutamente alerta, como si esperara que me fuera a desmayar en cualquier momento, pero aunque me sentía un poco mareado, conseguí llegar a la sala de espera sin ayuda. Al igual que toda la planta, esta se encontraba decorada con mucho gusto, con paredes de color verde menta y muebles en tonos claros. El alcalde estaba de pie junto a la ventana y se giró hacia mí cuando escuchó los pasos.

—Jessiah, qué alegría verte. —Walther Roscott se acercó enseguida y, cuando alargué la mano, no tardó en rodearla con las suyas—. Lo que te ha pasado ha sido terrible, y encima en mi ciudad. Estoy profundamente desolado y quería desearte una buena recuperación de parte de mi familia y de la administración.

—Muchas gracias, señor, es usted muy amable —sonreí.

—Por lo que oí, han estado a punto de matarte. —La preocupación en el rostro del alcalde se acentuó—. No me quiero ni imaginar que lo hubieran conseguido con un ataque tan cobarde, sobre todo, después de todo lo que le ha pasado tu familia. Habría sido demasiado.

—Sí…, es cierto.

Si estaba intentando darme ánimos, no le estaba saliendo especialmente bien, pues sus palabras solo consiguieron que fuera consciente de que todavía no recordaba quién me había disparado. Sentí que las fuerzas empezaban a abandonarme, y me senté enseguida en uno de los asientos. Roscott ocupó el sillón de enfrente.

—Perdona, me he puesto a hablar de la muerte de tu padre y de tu hermano con total insensibilidad. —Esbozó la sonrisa profesional que tanto había perfeccionado—. Pero te puedo asegurar que haremos lo que esté en nuestra mano por resolver este asunto lo más rápido posible. De hecho, este caso me ha hecho reflexionar de nuevo sobre el uso de armas en la ciudad de Nueva York. Nos pondremos a ello de forma urgente.

Eso sonaba bien, pero por el tono de voz intuí que no era todo lo que había venido a decir. Se me daba bien interpretar a las personas y Roscott tenía algún motivo oculto.

—Como puedes ver, todavía no estoy del todo recuperado, así que me encantaría que me dijeras qué es lo que quieres de mí.

—Eres hijo de tu madre. —El alcalde sonrió con algo parecido al orgullo, como si fuera un cumplido, aunque era más bien lo contrario—. Pero, por supuesto, no quiero interponerme en tu recuperación ni un segundo más del necesario, así que iré al grano: pretendo poner en marcha una campaña contra el aumento de criminalidad en el Village y serías la imagen perfecta para ello.

Me quedé mirándolo uno, dos y tres segundos. Luego no me quedó más que reírme, algo que por suerte me dolió menos que la semana anterior.

—No lo dirás en serio —dije finalmente.

—Por supuesto que sí —respondió en un tono que parecía ofendido—. Considéralo, con una historia como la tuya podríamos convencer a los escépticos de que por fin abran los ojos ante la criminalidad en los barrios que se consideran seguros. Mi equipo de marketing está muy emocionado: un joven gastrónomo bien parecido de una familia influyente, querido y apreciado por todo el mundo, se ve envuelto en un tiroteo el día de Nochebuena sin tener culpa de nada y casi no lo cuenta.

Contuve otra carcajada.

—Dejando a un lado que mi apariencia poco tiene que ver en este asunto, no me vi «envuelto en un tiroteo» —le corregí—. Me dispararon. Iban especialmente a por mí, según lo que ha investigado la policía.

—Eso es irrelevante —desdeñó el alcalde con un gesto de la mano—. Lo importante es que la gente entienda que es un problema real. Y perdóname lo que voy a decir, pero si un desconocido recibe un disparo, a nadie le importa. Sin embargo, en tu caso, después de todo lo que has perdido…

«Guau». Si hubiera sabido de qué iba a tratar esta visita, me habría quedado en la cama y me habría aburrido otro ratito más. Me caía bien Roscott, y ese fue el único motivo por el que no le solté un par de comentarios poco amables de lo que pensaba de explotar mi historial familiar con fines publicitarios. En su lugar, me puse en pie.

—Te agradezco que estés intentando hacer más segura esta… —Me callé e intenté calmarme antes de insultar a su querida Nueva York—. Que te preocupes de que esta ciudad sea más segura, pero de ninguna manera voy a ser el chico del cartel con una historia trágica. Tendrás que buscarte a otro.

El alcalde también se puso en pie.

—Jessiah, espera, no era mi intención ofenderte.

—Ah, ¿no? ¿Debería sentirme halagado de que menciones que he perdido a mi padre y a mi hermano? ¿O de que me consideres un héroe trágico que sirve para hacer política? Por favor.

—Lo siento mucho. —Roscott parecía que lo decía con sinceridad, pero yo sabía cómo eran los políticos, y él no era ninguna excepción—. A veces, en mi afán, se me olvida que hay historias reales detrás de todo esto.

Me limité a asentir y a aceptar su disculpa.

—Afortunadamente has sobrevivido —sonrió—. Y fue gracias a los valientes ciudadanos de esta ciudad, que tuvieron la buena fe de llamar a la ambulancia, según me contaron. Eso también es Nueva York, no lo olvides.

—Sí —respondí—. He tenido mucha suerte.

Alguien llamó a la puerta.

—¿Señor Coldwell? —Era Adele, que entró y me miró con cierta perspicacia—. Tiene cita para quitarse los puntos. Perdone, señor alcalde, pero es importante no retrasar estas cosas.

—Voy. —Extendí la mano y estreché la de Roscott—. Gracias por tu visita.

—Que te mejores, Jessiah. Espero que te recuperes pronto.

—Lo haré.

Volví a asentir. Luego seguí a Adele y lo dejé a solas en la sala de espera.

Una hora después, llegué a mi habitación sin puntos y le prometí a Adele que iría directo a la cama. No obstante, cuando entré por la puerta, vi que la habitación no estaba vacía. Junto a la ventana había una visita inesperada. La segunda del día.

—¿Miranda?

Cerré la puerta y fui a la cama, donde me senté. Aunque era capaz de acudir a las citas sin usar la silla de ruedas (o más bien me negaba a que me llevaran), me resultaba agotador quedarme de pie.

—Hola, Jess. —Me miró con curiosidad—. Interesante el ejército privado que tienes montado ahí fuera. Es cosa de tu madre, imagino.

—De quién si no —repliqué—. ¿Cómo has logrado pasar?

No me sorprendía, pero me entró curiosidad.

—Ah, no es mucho problema para mí.

No dijo nada más, y me habría encantado seguir preguntando al respecto, pero sonsacarle secretos a Miranda era tarea imposible, así que ni siquiera lo intenté.

—¿A qué debo el honor?

Hizo un movimiento desdeñoso con la mano.

—Me gustaría decir que he venido a verte porque estás en el hospital, pero, aunque me alegro de que te estés recuperando, mi visita se debe a motivos profesionales.

Al oír ese tono grave, mi corazón dio un vuelco. ¿Significaba que tenía novedades sobre Adam y Valerie? ¿O del ataque que había sufrido yo? ¿O quizá había encontrado algún trapo sucio de Trish como le pedí para proteger a los Weston? Parecía que todo eso había sucedido mucho tiempo atrás.

Miranda pareció percatarse de la expresión de mi rostro y contestó rápidamente.

—Se trata de tu hermano y de la hija de los Weston. De las circunstancias de su muerte, para ser más exactos. ¿Te sientes capacitado para hablar del tema? No quería esperar, pero si necesitas tiempo…

Se acercó y se sentó en la silla que había junto a mi cama.

—No, no será necesario. —A pesar de lo seguro que estaba de esta afirmación, mi voz sonó débil. ¿Cómo podría estar preparado para esto? ¿Era posible cuando se trataba de dos personas que habían perdido la vida? ¿O si confirmaba mis peores temores?

—En primer lugar, debo decir que sigo investigando. Todavía quedan muchas preguntas sin respuesta que pienso esclarecer. Pero, mientras tanto, puedo asegurar que es muy posible que ninguna de sus muertes fuera accidental.

Me llevé el puño a la boca y, en ese mismo instante, me di cuenta de que no eran las palabras que esperaba escuchar. Por supuesto, desde la noche de la tormenta previa a Navidad, había sido una posibilidad, pero que alguien pudiera haber asesinado a mi hermano y a Valerie… No podía creerlo.

Miré al techo.

—¿Quién lo hizo? —Mi voz no era más que un susurro.

—No lo sé. —Miranda colocó una mano sobre la otra—. Tampoco sé el motivo, por ahora. Lo que es seguro es que existe un informe de autopsia falso. Con un poco de suerte y pidiendo más de un favor, encontré el original en el escritorio de un forense. De no haber sido así, habría tardado semanas en encontrar alguna otra pista.

—¿El informe forense estaba falsificado? —No entendía nada.

—Así es. Supongo que alguien pagó mucho dinero para ocultar los detalles de la muerte antes de que lo vieran la policía y las familias.

—¿Qué detalles?

Miranda dudó.

—Quizá sea mejor que lo hablemos cuando estés recuperado. Creo que podría ser demasiado para ti.

Solté un bufido.

—Eso deberías haberlo pensado antes de presentarte en mi habitación para decirme que mi hermano y su novia fueron asesinados. ¿Qué detalles?

Miranda cedió.

—Marcas. Marcas circulares, varias en el cuello de Valerie y una en el de Adam.

—Eso significa… —Esta vez lo capté enseguida—. ¿Significa que los amenazaron… con un arma en el cuello?

—Sí —confirmó Miranda—. La policía que acudió al lugar de los hechos no se dio cuenta, porque las marcas se encontraban justo por debajo de la línea del cabello, pero el forense sí que lo apuntó. Supongo que los obligaron a tomar cocaína sabiendo que sería letal.

Exhalé hondo y no volví a respirar, y sentí que mis pulmones se quejaban de aquella decisión. Mierda. Mierda. Mierda. Esa era la única palabra que se me venía a la mente. Sonaba totalmente inadecuado para lo que estaba sintiendo en aquel momento, y mucho más para lo que había pasado. Pero eso era lo único que conseguía pensar. Mierda. ¿Cómo iba a contárselo a Helena? ¿Cómo iba a contarle que alguien había matado a su hermana?

Tardé unos instantes en asimilarlo lo suficiente antes de volver a hablar.

—¿Tienes alguna idea… o alguna pista de por qué…?

—Nada que pueda plantear como algo serio. —La investigadora negó con la cabeza.

—Venga ya, Miranda, llevas un tiempo investigando esto, debes de tener alguna idea. O un presentimiento.

Debía contarme algo, una pista que explicara este acto tan horrible. No sabía qué iba a hacer yo si no tenía ninguna.

—Mi instinto me dice que este asunto es más grande de lo que parece. Cuando se intenta barrer bajo la alfombra algo así, es porque se quiere ocultar algo importante.

—¿Te refieres a una conspiración? —Todavía sentía la cabeza entumecida, pero parecía que mi cerebro seguía funcionando.

—Más bien un conflicto de intereses. —Lo dijo con naturalidad, y lo habría tomado como una afrenta de no haber sido porque me ayudaba a calmar los nervios. Su trabajo consistía en investigar este tipo de cosas con seriedad, y no podía hacerlo de otra forma—. Cuando alguien se toma la molestia de asesinar a dos personas y hacerlo pasar por un accidente, es porque gana algo a cambio. Ese es el enfoque que voy a seguir para investigar más a fondo. No puedo prometerte que vaya a encontrar a los responsables, pero haré todo lo que esté en mi mano.

Asentí, aunque no llegué a darle las gracias, por muy maleducado que pareciera. Mi mente seguía dándole vueltas a Valerie y a Adam, a la noche de sus muertes, y a las imágenes que estaba imaginando a partir de las descripciones de Miranda. Los dos, con una pistola al cuello, amenazados de muerte y obligados a consumir cocaína. Habrían pasado un miedo terrible. Miedo a la muerte. Hacía dos semanas que también yo sabía qué se sentía ante algo semejante.

El pánico y la compasión, la rabia y la desesperación, todos esos sentimientos me arrollaron, pero apreté el puño y conseguí mantenerlos bajo control. Me tentaba sobremanera perder los papeles en estos momentos, pero tampoco ayudaría a nadie. Ni a mí ni a ellos. Así que tomé aire y me calmé y conseguí, aunque fuera de forma momentánea, no derrumbarme. Sabía que sucedería, pero no sería ahora ni delante de Miranda.

—Entiendo que sea una conmoción. —Me miró y reconocí en sus ojos una pizca de compasión—. Pero si aceptas un consejo: no intentes imaginarte qué pasó en realidad.

—Demasiado tarde —mascullé.

—Quizá deberíamos hablar de otra cosa. —Alzó el mentón—. ¿Recuerdas que me pediste que encontrara algo que pudiera usarse contra tu madre?

Asentí, aunque mi cabeza solo pensaba en Valerie y Adam.

—No sé si sigues queriéndolo, pero he encontrado algo —siguió Miranda—: un accidente en la obra de Coldwell House. Un trabajador llamado Terry Bonet se cayó de un octavo piso por falta de medidas de seguridad y murió. El equipo de tu madre lo tapó todo con dinero.

No debería haberme sorprendido. Al fin y al cabo, ya sabía que Trish solía moverse en los límites de la legalidad y a veces los sobrepasaba. Sin embargo, me dejó consternado y triste al mismo tiempo. La muerte de un trabajador en una de sus obras no solo era una tragedia, sino que también podría desencadenar unas consecuencias funestas. No sabía si quería usar algo así contra ella. Si lo hacía, no habría vuelta atrás.

—¿Quieres la documentación que lo prueba? —preguntó Miranda.

Me lo planteé unos instantes y finalmente negué con la cabeza.

—Por ahora no. Todavía confío en que Trish entre en razón cuando hable con ella.

—Entendido. Lo guardaré a buen recaudo por si lo necesitas. —Antes de que dijera nada más, sonó su móvil. Miranda se puso en pie y aceptó la llamada—. ¿Diga? Ah, bien, cuéntame. —Asintió, frunció el ceño, volvió a asentir, me miró y pareció preocuparse por un momento. Luego dio las gracias y colgó—. ¿Ha habido alguna novedad por parte de la policía sobre el ataque que sufriste? —preguntó, y supuse que la llamada telefónica había tenido algo que ver—. Todavía no saben nada, ¿verdad?

—Han descartado que se tratase de un robo, ya que encontraron mis efectos personales. Pero de momento no parece que hayan descubierto nada más. ¿De eso iba la llamada?

Si era así, probablemente tampoco fueran buenas noticias. No sabía si podría soportar más malas noticias. Miranda asintió.

—Uno de mis informantes ha recibido el soplo de que alguien de Washington Heights estaba jactándose de saber quién era el responsable de tu ataque. No son más que rumores, claro, perteneces a la élite de Nueva York y cualquier gánster de poca monta podría usarlo para mejorar su imagen.

—¿Y? —pregunté. No me importaba en absoluto las técnicas de marketing de los criminales—. ¿De quién se trata?

—Al parecer, de los hermanos Wilson. Son cuatro jóvenes que no están emparentados, pero todos salieron de la misma casa de acogida, por eso se hacen llamar así. Son… —Miranda dudó, como si tratara de evaluar mi estado de salud antes de decirlo.

—Suéltalo.

—Son conocidos por sus asesinatos a sueldo. Cuando alguien quiere deshacerse de una persona pero no quiere ensuciarse las manos, ellos son los indicados.

Solté una carcajada, una risa histérica, que sonó como si hubiera perdido la cabeza. ¿Primero lo de Adam y Valerie y ahora alguien que le había pagado a unos tipos para que me asesinaran? ¿Podría volverse más absurda la situación?

—Jess, te repito que por el momento no son más que rumores. Es posible que no hayan tenido nada que ver y que el tipo solo estuviera alardeando. Por lo visto dijo que todo era culpa de tu padre, que estaba relacionado, y a mí eso me suena descabellado.

—Incluso si solo estaba alardeando… ¿Cuántas probabilidades hay de que haya sido una víctima aleatoria? —La miré fijamente y leí la respuesta en su rostro antes de que hablara.

—No demasiadas —coincidió—. ¿Has enfadado a alguien tanto que desee matarte? ¿O sabes si tu padre tenía algún enemigo?

Era lo mismo que me había preguntado el agente de policía, y de nuevo, tuve que negarlo. Por norma general, no solía cabrear a nadie, a excepción de Trish y probablemente de los Weston, pero ni siquiera ellos tenían tan pocos escrúpulos como para sacarme así de la vida de su hija. Y, por supuesto, mi padre no era amigo de todo Nueva York, pero llevaba diez años muerto. ¿Quién esperaría tanto para vengarse? Sobre todo, teniendo en cuenta que no sacaban nada con eso.

Aunque todavía quedaba una posibilidad.

—Mi ataque no está relacionado con la muerte de Adam y Valerie, ¿verdad? —Me daba un miedo atroz la respuesta, porque sabía lo que implicaría que la investigadora dijera que sí, las consecuencias que tendría si me confirmaba que era probable.

—No podría decirlo. —Se encogió de hombros—. Todavía no sé hasta qué punto está relacionado que estuvieran juntos en la muerte de ambos. O si solo querían acabar con uno de ellos.

Pudiera ser que fuera dirigido a Valerie y Adam simplemente estuviera cerca. Pero también es posible que tu hermano fuera el objetivo y ella sufriera las consecuencias. O puede que quisieran matarlos a ambos.

—Entiendo —asentí—. Entonces ¿Helena corre peligro?

—Solo si demostramos que hay una conexión entre ambas familias. ¿Quién sabía que estabais juntos antes del ataque?

—Casi nadie, durante mucho tiempo no hubo nada que saber. Nos pasamos una temporada sin mantener el contacto, estuvimos un par de semanas comunicándonos con teléfonos desechables y solo nos vimos en persona en dos ocasiones. Pero fuimos muy precavidos.

Aunque nada de eso aseguraba que alguien no nos hubiera traicionado, lo sabía. La noche que pasamos en el hotel durante la tormenta de nieve había sido una insensatez, pero por aquel entonces solo queríamos escondernos de Trish, no de alguien que pretendía matarnos.

—Bien, entonces seguiremos como si no hubiera relación. Intentaré descubrir lo más rápido posible por qué asesinaron a vuestros hermanos. Pero debo advertirte que podría tardar un poco.

—¿Qué debo hacer hasta entonces? —pregunté, más para mí mismo que para Miranda. Ella respondió de todos modos.

—Todavía no sé lo suficiente para ofrecer una estrategia, Jess, pero creo que es muy importante que asegures tu protección. Aún necesitas hacer rehabilitación, ¿verdad? Lo mejor es que abandones la ciudad un par de semanas, para que así me dé tiempo a investigar. Y si quieres minimizar el riesgo que podría correr Helena, lo mejor es que mantengas las distancias y finjas que ya no estáis juntos. Aunque es muy probable que tu ataque no esté relacionado con la conexión entre vuestras familias, si alguien quiere atacaros, lo más seguro es que lo intente cuando estéis los dos juntos.

Me recliné y cerré los ojos. Me dolía la cabeza y mis pensamientos no paraban de dar vueltas. «Mantener las distancias. Hacer como si no estuviéramos juntos». De nuevo estábamos como el mes pasado: separación, nostalgia, impotencia y mucho miedo. ¿Cómo era posible que siempre acabáramos en el mismo punto? Parecía que jamás podríamos ser felices, por mucho que estuviéramos dispuestos a sacrificar. No quería perderla de nuevo. No podía perderla de nuevo.

Pero ¿qué otra cosa podía hacer? ¿Qué opción me quedaba si no quería que le pasase nada?

Ya sabía la respuesta: ninguna.

# 10
# Helena

Caminé con paso ligero por los pasillos del hospital. Jess me había llamado hacía media hora para pedirme que viniera. No sabía a qué se debía la urgencia, pero su tono me resultó extraño, distante y sobrio, totalmente distinto a lo que me tenía acostumbrada. No me dejó interrogarle al respecto y solo me dijo que debía hablar conmigo lo antes posible y que debía tener cuidado de camino al hospital. Así que había pedido prestado el chófer de Paige y había venido.

Delante de su puerta se encontraban los hombres de seguridad, pero esta vez me dejaron pasar sin problemas. Aunque no sabía qué esperar, el corazón me latía con fuerza cuando entré en la habitación.

—Hola, ¿qué ha pasado? ¿Te has puesto peor?

Le habían quitado los puntos ese mismo día, quizá tenía una infección o se le había reabierto alguna herida. Hacía dos días que no veía a Jess y había estado poco tiempo, por lo que era posible que se me hubiera pasado algo por alto. Sin embargo, no parecía que estuviera sufriendo ningún dolor corporal, más bien eran sus pensamientos los que le torturaban.

—No, no se trata de eso. —Sacudió la cabeza y yo me acerqué a la cama, me senté en el borde y lo cogí de la mano. No me pareció el momento de besarlo, daba la impresión de estar a kilómetros de distancia. Jess respiró hondo y me miró fijamente—. Miranda ha estado aquí. Tiene nuevos datos sobre el caso de Valerie y Adam.

—¿Qué nuevos datos? —pregunté en tono serio.

Jess dudó, como si estuviera buscando las palabras adecuadas, y yo tragué saliva, petrificada del miedo. Si la investigadora le hubiera comunicado algo bueno, no le costaría tanto hablar del tema, ¿no? Por otra parte, ¿cómo iba a tratarse de algo bueno cuando dos personas tan queridas perdían la vida a tan corta edad?

—Al parecer, hay pruebas convincentes de que fueron asesinados —dijo Jess por fin—. Y que todo se cubrió.

Mi boca dejó escapar un gemido horrorizado y me di cuenta de que sus palabras se me clavaron en lo más hondo de mis entrañas. Desde que sucedió lo de Carter y las imágenes de vigilancia del hotel, existía esta posibilidad y probablemente debería haberme preparado para ello. Pero no estaba preparada. No estaba preparada en absoluto.

Jess ya no necesitaba calmantes en vena, por lo que pude echarme en sus brazos sin causarle daño. Sin embargo, no había llegado a apoyarme en su pecho cuando me retiré. Tenía demasiadas preguntas, demasiados pensamientos. Me encantaba esa intimidad, pero sabía que no me ayudaría en estos momentos.

—¿Sabe quién lo hizo? ¿O por qué? —Me pareció un milagro ser capaz de articular todas esas palabras.

—No, todavía no. Tuvo más que suerte de encontrar el informe de la autopsia auténtico y compararlo con el falso, pero necesita más tiempo.

—¿Un informe falso? ¿Qué quieres decir? ¿No murieron por una intoxicación de cocaína?

Jess hundió la mirada.

—Sí, así fue. Pero al parecer los obligaron a tomarla.

—¿Cómo? —No estaba segura de soportar oír los detalles, pero necesitaba saberlo.

—Los... —Se calló y volvió a intentarlo—. Al parecer los amenazaron con una pistola. En el informe original de la autopsia se describen marcas en el cuello de ambos.

Proferí un grito ahogado y noté que unas lágrimas de horror me brotaban de los ojos. A Valerie la habían obligado a tomar cocaína a punta de pistola. Quizá la amenazaran con hacerle daño a Adam. Era demasiado horrible como para asimilarlo. Y, aunque en ese momento fui consciente de que todo este tiempo había tenido razón y mi hermana no era responsable de la muerte de Adam ni de la suya propia, no lo sentí como un triunfo. Más bien todo lo contrario. Quizá habría sido mejor que fuera culpable antes de saber que le habían quitado la vida con esa violencia.

Me eché a llorar y, de nuevo, Jess se acercó a mí y me rodeó con los brazos. Esta vez sí que permití que me envolviera su calidez por un instante, aunque tuviera en todo momento en mente las heridas de su cuerpo.

—Miranda seguirá investigando —murmuró Jess, y sus palabras vibraron por mi cuerpo—. Estoy seguro de que descubrirá quién lo hizo. O quién fue el responsable.

Me incorporé y me enjugué los ojos. Luego asentí, aunque caí en la cuenta de que la investigadora nunca llegó a encontrar a los secuestradores de Eli. Si las muertes de Adam y Valerie las habían tapado de esa forma, ¿no se habrían encubierto también los perpetradores?

—¿Qué podemos hacer? —pregunté. Ahora me quedaba más que claro que la búsqueda de los responsables era demasiado peligrosa, pero seguro que podíamos ayudar a Miranda de alguna forma.

Jess respiró hondo, como si de repente sintiera una punzada de dolor, y me dio miedo que el abrazo hubiera podido reabrir alguna herida.

—¿Quieres que llame a la doctora? —pregunté deprisa.

—No, no hace falta, mis heridas están bien. —Estiró la mano y me acarició la mejilla—. Es solo que… eso no es todo lo que me dijo Miranda.

—¿No es todo? ¿A qué te refieres?

—También ha estado investigando todo esto. —Jess hizo un gesto que englobaba su cuerpo en la cama y lo que le había pasado—. Hay indicios que sugieren que no fui una víctima elegida al azar. Miranda recibió una llamada en la que se le insinuaba que alguien contrató a unos tipos para que me dispararan.

Cuando pensé que las noticias sobre Valerie y Adam eran lo peor que podía escuchar hoy, me equivocaba. ¿Un asesinato a sueldo? Se me encogió el estómago al imaginar que alguien hubiera pagado dinero para matar a Jess. Era más que consciente de que podría haberlo perdido; a menudo me despertaba de madrugada soñando eso mismo. Sin embargo, saber que alguien lo había planeado era aún peor.

Quise tocarlo para cerciorarme de que aún seguía vivo, pero entonces me detuve. Un pensamiento me cruzó la mente. ¿Era mera casualidad que hoy me estuviera hablando de dos intentos de asesinato o…?

—¿Están relacionados de alguna forma? ¿Fueron los mismos que asesinaron a Adam y Valerie?

No encontraba ninguna razón de peso para esa conexión, pero tampoco encontraba ninguna razón de peso para ninguno de los dos crímenes. ¿Y si era por culpa de Trish? Esa mujer tenía más enemigos que calles había en esta ciudad y seguramente le habría causado daño a alguno de ellos de una forma que merecía venganza. ¿Y si alguien quería infligirle el mismo dolor a ella arrebatándole lo que más quería, en este caso, sus hijos?

—Aún no podemos descartarlo. —Jess posó los dedos sobre las sábanas, como si no supiera qué hacer con las manos—. Aunque es poco probable que tenga que ver con nosotros.

—¿Con nosotros? ¿Quieres decir…?

Esa posibilidad no era algo nuevo, pero siempre la había descartado por parecer absolutamente improbable. ¿Por qué iba a tener alguien algo en contra de que Valerie y Adam estuvieran juntos? ¿O de que Jess y yo nos hubiéramos enamorado? Los únicos que se oponían eran nuestros familiares y, evidentemente, ellos no habrían ideado algo así. Incluso aunque Trish se hubiera planteado matar a Valerie, jamás habría contratado a alguien para que matara a su propio hijo.

—He dicho que es poco probable, pero eso no significa que no exista la posibilidad de que corras peligro estando a mi lado. —Jess me acarició el brazo—. Nunca me perdonaría que te pasara algo si alguien lo vuelve a intentar.

Me emocionó lo que dijo y, sobre todo, cómo lo dijo, pero esa calidez que transmitían sus gestos se transformó enseguida en miedo.

—¿A dónde quieres llegar?

Busqué su mirada, tan desesperada e impotente como yo me sentía. Estábamos acostumbrados a esos sentimientos, pero me había convencido de que era algo que habíamos dejado atrás. Sin embargo, cuando Jess volvió a hablar, se quebró esa certeza en mil pedazos.

—Debemos separarnos.

Dos palabras, ningún sentido. Al menos para mí.

—¿Separarnos? —repetí.

—Solo por un tiempo. No quiero que estemos juntos mientras siga existiendo el peligro de que te pase algo porque quieran hacerme daño a mí y tú estés conmigo. Así que debemos separarnos, para que aquellos que puedan estar vigilándome se percaten de ello. —Respiró hondo con dificultad—. Cuando vuelvas a casa, nos llamaremos desde nuestros teléfonos móviles habituales y fingiremos cortar nuestra relación. También nos vendría bien que te dejes ver por ahí con otra persona, con Lowell o con cualquier otro del Upper East Side. Cuanto más creíble parezca, mejor.

Parecía que todo lo que estaba diciendo lo había estado reflexionando previamente, pero para mí pasó como un tren a toda velocidad, del que ni siquiera había distinguido los colores y cuya corriente me había dejado sin aliento. No podía hablar en serio. Después de todo lo que habíamos pasado, no podía hablar en serio, joder.

—Helena, solo quiero protegerte —me dijo Jess, y sentí que sus dedos me acariciaban el hombro hasta llegarme a la mejilla.

Reuní coraje para alzar la vista—. Y podremos seguir hablando con los teléfonos desechables. Puedo llamarte todos los días si quieres. Simplemente no podremos vernos, pero no será para siempre. Solo hasta que encontremos a los responsables. —Sonó como una promesa, pero sabía que no estaba seguro de poder mantenerla.

—Podríamos tardar meses, o años. Quizá jamás encontremos a esas personas. —Negué con la cabeza—. Hay crímenes que nunca se resuelven.

—Haré todo lo posible por esclarecer este asunto. Si es necesario, contrataré a todos los investigadores privados de Nueva York, pero encontraremos a esos tipos. Y cuando todo pase, podremos estar juntos. Para siempre.

Compuso una sonrisa torcida y yo le correspondí, aunque hubiera preferido tirarme a sus brazos y echarme a llorar.

—¿No podemos vernos ni en secreto? Sé que primero tienes que hacer rehabilitación, pero cuando vuelvas. Nadie tiene por qué enterarse. —Me sentí algo patética, prácticamente rogándole que se olvidara de su plan. ¿Y si le sucedía algo y yo no estaba? Jamás me lo perdonaría.

—Es demasiado peligroso, amapola. —De nuevo ese tono suave, de nuevo esa sonrisa triste—. Y quién sabe, tal vez cuando regrese de la rehabilitación, ya hayan encontrado a los culpables y podamos hacer como si nunca hubiéramos tenido esta conversación.

—Sí, quizá.

Le tendí la mano. Nos quedamos sentados en la cama, acariciándonos el uno al otro, y me di cuenta de que sería la última vez que estaríamos juntos durante un tiempo indeterminado. Yo estaba dispuesta a arriesgarlo todo por estar con Jess, pero también sabía que él nunca permitiría que yo corriera peligro. Y lloré, aunque lo hice en silencio y erguida, porque no quería que Jess tuviera que ser el fuerte de los dos otra vez. Luego resoplé cuando me acordé de algo.

—¿Qué sucede? —Jess me limpió las lágrimas de las mejillas.

—Nada, es que he… Cuando estabas en quirófano, juré que me alejaría de ti para siempre si salías de esta con vida. No pensé que tuviera que cumplir ese juramento.

Jess me miró con gesto serio.

—Estaremos juntos. Puede que no mañana o la semana que viene, pero estaremos juntos. —Jess se inclinó y me besó con suavidad. Su mirada se colmó de tanta dulzura que me quitó el aliento—. Te quiero, Helena. Quizá no debería decirlo en estos momentos, porque solo empeora las cosas, pero es totalmente cierto.

Noté que el corazón se me ensanchaba, aunque sabía que eso solo lo haría más vulnerable.

—Yo también te quiero —reconocí en voz baja. Nunca había dicho una verdad más grande—. Y no sé cómo voy a aguantar ni un solo día más sin ti.

—Con un poco de suerte, conseguiremos aguantar hasta que vuelva.

Asentí con algo de valentía.

—¿Cuándo te vas de Nueva York?

—En un par de días. Hay una clínica en Newport, en Providence, que tiene buena reputación y está especializada en heridas como la mía. Me dejarán como nuevo en un tiempo récord.

Me pareció que aquello era una buena idea, y Jess necesitaba descansar para recuperarse por completo. Además, allí estaría más seguro que en la ciudad donde habían contratado asesinos para matarlo. No obstante, se me hizo un nudo en la garganta cuando entendí que estaría sin verlo una buena temporada.

—¿Cuánto tiempo estarás fuera?

—Unas tres o cuatro semanas. —Sus dedos me acariciaban sin descanso el rostro y el cabello—. Lo conseguiremos, ¿vale? Podemos con todo.

Volví a asentir y, en ese instante, supe que debía marcharme ya, porque, si no lo hacía entonces, ya no sería capaz. A diferencia de la última vez que nos vimos en esta situación, ahora parecía que había esperanzas de que nuestra separación acabara en algún momento. Pero, al mismo tiempo, me aterraba esa amenaza que pendía sobre nuestras cabezas, mucho más peligrosa que Trish Coldwell, decidida a mantenerme apartada de su hijo.

—Será mejor que me marche ya.

Con sumo cuidado, le rodeé el cuello con mi brazo y le di un último abrazo.

—Nos vemos pronto, amapola —me susurró al oído—. Y entonces nada en absoluto podrá separarnos.

Me habría gustado sentir esa misma confianza, pero, en su lugar, solo noté que brotaban de nuevo las lágrimas. Lo dejé ir, le di un último beso y, sin pronunciar más palabras, me fui, tal como había hecho el día que me acerqué a verlo a su apartamento. Si hubiera dicho algo más, no habría sido capaz de salir de la habitación. Así que abrí la puerta, salí y reuní toda mi fuerza de voluntad para no volver la vista atrás.

Una vez fuera, respiré hondo, aunque no me ayudó demasiado. Y allí dejé a Jess, otra vez, por enésima vez. Mientras tanto, me pregunté si llegaría el día en el que finalmente se me permitiera…

… quedarme a su lado.

# 11
# Jessiah

Tres días después de la última visita de Helena, el hospital me dio el alta y, por primera vez en dos semanas, me permitieron salir al exterior. Aunque eso del «exterior» era relativo, ya que había ido de un parking subterráneo a otro. Aun así, con eso fue suficiente, ya que solo el camino del ascensor al coche me dejó extenuado. En un principio, pensaba que no necesitaría rehabilitación, pero el día de hoy me había demostrado que cualquier movimiento requería de todas mis fuerzas. Ni siquiera la gripe que había pasado dos años atrás me había dejado tan débil. Y eso que estuve una semana en cama con cuarenta de fiebre.

Trish había decidido que la noche previa a mi viaje en coche hasta Newport (no podría viajar en avión hasta dentro de seis semanas) debía pasarla en su fortaleza de la soledad en vez de en mi propio apartamento. En otras circunstancias, habría protestado, pero en este caso lo dejé pasar. Por un lado, porque no quería que el personal de seguridad se plantara en el Village y aterrorizara a mis vecinos y, por otro, porque tenía que hablar con ella de un asunto y no quería hacerlo en el hospital.

—Te he preparado la habitación de invitados —me dijo mientras el conserje dejaba mi maleta en la puerta del ático y se despedía—. Tiene muy buenas vistas de Central Park, aunque sé que a ti eso no te importa mucho.

«Al final parece que sí que me conoce».

—Gracias —respondí—. También por dejar que me quede aquí hasta que me vaya mañana.

—El coche te recogerá a las diez. Te llevará directo a Newport.

Asentí y me percaté de que empezaba a dolerme la zona en la que tenía las heridas, a pesar de que había ido curándose poco a poco. Seguramente se debiera a tanto movimiento. Torcí el gesto.

—¿Te duele? —me preguntó mi madre de inmediato. Casi sonaba intranquila.

—Un poco, nada de lo que preocuparse. Me tomaré ahora una pastilla.

Fui a echar mano de mi maleta, pero Trish se interpuso y la cogió ella misma.

—No puedes levantar nada durante dos semanas.

—Nada pesado —la corregí—. Y la maleta no pesa mucho.

Trish siguió imperturbable a pesar de ello, se echó la maleta al hombro y empezó a andar en dirección a la habitación de invitados.

La seguí, evitando hacer presión en las heridas. Con un poco de suerte, dejaría de sentir cualquier movimiento que hacía. No se me daba especialmente bien quedarme de brazos cruzados. Las dos semanas largas que había pasado en el hospital ya habían puesto a prueba mi paciencia.

La habitación de invitados de Trish era como el resto de la casa, decorada en tonos fríos y estériles, y por un momento eché de menos la madera cálida y los colores oscuros de mi apartamento. Por desgracia, solo pasaría por allí mañana para recoger un par de cosas.

—Cenaremos a las siete, cuando Eli vuelva de terapia. —Se dio la vuelta con intención de marcharse.

—Espera. Quiero preguntarte una cosa.

—Dime.

—He descubierto nueva información sobre las muertes de Adam y Valerie.

—¿De qué estás hablando? —Trish sonaba enfadada, una emoción extraña en ella.

—Puede que no fuera un accidente.

Después de la visita de Miranda, había reflexionado largo y tendido sobre si debía hablarlo con Trish, porque contarle que Adam había sido asesinado era un tema sensible. Pero, por otra parte, me resultaba inconcebible no contárselo. Si ella o su negocio habían sido el desencadenante de lo que había sucedido, era la única que podría decirme algo de los culpables.

Su reacción no me dejó nada en claro; no abrió los ojos de par en par para darme a entender que no sabía nada del asunto, pero tampoco parecía tranquila como para indicar lo contrario. En su lugar, compuso un gesto indeterminado de labios fruncidos, que al menos me indicó que había considerado esta posibilidad.

—No entiendo qué quieres decir —replicó entonces—. Todos sabemos lo que sucedió. Valerie es la responsable de que Adam consumiera esa droga.

—Y sin embargo, ya no pareces tan segura como hace tres años y medio. —Cuando entonces, furiosa, acudió a todos los programas de televisión para difamar a Valerie. Ahora solo parecía exhausta—. ¿Sospechabas algo así? —pregunté al ver que no respondía.

—No lo sospechaba, pero sí que lo temía, aunque no me duró mucho tiempo. —Se sentó en el borde de la cama y, de repente, se me antojó mayor que los cuarenta y ocho años que tenía—. Era solo un presentimiento, sin ninguna base real, y no pude demostrarlo. Por eso lo descarté y me centré en la respuesta más lógica. —Levantó la mirada—. ¿De dónde has sacado esa información? ¿Estás seguro de que es verdad?

—Contraté a alguien para que investigara después de recibir algunas pistas de otra persona que había estado revisando las muertes de Valerie y Adam. —Obvié el nombre de Helena, porque no estaba seguro de que Trish no fuera a usarlo en su contra—. Mi investigadora ha descubierto que el informe de la autopsia de Adam y Valerie es falso. Había marcas de pistola en sus cuellos.

—Por el amor de Dios. —Trish se llevó una mano a la boca, porque seguramente las imágenes que me habían atormentado a mí se sucedieron en su cabeza: Adam obligado a tomar cocaína a punta de pistola. Pero no sería Trish Coldwell si no fuera capaz de recomponerse en un abrir y cerrar de ojos. Tras un estremecimiento, enderezó la postura—. ¿Hay alguna pista de quién lo hizo?

—Quería preguntarte a ti al respecto. —Necesitaba sentarme con urgencia, así que elegí el banco acolchado que había bajo la ventana—. El secuestro de Eli, el asesinato de Adam, el ataque que he sufrido… Es posible que tengan algo que ver contigo, con enemigos que quieran vengarse de ti.

Trish no lo pensó mucho antes de responder.

—Trabajo en un sector muy duro, Jess. Y aunque a veces se llevan a cabo jugarretas poco legales, compito con personas a las que solo les importa el éxito. Ninguno usaría esos métodos. ¿Para qué? Ninguno de esos eventos consiguió debilitar mi posición. Ni siquiera…, ni siquiera la muerte de Adam.

Eso era cierto, de hecho, aquello solo la había impulsado a trabajar más horas y con más fiereza. Cualquiera que la conociera lo más mínimo, sabía que era una adicta al trabajo que se alimentaba de la pena y la rabia para conseguir grandes cosas.

—La venganza no es una posibilidad tan remota. —Alguien como Trish, que era una persona tan racional, debía recordarlo.

—Cierto. Pero nadie mataría a mi hijo porque me he hecho con algún proyecto. No somos una mafia.

Aun así, insistí.

—¿No se te ocurre nadie? Seguro que se te ha venido un nombre a la cabeza cuando te he hecho la pregunta.

—No, nadie, lo siento.

Me quedé callado, atenazado por la decepción que me provocaron sus palabras. Estaba convencido de que mi madre me daría alguna pista, el nombre de alguien a quien había arruinado o al que había desenmascarado. Pero, ahora que lo pensaba, a pesar de lo mucho que Trish odiaba a los Weston, estos se habían arruinado ellos solitos. Y con el resto se centraba solo en las transacciones comerciales. Aun así, notaba una punzada en el estómago que me decía que se estaba callando algo. Aunque Trish creyera que no había nadie que pudiera llegar a esos extremos, era impropio de ella no considerarlo siquiera.

—Crees que no tiene que ver contigo que ambos murieran. —No era una pregunta. La miré directamente a los ojos para no perderme cualquier atisbo de emoción. Trish mostró un gesto compungido y supe que había dado en el clavo. Pero, como no dijo nada, seguí hablando—: ¿Crees que Adam y Valerie murieron porque estaban juntos?

—¡Pues claro que sí! —estalló Trish—. Esa chica fue el motivo por el que tu hermano se alejó de su familia y acabó muerto en aquella habitación de hotel. Aunque quisieran matarlos, ¡no habría sucedido si Adam la hubiera dejado!

—Sí, claro —bufé—. ¿Y por qué crees lo mismo en el caso de Helena y de mí? Es absurdo que pienses que corro peligro solo porque estoy enamorado de ella.

Trish jadeó al escuchar la última parte de mi alegato, pero me dio absolutamente igual que ese fuera el problema para ella. No solo porque quisiera saber lo que le había pasado a mi hermano, sino porque quería que Helena y yo tuviéramos una oportunidad, una oportunidad a largo plazo, donde no le tuviera miedo a Trish o las tretas que esta empleara para separarnos. Yo podía soportarlo, pero Helena no.

—¿Absurdo? No sé si Adam estaría de acuerdo contigo. —Trish tensó los labios, los músculos de la mandíbula se abultaron bajo su piel pálida—. ¿Por qué murieron los dos el día que celebraban su compromiso? Adam viajaba mucho, iba al gimnasio, a fiestas y a eventos. ¿Y decidieron matarlo justamente en aquella habitación de hotel en la que se alojaba Valerie?

En eso tenía razón, pero no se me ocurría ningún motivo por el cual alguien querría romper su relación de una forma tan violenta. Valerie no quería saber nada del negocio de su familia, y habría sido más probable que se helase el infierno a que el Grupo Weston y CW Buildings participaran en algún proyecto juntos.

—Además de ti y la familia de Valerie, ¿quién tenía algo en contra de su relación? —repliqué.

—No lo sé. Si lo supiera, me sentiría mucho mejor, créeme. Pero, mientras exista esa posibilidad, haré todo lo que esté en mi mano para protegerte de ella.

—Entonces nunca vas a dejar que Helena y yo estemos en paz, ¿es eso lo que estás diciendo? —pregunté—. Si descubro que quien me disparó no tiene nada que ver con la muerte de Adam, ¿nos dejarás en paz o seguirás tramando tus intrigas? Lo sé todo sobre el trato que hicisteis con el proyecto de Winchester y de lo que le ofreciste a cambio de que me dejara. No tienes por qué mentirme.

No pareció sorprendida de que Helena me lo hubiera contado.

—Así es, teníamos un trato —respondió con dureza—. No estaba tramando nada. Le ofrecí algo que podía salvar a su familia y ella lo aceptó. Quizá deberías plantearte lo importante que eres para ella después de que no apostara por ti.

La miré fijamente y solté una carcajada.

—¿Estás hablando en serio? ¿Ese es tu intento de abrir una brecha entre nosotros? ¿Decirme que no soy importante para ella porque aceptó la única oportunidad que tenía de ayudar de sus padres? ¿Después de que su padre acabara en el puto hospital? —Estaba empezando a subir la voz—. Pues no va a funcionar, lo siento.

—¿A qué se debe todo esto? ¿Es porque es guapa o porque te entiende como nadie lo ha hecho antes? Si no eres capaz de ver que esta chica te está hundiendo de la misma forma que Valerie lo hizo con Adam, entonces no puedo ayudarte.

Me puse en pie.

—No has respondido a mi pregunta: ¿nos dejarás a Helena y a mí en paz: sí o no?

Trish no respondió, pero en sus ojos vi la terquedad tan clara como el agua. Estaba tan convencida de que Valerie era la responsable de la muerte de Adam que ni siquiera los hechos que había descubierto Miranda eran capaces de cambiar su opinión.

—¿Y qué pasa con los Weston? —seguí preguntando—. ¿Deberían prepararse para lo que le dijiste a Helena que harías?

Por ahora, el proyecto de Winchester permanecía en sus manos, estaba seguro, pero eso no significaba que fuera a seguir así.

—Siempre hago lo que digo. Helena debería haberlo sabido antes de romper nuestro acuerdo —afirmó con el mentón alzado.

Esta amenaza era el motivo por el que habíamos pasado un infierno los últimos seis meses, y no me extrañaba que Trish quisiera seguir adelante con ella. Así era Trish. Por eso llegó el momento de usar la última carta de la que disponía. O la penúltima, ya que aún no estaba seguro de querer usar la historia del trabajador. Era peligroso zarandear el avispero que era Trish. Quería prepararme antes de usarla.

—¿Vas a seguir adelante con eso aunque suponga que me perderás para siempre? —pregunté.

—Aun así —respondió orgullosa.

Sacudí la cabeza y resoplé, más triste que enfadado. Después di un par de pasos y cogí mi maleta, que estaba junto a la cama.

—Será mejor que me quede en un hotel hasta mañana.

Trish se puso en pie y, al poner la mano en el asa de la maleta, me rozó los dedos.

—Jess, por favor…

—¡No, joder! —estallé con violencia, y me alejé—. Jamás en toda mi vida has respetado ninguna de mis decisiones, ya fuera respecto a mi carrera profesional, a cuando emigré al extranjero, o ahora a mi relación con Helena. Entiendo que tengas miedo, y estoy dispuesto a encontrar juntos una solución. Pero si lo que quieres es volver a enfrentarte conmigo, no pienso dar marcha atrás. No cuando se trata de algo tan importante para mí.

Por supuesto, no me había olvidado de Eli, que era uno de los mayores motivos por el que no quería romper mi relación con Trish. Pero esperaba que, en estos momentos, no utilizara a mi hermano en mi contra.

—No quiero enfrentarme a ti —dijo en voz baja, pero en sus ojos percibí claramente que nunca estaríamos de acuerdo—. Solo busco tu seguridad.

—Si fuera tan importante para ti, habrías hablado conmigo antes de hacerle lo que le hiciste a Helena.

Una última mirada y ninguna respuesta después, me marché, no solo dolorido sino con el estómago encogido del miedo. No me preocupaba mi seguridad, no. Me preocupaba haber apostado demasiado alto.

# 12
# Helena

—¿Necesitará más mis servicios hoy, señorita Weston?

—No, gracias, Bethany. Puedes tomarte el resto del día libre.

Me bajé del coche y la chófer me acompañó hasta la puerta del bloque de pisos de Lincoln y Paige, esperó a que desapareciera tras la puerta con mis bolsas de la compra y regresó al coche. Todavía no me había acostumbrado a que me vigilaran de esa forma.

Justo después de mi visita a Jess, le conté a Lincoln lo que había descubierto Miranda Davis, y mi hermano había contratado a una chófer que también tenía formación como guardaespaldas. Aun así, Bethany tampoco tenía mucho trabajo que hacer, ya que la mayor parte del tiempo lo pasaba en casa; no tenía muchas obligaciones que me hicieran salir. No obstante, agradecía sentirme más segura las veces que lo hacía. Aunque ya debía de haber quedado claro de puertas para fuera que Jess y yo ya no teníamos ningún contacto, me sentía vigilada, y era horrible no saber quién había asesinado a Adam y Valerie o si el ataque a Jess estaba relacionado. Me agobiaba esa preocupación constante de no saber si le pasaría algo, me carcomía de una forma que me dejaba sin fuerzas. Y cada vez que hablaba con Jess, tenía la esperanza de que al fin hubiera recibido alguna información, pero, por desgracia, Miranda necesitaba más tiempo.

El portero me saludó y devolví el gesto de forma inconsciente. Cuando entré en el ascensor, reprimí un suspiro. Jess llevaba casi dos semanas en rehabilitación y, aunque hablábamos casi todos los días, lo echaba en falta más de lo que podía explicar. Por supuesto, me alegraba que no estuviera aquí y, por tanto, se encontrara sano y salvo. Así, los que habían tratado de matarlo no tendrían la posibilidad de volverlo a intentar. Sin embargo, toda la situación estaba acabando con mis nervios y me habría ayudado a aplacar esos miedos entre sus brazos, donde sabía que estaba bien.

También había cumplido de mala gana dejarme ver con otra persona en público solo para demostrar que él y yo ya no estábamos juntos. Aunque habría sido la mejor opción, no pude llamar a Ian, ya que no quería volver a darle esperanzas. En su lugar, hacía un par de días había ido a comer con Paige, Lincoln y su amigo Ben, como forma de agradecimiento a toda la información que compartió cuando Jess estaba ingresado. Así no tuve que pedir salir a una persona con la que no quería hacerlo y había pasado una velada agradable. Quitando esa sensación de sentirme constantemente vigilada, claro. ¿Cómo no iba a caer en la paranoia en una situación así?

Cerré la puerta del apartamento y me quedé en el umbral, ya que oía en el interior a dos personas manteniendo una conversación que parecía seria. Se trataba de Lincoln y Paige y, por un momento, no supe si debía desaparecer o hacer notar mi presencia.

—Sabes que no quiero hacerte daño —dijo mi hermano en ese momento—. Pero me parecía deshonesto no contártelo.

—¿A eso llamas tú honestidad? —La voz de Paige delataba sus lágrimas—. Siempre supe que no me querías de la misma forma que yo, pero nunca esperé que me faltaras al respeto.

—¡No te he faltado al respeto! —exclamó mi hermano—. ¡No ha pasado nada con Penelope!

—Puede que no te hayas acostado con ella, pero sí que la tienes en tu mente. ¿Por qué si no le pediste a tu padre que te dejara romper el compromiso conmigo?

—¿Cómo sabes eso? —Lincoln sonaba atónito—. ¿Quién te lo ha dicho?

—Eso da igual —replicó Paige, más ofendida que enfadada—. Lo importante es que lo has hecho y ni siquiera tuviste la decencia de contármelo.

«Vete, Helena, esto no es asunto tuyo».

Hice caso a mi voz interior y volví a cerrar la puerta con cuidado. Me quedé en el pasillo indecisa. Bethany ya se habría marchado y no podía pedirle que me diera un paseo por la ciudad mientras discutían. Tampoco podía quedarme en el pasillo, ya que en ese piso había otro apartamento y suscitaría rumores si me veían sentada en el suelo. No obstante, el edificio tenía una azotea, ahora que me acordaba, y en esta época del año seguro que no había nadie.

Dos tramos de escalera después, abrí la puerta metálica y pisé las baldas de madera del suelo. Las plantas estaban envueltas en una tela arpillera para que sobrevivieran al invierno, y los muebles se encontraban arrinconados a los lados, pero tampoco me apetecía sentarme, así que me acerqué a la barandilla que separaba la azotea del resto de Manhattan. Desde allí veía los rascacielos del centro, incluido Coldwell House, y sentí un pinchazo en el estómago, como siempre que pensaba en Trish.

Lincoln me había dicho que estaba intentando desacreditar a nuestra familia para que el proyecto de Winchester volviera a sus manos y que había tenido éxito con alguno de sus socios. No quería ni imaginar qué más haría esa mujer con tal de llevar a mis padres a la ruina, pero tampoco podía hacer nada al respecto. De ahí el nudo en el estómago y la vocecilla en mi cabeza que me decía que, si hubiera cumplido mi parte del trato, nada de esto estaría sucediendo. Sin embargo, ahora sabía que no habría sido capaz de ocultar mis sentimientos hacia Jess toda la vida, ni habría conseguido mantenerme alejada de él. Así que solo quedaba esperar que mi familia lo soportara o que Trish acabara cediendo. Quizá, si conseguíamos esclarecer y demostrar el asesinato de Valerie y Adam, dejaría de pensar que estaba relacionado con que ambos salieran juntos.

Dejé que mi mirada vagabundeara por las luces de la ciudad. Sabía a qué edificio pertenecían la mayoría de ellas y, en algunos casos, conocía hasta quién vivía allí. Sin embargo, ese sentimiento de felicidad que siempre experimentaba al ver Nueva York ahora estaba entumecido. En parte se debía a Valerie, porque sin ella ya no era lo mismo. Por supuesto, Nueva York siempre había sido y sería mi hogar, y me resultaba extraño imaginarme viviendo en ningún otro sitio. Pero de un tiempo a esta parte ya no me parecía imposible darle la espalda a mi ciudad natal, sobre todo, porque sabía que Jess nunca sería feliz aquí.

Esperé unos veinte minutos, hasta que empecé a sentir el frío de la azotea, y luego volví a bajar.

Aún estaba en la escalera, oculta a la vista desde la puerta del apartamento, cuando oí que salía alguien que cerró la puerta con más violencia de la necesaria. Oí un resoplido suave que sonó mucho a Paige y, luego, el ruido de las ruedas de una maleta. No dejé que me viera. Ahora mismo no era la persona a la que deseara encontrarse, por mucho que nos hubiéramos hecho amigas últimamente.

El ascensor subió y luego volvió a bajar, y entonces descendí corriendo las escaleras hacia el apartamento. Mi hermano se encontraba indeciso en el umbral de la puerta, con las manos en los bolsillos, como si no supiera bien qué hacer.

—Hola —dije con tacto, y dejé las llaves en el mueble de la entrada—. Os he escuchado antes. ¿Va todo bien?

—No sé qué decirte. —Lincoln se encogió de hombros y vi que estaba agotado—. Paige y yo lo hemos dejado. Se va a mudar por el momento a casa de sus padres y anunciaremos la separación de forma oficial dentro de unos días.

—Lo siento mucho —expresé. Me acerqué y le di un abrazo. Aunque quería que los dos encontraran la forma de evitar un matrimonio desdichado, no me esperaba que Paige tomara una decisión tan rápida—. ¿Cómo estás tú?

—Yo… estoy aliviado, supongo. —Se pasó la mano por el pelo oscuro—. Y me da rabia. No solo el sentirme aliviado, sino, sobre todo, haberle hecho daño. No deberíamos habernos comprometido. Ha sido todo culpa mía.

—Lo hiciste por tu familia, porque pensabas que era necesario. Además, aún no era demasiado tarde para hacer lo correcto.

A Paige le llevará un tiempo, pero al final lo superará y, entonces, se dará cuenta de que fue una buena decisión.

—Sí, eso espero. Se merece ser feliz. —Lincoln resopló con amargura—. Y tal vez viva para verlo, porque tengo que decírselo a mamá y a papá y es posible que me manden a algún lugar en el extranjero.

Sonreí con malicia.

—No, no creo. Ya se han dado cuenta de que no funcionó conmigo. Al final lo único que consiguieron fue que me enamorara de un Coldwell a la vuelta. A saber qué harías tú cuando regresaras.

—Liarme con alguna de las Kardashian estaría bien, ¿verdad?

—¿Alguna está soltera? —pregunté dudando.

—Ah, sí, Kendall, y está buena. —Lincoln compuso un gesto divertido durante un segundo y luego se le cayó la fachada y volvimos a ser los hermanos Weston, que actualmente tenían pocas cosas por las que sonreír—. ¿Qué me dices de ti, Len? ¿Cómo estás?

Logré asentir.

—Bien. Me alegro de que Jess esté a salvo.

Y era cierto. Pero no podía ocultar que había una parte de mí que solo quería que se resolviera esta situación para sentirme aliviada. Algún hallazgo de la policía, nuevos datos de Miranda, lo que fuera. El miedo de perder a Jess me paralizaba de una forma indescriptible. Si apresaban a la persona que había ordenado su asesinato, conseguiría calmarme, y más aún si eso implicaba también resolver el caso de Adam y Valerie. Entonces nada se interpondría entre nosotros, salvo su madre. Jess nunca le había tenido miedo, y quizá con el tiempo, yo también conseguiría dejar de tener pavor a Trish.

—Seguro que se soluciona pronto. —Lincoln me dio una palmadita en el brazo y se dirigió a la cocina. Yo lo seguí, repitiendo sus palabras en mi cabeza como si se tratase de un mantra que se haría realidad si lo repetía las suficientes veces.

—¿Qué pasará ahora contigo y con Penelope? —pregunté, mirando a mi hermano, que se había metido hasta el hombro en el frigorífico en busca de algo de comer.

—No lo sé. —Cerró la puerta y se apoyó en ella—. Cuando le pedí a papá que me dejara romper el compromiso, estaba seguro de que llamaría a Pen en el instante en que aceptara. Pero, ahora que ha pasado, no sé si debería hacerlo. Quizá me vendría mejor ser discreto un tiempo, para que Paige no tenga que sufrir una humillación pública.

No tuve la ocasión de responder, porque entonces sonó el móvil de Lincoln. En la pantalla leí «Mamá». Por lo visto, las noticias de la separación habían llegado volando.

—Empieza el espectáculo —mascullό en tono sombrío.

—No contestes —fue mi útil consejo en esta situación.

—¿Y arriesgarme a que se presente en la puerta dentro de media hora? No, gracias. —Observé que respiraba hondo y, luego, descolgó—. Hola, mamá.

El teléfono sonó lo bastante alto como para que pudiera escuchar la voz de mi madre al otro lado de la línea. «¿Es que has perdido el juicio?» fue la pregunta más amable que le hizo. Torcí el gesto; me dolía que tratasen así a Lincoln. Este tomó aire de nuevo para responder, pero mi madre no le dio la oportunidad, estaba desatada. Llegué a escuchar cómo me echaba las culpas a mí, por alentarlo en esta rebelión, y que no nos había criado así. Curiosamente, eso me hizo sentir orgullosa y me ofendió al mismo tiempo. Supuse que debía acostumbrarme a esa mezcla.

—¿Me permites decir algo? —preguntó mi hermano cuando mi madre terminó con su letanía. Me sorprendió lo calmado que sonaba. Pero, claro, él pasaba mucho más tiempo con ella por culpa del trabajo, así que estaba curtido—. Siento mucho haberte puesto en una situación incómoda, mamá. No era mi intención y lo sabes. Pero no pienso casarme con una mujer a la que no amo. Acéptalo.

Mi madre respondió algo más, esta vez con más calma, por lo que no pude enterarme. Luego pareció colgar, porque Lincoln se retiró el móvil de la oreja y lo tiró sobre la encimera de la cocina. Profirió un «uf» silencioso que pude leer en sus labios.

—¿Ha ido mal? —Lo miré con compasión.

—Déjame decirte una cosa: lo de las Kardashian no me parece tan descabellado.

Tuve que sonreír, aunque sabía que ahora el trato con nuestros padres sería más que incómodo para Lincoln.

—¿Sabes qué? Creo que Valerie estaría orgullosa de nosotros. De verdad.

Lincoln soltó una carcajada.

—Sí, no me cabe la menor duda. Nos diría que ha sido una buena influencia para nosotros, que por fin nos hemos hecho independientes.

—Y aquí estamos en un apartamento que pertenece a nuestros padres —rebatí—, aunque probablemente la verdadera independencia no nos quede muy lejos. —Lo cual me recordaba a mi cita en el banco, en la que me habían explicado que, sin el aval de mi familia, no me darían ningún préstamo asequible. Si no encontraba otra opción, tendría que aceptar la oferta de Lincoln.

—Bueno, eso son detalles. Pero, ya que hablamos del tema, ¿qué te parece si convertimos tu mudanza temporal en una permanente?

Lo miré boquiabierta.

—¿Quieres... que compartamos piso?

Lincoln se encogió de hombros.

—El apartamento es demasiado grande para mí solo y tú necesitas una casa, ¿no? Al menos hasta que sepas cómo evoluciona todo.

En eso tenía razón, y no sabía cuándo íbamos a recibir noticias. E incluso si Jess y yo podíamos estar juntos, tampoco me parecía mala idea tener una habitación en el apartamento. Después de todo, la planta baja del loft de Jess era una única habitación y seguro que acabaríamos de los nervios. Ahora mismo no era capaz de imaginarme ese momento, ya que lo único que quería era estar con él, tan cerca como nos fuera posible. Ojalá llegara ya ese día pero, cuanto más tiempo pasaba, menos esperanzas teníamos de que fuese a resolverse pronto.

—Sí, estaría bien —le dije a Lincoln, que pareció aliviado. Seguramente no querría vivir solo después de haber estado un año conviviendo con Paige.

—Estupendo. Pues bienvenida, compañera de piso. Si necesitas un sofá nuevo, solo tienes que decírmelo. —Había recordado que esa monstruosidad de color crema había sido motivo de discusión cuando conocí a Paige.

—Creo que por ahora está bien.

—Vale, entonces se queda. Dios, qué hambre tengo.

Mientras mi hermano revisaba todos los folletos de comida a domicilio que había en el cajón, lo observé fijamente. Me parecía del todo increíble que, después de pensar que había perdido a mi familia en Nochebuena, ahora parecía tenerla de nuevo.

—¿Linc? —lo llamé y él levantó la vista—. Estoy muy pero que muy contenta de contar contigo, lo sabes, ¿no?

Mi hermano me sonrió con dulzura y con un toque de timidez.

—Yo también, Len, muchísimo. —Levantó un par de folletos—. ¿Sushi o tacos?

—Sushi.

Solo porque a Valerie le encantaba y seguro que habría sido muy feliz esta noche. Sentí una punzada en el corazón al pensar en ella, como siempre me pasaba. Pero, desde que sabía que había sido asesinada, esa punzada se había vuelto más dolorosa, más existencial de alguna forma. Daríamos con los responsables y quizá, solo quizá, todos encontraríamos la paz.

Después de comer, Lincoln se quedó dormido en el sofá, como todas las noches, y yo le eché una manta por encima, apagué el televisor y me fui a la habitación de invitados.

Jess y yo solíamos llamarnos a última hora de la tarde, cuando estábamos más tranquilos. Por supuesto, él contaba con una habitación propia donde se respetaba su privacidad; al fin y al cabo, la clínica de Newport era un oasis de sanación para las élites con más dinero. Aun así, solía tener muchas citas durante el día, por lo que la charla de por la noche nos acercaba un poco más.

Mi teléfono desechable se encontraba en el cajón de mi mesita de noche, así que lo saqué y busqué el número de su contraparte. Jess no tardó ni diez segundos en responder.

—Hola —saludé, y sentí cómo esa preocupación grave y constante que sentía en mi interior se aliviaba un poco para verse sustituida por la añoranza.

—Hola, amapola. —Por el tono sombrío que usaba, podía decirse que Jess sentía lo mismo que yo. Añoranza y preocupación. Preocupación y añoranza. Siempre la una o la otra. Quería estar con él, verlo, tocarlo, acurrucarme en sus brazos, cerrar los ojos y olvidarme de que algo nos había separado alguna vez. Pero por el momento debía controlar la voz.

—¿Qué tal ha ido el día? —pregunté, como solía hacer siempre, como solían ser las conversaciones normales entre dos personas que se aman, por mucho que supiéramos lo lejos que estábamos de vivir en la normalidad.

Aun así, Jess se metió de lleno en la charla.

—Han puesto lasaña para comer y estaba asquerosa. Hoy me han dejado usar la piscina por primera vez y seguramente mañana vaya de nuevo para evitar así pasar la tarde en esa reunión de mierda. No soporto estar encerrado con tanta gente pija.

Solté una carcajada que me sentó fenomenal. Apenas tres segundos después, sin embargo, volví a notar el nudo en el estómago, ese que me acompañaba desde hacía semanas. Sí, Jess estaba lejos y la clínica era un lugar seguro. Sin embargo, todavía tenía ese recuerdo horripilante de cuando hablamos por teléfono aquella noche fatídica. Siempre que me llamaba me inundaba el temor de que volviera a pasar, que lo volvieran a intentar y esta vez lo consiguieran.

—¿Helena? —me trajo Jess al presente, como si supiera en que estaba pensando. Todavía no le había contado ese momento. Mientras no lo recordara por sí mismo, existía el riesgo de desencadenar algo para lo que aún no estaba preparado.

—Sí, sigo aquí, perdona. —Intenté recomponerme. No teníamos mucho tiempo para hablar; no quería desperdiciarlo con pensamientos oscuros.

—No ha pasado nada, ¿no? —La alarma se hizo patente en su tono de voz.

—No —le aseguré enseguida—. Te echo de menos, eso es todo. Hay días que no solo quiero hablar contigo, sino que preferiría estar a tu lado.

—Pronto estaremos juntos. —Sonaba confiado, aunque ambos sabíamos que solo intentábamos darnos fuerzas mutuamente. Después de todo, ya habíamos tenido varias conversaciones en las que este diálogo se había producido al revés—. ¿Qué tal ha ido hoy? —me preguntó con tanta suavidad que se me hizo un nudo en la garganta. Aún no estaba a punto de llorar, pero siempre andaba cerca. Sin embargo, hoy no era la única que lo estaba pasando mal.

—Lincoln y Paige han cortado.

Todavía me atormentaba. Mi hermano y su exprometida tardarían un tiempo en solucionar el desastre que desataba su ruptura. Y sería a la vista de todos.

Jess sonó consternado.

—Ay, no, lo siento mucho. Bueno, ya sé que él está enamorado de otra persona, pero estoy seguro de que no ha debido de ser fácil hacerle daño a Paige.

Sonreí, porque había acertado de lleno en lo que sentía Lincoln, a pesar de que apenas se conocían.

—Sí, tardará un tiempo en perdonarse a sí mismo, pero creo que, al final, será lo mejor para los dos. Y, además, ahora tengo un hogar, porque me ha ofrecido quedarme aquí todo el tiempo que quiera.

Silencio.

Fruncí el ceño.

—¿Jess? ¿Estás ahí?

# 13
# Jessiah

—Sí, estoy aquí. —Sonreí levemente para que Helena lo notara en mi voz—. Es solo que me he dado cuenta de que no era lo que habíamos planeado.

—Lo sé —suspiró, y odié que solo pudiera consolarla con palabras. Habría dado lo que fuera por tenerla en mis brazos—. Pero creo que, en el fondo, no es mala idea —siguió—. Y así, cuando nos pongamos de los nervios y me largue con un portazo, tendré un sitio al que ir.

No habíamos llegado a hablar en serio de mudarnos juntos. De alguna manera, yo ni siquiera me había cuestionado lo de vivir juntos. Aunque, en realidad, llevaba razón en que tener un sitio al que volver no era algo malo, en estos momentos no deseaba que nos separara ni un centímetro de distancia y me resultaba del todo absurdo imaginarme una pelea o sentir el deseo de distanciarnos.

—La verdad es que en mi casa no hay muchas puertas —respondí finalmente—, pero, si quieres, puedes dar un portazo a la del baño.

Escuché una risa suave.

—Eres muy amable.

—Sí, así es. Mis puertas son tus puertas.

Nos quedamos callados unos instantes y sentí una añoranza abrumadora al imaginar que al final podríamos ser felices y vivir juntos sin peligro. No quería nada más que eso. Jamás había deseado algo tanto.

—Tienes razón, hay momentos que el teléfono no basta —añadí diciendo lo que pasaba por mi mente—. Ahora mismo querría estar a tu lado.

—Yo querría mucho más que eso —replicó Helena, lo que desató un aluvión de imágenes en mi cabeza, recuerdos de momentos en los que habíamos disfrutado de una intimidad sin igual.

Sentí que se me tensaba el abdomen, y maldije a mi cuerpo por excitarse cuando Helena se encontraba a cientos de kilómetros de mí en Nueva York. Volvía a sentirme yo mismo y estaba preparado para todo lo que ella quisiera hacerme, o viceversa. Sin embargo, no podíamos vernos antes de que no tuviéramos claro que Helena no corría peligro.

—No deberías decir esas cosas. —En realidad, me encantaba que lo hiciera, pero lo único que conseguiría sería montarme en el siguiente coche que pasara. Siempre estaba a punto de hacerlo, pero, cuando decía esas cosas, me resultaba muy difícil dejar que la razón ganara la batalla.

—Lo siento. —Al otro lado de la línea, oí que suspiraba de una forma que me dio a entender que iba a cambiar de tema—. ¿Cómo vas con tu lista? —preguntó entonces con total normalidad.

Habíamos quedado en que ambos haríamos una lista con personas que podrían tener algo en contra de mi familia o la de Helena. A pesar de que Trish había dicho que nadie podría tener motivos para atacarnos, yo estaba convencido de que no había sido del todo sincera solo porque quería creerse su propia teoría: que todo era culpa de Valerie, aunque fuera de una forma distinta a cómo se había imaginado previamente.

—Va creciendo. Aunque me temo que no tengo suficiente información sobre el negocio de Trish para saber con quién ha estado tratando.

No había vuelto a hablar con ella después de la pelea que tuvimos antes de que me fuera, pero le había contado a Helena lo que Trish pensaba de la muerte de nuestros hermanos. Aunque no había ningún motivo para la paranoia de mi madre, siempre había sido sincero con Helena y no quería callármelo. Lo único que no le había contado era lo que había dicho Trish sobre seguir intentando separarnos en el futuro. No quería que Helena se asustara y confiaba en que mi madre se calmara cuando se esclareciera mi ataque.

Mi suposición seguía siendo la misma, que todo esto se debía a Trish y que, por desgracia, Valerie se encontraba en el lugar equivocado en el momento equivocado. Los Weston también peleaban sus tratos con uñas y dientes, como no podía ser de otra forma en el mundo inmobiliario de Nueva York, pero creía que se habían saltado las normas en menos ocasiones que Trish. Además, no podía ser casualidad que sus tres hijos hubieran sido víctimas de un ataque. El secuestro de Eli nunca se resolvió y no llegaron a pedir rescate. Quizá todo había sido una maniobra para vengarse de Trish.

Helena me sacó de mis pensamientos.

—Con tu madre probablemente sea más fácil hacer una lista de con quién no ha tenido problemas.

Me reí.

—Cierto. Lo mismo debería empezar de nuevo.

—O lo mismo Miranda encuentra la forma de llevar a los hermanos Wilson ante la policía.

Por ahora, esa era nuestra esperanza: que la investigadora encontrara pruebas suficientes como para emitir una orden de arresto. No me fiaba mucho de la policía de Nueva York, sobre todo si estaban al servicio del agente O'Reilly. No parecía tener mucho interés en resolver el caso.

—Todavía no se ha puesto en contacto conmigo —reconocí sin poder ocultar la impotencia que sentía.

Por supuesto, sabía que necesitaba tiempo para averiguar más sobre la muerte de Adam y Valerie, al igual que para encontrar pruebas contra quien quería verme muerto. No obstante, me habría encantado participar en esa búsqueda en lugar de estar aquí sentado sin hacer nada, dejando que me dieran masajes y hablando con un psicólogo del miedo a la muerte.

—Seguro que lo hace pronto. —Y ahí estaba de nuevo, el empate. Era algo que me gustaba de Helena y de mí: cuando uno de los dos se desanimaba, el otro encontraba la forma de darle fuerzas. En realidad, los dos callábamos que ninguno tenía grandes esperanzas de que todo esto se fuera a resolver en el futuro próximo, porque, si lo hubiéramos vocalizado, estas llamadas de teléfono se habrían vuelto mucho más deprimentes—. Tengo miedo por ti —admitió en voz baja después de una pausa.

—No lo tengas. Lo peor que me puede pasar aquí es que el marisco no esté fresco.

La clínica de rehabilitación era verdaderamente aburrida y me habría encantado irme cuanto antes. Pero la mejor forma de proteger a Helena era mantener las distancias.

—Sí, eso es cierto —replicó ella con cierta duda y sospeché que no terminaba de relajarse—. Es que no puedo dejar de pensar en… —Se interrumpió.

—¿Pensar en qué?

—En nada, perdona. No quiero recordártelo.

—Me encantaría que lo hicieras, que me ayudaras a recordar.

En lo relativo al ataque, mi cerebro no tenía más que una completa oscuridad. Durante las cuatro semanas que habían pasado desde que me dispararon, no había surgido ni la chispa de un recuerdo. A veces, por las noches, me despertaba cubierto de sudor y muerto de miedo, pero era incapaz de decir qué había visto en sueños. Si había alguna imagen, desaparecía en cuanto me despertaba.

—Sabes que eso es un… —empezó Helena.

—Un mecanismo de protección, lo sé. —Me salió un tono más cortante del que pretendía. Cerré los ojos un instante—. Perdóname, no era mi intención. Es que me está volviendo loco que el cerebro me oculte información que podría ayudar en la detención de esos cabrones. —Si al menos supiera lo que había oído, sería un paso adelante. Estaba seguro de que podía sacar algo, aunque fueran enmascarados: la voz, la estatura, lo que fuera para identificarlos.

—No pasa nada —respondió Helena con amabilidad—. Todo el mundo en tu lugar querría saber lo que le pasó.

—Ojalá hubiera algún truco para recuperar esos recuerdos. —Habría corrido cualquier riesgo con tal de conseguirlo, así dejaría de sentirme tan indefenso, joder. Pero el psicólogo de la clínica me había dicho que debía tener paciencia, que los recuerdos regresarían en algún momento. O no.

—Sé que no quieres oír esto, pero lo único que ayuda es el tiempo. Lo que necesitas es recuperarte. No tiene sentido que te enfades contigo mismo porque no puedes recordar.

—Oye, deja de ser tan razonable —mascullé, y Helena se rio. Era un sonido maravilloso que me hizo sentir un poco mejor—. ¿Estás segura de que quieres cambiar de carrera? Creo que serías una psicóloga estupenda.

—Es posible, pero todavía no me has visto de guía turística. —Percibí su sonrisa—. Espero que sepas que, cuando esté todo listo y monte la empresa, vas a ser mi primer conejillo de Indias.

—¿Yo? Pero si me conozco Nueva York.

—Sí, pero no te gusta. Si soy capaz de convencerte de que Nueva York merece un trocito de tu corazón, podré hacerlo con todos mis clientes.

Esta vez fui yo el que se rio, ya que tenía toda la razón.

—Vale, de acuerdo. Puedes enseñarme esos rincones tan supuestamente fantásticos de Nueva York y yo te daré mi opinión más sincera.

—Encontraré la forma de convencerte —me dijo en un tono que me hizo sentir calor en las entrañas.

—Oye, eso no vale. Me tomo muy en serio mi odio a Nueva York.

—Lo sé, por eso me lo tomo en serio yo también.

Nos reímos un poco sobre que probablemente nunca estaríamos de acuerdo en este tema, pero luego nos quedamos callados y, esta vez, el silencio se prolongó. Tal como había dicho Helena, a veces uno no necesitaba hablar. Sin embargo, eso era lo único que teníamos, esa conexión entre dos teléfonos desechables. Así que debía aguantarlo lo mejor posible, hasta que alguien lo resolviera todo.

Fuera cuando fuera.

# 14
# Jessiah

La semana siguiente se estiró como un chicle y, a pesar de que Miranda había llamado una vez, solo tenía preguntas en lugar de respuestas. El primer golpe de suerte, tal como ella misma había llamado a encontrar el informe de autopsia falso había sido solo eso, y ahora la maraña que rodeaba las muertes de Adam y Valerie no parecía esclarecerse. Intenté no perder los ánimos, seguí haciendo mis ejercicios y, en general, estaba contento de que mi cuerpo se estuviera recuperando de las heridas y del tiempo en el hospital. Casi había vuelto a ser el de antes, a excepción de las cicatrices.

Estaba a solas en mi habitación, así que me levanté un poco la camiseta, como si no supiera qué me iba a encontrar: justo por debajo de las costillas se extendía una franja fea de color rojo que me llegaba casi hasta el esternón. Según me habían dicho, la cicatriz iría perdiendo ese color conforme se fuera secando, y no me preocupaba que a Helena pudiera parecerle desagradable de algún modo. Sin embargo, no dejaba de ser una marca que me recordaría lo que había pasado cada vez que no llevara camiseta. También me había quedado en la espalda otra cicatriz enorme, pero ahí tenía ya varias, la mayoría del surf y, además, esa era más fácil de ignorar. La del torso, en cambio, siempre la vería mientras siguiera con vida.

Me bajé la camiseta y cogí mi móvil, que usaba sobre todo para comunicarme con Eli. Solíamos llamarnos por teléfono, pero hoy estaba comiendo con sus abuelos, así que me limité a mandarle un mensaje. No me gustaba haber dejado solo a mi hermano en Nueva York, pero, en caso de emergencia, sabía que podía llamar a Thaz, Simon o Helena y, además, yo también me preocupaba de él aunque estuviera lejos. Le escribí un breve resumen de mi día aburrido y un meme de un *golden retriever* que Thaz me había enviado hoy.

Eli no me respondió de inmediato, así que me levanté, ya que pronto sería la hora de la cena y, aunque de forma habitual evitaba hablar con el resto de pacientes, no me quedaba otra que ir a por algo de comer. Me estaba preparando mentalmente para que algún posible empresario me hablara de Trish cuando me sonó el móvil que había dejado atrás. En la clínica había una política muy estricta que prohibía usar la tecnología durante las comidas.

Era un móvil nuevo, pues el antiguo que había encontrado la policía ya no funcionaba. Por suerte, tenía una copia de seguridad en la nube de mis contactos y mis mensajes, por lo que mi agenda no se había visto muy afectaba. Ese fue el motivo por el que pude leer el nombre del número que estaba llamando. Y cuando lo reconocí, abrí los ojos de par en par.

Me quedé atónito un instante, sin coger el móvil ni hacer nada. Luego me giré y me acerqué. El corazón me latía en la garganta.

—Hola, Paul —saludé con toda la naturalidad que me fue posible, aunque me salió más mal que bien. No solo porque la situación actual me tuviera de los nervios. Hacía casi tres años que no hablaba con mi antiguo mejor amigo, así que lo mismo habría dado si estuviera de vacaciones en el Caribe.

—Hola, Jess —dijo la voz familiar al teléfono—. Ha pasado mucho tiempo, lo sé, pero… me he enterado de lo que ha ocurrido y quería saber si estabas bien.

Al principio me sorprendió que lo supiera, pero luego caí en que una parte de su familia seguía viviendo en Nueva York y seguramente su hermana le habría puesto al corriente. El ataque se había publicado en varios medios, así que era difícil pasarlo por alto. De hecho, por eso Thea se había puesto en contacto conmigo, para saber cómo estaba, aunque por lo demás habíamos sido muy cuidadosos en nuestras llamadas. Aun así, el ataque había sucedido hacía tiempo, así que Paul debía de haberse debatido entre si llamar o no.

—Estoy bien dentro de lo que cabe, gracias. Parece que vuelvo a estar en forma. —Qué forzado había sonado, qué distante. Hubo una época en la que Paul y yo lo sabíamos todo el uno del otro. Sabíamos lo que pensaba el otro solo con mirarnos; de lo contrario, jamás habríamos emigrado juntos. Pero de eso había pasado mucho tiempo y ahora era como hablar con un desconocido.

El silencio se hizo entre nosotros y yo cogí aire para hablar, pero Paul se me adelantó.

—Es todo un alivio. Lizzy me envió un enlace que decía que estabas a punto de morir. Creí que exageraban, ya sabes cómo son con el *clickbait*. Pero luego me dijo que lo había escuchado en más sitios.

—La verdad es que he estado muy cerca.

En la rehabilitación no solo recibía tratamientos físicos, sino también sesiones de terapia y, aunque al principio me había mostrado escéptico, me sentaba bien hablar con alguien con quien no tenía ninguna atadura emocional. Mi psicólogo me había aconsejado que no negara lo que había vivido, y eso incluía admitirme a mí mismo y ante los demás que había estado a punto de morir.

—Joder. —Por primera vez, Paul sonó tal como lo recordaba—. Lo siento mucho, tío, o lo que se diga en este tipo de situaciones.

Tuve que reírme, aunque fuera un momento, pero así aliviamos la tensión.

—No he encontrado ninguna tarjeta que diga: «Me alegro de que no estés muerto». La he buscado.

Paul resopló.

—Podría hacerte una. Pero, ahora en serio, me dejó consternado. Me di cuenta de lo estúpido que era que no hubiéramos hablado prácticamente nada en tres años y que ahora quizá ya nunca tendría la oportunidad de hacerlo.

—Fui yo quien se alejó, no tú —le recordé. Me hacía demasiado daño escuchar las historias del hostal y, una vez que Mia y yo lo dejamos, me resultó insoportable seguir formando parte. Y aunque con toda probabilidad volvería a tomar la misma decisión, me dolía, pues no tenía a mucha gente en mi vida a los que consideraba amigos de verdad, y Paul era uno de ellos.

—Es cierto, pero yo tampoco hice nada por impedirlo. Fui un amigo de mierda, JC. Cuando murió Adam, debería haberme ido contigo una temporada a Nüeva York en vez de quedarme aquí y vivir la vida que tú llevabas años deseando tener.

Me di cuenta de la culpa que debía de haber acarreado todo este tiempo, y lo entendí, porque en su lugar me habría pasado lo mismo. Pero no estaba resentido. Que Paul hubiera renunciado a nuestro sueño no habría cambiado nada.

—Me alegra que sigas allí. Al menos uno de nosotros puede salir a surfear por las mañanas sin arriesgarse a una hipotermia. —La siguiente pregunta salió de mis labios sin que me diera tiempo a pensarla—. ¿Cómo va el hostal? ¿Tenéis todas las cabañas en funcionamiento?

—Sí, gracias a ti. Sé que Mia te llamó pidiéndote dinero a pesar de que yo no quería. No tenía nada que ver contigo, simplemente me parecía mal que solo nos pusiéramos en contacto contigo cuando necesitábamos algo. Perdóname si sentiste que no confiaba en ti.

—No hay nada que perdonar. Esos son asuntos vuestros, no míos. —No lo dije con desprecio, más bien reservado. La relación de Mia y Paul no tenía nada que ver conmigo. Aun así, agradecí que ella no hubiera tratado de ocultárselo.

Escuché que tomaba aire y supuse lo que venía a continuación.

—Jess, respecto a Mia…

—No hay nada de lo que hablar —le interrumpí en tono brusco, ya que no quería escuchar lo incómodo que se sentía sobre el tema. Desde fuera era del todo comprensible: ahora Paul estaba saliendo con mi exnovia y, aunque no podía descartar que hubiera tenido sentimientos por ella mientras estaba conmigo, nunca hizo nada al respecto ni se interpuso entre nosotros. Además, de todo aquello hacía ya mucho tiempo y ya no importaba.

—¿Estás seguro? Entiendo que te parezca una putada.

—No es así. Yo me fui, Mia y yo lo dejamos y fue la mejor decisión. Me alegro de que seas feliz. De verdad. —Me habría encantado decirle que yo también había encontrado al amor de mi vida, pero era demasiado peligroso—. ¿Nuestra antigua casa sigue en pie? —le pregunté en su lugar antes de que se me escapara algo sobre Helena.

Cuando Paul y yo compramos el hostal, había una cabaña que se encontraba a unos cien metros de la casa principal. Pronto decidimos que ahí era donde queríamos vivir, ya que no tenía un buen camino de acceso y nos pareció divertido alojarnos en una casa en obras. Pero durante el tiempo que estuvimos allí, la reformamos por completo y quedó realmente bonita. Trish habría despreciado la falta de comodidades, pero a mí me encantaba despertarme con el sol, salir a surfear y rodearme solo de gente que venía a relajarse.

—Sigue siendo nuestra casa de huéspedes privada —dijo Paul—. Solo se la alquilamos a gente que conocemos y que sabemos que no se van a quejar por tardar un rato en llegar al hostal. —Hizo una pausa—. Si alguna vez quieres volver, aunque sea de vacaciones, es toda tuya. Ya lo sabes.

—Sí —sonreí, aunque él no pudiera verme—, quizá en el futuro. Gracias, tío.

—¿Y cómo está Nueva York? ¿Te has acostumbrado ya a vivir allí?

—¿Tú qué crees? —Torcí la boca en una sonrisa cuando me di cuenta de lo mucho que había echado de menos hablar con Paul, que entendía perfectamente por qué la ciudad me traía por el camino de la amargura.

De fondo oí que alguien lo llamaba y, cuando Paul volvió a hablar, sonó algo ajetreado.

—Mierda, tengo que colgar. Hemos organizado para esta noche una fiestecita en la playa y soy el encargado de hacer la compra. Y ya sabes la selección que tiene el supermercado de Frank.

—Claro, no te entretengo más. —Lo imaginé saliendo de la casa principal, atravesando el aparcamiento donde sin duda seguiría estando el Jeep Wrangler oxidado que se compró nada más llegar al país. Probablemente haría treinta grados y un día soleado; después de todo, en Australia era verano. Qué envidia. Qué envidia, joder.

—Ha sido un placer hablar contigo, tío —dijo Paul—. ¿Qué te parece si lo repetimos? Creo que casi tres años de silencio han sido suficientes.

—Sí —respondí—, yo también lo creo.

—Entonces ya hablaremos. Cuídate, Jess.

—Igualmente, saluda a Mia de mi parte.

Colgué y sentí una profunda alegría en mi interior, como si hubiera recuperado algo que hacía tiempo que creía perdido. Al mismo tiempo había dolor, también profundo y punzante. La conversación me había recordado lo mucho que echaba de menos mi antigua vida. Jamás me había sentido más libre, más relajado y más en paz conmigo mismo que cuando vivía en Australia. ¿Querría Helena abandonar Nueva York junto a mí lo antes posible? Con lo mucho que amaba esta ciudad…

—Ay, mierda. —Una mirada al reloj me hizo ver que ya podía darme prisa si quería que quedara algo de comer.

Pero, por segunda vez, justo cuando estaba en la puerta, mi móvil volvió a sonar. Era un número desconocido, pero el prefijo era de Nueva York. Quizá se tratase de alguno de mis clientes que ahora debían apañárselas sin mí.

—Jess Coldwell —dije al descolgar.

—Señor Coldwell, soy el agente O'Reilly de la policía de Nueva York.

Se me paró el corazón. «Por favor, que no sean malas noticias. Por favor, que no sean malas noticias».

—Agente —respondí—, ¿qué puedo hacer por usted?

# 15
# Helena

Deslicé la mirada por la interminable selección de muebles tapizados, con los ojos ligeramente llorosos de ver que el amarillo mostaza se había puesto tan de moda. En vez de estar escogiendo sofás, me habría encantado dedicarme al caso de Valerie y Adam (así lo llamaba porque era incapaz de describirlo como asesinato sin que me provocara un sentimiento de desesperación e impotencia). Pero lo cierto era que no podía seguir repasando los hechos ni hacer más listas de posibles culpables; al final, al igual que Jess, siempre acababa pensando que Trish era la responsable de sus muertes, y no mi familia. Y como ya hacía tiempo que había enviado la solicitud a la NYU, solo me quedaba dedicarme a las compras. Estaba empezando a volverme loca de tanto mirar el móvil esperando ese mensaje que nunca llegaba.

Aunque había recuperado mi maleta de los arbustos de delante de la casa de Jess poco después de que lo dispararan, la mayoría de mis cosas seguían en la casa de mis padres. Lincoln se había ofrecido a traerlas por mí, pero aún no me había decidido a que lo hiciera. En realidad, no quería ninguno de los muebles ni la ropa que había allí. La mayoría pertenecía a la época anterior a la muerte de Valerie y yo había cambiado demasiado desde entonces como para que fueran de mi gusto. Así que no solo necesitaba ropa nueva, sino también muebles, ya que Paige había sido la encargada de decorar el apartamento y su gusto no podía parecerse menos al mío, y también al de mi hermano, tal como había dejado claro. Además, Paige pensaba llevarse algunas de las cosas que había comprado.

Cuando hice clic en un sofá de terciopelo verde oscuro que me recordaba al que Jess tenía en su apartamento, solté un suspiro. Un segundo después, oí que alguien abría la puerta del piso y entraba. Levanté la vista desconcertada. Lincoln estaba en Los Ángeles y no volvería hasta dentro de dos días, así que solo podría tratarse de…

—Helena, hola. —Paige parecía sorprendida y ligeramente incómoda de encontrarme allí—. No sabía que estarías aquí. Será mejor que vuelva en otro momento.

—No, ¿por qué ibas a hacer eso? Esta sigue siendo tu casa. Yo soy más invitada que tú.

—Creo que ya no. —Hizo un gesto nervioso con la mano. Me percaté de lo pálida que estaba—. Lincoln me dijo que estaría de viaje, así que quise aprovechar la oportunidad para llevarme un par de cosas.

—Estará un par de días en Los Ángeles en un congreso. Y mi situación todavía no está muy clara, así que me estoy quedando aquí mientras tanto. —Me puse en pie y me dirigí a la cocina—. ¿Quieres que haga té?

Justo cuando lo pregunté, caí en la cuenta de que estaba hablando de su cocina y de su té. Aun así, no retiré la oferta, ya que parecía que necesitaba algo caliente.

—No, no…, no me voy a quedar mucho. —Su mirada recayó en la pestaña abierta de mi portátil—. ¿Estás buscando muebles nuevos? —preguntó en un tono algo ofendido. Aunque quizá sonara así por las circunstancias actuales. La compasión me hizo suspirar profundamente.

—Qué va —repuse—. Solo estaba echando un ojo.

Echó un vistazo por la puerta abierta del pasillo hacia el salón, donde se encontraba el monstruoso sofá beige que ella misma había elegido.

—Sabía que detestaba este sofá —murmuró.

—Eso no es cierto. —No era mentira; Lincoln nunca me había dicho que odiara el sofá. Además, no quería que Paige se sintiera peor de lo que ya lo hacía—. Y es bastante cómodo.

Paige rio y fue la carcajada más triste que le había oído nunca.

—Sí, es cómodo, ¿verdad?

Eché mano a la tetera.

—Nos hace falta un té. Cuanto antes.

Me parecía fuera de lugar que tuviera que marcharse. No porque me considerara una persona especialmente competente en temas de desdicha (aunque yo también batallaba con eso de otra forma), sino porque me imaginaba que los Irvine no estarían poniendo de su parte para entender a Paige.

Sacó su enorme organizador de té y empezó a rebuscar entre los paquetes.

—¿Cómo van las cosas por casa? —pregunté con cautela. Había pasado más de una semana desde que lo habían dejado y lo más probable era que fuera un infierno volver a vivir con su desagradable madre en estas circunstancias.

—Como siempre —resopló Paige—. Mi madre se pasa el día llorando porque cree que ya no tengo futuro y mi padre se pasa el día maldiciendo a Lincoln y refiriéndose a mí como «mi pobre niña». No sé cuál de los dos me parece peor.

Sonreí con socarronería.

—Bueno, yo sabría por quién decantarme.

Clive, el padre de Paige, siempre me había caído bien. Puede que estuviera siendo un poco parcial, pues una vez me trajo una Barbie de Asia que no estaba disponible en Estados Unidos y, además, había apoyado la idea de las visitas guiadas que Valerie y yo habíamos planeado. Sin embargo, Eleanor era una verdadera bruja del Upper East Side, seguía el guion al pie de la letra. No me extrañaba que no se esforzara lo más mínimo en apoyar a su hija.

—Sé que mi padre tiene buenas intenciones. —Paige vertió una buena cantidad de *earl grey* en dos filtros de té—. Mi madre también, pero no conmigo.

Eso era lo más negativo que había dicho nunca sobre su madre. Asentí.

—Mira, P, tú ve a lo tuyo. Estoy casi orgullosa de ti.

—Bueno, creo que todavía tardaré un tiempo en largarme de la cena de Nochebuena hecha una furia. —Me miró como si no estuviera segura de poder hacer esa broma.

Sonreí para aliviarla.

—Pues qué bien entonces que aún queden once meses para Navidad. Todavía tienes tiempo.

Paige rio.

—Me pareciste muy valiente.

—Bueno, mira dónde estoy ahora. Mi valiente plan se ha quedado en pausa. —Saqué dos tazas de la despensa que sabía que le gustaban a Paige, las llené de agua y metí los filtros llenos de té.

—¿Hay alguna novedad sobre los que dispararon a Jess?

Negué con una ligera sacudida de la cabeza y nos trasladamos a la mesa de la cocina, donde nos sentamos.

—Hay algunas pistas, pero todo está yendo más lento de lo que esperábamos. Ahora mismo está en rehabilitación y, afortunadamente, a salvo.

Todavía le quedaba como mínimo una semana en Newport y luego volvería a Nueva York. Había sido un horror estar separados, pero sería aún peor una vez regresara a la ciudad y no pudiera ir a verle. Era peor que el año pasado, ya que entonces no me preocupaba que alguien pudiera hacerle daño. Me recordé que no estábamos hablando de eso.

—Me gusta que podamos seguir hablando —le dije a Paige—. Cuando te fuiste, pensé que ya no volveríamos a hacerlo.

Me miró sorprendida.

—Siempre me dio la impresión de que no te caía muy bien.

—Al principio así era —admití—, pero se debía a mis prejuicios, no a ti. Que me apoyaras cuando pasó lo de Jess… Te estoy muy agradecida, Paige. Siento mucho que la relación con Linc no haya funcionado.

Se encogió de hombros con impotencia.

—Sinceramente, siempre tuve la esperanza de que algún día se enamorara de mí, pero cuando Penelope llegó a su vida, supe que nunca sucedería. Lincoln quería estar conmigo porque era algo bueno para vuestra familia cuando estaban pasando una mala racha. Nunca fue más que eso.

Como no quería volver a repetir lo mucho que lo sentía, preferí preguntarle por el futuro.

—¿Tienes pensado qué vas a hacer ahora?

—No tengo ni idea, la verdad. —Paige se encogió en sí misma—. Mis padres creen que lo mejor es que me vaya a otra ciudad. Puede que a Boston, porque allí nadie sabe qué ha ocurrido.

Me sobrevino una oleada de rabia repentina. ¿Cómo era posible que, en una sociedad que se consideraba liberal y progresista, una mujer tuviera que mudarse porque su prometido y ella lo habían dejado? Me parecía del todo absurdo. No debería pasar algo así.

—¿Cómo puedo ayudarte? —le pregunté—. Quizá podríamos dejarnos ver juntas en algún evento para que se enteren de que nuestras familias siguen estando unidas.

En realidad no era del todo cierto, ya que oficialmente yo ya no formaba parte de nuestra familia, pero todavía tenía permitido ir a los eventos. Y si una Weston se relacionaba abiertamente con Paige podríamos acallar los rumores.

—Eso sería muy amable por tu parte. Pero ¿qué le voy a decir a la gente cuando me pregunten qué ha pasado? —Me miró insegura.

—Diles que lo has dejado tú a él. Estoy segura de que Lincoln estará de acuerdo. Cuéntales que crees que eres muy joven para casarte y que todavía te quedan cosas por experimentar. Ve con la cabeza alta por la ciudad, ajena al escándalo. Ya no estáis juntos, ¿y qué? No eres menos por no tener a Lincoln a tu lado. Eres Paige Irvine, amable, inteligente y buena persona. Si no lo entienden, que les den por culo. —Hablaba con rabia, porque siempre me enfurecían las injusticias, era algo que había heredado de Valerie, por así decirlo. Mi hermana habría dicho lo mismo si se encontrara aquí, estaba segura de ello.

A Paige se le llenaron los ojos de lágrimas. Se levantó y me abrazó.

—Creo que eso es lo más bonito que me han dicho en mucho tiempo.

—Pues ya era hora de que alguien lo dijera. —Me despegué de su lado y comprendí lo injusta que había sido con ella cuando la conocí. Paige siempre me había tratado bien, y lo seguía haciendo. No todos podían decir lo mismo—. Quien se case contigo algún día, será feliz… —hice una pausa— y tendrá un sofá la mar de cómodo.

Paige soltó una carcajada y se enjugó las lágrimas de los ojos.

—Gracias, Helena. De verdad, esto era justo lo que necesitaba.

—No, gracias a ti —dije con una sonrisa—. Tú me apoyaste cuando necesité ayuda. Solo intento hacer lo mismo por ti.

Cuando nos terminamos el té y Paige recogió sus cosas, se marchó, y yo volví a quedarme sola. Una vez que se despejó la rabia, me sentí algo melancólica y triste. ¿Cómo podía ser la vida tan injusta? Nadie tenía nada en contra de que Paige y Lincoln estuvieran juntos, más bien al contrario: las dos familias habían dado el visto bueno para la boda, pero mi hermano no amaba a Paige. Ahora que se habían separado, ella era infeliz y él se sentía culpable. Esta relación no le había hecho un favor a nadie.

Y luego estábamos Jess y yo, que no dudábamos ni un segundo de nuestros sentimientos por el otro. Sabíamos que estar juntos sería maravilloso, que nos apoyaríamos en todo y que dejaríamos que cada uno fuera tal como era. Éramos totalmente distintos y, al mismo tiempo, imperfectamente perfectos el uno para el otro. Yo lo quería, él me quería, no había nada mejor en el mundo que sentirse correspondido. Y, sin embargo, no había más que piedras en nuestro camino. Solo miedo. No era justo.

Sentí que las lágrimas me brotaban en el interior, pero esta vez no me las tragué, sino que las dejé fluir. Todo este tiempo me había mantenido fuerte, ahora era el momento de ser vulnerable, de permitirme maldecir al mundo y sentirme triste por no poder estar con él. Me daba igual dónde o cómo. Habría viajado a cualquier rincón del mundo para que pudiéramos estar juntos, para poder acurrucarme en sus brazos y que me dijera que todo iba a salir bien. Pero no existía ningún lugar al que ir. Así que lloré, lloré porque quizá esta situación nunca llegara a resolverse.

Mientras los sollozos empezaban a remitir poco a poco, oí un sonido melódico: era el timbre del apartamento. Me puse en pie y me enjugué las lágrimas. Sin duda sería Paige, que se habría olvidado algo y le parecía de mala educación usar su propia llave para entrar. Pero me daba igual que me viera así, especialmente después de nuestra conversación.

—¿Has olvidado…? —me interrumpí a media frase.

Porque delante de mí no se encontraba Paige.

Estaba Jess.

No pronunció palabra alguna, sino que se acercó a mí, me rodeó con los brazos y me besó con tanta pasión que me quedé sin aliento y me temblaron las rodillas. Me colgué de sus hombros sin entender qué hacía aquí, a pesar de tener sus labios contra los míos y su piel contra la mía. Fue una sensación más poderosa que cualquier sueño que hubiera tenido las pasadas semanas; podía sentirlo, olerlo, saborearlo. Estaba aquí.

Jess estaba aquí.

Cuando asimilé la realidad, me separé de él bruscamente y corrí a la puerta para cerrarla. Confié en que alguno de los guardaespaldas de Trish se hubiera apostado delante de la casa.

—¿Qué demonios estás haciendo aquí? —le espeté—. ¡Es peligroso, Jess!

—No lo es —respondió, y me sonrió aliviado de una forma tan irresistible que volvieron a flaquearme las rodillas—. La policía ha encontrado al culpable. Han arrestado al cabronazo que contrató a los matones para que fueran a por mí y se encuentran los cinco en comisaría. Todo ha pasado, amapola. Todo ha pasado de una puta vez.

Me quedé mirándolo con atención, sus palabras cayeron en mi mente como monedas en una hucha. *Todo. Ha. Pasado.*

—¿Lo dices en serio? —susurré.

Jess asintió y no pudo decir nada más, porque me lancé a sus brazos y lo abracé tan fuerte como pude, hasta que recordé que acababa de salir de rehabilitación y mascullé una disculpa. Pero él no me dejó ir.

—Estoy bien. Estoy mejor que bien. —Y volvió a abrazarme. Después empecé a llorar, y él conmigo.

Toda la tensión de las últimas semanas, el miedo, la preocupación, todo desapareció en aquel abrazo. Solo nos quedó el alivio, un alivio maravilloso y catártico. Respiré el aroma de Jess, lo besé, él me besó a mí, lo volví a abrazar, incapaz de tener suficiente de él, de nosotros. Tardé una eternidad en sentirme capacitada para separarme de él. Y mereció la pena, porque ahí estaba su sonrisa, y yo estaba convencida de que nunca volvería a ver nada tan hermoso.

Aun así, había una cosa que debía saber.

—¿Quién fue? —pregunté en voz baja—. ¿Quién te hizo esto?

Jess vaciló un instante.

—Se llama Zachary Markham. Era un socio de mi padre que estaba metido en líos fraudulentos y acabó condenado a diez años de prisión. Mi padre fue el testigo principal en el juicio y Markham se ha pasado todo este tiempo jurando venganza. Cuando salió de la cárcel en Navidad, decidió poner su plan en marcha. Como mi padre y Adam estaban muertos, fue a por mí.

—Vaya —solté sacudiendo la cabeza. Me parecía una locura que alguien esperara tanto tiempo para matar a otro que no tenía nada que ver con el asunto—. Entonces ¿estás a salvo? ¿Y si envía a otra persona?

—Ha confesado —explicó Jess en tono tranquilo—. Su compañero de celda lo delató y Markham se vino abajo. Al parecer, sabía que no se saldría con la suya. Puede que se arrepienta, no sé. Me da igual. Pero ya no tengo nada que temer.

—Y Adam y Valerie… —empecé.

—Esa investigación sigue su curso. Pero es poco probable que Markham sea el responsable.

Me quedé callada, saboreando el alivio que estaba sintiendo. Jess estaba a mi lado y no corría peligro. Probablemente necesitaría un tiempo para asimilarlo del todo. Todavía quedaban muchas preguntas sin respuesta sobre nuestros hermanos, pero, por primera vez desde mi regreso a Nueva York, estaba dispuesta a dejar ese tema a un lado y vivir el momento.

—He pensado en algo mientras venía hacia aquí —dijo Jess con calma, acariciándome la mejilla—. Desaparezcamos de aquí, ¿te parece? Al menos una semana o dos.

—¿Desaparecer? —repetí, porque no era en absoluto lo que me esperaba.

—Sí. —Me miró fijamente—. Después de todo este follón, necesito cuanto antes tomarme unas vacaciones del invierno. Así que dime, amapola: ¿te apetece un poco de sol y playa?

Me reí con tanta fuerza que dejé clara mi respuesta.

—Un poco de sol sería maravilloso. —Solo de imaginarme en algún sitio que no estuviera a unos grados bajo cero me parecía fantástico. Pero si además estaba con Jess, en alguna playa, solos él y yo… Era demasiado perfecto para creerlo.

—Pues haz las maletas —dijo sacándome de mis pensamientos. Miró el reloj—. Nuestro vuelo sale dentro de dos horas.

—¿Dos horas?

Vale, entonces sí que debía darme prisa. Me acerqué de nuevo y le di un beso fugaz. Luego corrí a mi habitación. Cuanta más prisa me diera, más pronto empezaría mi futuro con Jess.

Un futuro en el que por fin estaríamos juntos.

# 16
# Jessiah

Durante casi todo el vuelo de Nueva York a Los Ángeles y después hasta Sídney, Helena y yo mantuvimos las manos entrelazadas con firmeza. No hablamos demasiado, simplemente nos limitamos a disfrutar que estábamos el uno con el otro sin tener miedo de que nos vieran juntos por primera vez desde que nos conocíamos. Eso, unido al hecho de que podíamos desaparecer a plena luz del día, era demasiado bonito para ser verdad.

Desde el momento en el que el agente O'Reilly me dijo que había detenido y encarcelado al tipo que me quería ver muerto, solo tenía una cosa en mente: Helena y yo, juntos, en algún sitio lejos de Nueva York. Aun así, no podía creer que se hubiera hecho realidad.

—Vale, estaba equivocada, sí que eres un ricachón —comentó Helena con una sonrisa torcida mientras desembarcábamos y nos dirigíamos a un Jeep aparcado en el hangar privado. Yo ya me había quitado el jersey en el avión y me di cuenta de que hacía calor. Un calor de verano. Qué maravilla.

—¿Por qué, porque no hemos venido en un vuelo comercial?

Había usado algunos de mis contactos para conseguirnos dos asientos en un vuelo chárter de Los Ángeles a Sídney. No íbamos solos en el avión, mi conciencia ecológica no me lo habría permitido, sino que habíamos compartido las últimas doce horas con un grupo de viajeros de negocios australianos que ahora se despedían de nosotros mientras se subían a sus coches.

—Si fuera tan ricachón, habría contratado un jet privado para nosotros y te lo habría contado todo sobre el Mile High Club.

—Y yo te habría preguntado qué te hace pensar que no pertenezco a él desde hace mucho tiempo. —Esbozó una mueca inocente y luego se echó a reír. Me encantaba verla tan feliz desde que habíamos salido de Nueva York. Era un buen augurio para lo que nos esperaba.

—¿De verdad?

—No —admitió—. ¿Y tú?

—Qué va —La rodeé con el brazo y la empujé hacia mí para darle un beso—. Pero he estado pensando en ello en las últimas horas —susurré a su oído y disfruté al sentir cómo se estremecía todo su cuerpo. Tenía que admitir que mis planes de viaje habían sido algo apresurados. Deberíamos haber volado al día siguiente para poder pasarnos toda una noche en la cama. Pero tenía tantas ganas de escapar de Nueva York y el frío con Helena que había pasado por alto mis otros deseos.

—Ah, ¿sí?

Llegamos al Jeep y Helena apoyó la espalda contra el coche y me rodeó el cuello con los brazos. Me incliné hacia ella.

—Vaya que sí.

Mis labios se encontraron con los suyos, con menos timidez que ante los ojos de nuestros compañeros de viaje, y Helena me correspondió acariciándome de una forma que me desató una oleada de calor por todo el cuerpo. Joder, ¿por qué no estábamos detrás de alguna puerta cerrada? Había echado de menos a Helena en todos los sentidos, pero ahora mi cabeza solo se acordaba de uno.

—¿Disculpen? —Un aclaramiento de garganta detrás de nosotros hizo que nos separáramos. Un hombre con el uniforme de la empresa del chárter estaba plantado junto al coche—. Para usted, señor —dijo, y me dio las llaves del Jeep. Luego asintió con educación y volvió a desaparecer, pero, tras compartir una mirada con Helena, estuvimos de acuerdo en que no queríamos seguir aquí con lo que habíamos empezado. Así que respiré hondo, metí nuestras maletas en el coche y me senté en el asiento del conductor.

—¿Lista? —le pregunté a Helena, que tomó asiento a mi lado.

—Más que nunca —asintió.

Cuando partimos, tuve que recordarme que en Australia se conducía por la izquierda y que la mayoría de los coches tenían marchas, pero mi cerebro no tardó demasiado en volver a acostumbrarse. Lo que sí absorbí con cada fibra de mi ser fue el calor y el sol. Conducir un Jeep descapotable en camiseta de manga corta y gafas de sol me estaba haciendo más feliz de lo que esperaba y entonces me percaté de lo mucho que hacía que no venía.

Helena también parecía estar disfrutando del calor, pues cerró los ojos y dejó que el sol de la tarde le bañara el rostro mientras yo conducía. Acabábamos de salir del área metropolitana de Sídney cuando dijo algo:

—Esto es el paraíso. No puedo creer que nunca haya estado en Australia.

—Te va a encantar, estoy seguro. No hay ningún sitio más relajado en el mundo.

—Justo lo que necesitamos —añadió con un suspiro.

Me pareció maravilloso ver cómo se iba relajando cada vez más. Conocía esa sensación, la había experimentado cada vez que volvía de mis cortas visitas a Nueva York. Aun así, era increíble que Helena, una chica de ciudad de la cabeza a los pies, también lo sintiera.

—¿Y estás seguro de que lo mejor es que nos quedemos en el hostal? —preguntó con cautela, aunque no supe por qué. En el vuelo a Los Ángeles le había contado cuál era nuestro destino y se había alegrado de poder conocer el lugar que había sido mi hogar durante dos años. Pero ahora parecía que tenía dudas.

—Al hostal en sí no iremos hasta mañana. He reservado la casa de huéspedes privada en la que solía vivir. Está algo apartada y la tendremos toda para nosotros, así disfrutamos de un poco de paz. —Mientras lo decía, me dio la impresión de que Helena no estaba hablando de eso, sino de otra cosa. ¿O de otra persona? Ay, coño, qué idiota había sido—. No lo había pensado, perdona. ¿Te resulta incómodo?

—No, para nada. ¿Por qué me preguntas eso? —Sacudió la cabeza y entonces pareció entenderlo—. Ah, ¿te refieres a Mia?

Me encogí de hombros como respuesta. Para mí no había sido especialmente agradable conocer a Ian Lowell, que había estado con Helena hacía años. De hecho, me había vuelto loco. ¿Por qué iba a ser diferente si ella conocía a mi exnovia?

—Para mí no es problema, Jess, de verdad. —Cuando la miré, me sonrió con suavidad—. Solo me preguntaba si no sería doloroso para ti.

—Mia y yo lo dejamos hace muchísimo tiempo. Lo tengo más que superado.

—No me refiero a Mia, sino al hostal. Es tu paraíso en la tierra. Si vuelves a verlo, quizá te resulte más difícil regresar después a Nueva York.

Nos detuvimos en un semáforo y miré a Helena. La preocupación brillaba en sus ojos azules y mi corazón se ensanchó al darme cuenta de la suerte que teníamos de habernos encontrado. Me entendía, sabía lo complicado que se volvía mi cerebro en ocasiones, pero, aun así, me quería. Era un regalo maravilloso.

Me incliné y rocé suavemente sus mejillas con mis dedos.

—¿Cómo me va a resultar difícil volver si tú estás allí? —le pregunté en voz baja y la besé. Nunca me cansaría de hacerlo, lo sabía. Nunca en toda mi vida.

Cuando nos separamos, la luz del semáforo se tornó verde, pero el coche de detrás no nos pitó y supe por qué me encantaba tanto Australia y sus habitantes: aquí la gente era más relajada, no corrían de un lado a otro, siempre en busca de subir más alto, más rápido o más allá. La gente entendía que la mejor forma de vivir era dejar de presionarse a uno mismo y a los demás.

Como es obvio, era algo que tenía en mente antes de tomar la decisión de venir aquí con Helena. En un primer momento, descarté Australia (demasiado lejos, demasiados recuerdos), pero cuando dejé mis miedos a un lado, me di cuenta de que era el sitio perfecto. Jamás me había sentido más en casa que aquí y, después de hablar con Paul por teléfono, nació el deseo de enseñarle el hostal a Helena. Todavía nos quedaba mucho para conocernos del todo el uno al otro y quería que conociera mi verdadero yo. No al chico que odiaba Nueva York y siempre estaba deseando escapar de la ciudad, el que se preocupaba por su hermano pequeño y estaba a la gresca con su madre. Helena se merecía conocer la mejor versión de mí mismo, y era una mezcla del chico que emigró a Australia con dieciocho años y de aquel que regresó para cumplir con sus obligaciones. ¿Me dolería volver a ver el lugar que me había roto el corazón? Sin lugar a dudas. Pero también era una oportunidad de superarlo, sobre todo, porque Helena estaba conmigo.

Como si supiera en qué estaba pensando, posó su mano sobre la mía, que descansaba sobre la palanca de cambios, y me acarició suavemente con los dedos.

Sonreí. Sí, sin duda había tomado la decisión correcta.

—¿A Eli le parece bien que estés fuera dos semanas? —me preguntó Helena—. ¿O le está causando problemas?

—Al contrario, llegó a decirme que se enfadaría si no nos íbamos. No me hizo gracia dejarlo solo durante el tiempo que pasé en rehabilitación, pero sus abuelos están en Nueva York y me ha asegurado que sobrevivirá sin mí estas semanas. Dijo que nadie se ha ganado estas vacaciones más que nosotros.

Vi que Helena sonreía por el rabillo del ojo.

—Eli es un chico muy inteligente, increíblemente empático para ser un adolescente. Cuando supere todos sus miedos, será imparable.

—Sí —coincidí—. Espero que lo consiga algún día.

Ya estaba anocheciendo cuando empezamos a avanzar por carreteras más estrechas que cruzaban un bosque hasta llegar a un pequeño claro. Aparqué el coche y observé la casa que se alzaba a cien metros de distancia. Era una cabaña a los pies de la playa, de una sola planta y con una terraza en la azotea. Paul y yo habíamos vivido aquí el tiempo que pasé en Australia, pero Mia y él habían decidido optar por una habitación en la casa principal para estar más cerca de los huéspedes. No obstante, aunque el hostal había sido mi paraíso, para mí esta casa representaba el sentimiento de libertad. Había llegado aquí después de darle la espalda a mi hogar y a mi familia y para vivir mi propia vida, para poner fin a la tensión, a las expectativas y a las peleas. Aquí había sido quien yo era. Aquí no había sido Jessiah Christopher Coldwell, solo Jess.

—¿Estás bien? —Helena me acarició el brazo al ver que no me decidía a salir del coche.

—Sí —respondí con un respingo—. Venga, vamos a entrar.

Abrí la puerta del coche y saqué nuestras maletas. El camino hasta la casa era una arena compacta que se hacía más fina conforme nos acercábamos a la playa. Las olas rodaban bajo la luz del atardecer y, al verlas, sentí una satisfacción que me hizo detenerme para escucharlas. Luego sonreí, bajé las maletas, busqué la cerradura de la puerta con las llaves y, finalmente, abrí.

Me llegó un aroma particular, una mezcla de sal, crema solar y madera. Esta casa siempre había olido así y me sobrevinieron todos los recuerdos: de Paul y yo intentando coordinar la reforma con la mitad del suelo ocupado con planos y herramientas, de muchos gin tonics y una resaca de mil demonios a la mañana siguiente, de la arena esparcida por toda la casa cuando llegábamos de surfear.

—Es preciosa.

Helena se dio la vuelta satisfecha y, aunque seguramente estaba acostumbrada a alojamientos más lujosos, pareció decirlo con sinceridad.

La rodeé con un brazo y la besé con cariño en el cabello. Me parecía irreal estar de nuevo aquí. Por un lado, todo me resultaba familiar, ya que lo conocía como la palma de la mano y, al mismo tiempo, me resultaba extraño, porque ya no era la misma persona que se había marchado de este lugar. Y además, estaba el hecho de haber venido juntos. En los últimos meses, se habían sucedido los momentos en los que pensaba que nunca lo conseguiríamos.

—¿Crees que podrías quedarte aquí una temporadita? —le pregunté a Helena.

—Uy, sí —asintió—. Si me salgo con la mía, será más que eso.

# 17

# Helena

«Qué paraíso». Ese fue mi primer pensamiento cuando llegamos a nuestro destino y nos bajamos del coche. Yo ya había estado en lugares hermosos del mundo, desde Hawái a Santa Lucía, pero este sitio, esta casita junto a la playa, era especial. Quizá se debía a que sabía lo mucho que significaba Australia para Jess. Pero quizá también se debía a que nunca había estado en ningún sitio en el que tuviéramos la sensación de encontrarnos absolutamente solos en el mundo. Después de todo lo que había sucedido en los últimos meses, me pareció un milagro que los dos estuviéramos aquí, en este rinconcito maravilloso, perfecto para olvidar los horrores del pasado, al menos durante un tiempo.

La cabaña no era especialmente grande; solo constaba de dos habitaciones de muebles sencillos pero bonitos. En una de ellas, a la izquierda, había un par de sofás y dos sillones de color claro y, en la otra, una cama justo enfrente de la ventana. Jess había dejado nuestras maletas en un segundo dormitorio, donde había otra cama, pero yo ya había decidido que era aquí donde quería dormir. No iba a perderme la experiencia de despertarme por las mañanas con vistas al mar.

El baño también era pequeño, pero cuco, con azulejos blancos y toallas de color azul. Me aseé un poco tras haber pasado las últimas veinticuatro horas en aviones y aeropuertos y después le dejé el baño a Jess para que hiciera lo mismo.

Mientras él hacía lo propio, abrí la puerta que daba a la terraza, me quité los zapatos y los calcetines y salí al exterior. Noté la aspereza de la madera bajo los pies y me apresuré para sentir la arena bajo mis dedos. Era increíblemente fina y cálida. Suspiré satisfecha y di un par de pasos en dirección al mar.

Todavía no había oscurecido, y las últimas luces del día bañaban el paisaje de un vivo gris azulado. Al mismo tiempo que las olas rodaban con suavidad hacia la arena, respiré hondo, solté aire y sentí que empezaba a relajarme a cada inspiración.

—Aquí estás. —Jess me sonrió al acercarse—. ¿Qué te parecen las vistas?

—Son perfectas.

Estiró una mano hacia mí.

—Ven, te voy a enseñar unas mejores.

Volvimos a la casa, pero no cruzamos el umbral de la puerta, sino que fuimos hacia unas estrechas escaleras de madera que se encontraban a mano derecha. Nada más llegar, había visto la barandilla y había supuesto que habría algún tipo de azotea, pero cuando subí el último peldaño y puse el pie sobre el suelo, me quedé boquiabierta. Arriba había otra habitación extra, solo que esta se encontraba a cielo abierto, con una enorme tumbona de madera cubierta con un dosel y cortinas de tela, unas sillas junto a una mesita baja, plantas y faroles con velas que debían de haberse usado a menudo, ya que estaban algo quemadas. Me dirigí a la barandilla, posé las manos sobre el raíl y miré el mar, las olas rompiendo bajo la luz de la luna creciente. Era como estar en un sueño.

—Ahora entiendo por qué querías vivir aquí —le dije a Jess por encima del hombro mientras este encendía un par de velas. Un resplandor parpadeante nos iluminó a ambos.

—Sí, la verdad es que es un sitio especial, ¿no crees?

Caminó hacia mí y me pasó un brazo por la cintura, atrayéndome con suavidad. Yo me dejé caer contra su cuerpo, volví a respirar hondo y sentí que todos los miedos, preocupaciones y estrés de las últimas semanas empezaban a difuminarse.

—Sí que lo es. —Apreté su brazo contra mí, como si no creyera que estuviera a mi lado si no lo sentía.

—Pero hoy es aún más especial —me susurró al oído, sus labios tan cerca de mi oreja que me cortó la respiración.

Me recorrió un cálido escalofrío y me pegué más a Jess, sintiendo su torso en mi espalda. Los dedos de Jess se colaron por debajo de mi camiseta y me rozó el cuello con los labios. Cerré los ojos para saborear aún más sus caricias, pero no aguanté demasiado y me giré envuelta en sus brazos.

Todo mi interior me gritaba que besara a Jess, pero no lo hice. En su lugar, busqué su mirada y contemplé su rostro, sus ojos verdes, el balanceo suave de los rizos rubios que se habían salido del moño. Y disfruté de sentir su cuerpo contra el mío. De cómo crecía la tensión a cada segundo que no cedíamos al deseo.

—¿Tienes hambre? —me preguntó Jess en voz baja, con una mirada que me hizo arder por dentro.

—Ni lo más mínimo —respondí. Y entonces me puse de puntillas y lo besé. No fue un beso suave ni cariñoso, sino profundo y feroz, pues eso era lo que quería en ese momento.

Jess correspondió a mi beso de la misma forma intransigente y me pregunté cómo había pasado las últimas veinticuatro horas a su lado sin poder besarlo de esta forma. Sin que mi mano se colara bajo su camiseta y acariciara sus músculos. Sin tenerlo cerca de esta forma real y sincera. Por suerte, ya no había ningún motivo que me detuviera, pues estábamos solos. Por primera vez desde que nos conocíamos, no solo nos encontrábamos totalmente relajados, sino que no teníamos miedo de que alguien nos descubriera. Éramos libres. Por fin.

Jess me agarró y me levantó a horcajadas, y no tuve claro si alguna vez le había dicho lo mucho que me ponía que lo hiciera, ya que sentía en mis carnes cuánto me deseaba. Así que lo abracé con las piernas con más fuerza, moví las caderas y sonreí satisfecha cuando jadeó en mi boca. Había pasado mucho tiempo. Había pasado demasiado tiempo, joder.

Me llevó a la enorme tumbona y le quité la camiseta antes de que me dejara caer sobre el colchón. Aún no había oscurecido tanto como para que no me fijase en la cicatriz que Jess lucía en el torso, pero intenté no prestarle atención. En su lugar, lo acerqué a mí, lo besé y le acaricié el pecho, el cuello, la nuca. Cuando puso la mano en mi espalda e introdujo aún más la lengua en mi boca, solté un gemido. Una oleada de calor me recorrió todo el cuerpo y sentí cómo me palpitaba la entrepierna. No podría soportarlo mucho más.

Sin decir nada, pareció que Jess pensaba lo mismo, pues echó mano de las costuras de mi top y me aparté un poco. Sin embargo, cuando quiso quitarme la prenda, maldijo en voz baja. Supe por qué: el top era de esos que tenía bandas cruzadas en la parte trasera. No era la mejor prenda si uno quería quitársela lo más rápidamente posible.

—Esta cosa debió de inventarla uno que nunca follaba —gruñó indignado mientras se peleaba con las bandas. Solté una carcajada y me dispuse a ayudarlo a sacarme el top por encima de la cabeza. El sujetador y los vaqueros cayeron poco después. Jess contuvo el aliento, sus ojos recorrieron todo mi cuerpo, y yo sentí que me derretía al ver que solo miraba y no me tocaba.

—Jess —supliqué, y él me dedicó una sonrisa torcida de complicidad antes de echarse sobre mí, sus labios contra los míos de una forma que me robó la respiración.

Teníamos todo el tiempo del mundo y, al mismo tiempo, no era suficiente. Era como si la atracción física hubiera estado esperando hasta este mismo instante y ahora exigiera satisfacción, y los dos estábamos más que listos para ceder a ella. Este lugar, este momento, todo era perfecto. Y no quería esperar ni un segundo más. Quería a Jess.

—Dios, cómo lo he echado de menos —pronuncié mientras acariciaba su cuerpo y desabrochaba el botón de sus vaqueros para bajárselos. Después me incorporé y pasé los labios y la lengua por su pecho. Pero, un segundo después, Jess me detuvo con una mano en mi brazo.

Levanté la vista.

—No —me pidió con amabilidad y, aunque supuse por qué lo hacía, no quise preguntar, simplemente lo acepté. Hablaríamos del tema, pero todavía no. Ahora no era el momento de charlar.

—De acuerdo —dije sonriendo, y me eché hacia atrás, dejando que me abrazara mientras me quitaba el resto de mi ropa interior. Por fin estábamos piel con piel, como debía ser. Jamás me había sentido tan impaciente, tan deseosa de unir nuestros cuerpos, sobre todo, porque sabía que siempre lo tendría. Esa intimidad. A Jess. El sexo. Siempre que quisiera. Ya no teníamos fecha de caducidad, una única noche, solo un momento. Teníamos toda nuestra vida por delante y, aun así, no podía esperar.

Me hundí más en las almohadas, y Jess se separó de mis labios y pasó a recorrer mi cuello, me acarició los pechos y le pedí que parara antes de que siguiera bajando, aunque por motivos totalmente distintos. Me encantaba todo lo que me hacía, pero en este momento quería sentirlo dentro de mí y, si hubiera seguido por ese camino, me habría vuelto loca.

Jess pareció entenderlo y, acto seguido, me posó un beso rápido y fuerte en la boca y se incorporó.

—Espera —me pidió, y sacó un condón de sus vaqueros. No sabía si ya se había imaginado que acabaríamos así en cuanto subiéramos aquí, pero, si así era, había dado en el clavo. El plástico crujió y el leve viento que se interpuso entre nuestros cuerpos me hizo estremecer.

Jess se percató de ello y volvió a acercarse, acortando el espacio entre su cuerpo y el mío. Con suavidad, me pasó los dedos por el costado, hasta encontrar mi entrepierna, y me acarició con la intensidad justa. Yo llevé una mano a su rostro y lo besé, mi lengua jugando con la suya, hasta que sentí que movía la cadera y la sentía contra la mía.

—¿Cómo quieres? —me preguntó al oído, y tuve claro que jamás me habían hecho una pregunta tan seductora como esa. Respondí en un jadeo.

—No me importa en absoluto —conseguí decir, y Jess rio con suavidad antes de colocarme sobre su regazo. Era evidente que ambos queríamos estar tan cerca del otro como nos fuera posible.

—Entonces mejor así —susurró, agarrándome de las caderas y colocándose de una forma que me dejaba a mí la decisión de qué quería a continuación.

Levanté un poco la pelvis y eché la cabeza hacia atrás para sentirlo en mi interior; al principio solo un poco, y luego, por completo. Los gemidos guturales de Jess resonaron en todo mi cuerpo y, por un instante, disfrutamos de la conexión, su frente contra la mía, el aliento de ambos entre nosotros. Después empezamos a movernos y tardamos apenas un par de segundos en encontrar el ritmo para estar en sintonía con el otro. Dejé que entrara y saliera de mí, busqué su boca y la encerré en la mía.

Quizá fuera la oscuridad, o que estuviéramos al aire libre, quizá simplemente había pasado demasiado tiempo desde nuestra última vez, pero lo cierto fue que lo sentí todo de forma muy intensa. Como si el hecho de no tener que preocuparnos potenciara todas las sensaciones.

Me recliné hacia atrás, busqué apoyo en el colchón sobre el que estábamos…, pero no lo encontré. No quería perderme nada, no quería perderme este momento, perderme en Jess, en este sentimiento conjunto, así que un instante después le rodeé el cuello de nuevo, lo besé y cerré los ojos.

Jess me abrazó con fuerza y me hizo girar hasta que estuvo encima de mí, y no solo sentí las almohadas bajo la espalda, sino también el peso de Jess sobre mí, aún en mi interior. Nuestras miradas se encontraron y no nos movimos durante un segundo, y luego otro. Mi impaciencia luchaba contra el deseo de que este momento durara para siempre, ya que jamás me había sentido más como yo misma.

Pero entonces respiré hondo y ganó la impaciencia. Envolví las caderas de Jess entre mis piernas, este captó la indirecta y empezó a moverse, aparentemente incapaz de seguir esperando. Y cuando pegué la boca a su oreja y le dije cuánto lo deseaba, que quería todavía más, le recorrió un escalofrío que sentí hasta dentro de mí. Sus embestidas se volvieron más fuertes y rápidas, lo rodeé con más fuerza y ambos nos desbocamos hacia el final. Mi orgasmo llegó antes que el suyo y me sobrecogió de una forma salvaje, seguido de oleadas más pequeñas, pero cada una más intensa que la anterior. Jess me siguió, no le quedaba otra opción, y gimió en mi hombro con todo el cuerpo en tensión antes de correrse finalmente.

Enrosqué los dedos en su espalda, sintiendo su clímax como si fuera el mío propio. Y el segundo que el mundo a nuestro alrededor se difuminó, tuve claro que no lo echaría de menos mientras tuviera a Jess a mi lado.

# 18

# Jessiah

Me desperté y era feliz. Era un sentimiento tan desconocido para mí que me llevó un momento asimilarlo.

La última vez que lo había notado también había tenido a Helena a mi lado, la mañana antes de que mi madre empezara sus tejemanejes. Sin embargo, ahora no existía esa amenaza, porque, aunque Trish había dejado claro que nunca aceptaría nuestra relación, en estos momentos me parecía algo muy muy lejano. Tan lejano que no quería ni pensar en ello. Nos habíamos trasladado a la cama durante la noche, pero pude ver el mar cuando me separé con cuidado de Helena y me incorporé. A apenas cien metros de la terraza estaba el océano azul brillante y estuve a punto de coger una de las tablas de surf que había en el cobertizo y lanzarme a la playa. Pero lo cierto era que el agua me tentaba menos de lo que esperaba, así que me recosté y le di un beso a Helena en la nuca.

Ella emitió un sonidito suave y encantador y se volvió en mi dirección hasta que se dio la vuelta por completo y abrió los ojos.

—Hola —me saludó con una sonrisa tan resplandeciente que no habría podido ni imaginar al despertarme. Luego levantó la cabeza y miró al frente antes de volverse a hundir en la almohada y suspirar con satisfacción—. No ha sido un sueño, ¿verdad? Estamos aquí de verdad.

—Así es. —Esbocé una sonrisa torcida y me moví para darle un beso. Solo pretendía darle un beso de buenos días, pero Helena se apretó contra mí y lo intensificó.

Aunque se había puesto mi camiseta y la ropa interior, apenas había tela entre nosotros, y mi cuerpo reaccionó ante la cercanía. No me extrañaba. Se me había negado durante tanto tiempo estar con ella que, a pesar de pasar media noche poniéndonos al día, no era suficiente.

—¿Te parece si nos quedamos un ratito más en la cama? —me preguntó Helena en un tono que no requería respuesta. Aun así, se la di.

—Por supuesto.

—No habría aceptado un no por respuesta.

Se inclinó hacia delante y presionó sus labios contra los míos mientras metía la mano bajo las sábanas y me acariciaba. Evitó el lugar en el que se encontraba mi cicatriz. Al parecer recordaba que anoche la había mantenido alejada de ella.

—Oye, sobre la cicatriz… —empecé a decir, pero Helena negó con la cabeza.

—No pasa nada. Perdóname, no pensé en eso.

—No, no tienes de qué disculparte. No has hecho nada malo. —Puse cierta distancia entre nosotros, aunque sabía que eso arruinaría el momento, pero quería explicárselo—. No fue culpa tuya porque fueras a tocarme ahí, sino por lo que pasaría después. Si te hubiera visto mirándola, yo también habría visto la cicatriz y me daba miedo que entonces… estropeara el momento.

Helena me lanzó una mirada larga de ojos inteligentes que parecía ver más allá de mí.

—Tienes todo el derecho a que no te recuerden constantemente lo que sucedió. Pero no habrías estropeado el momento si lo hubieras pensado. Estamos de vacaciones, sí, y nos las hemos ganado a pulso, pero no quiero que ignoremos todo lo que nos perturba solo por hacerlas más agradables. —Respiró hondo y me acarició la mejilla—. Quiero estar contigo, Jess, con todo lo que eso conlleva.

Sus palabras me provocaron un nudo en la garganta, pero no tanto como para callarme mis sentimientos.

—Te quiero —susurré, y froté mi nariz contra la suya. Helena sonrió.

—Yo también te quiero —respondió azorada.

Y entonces me rodeó el cuello con los brazos y yo desterré todos mis oscuros pensamientos donde no me molestarían durante la próxima hora.

Nos habíamos vuelto a quedar dormidos cuando sonó un pitido. Mi móvil, que había dejado sobre la mesita de noche, había recibido un mensaje. Lo cogí para ver quién me había escrito. Aunque Eli estuviera viviendo con sus abuelos en el Upper East Side porque Trish se encontraba en Dubái y no debía preocuparme, aún no había perdido el instinto de revisar de forma automática las notificaciones. Por suerte, no eran malas noticias.

Helena abrió los ojos.

—¿Qué sucede?

—Es Paul. Quiere saber si iremos a almorzar al hostal. —Sonreí—. ¿Quieres que vayamos o lo dejamos para mañana? Ambas opciones me parecen bien.

Helena reprimió un bostezo.

—Creo que deberíamos ir. Siento curiosidad por ver el hostal. Y, si no queremos sufrir mucho jetlag, deberíamos levantarnos y movernos un poco. Mi madre siempre dice que hay que ponerse en marcha a la siguiente mañana para acostumbrarse al nuevo ritmo.

Su mirada se tornó triste durante un instante, como si acabara de darse cuenta de a quién estaba recordando. Sabía que la relación con sus padres no había cambiado desde que decidió mudarse. Lo habíamos hablado por teléfono cuando yo me encontraba en rehabilitación.

—Eh. —Le acaricié el brazo—. No estará enfadada contigo toda la vida.

—No sé qué decirte —respondió con un resoplido—. Si algo tienen mis padres, es resentimiento. Deberían darles un diploma. Pero es igual. No puedo doblegar mis sentimientos solo para complacerlos, ni tampoco quiero hacerlo. —Respiró hondo, apartó las sombras de su rostro y sacó las piernas de la cama.

—¿Nos duchamos?

—Eso tenía pensado. Pero, antes de que lo preguntes, voy yo a hacerlo sola. Si no, nunca saldremos de aquí. —Se inclinó para darme un beso en la boca, se puso en pie, rebuscó en su maleta y desapareció en el baño.

Yo también me levanté, me puse algo por encima y me dirigí a la azotea para recoger nuestras ropas de la noche anterior. Cuando llegué allí y vi el mar que se extendía ante mí, me acerqué a la barandilla y me tomé unos momentos para absorber las vistas y respirar el aire que fluyó hasta mis pulmones como si solo estuviera ahí para mí.

Respirar. Respirar sin más. Por fin podía volver a hacerlo.

Y sentaba genial.

Después de ducharnos y vestirnos, nos montamos en el Jeep. En realidad, se podía ir andando al hostal, y era un agradable paseo por la playa, pero seguramente nos perderíamos la comida.

Además, yo había empleado algunos minutos hablando con Thea por teléfono, como siempre desde el móvil de prepago, por seguridad. Por suerte, todo iba bien: me contó que la primera clase de equitación de Lilly había ido bien después del respeto inicial que había sentido al ver el poni. Me habría encantado ver fotos, pero por culpa de Trish no podía ver a mi sobrina montada a caballo. Tal vez algún día, cuando no fuera peligroso.

Helena y yo nos dirigimos al sur por la carretera principal y no tardamos mucho en ver la señal que indicaba dónde desviarse para llegar al hostal. Se me hizo un ligero nudo en el estómago cuando me di cuenta de que se trataba del mismo cartel, aunque seguramente deberían haberlo reemplazado. La pintura azul se estaba desconchando y las letras doradas se encontraban desgastadas y algo torcidas. Sin embargo, nadie se había ocupado de arreglarlo, ya que a Paul y a mí nos gustaba el encanto del viejo cartel. Al parecer, por eso lo había mantenido.

El camino de arena desembocaba en el aparcamiento que, desde mi marcha, se había ampliado y estaba pavimentado en su mayor parte. Aparqué el Jeep entre otros dos coches y respiré hondo.

No tenía ni idea de cómo me iba a sentir cuando lo viera todo de nuevo, pero estaba preparado para descubrirlo.

Helena buscó mi mirada y esbozó una tímida sonrisa, y yo abrí la puerta y me bajé. Ella me imitó, rodeó el coche y me dio la mano.

—Aquí lo tienes —dije, y la llevé por el camino de madera que se abría entre los árboles y llegaba hasta la casa principal, donde se encontraban el restaurante y las salas comunes. La habían pintado de otro color, un azul claro en vez de verde, y también habían cambiado las contraventanas. Quizá no hubieran tenido otra opción después de la tormenta. Aun así, todo me resultó familiar, como si perteneciera a otra vida. Me di cuenta de que estaba ralentizando el paso, porque necesitaba tiempo para procesar los muchos recuerdos que me ataban a este lugar.

—¡Paul, ya están aquí! —exclamó alguien de repente, y una puerta se abrió de par en par. De ella salió una chica joven que estaba tal como la recordaba: cabello rubio recogido en una trenza despeinada, ataviada en pantalones cortos y top descoloridos y con chanclas en los pies. Corrió a nuestro encuentro y yo me preparé para los sentimientos que iban a desatarse al volvernos a ver. Pero no sentí ninguna oleada, ningún tornado. Solo un ligero nudo en el estómago, al recordar lo que antes sentía por Mia, que se desenredó tan rápido como se había anudado. Y entonces solo me quedó la alegría de volver a ver a una vieja amiga.

Se acercó a nosotros, sonrió a Helena y me abrazó con fuerza.

—Hola, JC, me alegro de verte.

—Sí —respondí—. Yo también, Mia.

Sentí alivio al darme cuenta de que por su parte tampoco había incomodidad, a pesar de que la última vez que me había visto había sido cuando lo dejamos por Skype, y ese recuerdo siempre sería uno de los más tristes de mi vida. Sin embargo, parecía haber pasado una eternidad desde que teníamos sentimientos el uno por el otro y, en cierto modo, así había sido. Ahora éramos personas totalmente distintas.

—Tú debes de ser Helena —saludó Mia, que también le dio un abrazo—. Me alegro mucho de que estéis los dos aquí.

—Yo también —correspondió con una sonrisa, y no pareció sentirse incómoda. Tal vez se tomara con más calma todo el asunto de los ex, aunque, en mi defensa, yo pensaba que Lowell y Helena habían vuelto, mientras que lo de Mia y yo era agua pasada.

—Mira quién se digna a venir después de tantos años.

Paul tampoco daba la impresión de haber cambiado mucho: seguía sin parecer un auténtico surfista con ese pelo oscuro que nunca era ni un centímetro más largo de lo habitual. Sin embargo, su ropa indicaba que llevaba ya viviendo aquí un tiempo y, de alguna forma, se me antojó más adulto.

—Hola, Paul —saludé, algo cohibido al principio, pero mi amigo no dejó que sufriera. Me abrazó y me dio unas palmaditas en la espalda. Me di cuenta de lo mucho que lo había echado de menos.

—Me alegro de que estés aquí, tío. —Se separó de mí, saludó a Helena y señaló a algún punto a su espalda—. El generador solar de la cabaña ocho sigue dando problemas.

—¿En serio? ¿Todavía? —Ese trasto era toda una diva y había ido a su rollo incluso en mi época—. Pensaba que ya lo tendrías controlado.

—¿Cómo? Tú eras el único capaz de convencerlo para que funcionara.

No pregunté por qué no habían cambiado el generador, ya que sabía que las reparaciones del año anterior se habían comido todo el presupuesto.

—Si quieres, puedo echarle un vistazo.

—Eso es lo que quería oír. —Paul sonrió con descaro, pero Mia le dio un codazo.

—Oye, Jess ha venido a relajarse y a pasar las vacaciones, no a ser tu manitas. Helena y él tienen mejores cosas que hacer que echarte un cable a ti.

—Sí y no. —Se me ocurrieron un par de cosas, la mayoría relacionadas con no dejar a Helena a solas ni un solo instante. Pero, por otro lado, me apetecía involucrarme. No solo porque el hostal me hubiera pertenecido, sino porque sentía curiosidad por ver cómo había cambiado todo desde mi marcha. Además, nunca se me había dado especialmente bien no hacer nada.

—Vale, pero primero el almuerzo y luego el generador —amenazó Mia con el dedo índice estirado.

Paul le dedicó un saludo militar.

—Sí, señora. —Eso le granjeó otro codazo, que esquivó con elegancia.

Le dediqué una sonrisa torcida a Helena cuando ambos dieron la vuelta en dirección a la casa principal.

—Si te estás preguntando si eran así antes, la respuesta es sí.

En muchas ocasiones, me había preguntado si había habido algo entre ellos mientras yo estaba con Mia, pero no logré recordar ningún momento así. Tal vez pasaran sin mucha fanfarria de amistad a relación de pareja.

Helena sonrió y entrelazó su brazo con el mío mientras los seguíamos.

—Seguro que erais un trío la mar de interesante.

—Éramos un trío la mar de caótico. —Sacudí la cabeza—. En realidad, Paul y yo no teníamos nada planeado antes de comprar esto. Simplemente nos lanzamos a la piscina con la esperanza de que conseguiríamos sacarlo adelante.

—¿En serio? —Parecía sorprendida—. Me cuesta imaginármelo.

Quizá lo decía porque conocía mi trabajo y sabía que prácticamente no hacía otra cosa que no fuera estipular normas o enseñar a la gente cómo mejorar sus propios negocios. Claro que ella no conocía mi yo del pasado.

—Todo lo que sé lo aprendí aquí —le conté—. Cómo organizarse de verdad o cómo diseñar un plan sensato al que ceñirse. Mi padre me había enseñado muchas cosas, pero yo nunca las había puesto en práctica y al principio estaba más que perdido. —Recordaba perfectamente cómo había ido creciendo con cada uno de los retos, cómo Paul y yo, y más tarde Mia, convertimos todo un caos en un establecimiento que funcionaba.

Al otro lado de una enorme terraza de madera que formaba parte del restaurante, se encontraba el interior de la casa principal. Mia se colgó del brazo de Helena y se la llevó hacia delante mientras que yo me quedé en mitad de la habitación mirando a mi alrededor.

Era como si estuviese visitando a mi yo del pasado. A pesar de mi larga ausencia, conocía cada piedra y cada rincón de este lugar. La mella en el suelo junto a la cocina, donde Paul había dejado caer su caja de herramientas justo después de poner los tablones del suelo. La grieta en el fregadero de cerámica que ya estaba allí cuando lo entregaron y por la que nos lo dejaron prácticamente gratis. O los muebles coloridos que Paul y yo habíamos elegido juntos cuando terminamos con todo lo demás. No obstante, también había cosas nuevas: los cuadros en las paredes, que se los habían encargado a Mitch, un artista local. Las gruesas alfombras que se extendían en dirección al exterior. O las muchísimas fotos colgadas en el tablón de corcho que habíamos instalado para nuestros huéspedes. Sonreí cuando me percaté de que podía estar aquí sin que me hiciera daño. Mi hogar ya no estaba en el hostal, había dejado de serlo hacía mucho tiempo y, en mi interior, me había despedido de él. Aun así, siempre sería un lugar en el que me sentiría pleno.

—¿Jess? ¿Vienes? —Mia asomó la cabeza y me apresuré a seguirla al exterior.

En una terraza privada que se abría al costado de la casa y a la cual no tenían acceso los huéspedes, Paul y Mia (o tal vez sus empleados) habían dispuesto un almuerzo en toda regla: tostadas, pan recién hecho, macedonia de frutas, huevos revueltos y muchas cosas más.

—Esto es todo un honor —comenté mientras me sentaba.

Cuando empezamos a trabajar aquí, nuestro desayuno consistía en un café y el almuerzo no era más que el pan del día anterior que quedaba en la nevera. No teníamos tiempo para nada más. Una vez terminamos la reforma, comencé a cocinar a menudo, al menos para nosotros. Contratamos a una cocinera que se encargaba del restaurante del hostal, pero ni siquiera ella montaba este tipo de festín.

—No sé de qué me hablas —dijo Mia en tono inocente—. Aquí comemos así todos los días.

—Si es verdad, me quedaré para siempre. —Helena se sirvió unos huevos revueltos.

—¿Cómo? ¿Jess no te ha preparado sus famosos desayunos? —Paul enarcó una ceja en tono burlón y me miró—. Por el amor de Dios, ¿qué te ha pasado?

—No fue culpa suya —replicó Helena rápidamente—. Es solo que… no hemos tenido la oportunidad de hacerlo.

Ni Mia ni Paul hicieron más preguntas, a pesar de ver que compartían una mirada pasmada. Sin embargo, yo no quería arruinar el momento explicándoles que había personas que no eran libres para estar con quien quisieran y que Helena y yo pertenecíamos a esa categoría. Por supuesto, ambos sabían la relación tan complicada que tenía con mi madre, pero Australia estaba demasiado lejos como para saber exactamente qué había pasado desde la muerte de Adam y Valerie.

—¿Has estado ya en el agua? —Paul cogió una tostada y, de repente, su gesto se tornó preocupado—. ¿O no puedes por la…? —Señaló mi torso, refiriéndose a mis lesiones.

—Sí, no hay ningún problema. Los médicos solo me dijeron que tuviera cuidado. Pero aún no he tenido ocasión de salir. —Mi mirada encontró la de Helena y sonreí con socarronería—. Por lo que sea, esta mañana no me apetecía.

Paul asintió.

—Tampoco es que haya buenas tablas allí, solo tenemos un par de ellas de práctica un poco destartaladas. Cuando vuelva, te traigo una.

—Eso estaría genial. —Estaba deseando volver a surfear aquí. Aunque la playa de Nueva York, Rockaway Beach, no estaba mal en verano, ni en sus mejores momentos podía compararse con la costa australiana.

—¿Por casualidad tenéis algún curso para principiantes? —preguntó Helena—. Me gustaría aprender.

El silencio se hizo en la mesa.

—¿Quieres hacer uno de nuestros cursos cuando estás con uno de los mejores surfistas que ha visto esta playa? —Paul levantó las cejas en mi dirección y me abstuve de comentar que estaba exagerando—. ¿O es que enseñar te queda pequeño, JC?

—Pues claro que no —respondí deprisa y miré a Helena—. No tenía ni idea de que quisieras aprender a surfear. —Nunca había mencionado nada sobre el tema, aunque tampoco había tenido muchas oportunidades hasta que llegamos aquí.

Helena se encogió de hombros y compuso un gesto que lucía desafiante.

—No estaba en mis planes, pero es muy importante para ti y me gustaría saber por qué.

—Vale, entonces... —No dejé que los demás vieran lo mucho que me había emocionado oírla decir eso, así que miré a Paul—. Entonces necesito dos tablas.

—Te traeré todas las que necesites.

Seguimos almorzando y dejé que me pusieran al día de todo lo que había pasado en mi ausencia, como qué empleados seguían y cuáles no. La rotación de empleo en el mundo gastronómico y vacacional siempre era alta, así que no me sorprendió que, a excepción de Mindy, la cocinera, no quedara nadie en el hostal a quien yo conociera.

—Hoy tenía el día libre, pero mañana estará por aquí. Y nos avisó de que, si no le hacías una visita, te perseguiría hasta Nueva York con el cuchillo bueno.

Me reí.

—No hacen falta amenazas. En realidad solo he venido por Mindy.

Helena escuchó nuestras conversaciones, hizo preguntas de tanto en cuanto, pero siempre volvía la vista al mar, como si no pudiera asimilar que estuviéramos aquí de verdad. No me extrañaba. Yo quería pellizcarme de vez en cuando, porque no terminaba de creerlo. Pero entonces nos tocábamos levemente, su mano en mi rodilla o su brazo contra el mío, y me daba cuenta de que era real.

—¿Qué pasa? —me preguntó cuando notó que la miraba.

—Nada en absoluto. —Oculté mi bochorno y señalé el trozo de beicon que había en su plato—. Solo que jamás habría imaginado que a una Weston le gustaría el beicon frito. O que se lo comería con las manos.

—¿Weston? —se percató Paul—. Como…

—Valerie Weston, sí. —Helena asintió y vi que componía ese gesto triste que siempre empleaba cuando hablaba de ella—. Era mi hermana.

Paul nos miró de hito en hito, al igual que Mia, y luego soltó aire.

—Madre mía, esto parece una película.

—Más bien algún libro —dije en tono seco—. Un libro muy antiguo escrito por un británico.

Pensé durante unos instantes en Nueva York. Era de esperar que los medios se abalanzaran contra nosotros en cuanto hiciéramos pública nuestra relación. Se referirían a nosotros como los Romeo y Julieta 2.0., una tragedia en dos actos o la secuela de la historia de amor más triste del Upper East Side. Pero me daba igual. Me daba igual siempre que no nos afectara. Y por ahora, estábamos aquí, donde nadie conocía nuestros apellidos ni le interesaba la historia de nuestros hermanos.

Fue Helena la que rompió el corto e incómodo silencio.

—Por cierto, ¿hay algún sito cerca donde me pueda comprar algo de ropa de verano y bikinis? —Era evidente que no quería contarles nuestra historia a Mia y Paul—. Solo tenía ropa de invierno en casa cuando Jess me sorprendió con estas vacaciones, y creo que acabaré derritiéndome cuando empiece a hacer más calor. —Señaló sus vaqueros largos y los zapatos cerrados.

—Por supuesto —asintió Mia con alegría—. Hay un par de tiendas chulas en el pueblo y seguro que encuentras algo que te guste. Tengo que pasarme por allí para hacer unos recados, así que puedo llevarte. A menos que Jess y tú queráis ir por vuestra cuenta.

—Ah, sí —intervino Paul—, a JC le encanta ir de compras.

Torcí el gesto levemente, porque no había nada que me gustara menos que ir a explorar tiendas, pero Helena no lo sabía y no quería obligarla a ir con Mia si no le apetecía.

—Por ti iría a comprar ropa —dije, una declaración de amor mucho más seria de la que ella podría imaginar.

—Muy amable por tu parte, pero no hace falta. —Helena me sonrió y vi que era sincera. Luego miró a Mia—. Iré contigo al pueblo. Además, Jess tiene que arreglar ese generador, ¿no?

Paul sonrió de oreja a oreja.

—Me encanta esta chica —me dijo, y yo sonreí.

—Sí, a mí también.

# 19

# Helena

Ir de compras con la exnovia de Jess podía parecer una idea rocambolesca, pero lo cierto es que no lo fue. Al contrario, Mia y yo estuvimos hablando durante todo el camino al pueblo, como si nos conociéramos de toda la vida. Además, había pasado mucho tiempo desde que lo habían dejado como para permitir que eso me afectara. Le pregunté a Mia por el hostal y cómo iban las cosas y ella me contó las dificultades que habían tenido pero que ya habían resuelto.

—Jess nos echó una mano. Sin él nos habríamos visto con el agua al cuello —admitió mientras giraba en un semáforo—. Estoy muy contenta de que haya vuelto, de que estéis aquí los dos juntos. Parece muy feliz de estar contigo.

Sonreí y pensé en todo lo que habíamos pasado y lo que aún nos quedaba cuando regresáramos a Nueva York. Todavía no le había preguntado a Jess sobre su madre, pero me suponía que no habría aceptado nuestra relación de repente solo porque así lo deseáramos. Trish Coldwell era una adversaria dura de roer, lo sabía. Pero ahora no quería pensar en eso. Ni en ella, ni en mi familia ni en todo lo que esperaba en casa. Estar aquí y ver que Jess se crecía en este sitio era tan sanador que no me costó dejar lo demás a un lado.

—Sí —dije algo después—. Yo también estoy feliz de estar con él. —Por fin.

No tardamos mucho en llegar a Yellow Hills. Era un pueblecito con apenas un puñado de restaurantes, bares y negocios, pero tenía mucha vida. Mia me arrastró a su tienda favorita, que vendía sobre todo artículos y ropa de surf y, aunque en un primer momento me mostré escéptica de encontrar aquí la ropa que quería para mis vacaciones, me convencí enseguida. No solo había bikinis, pantalones cortos y tops de colores llamativos, también había muchas cosas en tonos y estampados más discretos.

—¿Siempre hace tan mal tiempo en Nueva York que no usas nunca pantalones cortos? —me preguntó Mia, que cogía un bikini de la percha para mirarlo atentamente.

—No, allí también hace calor en verano. Pero después de mucho estrés, me mudé de casa de mis padres hace un par de semanas y no me llevé mis cosas de verano.

Mia me miró por encima del perchero.

—Lo siento mucho. —Sin duda se estaría acordando del momento en el desayuno en el que había esquivado el tema de mi familia.

—No pasa nada. Simplemente teníamos visiones diferentes sobre cómo debía ser mi vida y no era feliz. Cortar de raíz fue la decisión correcta.

—Te entiendo —coincidió Mia—. Mis padres también querían para mí algo más que un hostal de surf en la costa.

—Entonces ¿no eres de la zona? —Había supuesto automáticamente que siempre había vivido aquí. Encajaba a la perfección en la playa, en el verano, en la costa, como si hubiera nacido aquí.

—No, nací y me crie en Brisbane. Mis padres tienen allí una empresa de cosméticos y querían que me hiciera cargo del negocio cuando acabara la universidad. Pero no nunca quise ir a la universidad. —Se encogió de hombros—. Aun así, estuve estudiando un tiempo, pero no tardé en darme cuenta de que aquello no era para mí. Así que me fui. En realidad, solo quería darme un par de semanas para pensar qué quería hacer con mi vida, pero de alguna forma llegué al hostal y conocí a los chicos y, de repente, supe lo que quería.

Me sorprendió que hubiera tenido una experiencia tan parecida a la mía.

—¿Sigues teniendo contacto con tu familia?

—Solo con mi abuela. Ella me informa de cómo van las cosas en casa y yo hago lo mismo. Con mis padres hace casi tres años que no me relaciono.

Tragué saliva al darme cuenta de que podría ser mi caso si mis padres mantenían la misma actitud. Sin embargo, me resultaba difícil figurarme el escenario contrario, que aceptaran lo que quería hacer con mi vida o que estuviera con Jess. Solo de imaginármelo sentado en la cena recibiendo preguntas educadas sobre cómo le iba el negocio hizo que una risilla tonta me provocara cosquillas en la garganta. Lo más probable era que nunca ocurriera algo así, pero, sorprendentemente, me asustó menos de lo que pensaba. Si no aceptaban a la persona en la que me había convertido en los últimos tres años, no podían formar parte de mi vida.

—Lo siento mucho —repetí las mismas palabras de Mia.

—Yo no —negó con la cabeza—. Aquí he encontrado la felicidad y aunque siempre me dolerá que le den más importancia a los planes que tenían para mí que a mi felicidad, estoy intentando dejarlo atrás.

—Sí, entiendo lo que quieres decir. —Asentí y me percaté de lo fácil que me era hablar con ella de un tema tan personal. En Nueva York y en Inglaterra, la gente sabía de sobra quién era y debía ser cuidadosa a la hora de contarles ciertas cosas. Pero aquí en Australia era solo Helena, sin que me siguiera mi apellido, y era una sensación increíble.

—Puede que te suene raro, pero estoy muy aliviada de que existas —sonrió Mia—. Cuando Jess y yo…, bueno, cuando lo dejamos, me preocupé mucho por él. No porque lo hubiéramos dejado, sino porque, cuando volvió a Nueva York, se convirtió en otra persona. Más serio, destructivo, sombrío de alguna manera. Pero contigo parece haberlo superado.

Me encogí de hombros, pues no era del todo cierto.

—Es más probable que se deba a la perspectiva de estar lejos de la ciudad durante un tiempo. —Una ciudad que yo amaba pero que él odiaba. Si queríamos estar juntos, en algún momento tendríamos que hablar sobre cómo solucionar eso.

—No lo creo. A mí no me miraba como te mira a ti. —No parecía que eso molestara a Mia. Sonreí de lado.

—Bueno, a ti te mira así Paul, ¿no?

—Sí, Paul —suspiró satisfecha—. Sé lo que debe de parecerte. Estuve primero con uno y, cuando este desapareció, me fui con el otro.

—No pienso nada parecido —repliqué, y era cierto. Hasta donde sabía por lo que me había contado Jess, Mia y él lo habían dejado de mutuo acuerdo. Era asunto suyo qué había hecho después con su vida, y Paul y ella parecían hechos el uno el para el otro.

—Entonces eres la única. A Paul le costó más de un año hacer las paces con eso. Decía que no quería ser el segundo plato de nadie. Pero no lo era. Simplemente no había sido amor a primera vista. —Sonrió con ironía—. Jess y yo somos tan parecidos que al principio nos resultó muy atractivo, pero, cuando se fue, me di cuenta de que ambos necesitábamos algo distinto.

—¿Te refieres a la teoría de que los opuestos se atraen? —Levanté una ceja.

—¿Crees que no es cierto?

—Sí, estoy convencida de que es verdad. Cuando las dos personas se parecen, da la sensación de que son perfectos el uno para el otro. Pero luego se dan cuenta de que no hay desarrollo, porque no hay ningún punto de fricción.

—Se nota que estudias psicología —comentó Mia con una sonrisa traviesa.

—Ya no —la corregí—. En otoño empezaré a estudiar Turismo y viajes en la NYU. Es lo que siempre quise hacer, pero mis padres se oponían. —No mencioné a Valerie. No porque no quisiera confesarle a Mia que el plan estaba estrechamente ligado a mi hermana, sino porque todo lo relacionado con Nueva York parecía muy lejano y quería permitirme disfrutar de eso.

Mia asintió.

—Bueno, entonces has venido al lugar indicado. Al fin y al cabo, Australia es el lugar más chulo del mundo.

Sonreí.

—Sí, algo me han dicho.

—Y tienen toda la razón. —Se encogió de hombros como quien no quiere la cosa.

Me decidí por un bikini azul, tres vestidos y dos pantalones cortos y, del rincón de souvenirs, elegí un canguro de peluche monísimo para Lilly. Luego salimos de la tienda y Mia me llevó a otra donde vendían chanclas sin plástico.

Cuando cruzamos la calle, noté un hormigueo incómodo en la nuca. Me di la vuelta y revisé los alrededores en busca del origen de esa sensación. Y entonces lo vi. Un hombre de unos cuarenta años, alto y larguirucho. Parecía una persona normal, con su camiseta estampada y sus pantalones a la altura de la rodilla, pero había algo en su postura que no me cuadraba. Parecía demasiado casual mientras miraba las gafas de sol de un expositor.

—Helena, ¿va todo bien? —preguntó Mia.

—No estoy segura —mascullé, y la seguí a la tienda, desde donde podía ver al hombre por el escaparate—. Oye, ¿conoces a ese hombre de ahí?

Mia siguió mi mirada y se encogió de hombros.

—No, ¿y tú?

Negué con la cabeza.

—Hay algo extraño en él.

—Tiene pinta de turista, siempre parece que acaban de aterrizar en un planeta desconocido. —Me hizo un gesto para desdeñar el asunto, pero se dio cuenta de que no me quedaba tranquila—. ¿Crees que alguien… te está siguiendo? —La palabra salió de su boca como si nunca la hubiera utilizado y me descubrí a mí misma envidiándola por tener una vida tan despreocupada a pesar de la desconexión con sus padres.

—Es posible. La madre de Jess no me tiene en muy alta estima.

—¿Es que tiene en alta estima a alguien? —Mia puso los ojos en blanco—. Por lo que sé de ella, me alegro de que Jess nunca nos presentara. Tiene que ser una persona horrible.

Resoplé.

—Sí, no vas desencaminada. Súmale que mis padres y ella se odian a muerte desde que fallecieron nuestros hermanos y no quieren que estemos juntos. Por eso no me extrañaría que hubiera mandado a alguien para echarnos un ojo a Jess y a mí.

—Entiendo. —Tras considerarlo un momento, Mia se encogió de hombros—. Pues déjame averiguarlo entonces.

—¿Qué? ¡No! Si ese tipo es peligroso…

—¿Peligroso? Pero ¿tú ves dónde está? Esa tienda pertenece a Winston Napier. Mide unos dos metros de altura, es un noventa por ciento músculo y tiene un fuerte instinto protector. Somos buenos amigos, así que no va a pasarme nada. Espera aquí.

Un segundo después se había marchado y habría cruzado la calle, directa al hombre. Me froté las manos y contemplé en tensión cómo hablaba con él. ¿Estaba siendo paranoica? ¿Por qué Trish iba a mandar a un investigador hasta aquí si ya sabía cuáles eran mis sentimientos hacia Jess y se podía imaginar lo que estábamos haciendo en Australia? ¿Y si el atacante de Jess seguía queriendo venganza y había mandado a otro matón desde la cárcel?

«Ahora sí que estás siendo paranoica».

Mia terminó de hablar y vi cómo sonreía a la vuelta.

—Falsa alarma —dijo en cuanto entró en la tienda—. Solo es un turista que tiene una cita de Tinder y ha venido una hora antes donde han quedado para saber si la elegida es lo suficientemente guapa. —Mia puso los ojos en blanco—. Por lo visto, no se le ha ocurrido que ella pueda hacer lo mismo, que tampoco es ningún Adonis. Pero al menos ya te puedes relajar.

—Sí —sonreí aliviada—, gracias. Eres muy valiente.

—No, más bien soy impulsiva. Y eso no siempre es la mejor de las ideas, créeme. —Sonrió de lado—. Bueno, vamos a buscarte unos zapatos, ¿no?

—Vale.

Le lancé al tipo que estaba al otro lado de la calle una última mirada, me giré y me concentré en las vitrinas, intentando deshacerme de aquella sensación incómoda con todas mis fuerzas. Pero, al mismo tiempo, me pregunté si alguna vez dejaría de preocuparme por que algo nos separara a Jess y a mí.

Por la noche hubo una fiestecilla en la playa del hostal por el cumpleaños de uno de los huéspedes, y Mia y Paul eran tan buenos anfitriones que no solo ofrecían clases de surf y pensión completa, sino que además también eran capaces de montar fiestas de la nada. El cumpleañero había invitado a todos los huéspedes del hostal, incluidos Paul, Jess y yo. Sin embargo, a pesar de que la barbacoa estaba deliciosa y estaba disfrutando de estar en la playa por la noche en mi nuevo vestido veraniego, esperaba que no nos quedáramos mucho más. Cuando volví de las compras con Mia, habíamos pasado toda la tarde los cuatro juntos y, aunque me caían bien los amigos de Jess, por supuesto, en los últimos meses habíamos pasado tanto tiempo separados que estaba deseando estar de nuevo a solas con él. A solas de verdad.

Levanté la barbilla cuando Mia me dejó para preparar unos fuegos artificiales. ¿Dónde se había metido Jess? Se había ido hacía veinte minutos para ayudar a Paul a traer cajas de bebidas, pero no lo había vuelto a ver desde entonces. No me inquieté por ello, pues quería de todo corazón que disfrutase de este descanso. Sabía que, a cada hora que pasaba aquí, iba dejando atrás Nueva York y, aunque seguía siendo el mismo, su versión australiana me encantaba.

—Hola. —Apenas había terminado ese hilo de pensamiento cuando Jess apareció a mi lado, me abrazó y me dio un beso en el pelo—. Hueles de maravilla —murmuró—. A playa, a libertad y a ti.

—¿En ese orden? —pregunté, y me giré para rodearle el cuello con mis brazos. Todavía no era de noche del todo, pero en sus ojos verdes brillaban las llamas de las hogueras. Recordé la tormenta de nieve y el fallo de electricidad en el hotel Randy East antes de Navidad y no pude evitar sonrojarme.

Jess pareció darse cuenta, me apretó con más fuerza y me acercó la boca a mi oreja.

—¿Quieres que nos vayamos?

Me recorrió un escalofrío de los buenos.

—Pensé que nunca lo preguntarías.

Se separó de mí, me dio la mano y me alejó de la fiesta en dirección a donde se encontraba nuestra cabaña. O al menos, eso creía yo, ya que mi sentido de la orientación no funcionaba especialmente bien en sitios como este. Aun así, me daba igual adónde fuéramos siempre y cuando estuviera con él.

—Siento haberte dejado sola. —Esbozó una sonrisa de disculpa.

Sacudí la cabeza.

—No pasa nada. Es una maravilla ver lo bien que te sienta este lugar.

—No tanto como el hecho de que estés aquí conmigo. —Jess se detuvo y me apartó un mechón suelto del rostro—. De hecho, me entran ganas de pellizcarme varias veces al día porque no me creo que sea verdad.

Pero lo era. Era una realidad y, aunque sabía que no sería tan fácil una vez volviéramos a Nueva York, me parecía realmente sencillo vivir en el presente. Por eso no le conté nada del hombre al que había visto cuando estaba de compras con Mia. Lo único que hubiera conseguido habría sido recordarle a Jess lo que nos esperaba cuando nos marcháramos de Australia. Y ahora, después de haber estado a punto de morir, se merecía no pensar en nada difícil o deprimente.

Mis manos recorrieron de modo inconsciente sus brazos, sentí su piel cálida para asegurarme de que estaba conmigo. Nuestras miradas se encontraron y, cuando Jess me besó, solté un suspiro leve. No había mejor forma de asegurarme de que estaba cerca que esa.

Pero entonces nos interrumpió un ruido. O más bien varios.

En el hostal, a cierta distancia, empezaron a lanzar los fuegos artificiales. Las explosiones fueron más sonoras de lo que esperaba. Jess se separó de mí y ambos nos volvimos hacia las luces que iluminaban la noche. Quise hacer una broma sobre que no hacía falta toda una ronda de fuegos artificiales para celebrar su regreso, pero, cuando me giré, me di cuenta de que algo iba mal. Todo el cuerpo de Jess parecía en tensión y me miraba como si estuviera en otro mundo. En un mundo muy oscuro.

—¿Jess? —Volví a posar las manos en sus brazos, sentí sus músculos apretados. No reaccionaba—. Jess, ¿qué sucede?

Jess empezó a temblar y, a cada estallido en el cielo, torcía el gesto como si le estuviesen apaleando. Y entonces entendí lo que pasaba.

«Sus recuerdos están volviendo».

—Siéntate —le indiqué, y sonó más a orden que a petición, pero sabía que un tono amable no surtiría efecto.

Funcionó, y Jess se agachó y se sentó en la arena suave. Yo me arrodillé a su lado, manteniendo en todo momento el contacto físico, aunque él probablemente no lo notara.

—Pasará pronto. Déjalos correr y desaparecerán con la misma rapidez con la que han llegado. —Intenté sonar tranquilizadora, pero me temblaba la voz. En la carrera habíamos estudiado los *flashbacks*, pero no sabía si esto lo era o qué debía hacer. Solo podía acompañarlo.

Y no me pareció suficiente.

# 20

# Jessiah

Fue como si alguien hubiera cambiado el canal de la tele. En un momento estaba en la playa besando a Helena, pensando en lo rápido que podríamos volver a la cabaña o en que podríamos simplemente quedarnos allí y entonces, de repente, se oyó una explosión y me encontré de nuevo en Nueva York, en un callejón sumido en una penumbra casi total. Pero no estaba solo. Había otros cuatro tipos conmigo, dos delante y dos detrás, y se acercaban a mí. Sentí que el miedo se convertía en pánico al ver brillar una navaja. Y después, solo tuve un pensamiento claro como el cristal y sombrío:

«Vienen a matarme».

Les pregunté qué querían, pero no me respondieron. Busqué mi móvil, pero me atacaron. En algún lugar de mi mente, una voz decía que esto no estaba pasando de verdad, pero la sentía tan lejos que no le presté atención. En vez de ello, solo sentía la adrenalina corriendo por mi cuerpo, luché contra ellos, me liberé y salí corriendo. Pero entonces noté una fuerte punzada en la espalda, caí al suelo, me quedé sin aliento y me llevé una mano al pecho. Vi sangre. «Mierda». Sabía que iba a morir, lo sabía con total y absoluta certeza. Con mis últimas fuerzas, cogí el móvil y pulsé el nombre de la persona que quería escuchar antes de morir. Cuando Helena contestó, solo conseguí pronunciar una palabra: «Amapola». Quise decirle que la quería, pero no pude. Ella me llamó, gritó mi nombre desesperadamente, yo solo quería responder, pero era demasiado tarde. Sabía que caería en un silencio infinito y negro.

—¡Jess! —De nuevo la voz de Helena, fuerte y suplicante—. No es real, ¿me oyes? Solo son recuerdos que han vuelto a tu mente. Todo eso quedó atrás.

Y, de repente, el asfalto sucio se desdibujó ante mis ojos, atravesé la oscuridad y volví al presente. Estaba sentado sobre arena y hundí los dedos, como si quisiera aferrarme a ella. Helena se encontraba arrodillada delante de mí, con los ojos preocupados abiertos de par en par, sus manos rodeando mis antebrazos. No supe cómo deshacerme del miedo a morir que seguía atenazándome.

—Estoy aquí —dijo Helena con suavidad y cariño. Me acarició el rostro y el pelo—. Estoy aquí, ¿vale? Estás a salvo.

Luego se sentó a mi lado y me cogió del brazo. Yo la dejé, aunque sentía que mi cuerpo seguía en aquel callejón, luchando por sobrevivir. El corazón me latía con fuerza, el pulso retumbaba contra mis oídos. Había estado a punto de morir. Ya lo sabía, pero experimentarlo era una cosa muy diferente.

—Lo recuerdo —conseguí decir en algún momento—. Lo recuerdo todo.

—Lo sé.

Helena me acarició la espalda y su tacto me tranquilizó un poco. Ella no estaba en el callejón, pero aquí sí. Aquello me ayudó a volver a la realidad, a pesar de que el horror del pasado seguía incrustado en mis entrañas.

—Eran cuatro. —Por algún motivo, consideré que me vendría bien explicar lo que había visto—. Estaban enmascarados. Les pregunté qué querían, pero no me contestaron. Nos peleamos y yo salí corriendo, pero entonces... —Me quedé callado cuando fui consciente de que la punzada en la espalda debía de ser el momento en el que la bala me alcanzó, cuando penetró en mi piel y mis órganos.

Se me revolvió el estómago y me puse en pie rápidamente. Me alejé unos metros de Helena, corrí hacia los árboles y vomité. Lo tapé todo con arena y, acto seguido, caí de rodillas y me eché el pelo hacia atrás y me lo recogí, algunos rizos se habían soltado de la coleta. Entonces me di cuenta de que Helena me había seguido y aguardaba a unos pasos de distancia. Al verla, caí en la cuenta de que el ataque no era lo único que había recordado; también de lo que había hecho después.

—Te llamé después de que ocurriera. —Todos los sentimientos que me habían embargado en los minutos más crueles de mi vida seguían presentes, pero empecé a filtrarlos poco a poco. Y, de pronto, saboreé la traición.

—Sí, así fue. —Helena asintió con gesto serio. Tenía las manos entrelazadas y noté que se sentía incómoda.

—¿Por qué no me lo dijiste? —No pude evitar el tono acusatorio de mi voz. Todo este tiempo ella había sabido que habíamos hablado poco antes de que perdiera la consciencia. Pero no me lo había contado. ¿Por qué?

—No pretendía ocultártelo. Simplemente me daba miedo que desatara algo peor. La amnesia con efecto retroactivo tiene una razón de ser. Hay quien dice que los recuerdos permanecen enterrados hasta que quien los sufre es capaz de procesarlos. Si tu cerebro no podía recordar era porque no estaba preparado. Suele ocurrir en eventos traum…

—¡No me hables como si fuera un paciente! —la interrumpí con dureza y me puse en pie. Una parte de mí entendía los motivos, tenía sentido desde el punto de vista médico. Pero en estos momentos no entendía por qué había tomado esa decisión sin consultármelo y por qué no me había hablado de esa segunda llamada.

—Jess. —Pronunció mi nombre en un tono tan suplicante que no pude hacer más que mirarla. Las lágrimas se le acumulaban en los ojos—. Aquella experiencia no fue terrible solo para ti, ¿entiendes? Estaba aterrorizada. Y pensé que sería mejor para ti que no lo recordaras. Yo desearía no acordarme de nada. —Hundió una mirada cargada de culpabilidad, pero no se disculpó por ello.

Podría haber seguido enfadado, tal vez con razón, pero, en su lugar, empecé a sentir otra cosa en mi interior: compasión. Helena había estado al teléfono cuando yo había estado a punto de morir. Había gritado mi nombre, desesperada y sumida en el pánico, ahora lo sabía. Y después lo había guardado para sí a fin de protegerme. Con independencia de si se trataba de la decisión correcta o no, lo había hecho por mí, no por ella.

Por eso no pude seguir con mi rabia.

Me acerqué a ella, la estreché con fuerza entre mis brazos y respiré hondo.

—Siento mucho haberte gritado. No me quiero ni imaginar cómo debió de ser para ti.

En realidad, sí que podía imaginar cómo me habría sentido en su lugar. Me habría vuelto loco del miedo. Tal vez también se lo habría ocultado si así creyera que podía protegerla de alguna manera.

Helena sollozó débilmente contra mi hombro y me separé de ella para enjugarle las lágrimas.

—Te diría que, si pudiera viajar en el tiempo, lo haría de otra forma, pero no estoy segura de si estaría mintiendo.

—Por favor, no vuelvas a hacerlo —le recordé—. No quiero que sufras por mi culpa ni que antepongas tu bienestar al mío.

—¿Por qué no? —Levantó el mentón y me dirigió una mirada algo desafiante—. ¿No es eso lo que uno hace cuando ama a otra persona?

Ahora fueron mis ojos los que se llenaron de lágrimas, la acerqué de nuevo sin pronunciar palabra y la abracé con fuerza.

—Sí —susurré—, es cierto.

Y en ese momento, en la oscuridad de la playa, apenas diez minutos después de haber recuperado los recuerdos del ataque, fui consciente de lo que significaba el amor verdadero. Helena no solo me aportaba atracción, pasión o diversión, sino que, sobre todo, valoraba su cariño y consideración. El amor significaba pensar más en otra persona que en uno mismo en determinados momentos.

Nos quedamos unos minutos así, sin hablar, pero con mucha historia entre nosotros. Cuando me separé de Helena, sin embargo, aún tenía algo que decir.

—Entiendo por qué no me lo contaste, pero para mí es muy importante que seamos sinceros el uno con el otro. —Le rocé la mejilla—. No quiero que pienses que no podemos hablar de absolutamente cualquier cosa.

Helena asintió.

—Sé que puedo hacerlo, pero supongo que tardaré un tiempo en perder la costumbre de decidir todo por mí misma.

Supuse por qué creía que debía hacerlo. Sin duda se debería a su familia y, sobre todo, a la muerte de Valerie. Su hermana había sido su mejor amiga, a la que se lo confiaba todo. Después de que le arrebataran a una persona tan importante y la enviaran al extranjero, donde no conocía a nadie, ¿cómo iba a confiar de verdad en otra persona?

—Lo conseguiremos —dije sonriendo—. Juntos. —Al fin y al cabo, yo tampoco era un experto a la hora de abrirme a los demás, aunque con Helena nunca había tenido ese problema.

—Juntos —repitió ella en voz baja y me cogió de la mano—. Venga, vámonos a casa.

La seguí de buena gana, deseando cuanto antes llegar a la cama… y lavarme los dientes, pues aún notaba el amargor de la bilis en la boca. Sabía que probablemente no dormiría nada; mi cerebro todavía tardaría un tiempo en procesar las imágenes que con tanta brutalidad se habían abierto paso por mi pensamiento. Sin embargo, estaba convencido de que tener a Helena a mi lado y oír el arrullo de las olas contra la arena me ayudaría.

Media hora después, nos encontrábamos en la cama, acurrucados uno al lado del otro, y mi cerebro no paraba de darle vueltas a los recuerdos. Poco a poco, se fueron llenando los vacíos, como, por ejemplo, que nadie me quitara las llaves del coche o la cartera, al menos hasta donde era consciente. Los matones debían de haber regresado para fingir que había sido un robo, todo antes de que llegara la ambulancia.

Entonces me vino otro pensamiento a la mente. La médica me había dicho que había sido un milagro que la ambulancia hubiese llegado tan rápido, sobre todo teniendo en cuenta que no había habido ningún testigo del ataque. En aquel momento, no le di muchas vueltas, suponía que alguien me habría visto, pero que le había dado demasiado miedo hablar con la policía. Ahora que sabía que había llamado a Helena justo después, otra posibilidad se abrió en mi mente. Me separé un poco de ella y la miré bajo la luz de la luna. Estaba despierta.

—¿Estás bien? —preguntó y me miró preocupada, como si temiera que estuviera teniendo otro flashback.

—¿Fuiste tú la que llamó a la ambulancia?

Helena asintió.

—Quise ir en tu busca, pero no encontré ningún taxi, así que corrí tan rápido como pude. Sin embargo, cuando llegué, ya te había recogido la ambulancia.

—Eso significa que… tú me salvaste la vida. —Ni yo pude escuchar mis palabras de lo bajo que las pronuncié.

Helena negó con la cabeza.

—Fueron los médicos.

—Que no habrían podido hacer nada si hubieran llegado más tarde. —Eso era lo que me habían dicho. Gracias a la rápida reacción de Helena, pudieron operarme a tiempo.

Esta parecía un poco avergonzada.

—Por favor, no me mires así. Solo hice lo que habría hecho cualquiera.

—Eso no es cierto y lo sabes. —De nuevo, deseé que me hubiera dicho que la había llamado. Pero debía acostumbrarme al hecho de que seguiría tomando decisiones en el futuro con las que yo no estaría de acuerdo, y viceversa. Y ahora mismo solo sentía agradecimiento—. Me alegro mucho de que nos conociéramos —susurré y la besé con suavidad en los labios.

—¿Te refieres a la sala Rainbow? ¿Cuando tuvimos aquella conversación cargada de acusaciones y desprecio? —Empleó un tono irónico.

—Sí, justo ahí —sonreí—. ¿Quién habría dicho que pasaría esto? ¿Que nos enamoraríamos el uno del otro y que un día me salvarías la vida?

—Yo no te salv…

—Sí que lo hiciste, y en más de una forma. —El significado de las palabras era intenso, pero aun así yo me sentía ligero. Siempre había pensado que Australia era el lugar idóneo para alejarme de todo lo que me molestaba, ya que me había funcionado en el pasado. Pero, en realidad, era Helena, la conexión que compartíamos, lo que me había devuelto a la vida por primera vez en mucho tiempo—. Gracias. Gracias por todo.

—No, gracias a ti —susurró. Me envolvió el cuello con los brazos y posó sus labios contra los míos.

Fue un beso tierno y cariñoso, pero no se quedó en eso por mucho tiempo. Mis dedos buscaron las caderas de Helena y la acerqué a mí, asegurándome de que no había ni un centímetro entre nosotros. Ambos sabíamos cómo iba a acabar, pero no estábamos sucumbiendo a la lujuria, no se trataba de sexo, era la cercanía. Cuando nos acostábamos juntos, estábamos más conectados que nunca, y eso era justo lo que necesitábamos ahora mismo: la certeza de que nada podía separarnos, ni mi experiencia cercana a la muerte ni lo que fuera que nos deparara el futuro.

Me había ido a dormir sin camiseta por el calor, así que Helena no tuvo que quitármela. Sus dedos rozaron mi torso y se detuvieron allí donde sabía que se encontraba mi cicatriz. Yo vacilé un segundo, pero luego tomé su mano y la coloqué en el lugar de la herida. Era lo correcto después de todo lo que había pasado hoy. No quería ocultarle nada, ni mis miedos ni las sombras de mi alma.

Al principio, Helena no movió los dedos, pero luego acarició la cicatriz y yo respiré hondo. No porque la piel estuviera más sensible en esa zona, sino porque no había nada que me excitara más que sus caricias. Cuando llegó mi turno, levanté su top oscuro y mi boca siguió mis dedos hasta que un escalofrío de deseo recorrió todo su cuerpo.

—Jess —susurró, y yo apunté mi nombre en la lista de cosas que más me gustaba oírle decir, sobre todo tal como lo hacía hora, jadeante y suplicante, como si fuera el único que podía darle lo que necesitaba. Me encantaba. La amaba. Dios, no quería nada en el mundo más que a ella.

Me incorporé.

—Amapola —correspondí en el mismo tono. Y ya no hicieron falta más palabras.

Durante un buen rato.

# 21
# Helena

Llevábamos una semana en Australia cuando me desperté una mañana y, por primera vez, Jess no estaba a mi lado. De inmediato me invadió la preocupación. No tenía ninguna razón de ser, mi cerebro sabía que aquí estábamos a salvo, pero, aun así, no pude evitar que se me desbocara el pulso y me incorporara. Cuando miré el reloj que había en la mesita de noche junto al peluche de Lilly, me tranquilicé un poco. Ya eran más de las nueve y Jess llevaba un par de días yendo a surfear por las mañanas. Normalmente siempre me despertaba (dormíamos tan pegados que era imposible evitarlo), pero, al parecer, hoy había conseguido separarse de mí sin hacerlo, y cuando me puse en pie y me dirigí a la terraza para buscar en el mar, encontré a un único surfista. Sonreí al reconocerlo desde la distancia, luego me puse unos pantalones cortos y un top y bajé a la pequeña cocina de la cabaña. Allí hice café, llené dos tazas y salí al exterior.

El aire era muy fresco, aunque algo cálido, y nunca me abandonaba la sensación de que podría quedarme a vivir aquí para siempre. Aquí nadie esperaba nada de mí. Nueva York, mi familia y todo lo que nos aguardaba se sentía sorprendentemente lejos. Aun así, mantenía el contacto con Malia y con Lincoln, ya que parecía necesitar mis consejos en el asunto de Penelope, pero no me dijo nada sobre mis padres y yo tampoco pregunté.

Inspiré hondo y espiré, luego cogí la toalla que se encontraba en la silla de la terraza y caminé unos metros por la playa antes de sentarme en la arena y observar a Jess, que en este momento abordaba la siguiente ola. Una intensa satisfacción me ensanchó el pecho. Sabía que esto no era la vida real y que en algún momento tendríamos que regresar, pero ahora mismo no quería pensar en eso.

Dos días antes, Jess me había dado las lecciones básicas del surf (cómo remar y pasar de estar tumbado a estar de pie) y, por lo visto, no lo había hecho tan mal. Pero ahora que lo veía a él en el mar, donde se deslizaba por el agua sin esfuerzo y parecía controlar las olas, estuve a punto de echarme a reír. Sabía que jamás conseguiría hacerlo así. Tampoco me sorprendía; él llevaba surfeando desde que era niño y se le daba especialmente bien. Yo me limitaba a disfrutar de formar parte de algo que era tan importante para él, aunque yo fuera a ritmo de tortuga y en el primer intento no tardara ni dos minutos en caer al agua.

No supe si Jess me había visto o si quería parar, pero en la siguiente ola se dirigió a la playa, se bajó de la tabla y salió corriendo de las olas. No pude evitar quedarme mirando embelesada mientras salía del agua, como si fuera un dios del mar en persona. Aunque no era la primera vez que lo veía medio desnudo (o desnudo por completo), siempre me dejaba sin aliento cuando era consciente de que aquel hombre tan increíblemente guapo era mío.

Me miró y me sonrió de una forma que solo empleaba conmigo y que siempre me desataba mariposas en el estómago. Se dio prisa, clavó la tabla y se acercó a mí para darme un beso con sabor a sal. El agua del mar correteaba del cabello al rostro y solté un gritito al notar que estaba más fría de lo que esperaba.

—Estás mojado —estipulé lo obvio.

—Pero tú no. —Los ojos verdes de Jess brillaron de diversión, me besó de nuevo y cogió la toalla para secarse. Cuanto terminó, le pasé la taza de café.

—El desayuno —dije con una sonrisa ladeada, burlándome de él y de su afirmación de que era la comida más importante del día. Los dos sabíamos que había una bolsa con pan recién horneado en la puerta de nuestra cabaña, la entregaban diariamente desde el hostal, así que el café no era lo único que desayunaríamos hoy—. ¿Qué tal las olas?

—Perfectas.

Jess suspiró satisfecho y dio un trago de su café sin tan siquiera torcer el gesto. A pesar de su sencillez en todos los aspectos, respecto a la comida y el café, el gastrónomo tenía sus propias opiniones. Pero, como en la cabaña solo había una máquina de cápsulas en vez de una cafetera italiana como la que tenía en su apartamento, el café se había convertido en un atentado a su persona. O algo así había murmurado al segundo o tercer día. Yo era más frugal: el café era café. Aunque, por supuesto, no me negaba a tomar bebidas de mejor calidad.

Nos quedamos en silencio un rato, disfrutando de la tranquilidad y la paz, del paso de las olas salpicando en la arena. Luego miré a Jess.

—¿Volverías a vivir aquí si pudieras?

La pregunta me había acudido a la mente en varias ocasiones en los últimos días, pero no había llegado a hacerla. Tal vez me diera miedo la respuesta. Sabía que Jess no era feliz en Nueva York, pero escuchar de sus labios que deseaba estar en la otra punta del mundo me indicaría cuánto deseaba marcharse. Además, necesitaba saberlo, porque quería unir mi vida a la suya y, para eso, necesitábamos encontrar un lugar que nos gustase a los dos.

Jess no respondió de inmediato, sino que se quedó mirando el mar, con la taza en la mano y los brazos sobre las rodillas.

—Buena pregunta —dijo por fin—. Desde que regresé a Nueva York, no he querido otra cosa que volver aquí. Me encantaba la vida que había tenido en Australia, pero, ahora que estoy aquí, creo que lo que echaba en falta era otra cosa.

—¿Y qué es eso? —Lo miré fijamente. Él se encogió de hombros.

—Libertad, despreocupación: todo lo que tenía antes de que Adam muriera. No tenía que preocuparme por nada más que por mí mismo y por el proyecto con el que siempre había soñado. No tenía ninguna obligación, ninguna tensión con mi familia, solo estaba yo. —Sonaba como si se sintiera culpable por ello.

—Era lo que necesitabas —le recordé—. Y te lo merecías.

Por muy irresponsable que fuera entonces, después de la muerte de su padre y de los largos años de lucha contra su madre, su única posibilidad de supervivencia era marcharse. Lo había entendido hacía mucho tiempo.

—Sí, es posible, pero también fui egoísta. Ya no soy la misma persona que terminó el instituto, hizo las maletas y se largó de Nueva York. —Dejó la taza vacía en la arena y me acarició el brazo con las yemas de los dedos—. Y por eso ya no querría volver a vivir aquí. Aunque parezca lo correcto, sería como una regresión a mi antigua vida, a mi antigua huida. Pero eso no significa que no me gustaría volver aquí al menos una vez al año, aunque solo sea por el generador solar de la cabaña ocho.

Me eché a reír, aunque lo que había dicho antes me había conmovido profundamente. Aquí en Australia había podido ver cómo brillaba el Jess de antaño. Cuando estaba con Paul y contaban las historias de lo que había sucedido hacía años, le distinguía un brillo especial en su mirada que jamás había visto. Y deseaba que fuera capaz de retener una pizca de esa magia, aunque el tiempo se hubiera ocupado de hacerle perder esa ligereza.

—Entiendo a qué te refieres cuando dices que volverías a una antigua vida. Yo también siento lo mismo respecto a Nueva York. —Nunca había hablado del tema con nadie, pero ahora me parecía el momento.

Jess me cogió la mano y entrelazó sus dedos con los míos.

—¿Porque Valerie ya no está?

Noté que se me formaba el nudo habitual en la garganta, pero esta vez no solo se debía a pensar en mi hermana, sino también a que Jess supiera exactamente lo que me pasaba.

—La ciudad era distinta cuando estaba con ella —admití—. Tal vez yo también fuera distinta, tal vez mi familia fuera distinta, no lo sé. Siempre me gustará Nueva York, pero ese amor tiene una grieta que nunca se podrá reparar.

Jess abrió los ojos de par en par.

—Entonces ¿podrías…? —Se quedó callado.

—¿Qué? —insistí, aunque supuse qué quería preguntarme—. ¿Si me imagino viviendo en otro lugar?

Jess mantuvo la vista fija en la arena que tenía delante.

—Nunca te obligaría a marcharte, ya lo sabes. Sé que estás muy unida a tu ciudad.

—Es cierto. —Nunca me había planteado en serio vivir en otra parte. Nueva York y yo éramos una sola cosa, aunque esa conexión fuera dolorosa en ocasiones. Y sin embargo…—. Pero no quiero vivir en un sitio en el que no seas feliz.

No quise seguir preguntando. Probablemente era prematuro hablar de estas cosas; al fin y al cabo, apenas llevábamos unas semanas de relación. Pero si no hubiéramos estado seguros de nuestros sentimientos, no habríamos corrido tantos riesgos para estar juntos, así que me parecía apropiado hablar del futuro.

—¿Hay algún lugar en el que te sientas feliz que no esté a veinte horas de vuelo de distancia? —pregunté sonriendo, aunque esperaba la respuesta con ansia. ¿Y si no había ningún lugar en el que ambos quisiéramos vivir? ¿Cómo íbamos a tener una relación en la que una de las personas era infeliz?

—Hawái, tal vez, solo está a diez horas —bromeó Jess, y luego suspiró—. De todas formas, no tiene sentido hablarlo ahora. Voy a seguir cuidando de Eli, que me necesita cerca, tú quieres estudiar en la NYU… y seguro que aguanto una temporada más en la ciudad con tu ayuda. Dentro de un par de años, lo plantearemos de nuevo y encontraremos una solución.

Sonrió.

—De acuerdo.

Me incliné hacia él y lo besé, con la esperanza de que tuviera razón. Pero sabía que estaba dispuesta a sacrificar muchas cosas por él. ¿Sería capaz de irme de Nueva York? Ni idea, posiblemente. La idea ya no me sonaba tan aterradora como pensaba.

Cuando me separé de Jess, señalé la cabaña.

—¿Tienes ganas de desayunar de verdad?

—Muchísimas. —Se puso en pie, cogió la taza y extendió una mano en mi dirección—. ¿Quieres que luego te dé otra lección de surf? Hoy me he propuesto conseguir que no te caigas al agua.

Solté una carcajada y entrelacé mis dedos con los suyos mientras nos acercábamos a la cabaña.

—Pues mucha suerte. Me temo que estás sobrestimando mi talento.

—Yo creo que eres tú la que subestima de cuánto soy capaz. Solían tenerme miedo cuando daba clases en el hostal, pero luego conseguía que todos se pusieran en pie en la tabla en un periquete —contó con un gesto de broma, y yo le acaricié la mejilla.

—Ah, sí, mira cómo tiemblo… —bromeé.

—Te vas a enterar.

Me agarró y yo chillé como una loca cuando me echó por encima de su hombro y me llevó a la cabaña. Pero no intenté zafarme, amaba estos momentos de alegría y estupidez tanto como aquellos más cercanos, serios o apasionados. Y por eso me quedó más que claro: conseguiríamos encontrar una solución.

Segurísimo.

# 22

# Jessiah

El tiempo en Australia pasó volando y, aunque nunca habíamos decidido cuánto íbamos a quedarnos, tanto Helena como yo empezamos a darnos cuenta de que nuestras vacaciones no podían ser eternas. No solo porque cada día que pasaba me volvía más culpable por haber dejado solo a Eli, a pesar de que mi hermano me había asegurado en sus últimas llamadas que le estaba yendo bastante bien. También sabíamos que no podríamos escondernos para siempre de lo que nos aguardaba en Nueva York. Todavía quedaba la familia de Helena, mi madre y, por supuesto, el asesinato de Valerie y Adam, que aún no se había resuelto. Miranda seguía buscando pistas, pero mi instinto me decía que no debíamos dejar a la investigadora a su aire si queríamos descubrir quién había matado a nuestros hermanos. Sin embargo, no me atreví a sacar el tema con Helena, ya que notaba lo mucho que estaba disfrutando de nuestras vacaciones y lo relajada que parecía desde que estábamos aquí. Así que dejé pasar un día tras otro sin mencionar nada sobre irnos.

Al duodécimo día de nuestra llegada, estábamos sentados en la azotea de la cabaña, a la luz parpadeante de las velas y envueltos en el sonido de las olas al chocar con la arena. Paul y Mia se encontraban con nosotros, pero los platos de la mesa ya estaban vacíos. Nos habían invitado a comer tantas veces al hostal, que quise corresponder cocinando para ellos. Habíamos pasado una velada maravillosa, con muchas risas y varios viajes al pasado. Y me había salido el pisto de rechupete, con lo que comprobé que no me había olvidado de cómo cocinar.

En las últimas dos semanas, había preparado algunos platos para Helena y para mí, pero habían sido cosas rápidas, nada muy elaborado. La mayoría de los días habíamos comido fuera, algo que no habría sido posible en Nueva York, y sabíamos que tendríamos que ser discretos en el futuro próximo. Todavía no se había hecho público nada relativo a nosotros, pero si nos dejábamos ver en restaurantes y bares, las redes sociales estallarían, y no solo la alta sociedad se nos echaría encima como buitres. Por eso era tan maravilloso estar aquí. En Australia nadie se interesaba por los Weston o por los Coldwell.

Paul se llevó una mano al estómago.

—JC, amigo mío, si no fuera porque solo haría crecer tu ego, admitiría que cocinas aún mejor que antes.

Sonreí con la boca torcida.

—Bueno, he tenido tiempo de practicar.

Helena se puso en pie y empezó a recoger los platos para llevarlos a la planta baja. Mia le echó una mano, así que Paul y yo estábamos solos cuando volvió a hablar.

—Parece que ahora sí que te estás divirtiendo en Nueva York, ¿no? —Esbozó una sonrisa a la que respondí con un bufido.

—Solo porque me haya enamorado de una de sus habitantes no significa que me encante todo lo demás. —Al contrario, aunque me alegraba de volver a ver a Eli y poder visitar de nuevo a Thea y a Lilly, regresar a Nueva York me provocaba un nudo incómodo en el estómago. Hablaba en serio cuando le dije a Helena que podría quedarme en la ciudad una temporada, pero que nunca me agradaría vivir allí.

—¿No hay nada que te facilite el vivir allí? —Paul me miró—. Sé que tienes tus proyectos y recuerdo que dijiste que no querías montar nada propio en Nueva York, pero he visto tu mirada cuando entras en el hostal. Echas de menos tener algo que sea tuyo.

Paul me conocía demasiado bien. Y cuando dijo eso, me vino a la mente la imagen del Harper's. Estuve a punto de soltar un par de palabrotas. Ese maldito restaurante no me dejaba vivir, por mucho que intentara olvidarlo.

—Sí, es posible —repliqué sin entusiasmo. Sin embargo, a diferencia de cómo me sentía habitualmente, esta vez no me provocó una sensación de rechazo. Tal vez fuera por el entorno, tal vez fuera el hostal, tal vez fuera porque por primera vez desde mi regreso a Nueva York no estaba pensando en marcharme lo antes posible. O tal vez porque me había dado cuenta de que ver mi proyecto en manos de otra persona no me había roto el corazón de forma irremediable. Sea como fuere, al menos podía admitir que las cosas habían cambiado.

Y que estaba abierto al futuro.

Una hora después, Mia y Paul se marcharon, y Helena y yo estábamos tirados en la tumbona, las cortinas ondeando levemente con el viento. Habíamos estado hablando, pero hacía dos minutos que reinaba el silencio.

Helena debió de notar que estaba sumergido en mis pensamientos, pues estiró la mano y me tocó el brazo.

—Sé que no debería preguntarlo, pero ¿en qué estás pensando?

Sonreí.

—En algo que he estado hablando con Paul. Me dijo que veía que echaba de menos tener algo propio. Y entonces se me ha venido a la mente el Harper's. —Que seguramente hubiesen vendido hace tiempo; en Nochebuena vi que lo habían despejado todo.

—¿Eso significa que ahora ya te ves montando un negocio? —Oí en su voz el entusiasmo que intentaba ocultar con sumo esfuerzo, y me conmovió lo mucho que deseaba Helena que yo fuera feliz en Nueva York, o, al menos, que no fuera del todo infeliz. Aunque esto último no pasaría ahora que podíamos estar juntos.

—No me cierro a nada si… —Me interrumpí al oír un ruido: un leve crujido, como si hubiera alguien rondando la cabaña. Quizá se tratara de un animal, a veces se perdía algún canguro por estos lares (de hecho, Helena había acariciado a uno hacía unos días). Pero sentía un hormigueo incómodo en la nuca. Me separé de Helena y me puse en pie.

—Jess, ¿qué sucede? —preguntó, pero posé un dedo en mis labios y me dirigí a la barandilla.

De nuevo, oí un crujido y esta vez me quedó claro que no se trataba de un animal. Pero si Paul y Mia hubieran vuelto por haberse olvidado algo, habrían hecho algún ruido.

A causa de las velas, la azotea emitía más luz que el entorno, por lo que los alrededores se encontraban totalmente a oscuras.

No veía nada ni a nadie. Pero, entonces, algo brilló en la oscuridad. Una lente que reflejó las llamas de las velas. Justo en ese instante descubrí de qué se trataba: abajo había alguien con una cámara. Alguien nos estaba vigilando.

No perdí ni un segundo. La escalera se encontraba en el lado contrario de la azotea, así que salté por encima de la barandilla y caí sobre la arena que se encontraba dos metros y medio más abajo. Mi cuerpo protestó, pero me dio igual. Mientras rodaba, la persona que nos estaba espiando empezó a moverse. No se molestó en ser silencioso, sino que echó a correr como si le persiguiera el diablo. Me levanté y me dispuse a seguirlo entre la línea estrecha de árboles. Apenas veía nada, pero el sonido de los pasos rápidos contra el suelo me indicaba hacia dónde se dirigía. La rabia me permitió alcanzar un rendimiento máximo. Seguro que había sido Trish la que había enviado a aquel tipo, pero él lo lamentaría. Y ella también.

—¡Eh! —grité por alguna razón. Nadie se había detenido jamás solo porque otro se lo pidiera. El hombre echó una mirada por encima del hombro que me permitió ver su rostro y aumentó el ritmo.

En algún momento, mis ojos se acostumbraron a la oscuridad, pero el bosque empezó a volverse más espeso y el tipo corría entre la maleza, por lo que no me quedó más que seguirlo. Algunas ramas me rozaron los hombros, así que los eché hacia atrás. Por desgracia, el espía era rápido, no tanto como yo, pero tampoco significativamente más lento, por lo que era casi imposible acortar la distancia. Sin duda se dirigía a la carretera, donde tendría un coche aparcado. Y no estábamos muy lejos.

En efecto, medio minuto después, la espesura del bosque se aclaró y oí un ruido inconfundible. En el arcén, había un coche esperando con el motor arrancado y en el asiento del conductor vi a otra persona. «¡Mierda!». Si el espía hubiera tenido que poner en marcha el coche, habría tenido oportunidad de darle caza. Sin embargo, no pude más que observar con impotencia cómo abría la puerta del copiloto, se lanzaba dentro y el coche desaparecía un segundo después. Para cuando llegue a la carretera, no quedaban más que las luces traseras. Ni siquiera pude leer la matrícula.

—¡Joder! —Le pegué una patada a una rama y, acto seguido, apoyé las manos en los muslos para tratar de recuperar el aliento.

Entonces fue cuando vi algo a un par de metros del asfalto y me acerqué a ver qué era: un móvil medio cubierto de hojas muertas. Me agaché y lo cogí. Al desbloquear la pantalla, me pidió un código. Debía de habérsele caído al espía cuando se metió en el coche.

Aunque estaba convencido de que todo esto estaba orquestado por Trish, me guardé el teléfono y emprendí la vuelta. Tal vez podía jaquearlo y encontrar pruebas incriminatorias de que lo había contratado mi madre. ¿Por qué lo habría hecho? Ya tenía la certeza de que Helena y yo habíamos desaparecido de Nueva York juntos y que nos amábamos el uno al otro. ¿Para qué necesitaba pruebas de que estábamos juntos?

La vuelta a paso normal se me hizo mucho más larga, sobre todo, porque no fui corriendo a campo a través, sino que tomé el camino de acceso a la cabaña. Por el camino, intenté desbloquear el móvil con un par de combinaciones comunes, pero no tuve suerte. No me extrañó. Trish nunca habría contratado a un detective privado que asegurara su móvil con 0000 o 1234 como contraseña.

De repente noté movimiento al final del camino y una luz.

—¡Jess! —Helena venía hacia mí con la linterna del móvil activada—. ¿Qué ha pasado? ¡Me has dado un susto de muerte!

—Lo siento. —Le di un beso rápido en la frente—. Había alguien mirándonos y haciendo fotos, pero se me ha escapado.

Helena se apartó con los ojos muy abiertos.

—Entonces tenía razón —susurró, y yo me quedé atónito.

—¿Razón? —repetí—. ¿A qué te refieres?

Helena miró intranquila a la negrura que nos rodeaba.

—Creo que es mejor que te lo explique en casa.

—De acuerdo. —Entrelacé mis dedos con los suyos y recorrimos lo que quedaba de camino en un silencio tenso. En cuanto cerré la puerta de la terraza de la cabaña, miré a Helena fijamente—. Suéltalo.

Se echó el pelo hacia atrás, aunque lo llevaba recogido. Si no hubiera tenido claro lo incómoda que se sentía, me habría dado cuenta entonces.

—Cuando Mia y yo fuimos de compras al pueblo la primera tarde, vimos allí a un tipo. Estaba merodeando por la plaza y parecía el típico turista, pero me dio una sensación extraña.

—¿Por qué no me lo dijiste? —pregunté.

—Porque se lo conté a Mia y fue a hablar con él. —Sacudió la cabeza—. Por lo visto, dijo que tenía una cita y quería ver a la mujer antes de dejarse ver, y por eso actuaba de forma tan extraña. Yo lo creí y no le di importancia. Pero puede que fuera el mismo al que tú has estado siguiendo.

—Descríbemelo. —Apenas le había visto la cara, pero tal vez eso fuera suficiente. Helena lo consideró un momento.

—Era alto, pero no tanto como tú, aunque no era mucho más bajito. Tenía poco pelo, pero era de un color cobrizo.

—Entonces es el mismo. —Había visto los indicios de calvicie cuando se encendieron las luces interiores del coche—. Eso significa que lleva observándonos desde que llegamos.

—¿Quieres decir… todo este tiempo?

Helena pareció asimilar lo que implicaba que nos hubiera estado observando durante casi dos semanas. No solo habíamos follado en la playa y arriba en la azotea, también habíamos tenido nuestras lecciones de surf y habíamos dado paseos… Habíamos vivido muchos momentos íntimos en los que no habíamos estado tan solos como creíamos.

Me acerqué a ella y le acaricié el cabello.

—Lo siento mucho. Debería haber sabido que no nos dejaría tranquilos ni siquiera aquí.

—¿Crees que ha sido tu madre?

—¿Quién si no? —Resoplé—. Está obsesionada con esa idea absurda de que…

—¿De qué? —Helena se separó de mí y me miró fijamente.

No le había contado esa parte de mi conversación con Trish porque no había querido que nos arruinara nuestras vacaciones. Además, era consciente de que al final tendríamos que lidiar con ello y necesitábamos de forma desesperada alejarnos de todo lo que implicaba Nueva York. Pero ahora ya no podía seguir posponiéndolo.

—Antes de empezar la rehabilitación, le conté que Adam y Valerie habían sido asesinados. Pero, aun así, Trish cree que los mataron porque estaban juntos…, no porque alguien quisiera acabar con alguno de ellos. Y está convencida de que nosotros sufriremos el mismo destino. No tiene ninguna prueba salvo el hecho de que fueron asesinados a la vez, pero no es capaz de verlo.

Helena se quedó callada, se alejó más de mí y frunció los labios.

—Eso significa que seguirá intentando separarnos. —Reconocí el miedo en sus ojos—. Y tu madre siempre consigue lo que se propone.

—No, no es cierto. Escúchame. —Agarré a Helena por los hombros y la miré fijamente—. No permitiré que Trish vuelva a obligarnos a tomar una decisión tan cruel, ni que te haga daño a ti o a tu familia. Hasta ahora he evitado confrontarla por miedo a lo que pueda suponer para Eli, pero lo haré si es necesario.

Volví a Nueva York por mi hermano pequeño, pero si hacía uso de la información que me había proporcionado Miranda, Eli no quedaría en medio de la pelea.

—No quiero que te enfrentes a ella. —Helena se frotó las manos, como siempre hacía cuando se sentía incómoda.

—Ya te he dicho que no le tengo miedo. Cuando tuve que mantenerme alejado de ti el año pasado, pasé uno de los peores momentos de mi vida. Haría cualquier cosa con tal de estar contigo, aunque eso me lleve a la guerra con ella. —Le acaricié la mejilla—. ¿Confías en mí?

Helena asintió sin pronunciar palabra.

—Bien, porque pienso solucionarlo. —De una forma u otra, pero no permitiría que Trish dictase mi vida y no pensaba dejar que aterrorizara a Helena.

—¿Y qué vas a hacer? —No fue desconfianza lo que vi en los ojos de Helena, sino más bien preocupación. Preocupación por mí.

—Le ganaré en su propio juego —respondí. Ya era hora de plantarle cara a Trish con todos los medios de los que disponía. Se había pasado de la raya mandando a ese espía y no pensaba tolerarlo—. En diciembre le pedí a Miranda que encontrara algo que pudiera usar en contra de Trish. Cuando estaba en el hospital, me dijo que ya lo tenía. No he querido usarlo porque pensaba que Trish podría aceptar lo nuestro cuando supiera que el ataque que sufrí yo no estaba relacionado con la muerte de Adam. Es evidente que pequé de ingenuo.

Debería haberlo sabido, porque la conocía de sobra. Pero la esperanza siempre es lo último que se pierde.

—¿Hasta dónde llegarás para conseguirlo? —preguntó Helena en voz baja.

—Hasta donde haga falta —contesté en tono lúgubre—. No volveremos a perdernos el uno al otro. Te lo juro.

Después de hacerle esa misma promesa la última vez, mi madre apareció y lo arruinó todo. Pero las circunstancias habían cambiado.

Helena me rodeó el cuello con los brazos y me abrazó.

—Te quiero —me susurró al oído, y nunca había escuchado algo más sincero. Y yo sabía que estaba listo para luchar por ese amor con todo lo que tenía.

—Yo también te quiero.

Le dejé un beso en el cabello. Luego la solté, le envolví las mejillas con las manos y la miré a los ojos. Joder, sería capaz de encararme con gente peor que mi madre por esta chica. Con el mundo entero si fuera necesario. Pero por ahora Trish era suficiente.

—Sabes lo que eso significa, ¿no? —Helena suspiró profundamente y miró con pesar la cabaña. Sabía a qué se refería.

—Tenemos que volver —respondí lo que ambos pensábamos.

Helena asintió.

—Sí, ha llegado el momento.

Si queríamos defender nuestro futuro, si queríamos asegurarnos de una vez por todas de que nadie intentara separarnos, entonces la única forma de hacerlo, por mucho que odiara pensar siquiera en esas palabras, era volver a casa.

# 23
# Helena

Volver a Nueva York fue toda una conmoción, y no solo porque allí estuvieran bajo cero como era habitual en febrero. Después de dos semanas de sol, naturaleza y tranquilidad, pisar la ciudad me resultó sobrecogedor. Por primera vez, me hice una idea de lo que sentía Jess; aunque mi amor por Nueva York había disminuido más que desaparecido, él nunca lo había sentido. Para Jess, la ciudad era siempre tal como la había visto yo hoy: ruidosa, abarrotada, estresante. Tal vez había llegado el momento de considerar en serio mudarme de aquí lo antes posible. Boston era muy bonito. O Chicago. Pero ¿qué lugar era mejor para Jess? No lo sabía y eso me causaba dolor de estómago. Aunque solo hasta que recordé el resto de cosas a las que teníamos que enfrentarnos: Trish, mis padres, la muerte de Adam y Valerie. Si conseguíamos superarlo todo sanos y salvos, elegir un sitio para vivir sería pan comido.

Bethany me recogió en el aeropuerto y fui sola hasta Manhattan, sin Jess. Me costó la vida despedirme de él después de pasar cada minuto juntos durante dos semanas, pero entendí que lo más sensato era que nadie nos descubriera. Así que entré sola en el bloque donde vivía Lincoln, saludé al portero y subí en el ascensor.

Al abrir la puerta del apartamento, oí unos ruidos que no logré identificar. Hasta que llegué al salón y vi a mi hermano en el sofá. Con Penelope. Medio desnudos. En una postura comprometida.

Me detuve en seco.

—¡Helena! —me reconoció mi hermano un segundo después, y Penny dejó escapar un grito que hizo que me diera la vuelta.

—Ay, Dios, lo siento, yo… ¡Lo siento mucho!

También me tapé los ojos, lo cual era una soberana tontería. Lo mejor habría sido llamar antes de llegar, pero no se me había ocurrido hasta ahora. Por algún motivo, no me esperaba que Lincoln estuviera follando con Penny en el sofá. O en ningún otro sitio. ¿No me había dicho que quería tomárselo con calma?

Deshice mis pasos rápidamente hacia el pasillo, donde me planteé qué hacer a continuación. ¿Salir y esperar afuera? Habría sido una buena idea si no tuviera claro que no iban a seguir después de mi interrupción. Que entrara la hermana pequeña en la habitación era uno de los mayores cortarrollos en este tipo de situación.

—Ya estamos vestidos —anunció mi hermano un minuto después, y sonó ligeramente divertido. Cuando volví al salón, vi que se estaba abotonando la camisa y que Penny ya tenía el jersey y los vaqueros puestos, como si no hubiera estado medio desnuda en el sofá.

—No he visto nada —prometí como una mentirosa—. En serio.

Penelope sonrió algo incómoda.

—No sabíamos que volverías hoy a casa, por eso no…

—No, es culpa mía. Debería haber llamado.

El único que encontraba divertida esta situación era mi hermano.

—Esto no es nada comparado a cuando descubrí a Valerie y Carter Fields en el balcón, créeme —soltó con una mueca, como si quisiera borrar de su mente tal recuerdo. Sentí lo mismo sobre la escena que acababa de vivir. Una nunca quería ver a sus hermanos follando.

—Tengo que irme, tendremos otra reunión sobre la exposición la semana que viene. Llámame. —Penelope le dio un beso casto a Lincoln en la mejilla—. Ha… sido… un placer verte, Helena. —Sonrió y yo torcí el gesto.

—De nuevo, lo siento.

Luego desapareció por la puerta y Lincoln y yo nos quedamos a solas.

—Qué vergüenza, de verdad. —Lancé una mirada al sofá monstruoso de color beige que Paige había comprado. Después de lo que acababa de ver, no estaba segura de que deseara recuperarlo—. No sabía que ya estabais en ese plan. Me dijiste que no queríais ir demasiado deprisa.

Lincoln se encogió de hombros.

—Ese era el plan, pero el otro día vino a hablar y de alguna forma… decidimos que el plan era una mierda.

Me eché a reír.

—Es evidente.

—Ay, hermanita, no te pongas así. —Se dirigió a la cocina y colocó una taza en la cafetera—. Como si Jess y tú hubierais hecho otra cosa mientras estabais a solas en esa isla abandonada.

—Era una isla bien grande y muy poco abandonada. Además, hicimos muchas otras cosas. —Era cierto, aunque hubo varias noches que no llegamos a dormir demasiado. Pero ¿qué iba a hacer si me despertaba con Jess a mi lado? No tenía elección—. De todas formas, me alegro por vosotros. Parecéis muy felices juntos.

—Sí, es cierto. Aunque, por mucho que estemos juntos, no queremos hacerlo público todavía, por Paige.

—Lo entiendo. Nosotros vamos a hacer lo mismo. —Cogí una taza del estante y esperé a que Lincoln la llenara. Beber algo caliente me sentaría bien. Encogí los hombros con un escalofrío—. ¿Siempre ha hecho tanto frío en Nueva York? Nunca lo había notado hasta que he vuelto de Australia.

—Eso es que allí se estaba bien, ¿no? —Sonrió de lado.

—Más que bien —contesté con un suspiro de satisfacción al recordar el sol y el mar—. Era justo lo que necesitábamos. Deberías ir alguna vez al hostal que montó Jess con su amigo, es un verdadero paraíso.

Mi hermano asintió.

—Puede que lo haga. Aunque de momento no puedo pensar en eso.

De repente se puso serio y sospeché que Penelope era la única cosa buena en su vida en estos momentos.

—¿Mamá y papá siguen enfadados contigo por el tema de Paige? —pregunté comprensiva. Nuestros padres podían llegar a ser muy rencorosos, era algo que había sufrido en mis propias carnes. Mientras estuve de vacaciones con Jess, no recibí ningún mensaje ni llamada por su parte. Pensaban ignorarme hasta que volviera a comportarme según sus deseos. Pues ya podían esperar sentados.

—Están decepcionados. —Lincoln sopló su café—. Y lo entiendo, en parte.

—¿Que lo entiendes? ¿Estás loco? ¡Te estaban obligando a casarte con una persona que no amabas solo para mantener su reputación a flote! ¿Cómo pueden enfadarse por que no quieras seguir adelante con todo eso, sobre todo ahora que ya no hay motivos para que se celebre la boda?

Una expresión contenida brilló en los ojos de Lincoln.

—Ya sabes lo importante que es para ellos quedar bien. Que yo haya roto el compromiso en contra de su voluntad es un borrón en su cuenta nueva.

—Lo mismo deberían dejar de pensar en ellos —mascullé— y pensar en nosotros.

—Lo gracioso es que ellos creen que sí lo hacen, porque nos beneficiamos del apellido Weston. Aunque yo últimamente preferiría apellidarme Smith o Jacobs.

«Y no eres el único», pensé yo. ¿Cuánto facilitaría mi vida si dejase de ser Helena Weston? ¿Si solo fuera una chica normal de una familia de clase media? A Trish no le gustaría demasiado que fuera la novia de su hijo, pero sin duda lo habría preferido a que sea la hermana pequeña de Valerie.

—Pero no han dicho nada de que debas dejar la empresa, ¿no? —Sabía que para Lincoln el trabajo era uno de los factores más importantes, así que era posible que mis padres le estuvieran presionando con eso.

—No —respondió sacudiendo la cabeza—. Pero están teniendo problemas con los Irvine, porque, de alguna forma, Clive se ha enterado de que yo nunca tuve los mismos sentimientos hacia Paige que ella por mí. Así que ahora tengo que arrastrarme a su casa para disculparme en persona.

—Ostras. Pero no lo vas a hacer, ¿no?

—Todavía no lo he decidido. —Lincoln se quedó mirando su taza.

—Si quieres oír mi opinión sobre el tema: no lo hagas. —No se me ocurría una situación más desagradable, excepto una nueva confrontación con Trish Coldwell, que seguía intentando separarnos a Jess y a mí.

Lancé una miradita rápida al móvil. Jess había ido directo a casa de su madre para echarle en cara el asunto del detective privado en Australia. Pero todavía no me había comentado nada.

—¿Estás esperando algo? —preguntó Lincoln.

—Algún mensaje de Jess. Quería hablar con su madre.

—Vaya, eso no suena muy divertido.

—En absoluto. —Negué con la cabeza—. ¿Han dicho algo sobre mí mamá y papá?

—No mucho. Siguen creyendo que todo esto es una fase, que más pronto que tarde te darás cuenta de que Jess, o «ese joven Coldwell», no es una buena opción para tu futuro, así que están esperando a ver hasta dónde llegas.

Dejé escapar un bufido.

—Pues lo tienen crudo. —Si había algo de lo que estaba segura, era que nunca abandonaría a Jess—. Entonces no contrataron a nadie para que me vigilara en Australia, ¿verdad?

—¿Qué? —Lincoln alzó las dos cejas—. ¿Alguien os ha estado vigilando?

Asentí.

—Suponemos que ha sido Trish Coldwell, no mamá y papá. Por eso ha ido Jess a verla.

—No me están dirigiendo mucho la palabra, pero estoy bastante seguro de que no han sido ellos. Ni siquiera sabían que no estabas en Nueva York hasta que yo se lo dije.

No me sorprendió en exceso, ya que su táctica de desaprobación silenciosa solo funcionaba si seguían ignorándome.

—Entonces no lo sabe nadie, ¿verdad? ¿Que Jess y yo estamos juntos?

Lincoln dejó su taza vacía en el fregadero.

—Yo no he escuchado nada al respecto. Por supuesto, que le disparara un antiguo enemigo de su padre fue la comidilla durante un tiempo, pero nadie parece haberse dado cuenta de que desaparecisteis los dos al mismo tiempo.

Respiré hondo. Eso era bueno.

—¿Len? —Mi hermano me miró atentamente—. No os habréis… comprometido en Australia, ¿verdad?

Solté una carcajada incrédula.

—¿Comprometido? ¿Por qué dices eso? —Aunque la historia con Jess se remontara a casi un año atrás, apenas habíamos estado juntos más de dos semanas.

—Bueno, Valerie y Adam lo hicieron todo muy rápido. Pensé que quizá habríais tenido algún momento sentimental durante las vacaciones.

Negué con la cabeza.

—Los hemos tenido y estoy increíblemente feliz de que por fin estemos juntos. Pero una decisión como esa no se puede tomar en un par de semanas. —Al menos en mi caso. En el pasado, me había parecido muy romántico que Valerie y Adam se prometieran a los seis meses de conocerse. Pero, aunque solo fuera por las circunstancias de su muerte, jamás me lo plantearía.

Mi hermano pareció relajarse. Tal vez porque él mismo había tenido malas experiencias con el tema.

—¿Ha habido algún avance con el caso?

—Solo un par de pistas, pero la investigadora prefiere ser discreta de momento. Espero que encuentre algo tangible pronto, pero teniendo en cuenta que ya ha pasado un tiempo y que los responsables lo encubrieron todo a conciencia, aún podría tardar bastante.

Mientras estábamos en Australia, había reprimido todo lo relacionado con Nueva York, con mi familia y también con la muerte de Valerie y Adam, ahora lo sabía. Apenas había sentido ese doloroso nudo en el estómago en las últimas dos semanas. En un primer momento, me sentí culpable por no haber pensado en ello, pero luego me di cuenta de que mi hermana nos habría concedido este respiro más que ninguna otra persona. «Es importante desconectar, Lenny, aunque te parezca egoísta».

Lincoln asintió. Luego se acercó a la cómoda que estaba junto a la puerta del salón.

—Ya que estamos hablando de Valerie, tengo algo para ti.

Hurgó en el cajón superior y sacó algo pequeño para dármelo. Era una llave con un llavero redondo.

—¿De dónde es esto?

Mi hermano compuso una expresión que indicaba que estaba pensando en la mejor forma de decirlo. Pero luego apartó su inseguridad.

—Es de un trastero en un almacén de Queens.

—Vale… —respondí vacilante y miré el llavero, que solo mostraba un número: 176. Supuse que era el número del trastero. En Nueva York hay muchísimos almacenes de este tipo—. ¿Y qué hay dentro?

—Poco antes de tu regreso, mamá y papá despejaron la habitación de Valerie, como ya sabes. Pero no tiraron sus cosas, tal como te dijeron. Solo las guardaron.

Lo miré fijamente con la respiración contenida.

—¿Quieres decir que…?

—Sí —contestó con una sonrisa—. En ese trastero encontrarás todas las pertenencias de Valerie.

—¿Cómo…, cómo lo has sabido?

Apreté la llave con tanta fuerza que se me clavó en la palma de la mano. Todo este tiempo me había reconcomido la idea de que no me quedaba nada con lo que recordar a mi hermana, salvo esa cajita de música que Lincoln me había regalado por mi cumpleaños. Pensaba que todo habría desaparecido, se habría regalado o vendido. Descubrir que sus cosas seguían existiendo era todo un milagro.

—Por casualidad. La semana pasada encontré un aviso de la empresa de almacenaje, por lo visto el contable se había olvidado de pagar el alquiler. —Lincoln señaló la llave—. Tenemos varios trasteros contratados para guardar muebles y antigüedades, pero ninguno está en un rincón escondido de Queens. Así que investigué un poco sobre cuándo lo habíamos alquilado, y fueron unas cuatro semanas antes de que regresaras. Y como sé dónde guarda papá las llaves de estas cosas, la birlé. —Sonaba complacido e incómodo al mismo tiempo y no pude más que abrazarle.

—Gracias, Linc —susurré cuando lo solté.

—No hay de qué —sonrió—. Pensé que podríamos ir juntos para ver si quieres quedarte alguna de sus cosas.

—Me parece genial.

En ese momento me acordé de Jess y supe que también querría que viniera. No solo porque seguramente encontraríamos cosas de Adam entre los objetos personales de Valerie, sino también porque sabía que sería una visita dura.

Volví a mirar mi móvil. Ningún mensaje, tampoco llamadas.

—¿Tienes hambre? —preguntó Lincoln sacándome de mis pensamientos—. Penny y yo pedimos ayer comida tailandesa, pero nos pasamos con la cantidad.

—¿Era demasiada cantidad u os distrajisteis con otra cosa? —pregunté con socarronería, porque necesitaba algo con lo que entretenerme mientras Jess hablaba con Trish—. Por ejemplo, profanando el sofá.

—¡Calla! —Lincoln se ruborizó un poco—. Ya ha sido un momento bastante incómodo, sobre todo para Penny.

—No solo para ella —repuse divertida, y luego señalé el frigorífico para darle un respiro—. ¿Comida tailandesa? ¿También hay chuleta de cerdo? A eso me apunto.

Para cuando termináramos, Jess ya se habría puesto en contacto conmigo.

# 24

# Jessiah

Apoyé la cabeza en el asiento y observé el rascacielos en el que se encontraban las oficinas de CW Buildings. El edificio se me antojó más grande que la última vez que lo vi, aunque podía decir lo mismo de toda la ciudad. Nueva York jamás me había resultado tan fría o tan hostil como después de pasar dos semanas en Australia. Bueno, sí. Cuando volví por la muerte de Adam, me pareció mucho peor. Pero ahora tenía algo por lo que luchar. O más bien, alguien.

Eché de menos a Helena en el instante en el que nos subimos a coches diferentes en el aeropuerto para ir hasta Manhattan. Habíamos decidido ser discretos durante una temporada. La presión de nuestras familias ya era suficiente, no necesitábamos que toda la ciudad hablase de que la hermana de Valerie y el hermano de Adam se habían enamorado el uno del otro. En algún momento tendríamos que dejarnos ver en público, pero no sería hoy.

—Señor Coldwell —me saludó una de las empleadas más antiguas de Trish, que trabajaba en recepción—. Me alegro de volver a verle.

En realidad eso nunca había pasado, ya que evitaba pisar este edificio a toda costa. Pero era mediodía y no podía esperar a que mi madre llegara a casa por la noche. Además, no quería que Eli estuviera presente en la conversación.

—Gracias, Sandra —contesté con una sonrisa, aunque no me apetecía en absoluto—. Espero que vaya todo bien.

—Muy bien —replicó con amabilidad y me pregunté cómo era posible que una mujer tan agradable llevara diez años trabajando para Trish sin perder el juicio. Lo mismo había un truco y podía ayudarme. Aun así, no le pregunté.

—¿Está mi madre en su despacho? —Recé para que no tuviera una cita en alguna parte o se encontrara en alguna reunión. Estaba tan cabreado que me veía capaz de entrar en la sala de reuniones y enfrentarme con ella delante de todo el personal.

—Sí, ahora mismo está hablando por teléfono con Dubái. ¿Quiere que avise de su llegada?

—No, gracias, ya me sé el camino —dije con otra sonrisa y eché a andar por los luminosos pasillos de la empresa.

Una vez más, reconocí que habría aceptado cualquier empleo antes que trabajar aquí. La decoración de CW Buildings era igual que Trish: clara, fría y sin alma. La ambición y la falta de humor inundaba el ambiente. Todas las oficinas se separaban de las demás y del pasillo mediante paneles de cristal, por lo que no podías ni hurgarte la nariz sin que te vieran. Mi madre era una persona que no sabía ni deletrear la palabra «confianza», y la rotación entre los puestos de menor responsabilidad demostraba que muchos no podían aguantar esa presión. No sabía por qué la gente se prestaba a algo así, pero algunos lo hacían. Supuse que, si sobrevivías un par de años con Trish Coldwell, eso sería una referencia excelente para el resto de inmobiliarias del mundo.

Estaba enfilando hacia las dobles puertas que conducían a su despacho cuando mi mirada recayó en la habitación que había a su lado. Me detuve un instante para leer el cartel que pendía sobre la puerta cerrada: Adam Coldwell, director de operaciones. A través de la pared de cristal, vi que había una libreta y una taza sobre el escritorio y una pizarra blanca con datos de hacía cuatro años. No pude evitar que se me encogiera el estómago al ver el despacho de mi hermano fallecido. Parecía como si hubiera salido a tomarse un café.

En realidad, no sabía que lo habían dejado tal cual, ya que hacía años que no pisaba este edificio. No conocía a nadie que fuera menos sentimental que Trish, pero, a pesar de que se trataba de un despacho precioso con vistas espectaculares que habrían encantado a cualquiera (especialmente a Tom, su director de operaciones actual), no había cambiado nada. Era una señal más de lo poco que había superado la muerte de Adam.

Me esforcé por apartar la vista, pues, en realidad, no me tranquilizaba que Trish hubiera hecho algo así. Al contrario, no hacía más que abrirme los ojos a lo irracional que se volvía cuando se trataba de Helena y de mí.

Su despacho estaba a un par de pasos de distancia y era el único que no tenía paredes de cristal, sino unos sólidos tabiques de color blanco. Llamé a la puerta y no esperé respuesta del otro lado. El recuerdo de Adam había apaciguado levemente mi ira, pero, en cuanto tuve a Trish enfrente, esta volvió con toda su fuerza.

—Jessiah, qué sorpresa. —Levantó una ceja—. Debe de haber un motivo muy importante para dignarte a venir aquí. Espero que no tenga que ver con tus vacaciones. Han ido bien, supongo, ¿no?

—Como si no lo supieras ya —le espeté—. ¿Te han gustado las fotos? Estoy seguro de que le pediste a tu espía que dejara inmortalizados todos y cada uno de los momentos.

—No sé de qué me estás hablando —respondió negando con la cabeza, como si volviera a tener quince años y hubiera arruinado una cena de negocios con sus accionistas. «No sé qué hacer contigo, Jessiah. De verdad que no lo sé».

Pero de eso hacía ya mucho tiempo.

—¿Vas a negarme que contrataste a alguien para que nos espiase a Helena y a mí? ¿En serio? —Esperaba que mi madre se jactara de ello, pero no que lo negara. Por lo general, no solía mentir a menos que le supusiera un beneficio. Y me extrañaba que se sintiera incómoda si admitía que nos había estado vigilando. Por motivos de seguridad.

—Por favor. Como si a mí me interesara tener fotos de vuestras... vacaciones románticas. —Hizo una mueca de disgusto y no pareció fingirla.

¿Debía creerla? ¿Sería otra persona el responsable del espionaje?

—¿De verdad no has sido tú? —pregunté de nuevo.

—¿Por qué haría tal cosa? Y si no fueron los Weston, preocupados por su princesita, entonces deberías preocuparte de que alguien se interese tanto por vosotros. —Me miró con atención y no dejé que se me notara que sí que estaba preocupado. Si ninguna de nuestras familias estaba involucrada, y según Helena, contratar espías no era el estilo de sus padres, entonces tenía que ser otra persona. Alguien que no habíamos tenido en cuenta.

Pero, primero, tenía que impedir que Trish se colara en mis pensamientos.

—Como vuelvas a empezar con la cantinela de que Adam y Valerie murieron porque eran pareja, entonces…

—Entonces ¿qué? —me interrumpió Trish—. ¿Crees que estoy paranoica? ¡Despierta, Jess! No puedes descartar la posibilidad de que corréis peligro cuando estáis juntos. ¡Y si acabas igual que Adam, será demasiado tarde para corregirlo!

Había algo en todo esto que no me cuadraba y empecé a entender qué era poco a poco. Las piezas del puzle fueron encajando en su sitio y, de repente, comprendí que Trish era tan malvada como para contratar a un espía solo para hacer más creíble su punto de vista. No me había dicho que no lo hubiese contratado, solo que no estaba interesada en las fotos que había tomado aquel tipo.

—¿Mandaste a ese hombre para meternos miedo? —Helena había sido consciente de su presencia en el pueblo y no estaba acostumbrada a que la siguieran. Lo habitual era que Trish contratara a profesionales que nunca se dejarían ver. Yo tardé semanas en darme cuenta de que me estaban vigilando cuando era adolescente—. Dime la verdad —exigí con firmeza—. Dime si lo contrataste.

Trish frunció los labios y yo no necesité respuesta alguna para saber que estaba en lo cierto.

—Os disteis cuesta de su presencia dos semanas después de lo ocupados que estabais el uno con el otro. ¡Dos semanas! ¿Y si alguien enviara a un asesino a por ti?

—Pero ¿quién cojones va a venir a matarme ahora? —exclamé. Me importaba una mierda si escuchaban los gritos en toda la planta—. ¡Estás obsesionada con que perdiste a Adam solo porque estaba enamorado de Valerie! ¡No eres capaz de superar que esté muerto!

Mi madre me lanzó una mirada furibunda.

—¡Eso no es cierto!

—Ah, ¿no? ¿Por qué sigue su despacho exactamente igual que el día que murió? ¿Por qué no eres capaz de vaciarlo y cedérselo a otra persona? ¡Porque no puedes soportarlo! ¡Porque después de cuatro putos años no eres capaz de asimilar que quizá seas tú la razón por la que tu hijo está muerto!

La bofetada de Trish me pilló desprevenido, pero apenas me dolió, porque sabía que yo tenía razón: nunca había aceptado la realidad, que había perdido a su hijo y sucesor de una forma cruel y repentina. En cambio, se había refugiado en su odio hacia Valerie, así tenía a alguien a quien culpar, así podía pensar que las cosas no habrían llegado tan lejos de no ser por ella. Para Trish, el problema no podía ser otro. Ella no podía ser el problema.

—¡No tienes ni idea de lo que estás hablando! —me espetó con frialdad, pero noté que le temblaba la voz de la ira.

—¿Por qué? ¿Acaso yo no lo perdí también?

—¡Para ti no significaba nada! ¡Adam y tú no teníais nada en común!

Me quedé callado, atónito ante esa acusación que, en parte era cierta, pero por otro lado era del todo falsa. Era verdad que Adam y yo no habíamos tenido tanto en común, nos gustaban cosas diferentes, teníamos objetivos distintos y sentíamos y pensábamos de otra manera. Pero, a pesar de todo eso, él lo había significado todo para mí. Sin embargo, no lo dije. No tenía por qué justificarme, simplemente la miré con gesto serio.

—A partir de ahora, mantente alejada de Helena y de mí. Si te entrometes en nuestra vida, te arrepentirás.

Trish me miró escrutándome y, por un segundo, con cierta sorpresa. Por muy violentas que se hubieran puesto las cosas en el pasado, nunca la había amenazado.

—Ten cuidado, Jessiah —dijo en voz baja—. Te estás acercando peligrosamente al abismo.

—¿Como Terry Bonet?

No tenía pensado utilizar hoy la información que me había proporcionado Miranda, pero, siendo sinceros, era del todo imposible hacer entrar en razón a mi madre. Nunca aceptaría que Helena y yo estuviéramos juntos. Siempre encontraría una forma de separarnos. Y por eso tenía que acabar con esto de una vez por todas.

—¿Cómo sabes eso? —preguntó Trish con un tono de voz neutral. Al parecer, había mantenido en secreto las circunstancias de la muerte de Terry Bonet.

—¿Qué más da eso? La cuestión es que lo sé, y no dudaré en usarlo en tu contra si no nos dejas en paz a Helena y a mí. —La miré atentamente—. Dejarás de seguirnos, dejarás de idear tretas contra su familia o cualquier cosa que aterrorice a Helena. Si no, acudiré a la prensa con esta historia. Y no te atrevas a meter a Eli en todo esto. No estoy de broma, Trish.

Mi madre no dijo nada, pero yo vi en sus ojos dos sentimientos que jamás había visto: miedo y respeto. Estuve a punto de echarme a reír de lo retorcido que me parecía que solo me respetara cuando me tenía miedo.

—Has dejado muy claro tu punto de vista —dijo tras una corta pausa. Su voz sonaba extrañamente débil—. Si me disculpas, tengo ahora una reunión.

Asentí.

—Ya he dicho todo lo que tenía que decir.

Cuando salí, noté que los oídos me latían, tenía las manos empapadas de sudor y sentía náuseas. Acababa de cruzar una línea moral que no había querido atravesar hasta ahora: había vencido a mi madre en su propio juego, chantajeándola con el terrible conocimiento de la muerte de un hombre inocente. Tal vez había conseguido mi objetivo, pero también había abierto las puertas del infierno.

En cuanto salí del edificio, eché mano a mi móvil y busqué el número de Helena. Esta respondió al primer tono y no llegué ni a saludarla.

—¿Podemos vernos?

Necesitaba estar con ella para asegurarme de que estaba bien y de que había tomado la decisión correcta. De lo contrario, la persistente sensación de que había cometido un error no desaparecería nunca.

—Claro —respondió de inmediato—. Estoy en casa de Lincoln, ¿dónde quieres que…?

—En mi casa, si es posible. Y asegúrate de que nadie te vea al entrar.

—Vale, estaré allí dentro de veinte minutos.

# 25
# Helena

Cuando salí del coche en dirección a la casa de Jess y le dije a Bethany que no hacía falta que me esperara, tuve un mal presentimiento. Por cómo había sonado al teléfono, parecía inquieto, algo angustiado, como si la conversación con su madre le hubiera alterado más de la cuenta. Tampoco me extrañaba viendo cómo era Trish Coldwell. Aun así, siempre había pensado que Jess era la única persona en el mundo que no le tenía miedo. Así que me di prisa por llegar al Village.

—Hola, ¿qué ha pasado? —solté la pregunta nada más se abrió la puerta y, un segundo después, recibí un abrazo. No dudé y envolví mis brazos alrededor de su cintura hasta que sentí que podía separarme. Acto seguido, me quité la bufanda y el gorro que me había puesto para camuflarme un poco.

—La he amenazado —respondió, y se pasó una mano por el pelo, que tenía más despeinado de lo habitual—. Con lo que descubrió Miranda sobre el accidente en la obra de Coldwell House.

—De acuerdo —asentí—. ¿Y cómo ha reaccionado?

Esta información era lo único que teníamos en su contra. Si se mantenía impertérrita, solo podíamos confiar en que nos dejara en paz a nosotros y a mi familia, y sabía de primera mano que no nos saldría bien.

—Le sorprendió que lo supiera, o que fuera capaz de usarlo en su contra. No estoy muy seguro. Pero creo que me ha tomado en serio.

—Pero… eso es bueno, ¿no? —pregunté vacilante, porque era consciente de lo difícil que era esta situación para Jess. Desde que era joven, se había mostrado en más o menos desacuerdo con Trish, pero nunca la había amenazado. Para una persona tan decente como él, debía de ser terrible. Se encogió de hombros.

—Supongo que sí, pero me siento como un mierda.

Le posé una mano en el brazo y le acaricié hasta llegar al cuello.

—No tenías otra opción. Nunca nos habría dejado en paz si no lo hubieras hecho.

—Sí, lo sé. En realidad, no fui allí para chantajearla, pero en cuanto entré empezó de nuevo con lo peligroso que era que estuviéramos juntos. —Jess me miró con cansancio—. ¿Te puedes creer que no contrató al espía para saber lo que hacíamos en Australia, sino simplemente para meternos miedo? Sin duda creyó que si yo pensaba que había un desconocido amenazándonos, querría protegerte y volveríamos a separarnos.

Sacudí la cabeza al escuchar una lógica tan retorcida, aunque, de alguna forma, cuadraba con la estrategia que había seguido Trish contra Valerie después de que Adam y ella murieran. Qué bien nos habría ido si Trish tan solo hubiera intentado reconocer su dolor, por el bien de todos. Aun así, me alegré un poco de que eso me hubiera llevado a querer limpiar el nombre de Valerie, porque, de no haberlo hecho, no habríamos descubierto que habían sido asesinados.

La mente de Jess seguía dándole vueltas a la conversación con su madre.

—No ha vaciado el despacho de Adam. Está justo al lado del suyo, como si fuera un monumento conmemorativo, con balances antiguos en las paredes y una taza de café en el escritorio. Ni siquiera ha empezado a asimilar su muerte, probablemente no lo haya ni intentado.

No me extrañó.

—Para alguien como ella, perder a Adam tuvo que ser un golpe muy duro. No solo porque lo quisiera, sino porque le gusta controlarlo todo. No fue capaz de verlo venir, y por eso le echa las culpas a Valerie.

Jess asintió.

—Le dije a la cara que creía que ella era la responsable de sus muertes, porque, sinceramente, ¿qué probabilidades hay de que no esté todo relacionado con Trish?

—No muchas —coincidí.

Le había dado bastantes vueltas en las últimas semanas, pero no había llegado a ninguna otra conclusión. Por supuesto, existía la posibilidad de que se tratara de la competencia de Valerie, pero por muy falso que fuera el mundo de los *influencers*, no creía que ninguno de ellos fuera capaz de cometer un asesinato.

—Espero que Miranda encuentre pronto alguna pista útil —suspiró Jess, y yo le rocé la cara con los dedos—. Tal vez Trish deje estar el asunto si encontramos a los culpables.

Se dio la vuelta.

—Oye —lo detuve—. Has hecho lo correcto. Lo sabes, ¿verdad?

—Sí, pero lo odio —bufó—. Odio tener que hacer esto.

Fue a la cocina y abrió varios armarios, sacó una tabla de cortar y un cuchillo. En la encimera había dos bolsas de papel; al parecer se había pasado por el supermercado de camino a casa.

—¿Tienes hambre? Pensaba hacer unos canelones.

Lo seguí dudosa.

—¿Estás seguro de que te quieres poner a cocinar ahora? Podemos pedir algo a domicilio.

Jess negó con la cabeza.

—No, cocinar me relaja. Y no quiero pasar nuestra primera noche en Nueva York con esta sensación en el estómago.

—Entonces los canelones me parecen una idea genial —repliqué con una sonrisa, y me di cuenta de que era la primera vez que estaba en aquella casa desde que tuvimos que separarnos. Las circunstancias generales no eran las que me habrían gustado, pero estábamos juntos y eso era todo lo que importaba—. ¿Puedo ayudarte en algo?

Mis habilidades culinarias eran bastante limitadas, por no decir inexistentes, pero en Australia habíamos descubierto que se me daba bien cortar las cosas en pedazos pequeñitos.

Jess sonrió y me pasó una tabla, un cuchillo y un puñado de verduras.

—Ya que lo preguntas…, hay que cortar las espinacas.

Un buen rato después, nos encontrábamos en el enorme sofá de Jess, que seguía siendo tan cómodo como lo recordaba. En la tele se deslizaban los créditos finales de una película que habíamos visto a medias porque habíamos estado ocupados besándonos como adolescentes en una sesión golfa, aunque por ahora no había ido a más. Disfrutábamos fingiendo que estábamos en un cine, donde besarse era la opción más segura de que no te pillaran. Además, el calentón aumentaba la tensión sexual.

Una vez que terminó la película, parecieron difuminarse esas normas, pues los dedos de Jess se colaron bajo mi jersey y yo jadeé suavemente cuando sus labios se deslizaron de mi oreja hasta mi cuello. ¿Cambiaría alguna vez la facilidad con la que era capaz de hacer que lo olvidara todo? Esperaba que no.

—¿Nos vamos a la cama? —ronroneó, provocándome una nueva oleada de agradables escalofríos por la espalda.

—Por supuesto —respondí.

El sofá era bastante cómodo y teníamos práctica después de pasar la noche de la tormenta en el hotel, pero prefería la cama de Jess. No solo porque era la primera vez que dormíamos juntos allí, sino también porque era uno de mis lugares preferidos del apartamento, aunque no sabía decir por qué. Tal vez fuera el ambiente que se respiraba en la planta de arriba, tal vez fuera la luz, tal vez solo fuera porque éramos él y yo. Pero eso no importaba.

Jess se puso en pie y me levantó del sofá en sus brazos (otro de mis lugares preferidos), y lo besé con intensidad, luego un poco más. Cuando envolví mis piernas alrededor de sus caderas, noté una punzada de dolor en el muslo.

—Ay, joder.

No tardé en darme cuenta de qué me estaba haciendo presión contra la piel: era la llave del trastero en el que se encontraban las cosas de Valerie. Jess me bajó y yo saqué el causante del problema.

Pensaba guardarla en otro sitio sin más, pero Jess la miró con curiosidad.

—¿De dónde es? —me preguntó, girando el llavero en el que venía el número. Después de escuchar lo del enfrentamiento con Trish, había olvidado lo que me había contado Lincoln. No había llegado a decírselo a Jess.

—De un trastero en Queens —expliqué—. Antes de que yo volviera, mis padres vaciaron la habitación de Valerie y me hicieron creer que habían regalado o vendido todas sus cosas. Pero Lincoln ha descubierto que mis padres guardaron todos los muebles, la ropa y el resto de cosas.

—¿Y no te dijeron nada?

—No, creían que era mejor para mí que pensara que ya no quedaba nada.

Jess emitió un resoplido que me dejó claro lo que pensaba de esa decisión. No me sorprendió, al fin y al cabo no había nada que odiara más que el secretismo en las clases altas.

—¿Has ido a verlo?

Negué con la cabeza.

—No he tenido tiempo. Lincoln y yo queremos ir dentro de unos días, cuando nuestros padres estén en Chicago. Más vale prevenir que curar. —Aunque no me estuvieran espiando, no quería arriesgarme a que se enteraran de mi visita y se llevaran las cosas de Valerie.

—Avísame si quieres que te acompañe, ¿vale? —Jess me apartó un mechón de la frente y, de nuevo, me impresionó lo finas que eran sus antenas a la hora de entender los sentimientos de los demás, o, más bien, los míos. Seguramente había notado mi tensión al hablar del trastero.

—Me gustaría, sí —respondí en voz baja—. Es posible que también haya cosas de Adam. Mis padres no revisaron nada antes de llevárselo todo.

Jess respiró hondo y soltó el suspiro de tristeza que tantas veces había experimentado yo misma. Lo abracé con fuerza y él me devolvió el gesto y, por un momento, fuimos totalmente distintos a lo que habíamos sido hacía cinco minutos. Unidos en la pérdida de nuestros hermanos, compartiendo el mismo dolor y la misma angustia. La mayor parte del tiempo trataba de obviar el hecho de que ambos habían sido asesinados, de lo contrario no habría podido seguir adelante. Sin embargo, en momentos como este, era más consciente que nunca de que había perdido a Valerie.

—Estoy convencida de que les habría encantado que estuviéramos juntos —comenté con una sonrisa plena cuando me separé de Jess.

—¿Crees que habría pasado si no…? —Dejó la frase a medias.

—Bueno, supongo que nos habríamos conocido en la boda como muy tarde. Yo llevaría un vestido de dama de honor despampanante, porque Valerie no me habría dejado ir con nada feo, y tú llevarías un traje de padrino.

Los ojos de Jess se oscurecieron durante un instante y me di cuenta de lo insensible que había sido mi comentario. Era lo que le había echado en cara hacía un año para hacerle daño, que Adam había querido que Jess fuera su padrino, pero nunca llegó a pedírselo.

—Perdóname, no quería…

—No pasa nada —me tranquilizó—. Estoy seguro de que me lo habría pedido y yo habría dicho que sí. Lo que significa que habríamos ido juntos al altar, ¿no?

En mi rostro se compuso una sonrisa y las mariposas en mi estómago difuminaron el comentario anterior.

—Exacto —asentí—. Pero sabes que es un cliché que el padrino intente ligar con la dama de honor, ¿no?

—¿Ligar? —Jess resopló—. Seguramente no te habría hablado. Pero no habría sido capaz de quitarte los ojos de encima durante toda la boda y me habría contenido hasta que la gente se relajara en la fiesta. Entonces te habría pedido que bailaras conmigo alguna canción romántica, habríamos hablado, tal vez nos hubiéramos acercado... —Me besó con suavidad—. Habría sido todo un caballero, sin forzar nada, pero te habría invitado a salir después.

Sonreí de lado.

—Claro, espero que me hubieras llevado al Bella Ciao.

—Por supuesto, allí habría surgido la chispa, te habrías venido conmigo a casa y habríamos acabado exactamente donde estamos ahora.

—¿Y luego?

Le rodeé el cuello con los brazos y lo acerqué a mí para sentir su cuerpo. Jess se inclinó hacia delante, rozó su nariz con la mía y, acto seguido, me levantó y me llevó por la escalera.

—Ahora mismo te lo voy a enseñar.

# 26
# Helena

Cuatro días después, mis padres volaron a Chicago y Lincoln dio luz verde a la misión trastero.

Íbamos juntos en coche a Queens, Jess se uniría con nosotros directamente allí cuando terminara su reunión en el club de Delilah Warren. Al parecer, pensaban abrir en dos semanas y, después de su larga ausencia, tenían mucho de lo que hablar. Me habría gustado ir con él y ver también a Edina y Finlay, pero seguíamos manteniendo nuestra relación en secreto.

El almacén se encontraba en la periferia de Queens, al final de una calle. Con toda probabilidad se tratase del último lugar en el que uno imaginaría que estaban las posesiones de Valerie Weston, y por eso mismo lo habían elegido mis padres.

—¿Os vais a llevar bien cuando os veáis? —le pregunté a Lincoln medio en broma, mientras aguardábamos en el coche delante del almacén a la espera de que Jess llegara en cualquier momento en su camioneta.

—¿Qué te crees, que lo voy a desafiar a un duelo en el patio de atrás? —Mi hermano levantó una ceja—. No deberíamos haber visto tanta película histórica.

—Pero si te encantaron —respondí con una sonrisa burlona—. Además, ninguna trataba de dos familias rivales como nosotros. —Me había dado cuenta de que Jess y Lincoln nunca habían hablado entre ellos y no tenía ni idea de si habían coincidido en alguna otra ocasión. Aunque sabía que no se iban a pelear, algo en mí quería que se llevaran bien. Eran dos personas muy importantes en mi vida.

—No te agobies, Len —rio Lincoln—. Si a ti te gusta, me gustará a mí también. No volveré a cometer el mismo error que con Valerie ni dejaré que los prejuicios de nuestros padres me nublen el juicio.

Posé una mano en su brazo y le di un breve apretón.

Un segundo después, una camioneta negra apareció en el callejón y Jess aparcó junto a nosotros. Había considerado la posibilidad de que alguien nos viera juntos aquí y decidiera publicarlo en redes sociales, pero el riesgo era bajo. No había nadie merodeando por esta zona de la ciudad, y menos con el frío que hacía.

Nos bajamos del coche y contuve el aliento cuando mi hermano y mi novio se acercaron. Sin embargo, todos mis miedos eran infundados, pues se saludaron a medio camino entre el estrechamiento de manos y la palmadita, y ninguno de los dos frunció el ceño. Jess agradeció a Lincoln haber ayudado a Eli cuando él estaba en el hospital y mi hermano desdeñó el gesto con vergüenza. Y con eso todo quedó solucionado. ¿Por qué mis padres no eran capaz de hacer lo mismo? ¿O Trish Coldwell?

No fue hasta que nos encaminamos al almacén que Jess me pasó un brazo por los hombros y me saludó con un beso fugaz.

Sin embargo, yo estaba demasiado tensa para disfrutarlo, ya que no sabía lo que me esperaba en una habitación llena de cosas de Valerie. Sentía como si tuviera piedras en el estómago conforme caminábamos los largos pasillos en busca del trastero correcto.

Aguardé con la respiración contenida hasta que Lincoln abrió la cerradura de la puerta. Luego, entre él y Jess, subieron la persiana metálica que aseguraba el trastero. Tendría unos veinte metros cuadrados y estaba completamente abarrotado. Mi mirada vagabundeó entre los muebles y objetos que tanto conocía: el sofá de Valerie, su tablón de corcho, su tocador. Quise tocarlo todo al mismo tiempo, pero no fui capaz de dar ni un paso. No era su habitación, pero sí lo más cerca que estaba de ella desde su muerte.

—Tómate tu tiempo —me dijo Jess en voz baja, con la mano descansando en mi espalda. Me alegraba mucho de que hubiera venido, de que ambos estuvieran aquí.

Finalmente, despegué un pie del suelo y después otro, y entré en el trastero. No podía creer que mis padres me hubieran ocultado que habían guardado las cosas de Valerie. Y me habría encantado echárselo en cara, pero ya sabía lo que me dirían: «Solo queríamos protegerte. La ropa y los muebles de tu hermana no te la devolverán». Tenían razón, pero la traición me carcomía por dentro. Hacía ya tiempo que sabía que mis padres no se tomaban en serio mis deseos, que seguían creyendo que era una niña que no sabía tomar decisiones, pero verlo así delante de mí me dolía todavía.

No obstante, ahora no era el momento de dejarse llevar por esos sentimientos. Aunque Lincoln pensaba que nuestro padre no notaría la ausencia de la llave en un futuro próximo, y a pesar de que se encontraban fuera de la ciudad, en este almacén había docenas de trasteros y, cuanto más tiempo nos quedáramos, más probable era que alguien nos viera allí.

—Deberíamos cerrar la puerta —sugirió mi hermano.

Jess asintió y bajó la persiana.

El tubo fluorescente del techo lanzaba una luz fría sobre las cosas de Valerie. Extendí la mano y rocé con la yema de los dedos la madera de su escritorio con suavidad, luego la tela azulada del sofá, que parecía más pálida de lo que la recordaba. En mi mente se sucedían todas esas veces que me había sentado en ese sofá con mi hermana, y se me hizo un nudo en la garganta. Me habría encantado meter todas sus cosas en un camión y llevármelas, aunque solo fuera para rodearme de ellas y sentir a Valerie. Pero sabía que eso no era posible, no solo porque no tenía casa propia, sino porque, por mucho que quisiera a mi hermana, regodearme en el pasado no me ayudaría a resolver su asesinato. Aun así, eso no significaba que no pudiera llevarme alguna cosa que me recordara a ella.

Lentamente, con suma atención, observé todo lo que había. Encontré el hipopótamo de peluche y le quité el plástico de burbujas al tablón de corcho que Valerie había llenado de recuerdos desde que yo tenía uso de razón. Al parecer, la empresa de transporte no se había molestado en quitar las fotos y algunas empezaban a despegarse. Las cogí para verlas: fotos de Valerie y yo, de ella con sus amigas, con Malia. Y también había algunas con Adam.

—Debieron de ser muy felices —pronunció Jess en voz baja.

No me había dado cuenta de que se me había acercado por detrás, pero ahora miraba la foto por encima de mi hombro. Se trataba de una en la que ambos llevaban sudaderas: Valerie la azul de Columbia, que aún conservaba yo, y Adam la roja de Cornell.

Salían riéndose de algo. Siempre me había encantado esa foto. Era bonito volver a tenerla en mis manos.

—Sí que lo fueron. —Me apoyé en Jess brevemente antes de colocar todas las fotos en un montón y apoyarlas en el escritorio junto al hipopótamo. Tenía pensado llevármelas.

Luego abrí un par de cajas que contenían ropa doblada y, al reconocer las prendas tan familiares de Valerie, sentí que las lágrimas me aprisionaban la garganta. Pero mi hermano me distrajo.

—No puede ser cierto.

Lincoln había sacado de una de las cajas una carpeta negra llena de pegatinas. Recordé que Valerie la había usado en el instituto. Sin embargo, incluso para ser de esa época, la carpeta parecía vieja.

—¿Qué has encontrado? —Me acerqué a él y vi que había encontrado una funda de plástico entre las antiguas hojas de trabajos y apuntes de química. Lo que había dentro no parecía provenir de la época escolar de Valerie. Mi hermano sacó los papeles y los extendió sobre el escritorio. Se quedó uno en la mano—. ¿Qué es? —pregunté. Parecía una carta escrita a mano y, de repente, me entró miedo de leerla.

—Yo diría que es un testamento. —Jess señaló el principio de la carta, donde se leía «Mi última voluntad» bajo el membrete de Valerie, que usaba para asuntos de negocios.

—¿Tenía testamento? —Me quedé mirando atónita el trozo de papel. Por supuesto, era consciente de que Valerie ganaba su propio dinero desde que tenía quince años y empezó a aceptar trabajos de modelo, pero no me cuadraba que con veinte años pensara en quién se quedaría con qué cuando muriera—. ¿Estás seguro?

Lincoln me quitó el papel de las manos y lo leyó rápidamente.

—Jess tiene razón. Parece que Valerie tenía una idea muy clara de qué debía hacerse con su dinero y con sus cosas cuando muriera.

Se me erizó el vello de los brazos y la nuca.

—¿Sospechaba algo? —pregunté a nadie en particular.

—No, creo que no. —Jess señaló la fecha—. Es de más de un año antes de que conociera a Adam.

—Creo que por aquel entonces tenía muchas broncas con mamá y papá —recordó Lincoln—. ¿No te acuerdas de la época en la que empezó a hacer colaboraciones y nuestros padres no querían permitírselo para que no se convirtiera en una «figura publicitaria barata»?

Asentí, lo sabía de buena mano. Había sido el primer conflicto entre ellos, mucho antes de que Adam entrase en su vida.

—¿Por qué no me lo contó? —mascullé. ¿Se habría tratado de una acción impulsiva como le sucedía a menudo? ¿O lo había hecho en serio?

—Debería, porque te lo dejó todo a ti. —Jess señaló una parte de la hoja.

—¿Que hizo qué?

—Te dejó toda su fortuna, su ropa, todo. —Lincoln leyó en voz alta—. Aquí lo pone: «Mi dinero, sea el que sea en ese momento, al igual que todas mis pertenencias de valor, se las dejo a mi hermana Helena, que seguramente sabrá qué hacer con todo. Confío en que se deshará con discreción de todo lo que sea de mal gusto. Al fin y al cabo, ella tiene demasiado estilo como para convertirse en una "figura publicitaria barata" como yo».

Solté un bufido, a medio camino entre las lágrimas y la risa. ¡Aquello era absurdo! ¿De verdad mi hermana me lo había dejado todo a mí como consecuencia de una pelea? ¿Y nadie sabía que este testamento existía?

—¿No debería haberse usado cuando murió?

—Lo tenía metido en una antigua carpeta del instituto, dudo que nadie supiera de su existencia siquiera. —Lincoln sacudió la cabeza—. Revisamos toda su correspondencia comercial cuando murió, pero no encontramos ningún testamento.

—Entonces ¿sirve de algo? —Aún no era capaz de asimilar que mi hermana me lo hubiera dejado todo solo porque estaba de mal humor.

—Siempre sirve de algo —asintió mi hermano—. Solo hay que demostrar su autenticidad con una prueba de grafología, pero por supuesto que sirve.

El silencio se instauró entre nosotros, mientras yo consideraba qué implicaba todo esto. Nunca me había interesado saber cuánto dinero tenía Valerie; los tres nos habíamos criado en tal privilegio que no debíamos preguntarnos esas cosas. Teníamos una familia acaudalada que nos respaldaba y un buen fideicomiso en el banco. Pero ahora que me había peleado con mis padres sí que me importaba. Aunque quería montar algo por mí misma, era más fácil empezar con capital.

—¿Qué pasó con su dinero? —pregunté mirando a mi hermano. Era algo en lo que tampoco había pensado nunca. Mi hermana había sido muy generosa a lo largo de su vida, tanto conmigo como con sus amigos, y también apoyaba distintos proyectos solidarios.

—La verdad es que no sabría decirte. Cuando alguien muere sin hijos y sus padres siguen con vida, suelen ser ellos los que reciben todo. Eso significa…

—... que tengo que hablar con mamá y papá —terminé la frase por él.

—También puedes dejar que un abogado se encargue de todo eso. —Jess me miró con gesto serio. Sabía perfectamente lo tensa que era la relación con mis padres en estos momentos—. Tal vez sea lo mejor. Cuando se trata de dinero, las cosas se ponen feas.

Le di la razón un con leve asentimiento, aunque no estaba segura de si me atrevía a decirle a mis padres a través de un abogado que la herencia de Valerie me pertenecía, sobre todo si se trataba de una suma importante de dinero que pudieran haber usado para mantenerse a flote durante la crisis.

—Me lo pensaré. No sé si puedo aceptarlo. Su dinero, quiero decir. —Tal vez fuera mejor donarlo o algo así.

Mi hermano me miró sorprendido.

—¿No lo quieres? Creía que después de estudiar querías montar la empresa de turismo de la que siempre hablabais Valerie y tú. ¿No te vendría de perlas esa herencia?

Intercambié una breve mirada con Jess y este sonrió.

—En realidad tiene razón. Sigo queriendo invertir en el negocio, pero creo que usar el dinero de Valerie tiene mucho más sentido.

Las lágrimas se me acumularon en los ojos cuando me di cuenta de que ambos tenían razón. Valerie no sabía que moriría tan pronto cuando escribió este testamento. Seguramente creyó que sucedería cuando fuéramos unas viejas llenas de canas y lo más probable era que lo escribiera por pura frustración. Pero luego murió y, con ella, esa idea de convertirnos en las de *Sexo en Nueva York*, y no volví a pensar en aquello hasta aquella noche en el Bella Ciao, cuando Jess me dijo que invertiría en ella. Y ahora que había solicitado plaza en la NYU, que había sentado las bases para llevarla a cabo, encontraba este testamento escrito de su puño y letra. ¿Era solo una coincidencia?

—Me lo llevaré y pediré que lo verifiquen —decidí. Metí el documento en la carpeta, junto a las fotos del tablón de corcho. Luego miré a mi alrededor y, por un instante, se me ocurrió la idea absurda de que quizá en alguna de esas cajas hubiera alguna prueba del asesinato de Valerie y Adam. Pero era prácticamente imposible. Tal como Lincoln había dicho, todo lo relacionado con su negocio se revisó en su momento y nadie había buscado pistas en sus redes sociales más que yo. Estaba convencida de que Valerie no había tenido ningún enemigo que quisiera matarla.

—Si quieres conservar alguno de estos muebles, podemos llevarlos a mi casa. —Jess sonrió con dulzura—. Estoy seguro de que a Adam le habría gustado que tuviera algo de Valerie en el apartamento.

Miré en derredor.

—Eres muy amable, pero… creo que no puedo tomar más decisiones por hoy. —La visita me había resultado muy estresante y me sentía abrumada.

—No pasa nada, cuando estés lista.

Jess me besó suavemente en el pelo y yo me aferré a él unos segundos, quizá no solo a él, sino también al presente, que en esos momentos era la misma cosa.

Lincoln miró el reloj.

—Deberíamos irnos, ¿no?

—Dame un par de minutos.

Guardé el hipopótamo y la carpeta, y también algo de ropa; no la ropa elegante que Valerie se ponía cuando salía, sino las sudaderas y pantalones de chándal cómodos que solía vestir cuando nos tirábamos en el sofá para ver *Las chicas Gilmore*, un capítulo tras otro. Era consciente de que no era muy sano ponerme la ropa de mi hermana, pero, aun así, quería tenerla conmigo.

Cuando salimos del trastero y bajamos la persiana, me quedé ahí plantada, mirando el metal gris mientras intentaba poner en orden mis pensamientos. No me había dolido tanto como había temido, pero tampoco me había sentado tan bien como había esperado. Y luego estaba ese testamento que ni siquiera sabía que existía. ¿Por qué no me lo había contado?

«Más acertijos. Más preguntas».

¿Cuándo recibiría respuestas?

# 27
# Jessiah

—Tienes que cortar la cebolla más fina —dije.

—¿Más? Si hago eso, la convertiré en papilla. —Eli miró los trozos de cebolla que tenía en la tabla de cortar, como si esperara que le dieran la razón. Al no dársela, suspiró y volvió a coger el cuchillo.

—¿Y desde cuándo te interesa la cocina? —le pregunté con una ceja levantada a mi hermano que, contrariamente a sus palabras, empezó a trocear la cebolla en cubitos más pequeños. Me había pedido que le hiciera espaguetis *all'amatriciana* antes, pero que quisiera aprender era algo nuevo.

—¿Por qué no? Siempre viene bien saber esas cosas, ¿no? —comentó con un gesto imperturbable. Pero yo lo conocía desde que nació, no podía engañarme. Había una razón por la que de repente quería aprender a cocinar, y yo pensaba averiguarla.

—Claro que sí. —Incluso aunque no tuviera que depender de sus habilidades culinarias para comer, porque siempre tenía suficiente dinero para contratar a alguien que lo hiciera o pedir a domicilio. Cogí el *guanciale*, una especie de panceta italiana, y empecé a trocearla—. Pero si no te divierte, no es una afición muy satisfactoria.

—Por eso quiero descubrir si me divierte o no. A ti te ayuda mucho, ¿no? Y tampoco viene mal si… conozco a alguien. —Esas últimas palabras apenas habían sido un susurro.

—Ah, ya entiendo —me limité a decir con una sonrisa de oreja a oreja. Mi hermano alzó la mirada.

—¿El qué entiendes?

—Creo que quieres impresionar a alguien.

Pero ¿quién podría ser? Todas las chicas que conocía pertenecían a familias que contaban con cocinero propio o que iban a comer a los mejores restaurantes de la ciudad.

—Qué tontería —replicó mi hermano con contundencia—. No quiero impresionar a nadie. Al menos, no a nadie en concreto.

Ahora sí que estaba confundido.

—Entonces ¿te estás preparando para la posibilidad hipotética de que conozcas a alguien a la que impresionar con tus artes culinarias?

—Cuando lo dices así, suena muy estúpido, Jess. —Suspiró y dejó el cuchillo sobre la tabla de cortar.

—Lo siento, no era mi intención. ¿Por qué no me lo explicas?

Eli respiró hondo.

—Hace poco escuché a un par de personas hablando en el instituto sobre lo que les gustaba y lo que no. Y en cierto momento dijeron tu nombre.

—¿Mi nombre? —Lo miré desconcertado.

—Sí —admitió—. Las chicas me dijeron que tú molabas mucho porque surfeas, tienes un montón de restaurantes y conoces a los dueños de todas las discotecas. Así que pensé..., bueno, pensé que no me vendría mal parecerme un poco más a ti.

—Ay, Eli, de verdad... —Sacudí la cabeza—. En primer lugar, estás hablando de chicas de dieciséis años que no tienen ni idea de qué están buscando en un hombre y solo miran las cosas más superficiales. Y en segundo lugar, tú eres genial tal como eres y llegará un momento en el que tendrás más pretendientas de las que imaginas. Si tienes que esforzarte para gustarle a una chica, entonces no es la indicada para ti.

—Es posible. Pero encontrar a la persona indicada a mi edad es un poco complicado, ¿no?

Lo miré con atención. En realidad, me acordaba perfectamente de la época en la que el aspecto y la confianza eran lo único que me interesaba. Tampoco es que yo estuviera buscando una relación seria por aquel entonces. Pero Eli era diferente, o al menos, eso esperaba.

—¿Solo estás buscando a alguien que llevarte a la cama? —Intenté decirlo de la forma más neutral posible.

—¡No! —exclamó indignado, y sentí alivio. Había notado que las últimas semanas estaba yendo más al gimnasio y dejando de ser un adolescente larguirucho. Pero esperaba que no lo estuviera haciendo para cumplir una serie de requisitos—. No se trata de sexo —añadió—. Bueno, no solo de eso... Podría llegar a eso, pero así no.

—Bien, porque, aunque como hermano mayor debería decirte que te dejes guiar por tus propias experiencias, también te aconsejo que no te acuestes con nadie que no te guste.

—Ah, ¿sí? —Eli me miró divertido—. ¿Te ha pasado mucho?

—No, claro que no. Pero sé de lo que hablo.

Si fuera posible, cambiaría alguna de mis decisiones del pasado. Por supuesto, también había tenido buenas experiencias, pero nunca volvería a hacerlo así. Si podía evitar que Eli pensara en ello, habría cumplido con mi deber.

—Bueno, ahora tienes a Helena. ¿Dónde está, por cierto? Hace mucho que no la veo. —Miró a su alrededor como si la tuviera escondida en el apartamento y fuera a salir de detrás del sofá a mi señal.

—Está en una cena con su excuñada.

Helena me había contado que quería echarle un cable a Paige con su reputación y lo estaba cumpliendo. Aunque no tenía que ser fácil estar en el mismo sitio que mi madre y sus padres, lo conseguiría. A pesar de que la echaba de menos cada minuto que no estaba conmigo, me sentía orgulloso de ella por salir adelante sin el apoyo de su familia. De hecho, hacía una semana que habíamos ido al trastero con las cosas de Valerie y ya se había puesto en contacto con un abogado para hablar del testamento y lo había contratado para que llevara el caso. Tenía ganas de ver cómo acababa eso.

Mientras terminábamos los preparativos de la comida, hablé con Eli de asuntos escolares y, cuando estuvo todo listo, miré los espaguetis y me giré hacia mi hermano.

—Por cierto, tengo una cosita para ti.

Eli había cumplido los dieciséis mientras yo estaba en rehabilitación y, como no nos habíamos visto desde entonces, todavía le debía su regalo. Así que corrí a mi dormitorio y cogí el sobre que había dejado en uno de los estantes. Bajé y se lo di a mi hermano.

—Feliz cumpleaños atrasado, enano.

—No tenías por qué comprarme nada, ya lo sabes —refunfuñó en voz baja.

No le gustaba ser el centro de atención, y los regalos de cumpleaños siempre generaban una cierta expectativa. Sin embargo, estaba seguro de que este le gustaría, así que me limité a sonreír mientras abría el sobre y sacaba la tarjeta que había dentro. Tal como esperaba, mi hermano abrió los ojos de par en par y me miró.

—¿Lo dices en serio? —Ahora ya no sonaba refunfuñado, sino incrédulo y emocionado. Pero seguro que se hacía a la idea de que iba totalmente en serio.

—Pues claro —le aseguré—. Y si te estás preguntando si Trish está de acuerdo, la respuesta es sí. —Era algo que había hablado con mi madre mucho antes de que empezara la guerra fría que se interponía entre nosotros.

—Es un perro. —Eli señaló la foto de la tarjeta.

—Eso es. ¿Es que preferías un gato? —Levanté una ceja con ironía.

—No, joder, claro que no. ¿En..., en serio voy a tener un perro? —De repente, Eli pareció darse cuenta de que todo esto no era una broma ni un bonito sueño. Vi que le asomaban lágrimas a los ojos antes de hablar de nuevo—. Este es el mejor regalo que me han hecho nunca. ¡Gracias, Jess!

Cuando me rodeó el cuello con los brazos, noté lo fuertes que eran sus músculos y no se debía a que estuviera haciendo fuerza. Tal vez debía aconsejarle que no se pasara mucho con el entrenamiento.

—Pero Buddy no es un perro cualquiera —le aclaré cuando deshicimos el abrazo y señalé la foto que mostraba a un labrador negro increíblemente mono—. Es un perro de apoyo emocional que está entrenado para ayudarte con tus ataques de pánico.

—¿Existen perros para eso? No lo sabía.

Eli se quedó mirando la foto y en sus ojos reconocí algo que hacía mucho que no veía: alegría y esperanza. Se me hizo un nudo en la garganta e intenté que no se me notaran las lágrimas.

—Helena me lo dijo. —Me aclaré la garganta—. Cuando yo estaba en el hospital, estuvisteis hablando de lo mucho que te gustaban los perros, así que hizo una búsqueda y encontró al criador de Buddy en Nueva Jersey.

—¿Fue idea suya? —Eli sacudió la cabeza con incredulidad—. No entiendo por qué mamá no es capaz de llevarse bien con Helena. Es muy buena persona.

—Lo sé.

Sonreí y sentí lo mismo que siempre que pensaba en Helena, una sensación cálida y agradable en las entrañas. Me había dado miedo cruzar esa frontera con Trish, pero sabía que había hecho lo correcto. Tenía que proteger a Helena, tenía que proteger nuestra relación, porque no quería volver a vivir sin ella.

—¿Qué significa eso de apoyo emocional? —preguntó Eli—. ¿Sabe hacer trucos chulos como los perros guía?

—Es parecido a los perros guía, pero se les da otro tipo de formación. Te ayudará con su mera presencia y por tener que cuidarlo. Pero, por ejemplo, también sabe cómo encender las luces si tienes una pesadilla o avisarte para detener a tiempo un ataque de pánico. —Yo mismo había quedado impresionado cuando Helena me había contado que existían perros de apoyo para todo tipo de problemas psicológicos—. No podrá mudarse contigo hasta dentro de seis meses, porque aún está aprendiendo, pero podemos ir a visitarlo si quieres.

—Eso estaría bien. Es muy mono. —Los dedos de Eli acariciaron la foto de Buddy, como si todavía no pudiera creerlo—.

¿Y estás seguro de que mamá está de acuerdo? No quiero que me lo quite.

Mi sonrisa se desvaneció.

—Ya lo hablé con ella.

—¿Antes o después de amenazarla?

—¿Te lo ha contado ella? —De pronto me sentí muy incómodo.

—No, claro que no. Se lo estaba contando a alguien por teléfono y yo lo escuché. —Se encogió de hombros como si no fuera importante.

—Eli…

—No tienes que justificarte, Jess. —Sacudió la cabeza—. Cuando se trata de tu relación con Helena, mamá pierde los papeles, igual que le pasaba con Adam y Valerie. Estoy seguro de que no lo hubieras hecho de no ser necesario, ¿verdad?

Ahora fui yo quien sacudió la cabeza.

—Pues claro que no. Era mi último recurso en caso de que no entrara en razón. Y parece ser que eso va a ser imposible.

—Sí, eso me temo yo también —coincidió Eli. Una chispa de esperanza volvió a encenderse en sus ojos cuando miró a su futuro perro—. Pero no lo usarás para… —Se quedó callado, aunque yo ya sabía por dónde iba.

—¿Para conseguir tu custodia? —Solté aire—. No creo que eso nos compense a ninguno de los dos, Eli.

—¿Por qué no?

—Porque significaría ir a la guerra con Trish. Y ya sabes que, cuando se enfrenta a alguien, no muestra piedad. Puede que no sepa cómo demostrarlo, pero eres muy importante para ella. Si te alejo de su lado, porque así se lo tomaría, es más que posible que no solo me haga daño a mí, sino también a ti.

Y ese era el motivo por el que Thea y yo hacíamos todo lo posible por mantener oculta a Lilly. Desde fuera, podía parecer que Trish no se interesaba por su familia, pero era una percepción engañosa. Muy engañosa.

—Entiendo —respondió con una mueca, como si se hubiera esperado esa misma respuesta.

—¿Tan mal van las cosas en casa?

Estaba claro que Trish no era la mejor madre del mundo. Yo me había mudado a Nueva York justo para apoyar a Eli, pero siempre me dio la impresión de que él era capaz de soportarlo.

—Simplemente no me entiende. —Hundió la mirada a la foto que tenía en la mano—. Creo que está esperando a que llegue el día en que me levante por la mañana y ya no tenga ningún miedo, que por fin la terapia funcione y me convierta en el hijo que siempre quiso, que me convierta en él. —Estaba hablando de Adam, a quien, a ojos de Trish, ni Eli ni yo podríamos superar jamás. Adam se comportaba tal como ella quería, pero mi madre nunca había sido consciente de lo infeliz que era—. No entiende que nunca seré lo que ella quiere que sea.

—Ni tampoco es necesario. Solo tienes que ser como tú quieras ser.

—Ya —resopló—. Ojalá supiera cómo quiero ser.

Metió la foto de Buddy en la tarjeta y de nuevo en el sobre.

—Ya lo descubrirás, créeme —confirmé con una sonrisa y le di una palmadita en el hombro—. Seguramente más pronto de lo que piensas.

Justo cuando terminé de hablar, sonó el timbre de la puerta. Fruncí el ceño, ya que no esperaba a nadie, y menos a esta hora. ¿Habría terminado Helena la cena antes de tiempo? Me había dicho que quería dormir esta noche en casa de Lincoln porque sabía que llegaría tarde y que Eli tenía que levantarse temprano para ir al instituto. Pero ella habría usado su propia llave, la que le había dado hacía un par de días.

«Nunca lo averiguarás si no abres la puerta».

Así, presioné el botón de la entrada de abajo y abrí la puerta de mi apartamento. Se trataba de un mensajero que venía por el pasillo con un grueso sobre marrón entre las manos.

—¿Jessiah Coldwell?

—Sí, soy yo —dije, y firmé el recibo que me entregó. Luego recogí el sobre, me despedí y entré en el apartamento.

—¿De quién es? —preguntó Eli acercándose.

—No tengo ni idea. No tiene remitente.

Parecía un fajo de papeles y, en efecto, eso fue lo que extraje cuando abrí el sobre. En cuanto saqué el contenido, sonó mi móvil, que había dejado en la encimera de la cocina. Era un número que no tenía guardado, pero que conocía. Descolgué.

—¿Miranda?

—Jess, ¿has recibido el sobre? —preguntó en tono serio.

Así que era de ella.

—Ahora mismo. —Algo que probablemente ya sabría porque habría acordado con el mensajero que la avisara cuando lo entregara—. ¿De qué se trata?

—Es todo lo que he podido descubrir sobre la muerte de tu hermano y su prometida, más la información que me pediste sobre el caso de tu madre.

¿Por qué me lo estaba enviando todo?

—Pero ¿por qué...?

—Tengo que irme de la ciudad —siguió la explicación. De fondo escuché la megafonía de un aeropuerto—. Me temo que me he acercado demasiado a un par de personas y no me apetece acabar en la morgue tan pronto. Así que voy a desaparecer por ahora, estaré en el extranjero.

Lo había dicho con total naturalidad, pero sospechaba que era una fachada. Miranda Davis hacía tratos con algunas de las personas más peligrosas de la ciudad desde hacía décadas. ¿Quién podía ser tan poderoso como para que no solo tuviera que marcharse de Nueva York sino del país?

—¿Morgue? ¿Qué ha pasado? ¿Puedo ayudar?

—Muy amable por tu parte el ofrecimiento, pero no, no puedes. Me temo que hay que dejar pasar el tiempo.

—Pero no tiene nada que ver con Trish, ¿verdad? ¿Es ella la responsable de todo esto?

Mi madre podía ser implacable y, si había descubierto que había sido Miranda quien me había proporcionado la información necesaria para amenazarla, podría habérsele echado encima. Aun así, dudaba que mi madre amenazara de muerte a alguien, no solía llegar tan lejos.

—¿Trish? No. —Miranda soltó una carcajada seca—. Tu madre es una gata mansa en comparación con la gente de la que estamos hablando ahora. Pero ya he dicho demasiado, no quiero inmiscuirte en esto. Solo quería asegurarme de que has recibido todo lo relativo a vuestro caso. Tal vez podáis llegar a dilucidar algo con eso.

Entonces entendí lo que esto implicaba: Helena y yo ya no podíamos contar con el apoyo de Mirada para encontrar a los culpables. Lo único que teníamos ahora era un fajo de documentos y un pendrive quc acababa de caer del sobre. No sabía si sería suficiente para resolverlo por nuestra cuenta.

—De acuerdo —respondí igualmente—. Si tienes una cuenta en la que quieras recibir tus honorarios, mándame los detalles.

—Lo haré. Buena suerte, Jess.

—Lo mismo digo. Espero que todo te vaya bien.

—Sí, yo también lo espero.

Miranda colgó y me despegué el móvil de la oreja. Mi mente iba a mil por hora. Miranda era la mejor investigadora de Nueva York. ¿Cómo íbamos a resolver un crimen que tanto se habían esforzado por encubrir?

—¿Quién era? —preguntó Eli sacándome de mis pensamientos.

—Miranda Davis.

Eli sabía desde hacía mucho tiempo que su rescatadora era la encargada de investigar la muerte de nuestros hermanos. Aun así, nunca le había contado que era ella quien había encontrado pruebas sólidas de que Adam y Valerie murieron de forma violenta. No había sido capaz de hacerle cargar con eso.

—¿Y qué quería? —Tocó la cubierta del expediente y levantó la primera página—. ¿Esto es suyo?

—Sí, voy a meterlo en la caja fuerte.

Cogí la montaña de papeles y el pendrive y los llevé al pasillo. Tenía que guardar los documentos en un lugar seguro donde nadie pudiera verlos. Cuando cerré la puerta de la caja fuerte, me hundí sobre mis talones y respiré hondo.

—¿Jess? ¿Hay algún problema? —Eli sonaba alarmado.

«Sí, joder, tenemos un problema de los gordos».

Y no tenía ni idea de cómo solucionarlo.

# 28

# Helena

Me asomé a la ventana por quinta vez en los últimos veinte minutos y miré la calle. No había nadie a la vista, ni un taxi ni ningún coche oscuro. Solo eran las ocho menos diez, pero me habría gustado que ya hubieran llegado.

—¿Y estás seguro de que es una buena idea?

Me di la vuelta y observé a Jess, que estaba en la cocina preparando algún tipo de aperitivo, como si fuéramos a dar una fiesta en vez de una reunión conspiradora. Aun así, sabía que eso le calmaba, así que no hice nada por detenerlo.

—Es lo único que se me ocurre. Necesitamos ayuda con el caso, tú misma lo dijiste.

—Sí, pero me refería a ayuda profesional. Archie, o tal vez alguien que sepa más sobre el tema, no… —Me quedé callada, no serviría para nada. Ya habíamos dado el paso. Ahora la decisión estaba en manos de las cuatro personas que iban a entrar por la puerta, no en las nuestras.

Jess alzó la vista.

—Archie puede ayudar, pero ahora necesitamos a gente que pueda hacer preguntas sin que nadie sepa exactamente qué está pasando.

Suspiré.

—Lo sé, pero no me parece bien involucrarlos en esto.

—Bueno, en realidad lo hiciste hace mucho tiempo. Al menos en parte. —Jess levantó una ceja y dejó los dos platos de aperitivos en la mesa del comedor—. Hasta donde yo recuerdo, Malia me sacó de casa con una mala excusa sobre mi coche para que tú pudieras robarme la libreta de Adam.

Mascullé algo ininteligible, porque en el fondo tenía razón. Malia me había ayudado con el caso mucho antes de que Jess se subiera al carro.

—Vale, pero no es el caso de mi hermano, de Simon o de Thaz.

—Tu hermano lleva semanas ofreciéndote su ayuda siempre que puede. Simon fue el que te contó lo de la libreta y además estuvo en la fiesta. Y Thaz…, bueno, no puede resistirse a los desafíos. Además, no vamos a obligarles a hacer nada. Solo queremos que nos den información que pueden conseguir con más facilidad que nosotros. Ninguno estará en primera línea de fuego.

Asentí, pero en mi mente seguía pensando en Thaz. Mi mayor preocupación era involucrar al amigo de Jess. Pedirle ayuda a Malia, Simon y Lincoln tenía sentido, pero a Thaz solo lo había visto unas cuantas veces y no me había dado la impresión de que se tomara nada en serio. Aun así, Jess confiaba en él, así que no me quedaba más que hacerlo yo también. Porque lo único cierto es que necesitábamos ayuda.

Después de que Miranda huyera del país, Jess me llamó y, a la mañana siguiente, cuando Eli se fue al instituto, fui directa a su casa. Juntos leímos el informe de Miranda para hacernos una idea del conjunto, pero no tardamos en darnos cuenta de que no sabríamos distinguir lo importante en tanta cantidad de información. Además, gran parte giraba en torno a los negocios de Trish y mis padres, una jerga comercial que apenas entendía. Jess tenía algo más de idea gracias a su trabajo con los restaurantes, pero tuvimos que admitir que la compra y venta de inmuebles en Nueva York era un asunto de lo más complejo. De ahí que Lincoln fuera el primer cómplice que me vino a la mente y, poco después, surgió la idea de encontrar más gente de confianza. Simon, porque había estado en el lugar de los hechos; Malia, para los asuntos oficiales; y Thaz, porque tenía muchos contactos en la élite joven de Nueva York. Y aquí estábamos, dando pie a una misión que jamás me habría imaginado cuando volví a Nueva York.

—¿Estás bien?

Jess se acercó y me acarició la espalda. Durante un segundo, disfruté de tenerlo tan cerca. Aún no me había acostumbrado del todo a poder estar juntos; me despertaba cada mañana con miedo de que algo pudiera separarnos. Por eso me parecía aún más importante apreciar estos momentos, cuando era consciente de que el cielo todavía no se había derrumbado sobre nuestras cabezas.

—Lo estaré —asentí, e intenté controlar los nervios.

Para mí era algo importante. Incluir a Jess en el caso había sido una decisión obvia… y tampoco me había dejado elección. Pero lo de ahora… era algo más gordo. Y ambos lo sabíamos. Nadie sabía cómo iba a acabar esta investigación, o si llegaríamos a resolver el asesinato de Adam y Valerie. Aunque me había prometido a mí misma hacía años que aclararía este asunto, no estaba dispuesta a arriesgar la vida de ninguno de los que estarían aquí presentes esta noche.

Sonó el timbre y acudí a la puerta. Mi hermano fue el primero en llegar, seguido poco después de Thaz, luego Simon y, finalmente, Malia. Se conocían de pasada, así que hicimos unas presentaciones rápidas antes de sentarnos.

—Vale, ¿qué pasa? —Thaz cogió un palito de mozzarella y se lo metió entero en la boca—. ¿Estáis pensando en casaros o algo así? —Era evidente que no notaba la tensión que flotaba en el ambiente.

—No —me apresuré a decir, ya que Malia y Lincoln me estaban mirando con la boca abierta—. Claro que no.

—Al menos, por ahora —añadió Jess. Intercambiamos una mirada de reojo y sonreí. Entonces recordé por qué estábamos todos aquí.

—En primer lugar, es importante que nada de lo que hablemos aquí salga de este salón.

—Parece serio —comentó Simon, que le lanzó una mirada a Jess—. Pero sin problema, mantendré la boca cerrada.

El resto asintió también, así que decidí ir al grano.

—Se trata de la muerte de Adam y Valerie. Algunos de vosotros ya sabéis que las circunstancias no fueron como nos habían dicho.

Thaz frunció el ceño.

—¿Qué quieres decir con eso?

Quise responder, las palabras vinieron a mi mente, pero no llegaron a mis labios. Jess intervino.

—Hay pruebas de que ambos fueron… asesinados. Pruebas contundentes.

Tocó el grueso expediente de Miranda que tenía delante.

—¡¿Qué?! ¿Asesinados? ¿Estás hablando en serio?

Thaz miró a Jess totalmente estupefacto, se había puesto pálido. Simon parecía horrorizado, pero de otra forma, como si estuviera menos sorprendido que Balthazar.

—¿Quién fue? —se limitó a preguntar.

—No lo sabemos. —Jess apartó la mano de los documentos.

—¿No hay ninguna pista? ¿Ningún sospechoso? —Thaz todavía estaba fuera de sí—. ¿De dónde habéis sacado esa información?

Jess respiró hondo.

—Helena estuvo investigando el caso por su cuenta cuando llegó a Nueva York, con ayuda de Malia. Cuando encontramos una pista que indicaba que algo no cuadraba, contraté una investigadora para que se hiciera cargo del caso. Sin embargo, hace un par de días tuvo que huir de la ciudad. —Lo decía como tal cosa, pero supe que ardía de rabia—. Antes de eso, había descubierto que el informe de la autopsia era falso. En el original aparecían marcas en el cuello que se corresponden con las realizadas por un arma.

Malia y Lincoln, que ya lo sabían, no necesitaron tiempo para asimilar esta información. Thaz y Simon, en cambio, todavía tenían que procesar lo que esto implicaba. Entendía por lo que estaban pasando. Ni siquiera hoy terminaba de aceptar que mi hermana hubiera tenido que tomar cocaína adulterada a punta de pistola, porque, si me ponía en su lugar, en lo que debía de haber sentido, el miedo que habría pasado, me derrumbaría por completo.

—No lo puedo creer. —Thaz se puso en pie y se dirigió a la cocina, donde abrió sin dudar uno de los armarios y sacó una botella de vodka. Luego volvió a la mesa, se sirvió un vaso y le dio dos tragos—. ¿Alguien quiere?

Todo el mundo hizo un gesto negativo. Por mucho que me tentara aliviar un poco la tensión, debía tener la cabeza despejada. Simon miró sombrío al frente.

—Si la investigadora se ha marchado, ¿cómo vais a encontrar a los culpables?

—Por eso os hemos pedido que vengáis. —Junté las manos sobre la mesa—. Jess y yo nos planteamos contratar a otro profesional, pero lo cierto es que no conocemos a nadie en quien confiemos ciegamente. Además, nos preocupa asustar a la gente interrogada y que perdamos la oportunidad de encontrar a los culpables.

La expresión de Malia, sentada frente a mí, se ensombreció.

—Supongo que harían todo lo posible por encubrirlo y ahora se sienten seguros. —Se lo tomaba como algo personal, me había dado cuenta cuando se lo conté todo en enero. Era entendible, ya que la policía de Nueva York no tenía ni idea de la conspiración o de que alguien estuviera involucrado y hubiera recibido algún soborno. Sea como fuere, no era una buena imagen para la institución a la que Malia servía.

—¿Queréis decir que vais a resolverlo vosotros mismos? —Lincoln, que había permanecido en silencio todo este tiempo, me observaba ahora preocupado. No le había contado nada de este asunto.

—Con vuestra ayuda —confirmé, mirando a todos los que estaban sentados a la mesa—. Cada uno de vosotros puede aportar algo que nos ayude con el caso. Aun así, soy consciente de que es un marrón y me siento fatal por tener que pedíroslo.

—Tú y yo —añadió Jess, que me cogió de la mano ante la vista de todos—. No tenemos ni idea de lo peligrosa que puede ser esta gente. Tampoco sabemos quiénes son ni por qué lo hicieron. Pero teniendo en cuenta que no se andan con chiquitas, intuyo que no será nada fácil.

—Me importa un carajo, cuenta conmigo —dijo Thaz rápidamente—. Si de verdad los asesinaron a los dos..., entonces tenemos que descubrir a los responsables y atrapar a esos hijos de puta.

—Contad conmigo también —se ofrecieron Malia y Lincoln al mismo tiempo. Me descubrí a mí misma sonriendo al ver que no habían tardado ni dos segundos en aceptarlo.

—¿Qué puedo hacer? —preguntó Simon en su habitual tono calmado, dando también su consentimiento—. Supongo que habéis pensado para qué estamos aquí.

—En primer lugar, porque confiamos en vosotros. —Intercambié una mirada con Jess y seguí hablando—. Pero también porque cada uno de vosotros tiene acceso a ciertas personas o información única. Lincoln, tú sabes cómo funciona el negocio de las inmobiliarias. Malia, tú trabajas para la policía, así que eres la fuente de todos los documentos oficiales.

—Sí, lo sería si no me tuvieran castigada —dijo con una mueca de disgusto—. Mi capitán me está vigilando de cerca por si vuelvo a investigar el caso.

Jess le dirigió una mirada.

—Eso es posible que podamos cambiarlo. Conozco al capitán de la comisaría decimoséptima, era amigo de mi padre. —No mencionó que Garrick White le había ayudado a descubrir mi investigación con Malia—. Si quieres, podemos pedir el traslado. Siempre necesitan gente. No le he confiado a Garry la verdad del caso, pero estoy seguro de que no dirá nada si quieres sacar información.

Malia no tuvo que pensárselo mucho, solo asintió.

—Me vendría bien. En mi comisaría, todo el mundo piensa que solo me interesa el puesto de investigador. Desde que supieron que el capitán me echó la bronca, creen que soy demasiado entusiasta.

—Bien, entonces mañana mismo lo llamo. —Jess sonrió—. Siempre y cuando prometas que no volverás a sacar de su casa a ningún ciudadano inocente.

Me reí, Malia se ruborizó y el resto de los presentes se miraron perplejos.

—Es una broma —aclaré—, aunque fue todo culpa mía.

—Bueno, yo estuve de acuerdo —admitió Malia—. Lo siento, Jess.

—No pasa nada.

—Vale. —Thaz miró a su alrededor—. Ya está claro qué hará la mitad de la mesa. ¿Qué necesitáis de mí? ¿Mis encantos? ¿Mi perspicacia?

—Tu humildad —contravino Jess en tono seco, y todo el mundo se rio—. No, en serio, estás bien posicionado en la ciudad. Tienes amigos hasta en los rincones más recónditos de la alta sociedad, donde no tenemos acceso los demás. Si puedes mantener los oídos abiertos, nos sería de gran ayuda.

Thaz inclinó la cabeza con lentitud.

—Sin problema, pero que conste que mis encantos y mi perspicacia también están disponibles si os hacen falta.

Sonreí de lado.

—Te avisaremos si es necesario.

—Entonces solo quedo yo. —Simon encogió sus amplios hombros—. Sinceramente, no sé muy bien qué puedo aportar. Hace mucho tiempo que conté todo lo que vi aquella noche, y no tengo contactos en la élite, ni en la policía ni en el mundo inmobiliario.

Jess se inclinó hacia delante.

—Es cierto, pero, por un lado, gracias a tus conocimientos sobre la fiesta de compromiso, Helena pudo dar pie a la investigación y, por otro, en tu gimnasio entrena gente de todos los estratos sociales.

—Además —continué con cautela—, recordé que me contaste que te ofrecieron dinero por hablar mal de Valerie.

—Y lo rechacé, como ya sabes.

—Sí, claro. Lo que queremos averiguar es quién estaba detrás de eso. —Abrí el informe y busqué una de las notas que habíamos dejado cuando lo revisamos la primera vez. Cuando la encontré, saqué un par de hojas—. Miranda Davis revisó los extractos bancarios de todos los asistentes a la fiesta y descubrió que la mayoría de ellos habían recibido una transferencia aquella noche que oscilaba entre cinco y quince mil dólares. Todas ellas provenían de un hombre llamado James Miller, que viene siendo un solucionaproblemas. —Era la típica persona que se contrataba cuando alguien no quería ensuciarse las manos. Cogí una foto en blanco y negro de calidad mediocre que Miranda nos había dado y se la enseñé a Simon—. ¿Lo conoces?

Miró la foto de cerca.

—Sí, es él. Fue el que vino a Tough Rock y me dejó un fajo de billetes encima de la mesa. No sé de cuánto sería. Me dijo que podía quedármelo si daba un par de entrevistas diciendo que siempre había tenido la impresión de que las drogas formaban parte de la vida de Valerie.

Apreté la mano en un puño al oírlo. Jess frunció el ceño.

—¿Te dijo quién lo mandaba?

—No, solo me dijo que venía en nombre de un cliente, pero no añadió más información. Y, como no pensaba quedarme el dinero, no me importaba. Supuse que tu madre estaría detrás de todo.

Y no solo él. Yo también había estado convencida de que Trish se había encargado de que todos confirmaran su historia. Pero cuando revisamos los documentos y encontramos a Miller, Jess pensó lo contrario.

—Sorprendentemente, no lo creo. —Jess sacudió la cabeza—. Trish tiene su propio soluciona-problemas, Rodney McVeil. Es el que se encarga de este tipo de cosas. Pero de este tío no he oído hablar nunca.

Me encogí de hombros y repetí lo que le había dicho hacía unas horas.

—Tal vez es posible que Trish no quisiera que se relacionara con ella. Si lleva tantos años trabajando con McVeil, todo el mundo sabrá de esa conexión.

—Trish confía en él y es un trabajador muy discreto, así no se le puede culpar de nada. No tendría sentido que contratara a alguien desconocido.

—Eso significa… —Lincoln lo miró—. ¿Crees que alguien aprovechó la aversión de Trish por Valerie para encubrir el crimen? ¿Y por eso querían hacerlo ver como que nuestra hermana tenía la culpa de que ambos estuvieran muertos?

Jess respiró hondo.

—Esa es mi teoría, sí. O simplemente es lo que quiero creer para pensar que tenemos algo por donde seguir.

—Bueno, por lo que parece, Miranda estaba siguiendo más de un hilo —dijo mi hermano señalando el montón de papeles—. Y era de la vieja escuela.

—Si lo guardas en formato digital, pueden jaquearte —comentó Thaz—. Consejo de los servicios secretos. ¿Habéis leído todo esto?

Negué en silencio. Miranda había reunido muchísimo material, pero no habíamos tenido tiempo de estudiarlo.

—Bueno, pues empecemos, ¿no? —Lincoln cogió algo de comer y una servilleta, siempre tan bien educado.

Sonreí al darme cuenta de que no cabía duda de que íbamos a revisar el informe todos juntos, y ensanché la sonrisa algo más cuando miré a Jess. «Lo conseguiremos», le dije con la mirada, y él respondió de la misma forma. Luego me levanté y empecé a repartir documentos.

# 29

# Jessiah

Unas horas más tarde ya era casi medianoche, y habíamos conseguido entre todos revisar y ordenar lo que había averiguado Miranda. La mayor parte recayó en Lincoln, ya que, como sospechábamos, trataba sobre los negocios de Trish y los Weston. Malia se encargaría de identificar a los posibles sospechosos del encubrimiento. Y Thaz y Simon preguntarían por ahí. Todo apuntaba a que nuestro próximo paso era encontrar a ese tal Miller para saber por encargo de quién había ofrecido esos sobornos. No era mucho, pero nos serviría de pista. Y estaba contento de que todos se hubieran ofrecido a ayudar, a pesar de que me preocupaba lo que pudiéramos encontrar.

Quise tomar un poco el aire fresco y salí a la terraza. Lincoln y Malia ya se habían marchado; tenían que trabajar temprano al día siguiente. Así que había pocas opciones cuando oí unos pasos por la escalera, pero me sorprendió ver a Simon.

—Este sitio siempre ha sido especial —comentó al ver la terraza y las vistas del Village, de la ciudad y el río.

—Sí, aquí arriba uno casi es capaz de olvidarse de que está en Nueva York —repliqué con media sonrisa.

—Cierto. Cualquiera diría que estamos cerca de Nueva Jersey. —Simon señaló los rascacielos en la otra orilla del Hudson y ambos nos reímos. Luego su gesto se tornó serio—. Quería hablar contigo de una cosa. Helena mencionó lo de la desintoxicación de Adam cuando hablaba de la droga adulterada. Dijo que tú no tenías ni idea de que había sido drogadicto.

Lo miré fijamente.

—¿Estás diciéndome que tú sí que lo sabías?

Simon asintió.

—Habló conmigo cuando el asunto con las pastillas se le fue de las manos para pedirme consejo. Si debía intentarlo por su cuenta o si era mejor recibir ayuda profesional. Sin duda porque sabía que yo también había estado metido en las drogas cuando era joven. Yo le dije que buscara ayuda, porque así sería mucho más fácil.

—Gracias —expresé—, por darle el consejo de que fuera a una clínica. Estoy seguro de que hizo lo correcto.

—Sí, es posible, aunque fue complicado mantenerlo en secreto. Ni siquiera tu madre sabía por qué había desaparecido esas semanas. Creía que estaba de retiro en algún sitio.

Me dolió que mi hermano no confiara lo suficiente en nadie de su familia como para decir la verdad. Evidentemente, yo estaba muy lejos, pero, aun así, nos llamábamos por Skype con frecuencia. Y, sin embargo, no tenía ni idea de todo esto, ni de la desintoxicación ni de Lilly. A veces me preguntaba si había hecho algo para darle la sensación de que no podía hablar conmigo cuando lo necesitaba. Por muy doloroso que fuera, tenía que admitir que él siempre había estado apoyándome, pero yo a él no.

—No te machaques por eso —dijo Simon en su tono grave. Se colocó a mi lado en la barandilla—. Adam no solía cargar a otras personas con sus problemas. No era ese tipo de persona.

—Es posible, pero yo era su hermano. Debería haberme dado cuenta de que algo no iba bien. Tú lo habrías sabido de Demi.

—Sí, pero Demi y yo somos un equipo desde que éramos niños, porque no teníamos a nadie más. Que alguien sea de tu familia no garantiza que haya una confianza automática. Adam y tú ni siquiera crecisteis juntos, vuestra familia estuvo separada la mayor parte de vuestra infancia. A pesar de eso, teníais muy buena relación.

Solté aire.

—Puede que tengas razón. Aun así, me habría gustado estar más atento y haberme dado cuenta de más cosas.

—Lo entiendo. Pero que muriera no tiene nada que ver con eso, ni con que pasara por desintoxicación. Adam era así, con sus problemas y defectos. No habría querido que tú te sintieras así.

—Argumento irrebatible —resoplé medio en broma.

—De nada —sonrió Simon.

Nos quedamos callados un instante, hasta que recordé algo.

—No te vi muy sorprendido cuando dijimos que los dos habían sido asesinados. ¿Ya lo sospechabas?

Juntó una mano sobre la otra y miró a la lejanía en dirección al Hudson.

—No lo sospechaba, pero sí que me lo temía. Hace ya tiempo que dejé de ver la lógica de este asunto. Durante mucho tiempo, pensé que Valerie era la culpable. No la conocía mucho y era posible que fuese como todo el mundo decía: una egocéntrica que solo iba de fiesta en fiesta.

Asentí, pues yo había pensado lo mismo.

—Pero, entonces —siguió Simon—, se presentó su hermana en mi despacho y me preguntó qué había visto aquella noche. Helena estaba tan convencida de que Valerie no era culpable que empecé a replantearme mi opinión.

Solté una carcajada, aunque el tema no fuera de risa.

—Sí, es persuasiva, ¿eh?

—La verdad es que sí —confirmó Simon—. Y si no culpaba a Valerie y sabía que Adam no tomaba drogas bajo ningún concepto, entonces solo quedaba...

—Que fuera un crimen —terminé la frase—. Pero no tengo ni idea de cómo encontrar a los responsables. Y no me refiero al tío que te ofreció dinero o a esos que estuvieron en aquella habitación de hotel. Hablo de los que pensaron que debían matarlos para proteger sus intereses.

Simon me miró.

—¿Crees que es cosa de Trish? ¿Que está relacionado con ella?

—¿Acaso no es siempre cosa de Trish? —mascullé. No había vuelto a hablar con ella desde que le dije que sabía lo que había ocurrido con la muerte de aquel trabajador. Todavía me repugnaba haber tenido que usar esos medios para proteger mi relación con Helena.

—¿Entiendo que os sigue dando problemas? —preguntó Simon en tono lúgubre.

—De momento, no —respondí en el mismo tono—. Tengo algo en la manga para mantenerla a raya. Pero mientras no sepamos quién mató a Valerie y a Adam, Trish no dejará de pensar que a nosotros podría sucedernos lo mismo, por muy descabellado que sea. Y hasta entonces, no nos dejará en paz de verdad.

—¿Y tú estás seguro de que merece la pena? —Sonaba tranquilo, no desafiante.

—Sí —contesté sin duda—. La relación que tengo con Helena lo merece todo.

—¿También quedarte en Nueva York para siempre? —Simon empleó un tono más irónico esta vez. Había descargado en él mi ira hacia la ciudad en más de una ocasión, así que era justo. Me encogí de hombros.

—Ya veremos. Helena quiere estudiar aquí, y mudarme no es una opción de momento. Ya sabes, por Eli.

El perro era un paso en la buena dirección y ayudaría a mi hermano con sus ataques de pánico, pero eso no significaba que no fuera a necesitarme.

—Me pregunto si no le vendría bien venir al gimnasio. —Simon me miró—. Ya tiene dieciséis años, ¿no? Es la edad mínima. Tenemos socios que usan las artes marciales para controlar mejor sus miedos.

—Es una buena idea —coincidí—. Si le puede ayudar, merece la pena intentarlo.

Aunque seguramente Trish se opondría. Le había molestado que enseñara a Eli a surfear el verano pasado. Pero tal vez no tenía por qué enterarse. Al fin y al cabo, así era cómo lidiaba con ella en el pasado.

Simon se frotó las manos frías.

—¿Y qué me dices de ti?

—¿Qué pasa conmigo? —repliqué con mirada sorprendida.

—Bueno, ¿qué harás todo ese tiempo aquí?

Se me escapó un bufido molesto.

—Thaz te ha dado la brasa con el restaurante, ¿no?

Simon se rio.

—No, la verdad es que no, al menos, últimamente. Se me ha venido a la mente porque una vez hablé con Adam sobre objetivos y deseos…, sobre sueños de futuro. Me dijo que a ti se te daba mejor perseguir tus sueños.

—Creo que he perdido ese talento.

Pensé en las vacaciones con Helena en Australia, en mi conversación con Paul y en cómo me había sentido al ver el hostal. Me había dicho a mí mismo que no querría volver allí ni aunque pudiera. Era cierto, pero entonces ¿cuál era mi objetivo además de resolver el asesinato de Adam y Valerie y estar con Helena? ¿Cuál era mi sueño? ¿Una vida lejos de Nueva York? Sin embargo, si Helena decidía quedarse aquí, no podía mudarme a miles de kilómetros de distancia. No había tenido oportunidad de pensar en ello; habían sucedido demasiadas cosas entre lo de Trish e intentar esclarecer la muerte de Adam. Pero todo lo que soñaba hacía cuatro años ya no me parecía correcto. Necesitaba otra cosa. Un sueño nuevo.

O uno viejo.

# 30
# Jessiah

La conversación con Simon todavía me reverberaba en la cabeza cuando volví a casa después de una de mis reuniones, hasta tal punto que no fui capaz de concentrarme en el concepto gastronómico para el club de Delilah. No se debía solo a lo mucho que me ocupaba mentalmente nuestra misión, sino también a que me había hablado de Adam, a eso de que él pensaba que a mí se me daba mejor perseguir mis sueños. Desde Australia, ya venía replanteándome que debía atreverme a hacer algo, así que quizá había llegado el momento de hablar con Helena al respecto.

Estaba sentada a la mesa con un puñado de papeles de Miranda y su portátil, y se me ensanchó el pecho cuando levantó la mirada y una sonrisa resplandeciente le cruzó el rostro.

—Cariño, ya estoy en casa —bromeé tratando de ocultar mi vergüenza.

—Y puntual —replicó ella en el mismo tono. Se levantó y vino hacia mí. La rodeé con un brazo y le di un beso suave como saludo.

—Hola —susurré.

—Hola a ti también —contestó con una sonrisa—. ¿Cómo ha ido la reunión con Delilah?

—Muy bien. Podrá abrir en la fecha que planeamos.

Helena me observó con atención.

—Entonces ¿en qué estás pensando? —Me pasó los dedos por la frente, donde seguramente había un par de arrugas—. ¿Es por el caso?

—Sí, eso también, pero ahora mismo tengo otra cosa en la cabeza.

—¿Quieres hablar del tema?

Cuando asentí sin dudarlo, me llevó al sofá, cruzó las piernas y me miró.

—Desembucha.

Me senté enfrente.

—Si te soy sincero..., me estoy planteando llamar a Mike y preguntarle si aún sigue teniendo el Harper's —solté sin rodeos. No se me daba bien andarme por las ramas.

Helena se me quedó mirando más que atónita.

—¿Lo dices en serio? Pero dijiste que no querías montar aquí un negocio y... —Se guardó el resto de la frase para sí, pero noté la esperanza en su voz y supe por qué: nadie deseaba más que ella que me reconciliase con Nueva York.

—Lo sé. Lo llevo rumiando desde Australia y se me han agotado las excusas: que si no quiero decidir nada hasta que no aclaremos la muerte de Adam y Valerie, que si ya habrá tiempo de encontrar un nuevo sueño, un nuevo objetivo, que si no tengo por qué apresurarme...

Helena me miró con expresión seria.

—Sabes que me mudaría contigo adonde fuera si no puedes encontrar la forma de estar cómodo aquí. Cuando Eli ya no te necesite.

—Sí, lo sé —repuse con una sonrisa—. Y precisamente por eso te debo al menos un último intento de reconciliarme con la ciudad, o, al menos, de enterrar el hacha de guerra.

La mirada de Helena se volvió más suave y frunció los labios al asentir.

—Significa mucho para mí, Jess, pero no quiero que lo hagas por eso.

—No lo hago por eso, o no solo por eso —expliqué sonriendo. Me acerqué y le acaricié la mejilla—. Más que nada lo hago por mí, y por nosotros.

Pensaba defender nuestro futuro hasta el último aliento y, por ello, debía pelear todas las fronteras, no solo contra mi madre o contra los asesinatos de nuestros hermanos. También mis propios límites, que no me dejaban avanzar. Las cosas habían cambiado, había llegado el momento de aceptarlo.

—Bueno, entonces solo me queda una pregunta —dijo Helena con socarronería.

—¿Cuál?

—¿Qué estamos haciendo todavía aquí?

El corazón me latió con fuerza mientras caminaba hacia la puerta, y una parte de mí me instó a regresar, no solo por la reunión que estaba a punto de tener, sino, sobre todo, porque había estado a punto de morir la última vez que miré a través de estos ventanales.

Aun así, entré, con el pulso acelerado y la respiración contenida. La sala vacía de suelos oscuros estaba un poco en penumbra; en el exterior reinaba el tiempo típico de marzo: frío y gris. Al menos no estaba lloviendo, me dije a mí mismo con un deje de optimismo fingido. La tregua entre Nueva York y yo avanzaba a pasitos lentos, pero tal vez esto de aquí me ayudara.

—Jess. —Mick Harper salió de la cocina, y las puertas batientes emitieron su sonido característico a su paso—. Creo que nunca me había sorprendido tanto de que me llamaras.

Sonreí levemente.

—Lo entiendo, Mick, perdona tanta idea y venida.

—No pasa nada. Cuando tu madre se presentó en mi puerta, pensé que me había muerto y había llegado al infierno, pero al final no fue para tanto. —Sonrió de lado—. Te ofrecería algo de beber, pero, salvo las cosas pesadas de la oficina, ya no queda nada. Lo vaciamos todo en diciembre.

—Sí, lo sé. Pasé por aquí en Nochebuena y… me asomé por el ventanal.

Las imágenes se sucedieron de forma rápida por mi cabeza, pero conseguí desdeñarlas. Había sobrevivido y habían apresado a los culpables. No debería seguir afectándome.

—Siento mucho lo que te ocurrió —dijo Mick y negó con la cabeza—. Ese Markham, con todo su resentimiento… Siempre fue un gilipollas, pero nunca pensé que sería capaz de llegar tan lejos.

—«Uno solo puede mirar a la gente a la cara», solía decir mi padre. —Esbocé una sonrisa—. «Pero nunca ve lo que hay detrás».

—Muy cierto. —Mick sacudió la cabeza como si quisiera deshacerse de sus pensamientos sobre Markham—. Bueno, chico, ¿te has decidido ya a montar tu propio restaurante? Creo que va siendo hora. Si lo sigo postergando, Elaine se irá de viaje por el mundo ella sola.

—¿Postergando? —Fruncí el ceño—. Entonces ¿significa que…?

—Te he estado esperando, sí —admitió—. Tenía esperanza, y hasta llegué a rezar, con la edad se pone uno más sentimental. Sabía que querías el local, pero que te daba demasiado miedo. Y a veces se necesita un tiempo para disipar los temores.

—Vaya, eres aún más sabio que mi padre —bromeé solo para ocultar lo conmovido que estaba.

—Como se entere tu padre, vendrá como un fantasma a perseguirte. —Mick sonó contento mientras sacaba una carpeta de un maletín que había sobre la barra—. Tengo aquí toda la documentación, para que puedas llevártela a casa para leerla tranquilamente o para que le eche un vistazo un abogado. Pero supongo que sabes que no pretendo estafarte.

Cogí la carpeta y la abrí.

—Podemos dejarlo todo listo ya. —Por algún motivo, no quería esperar más ahora que por fin había tomado una decisión—. Ya hemos tardado bastante y no quiero poner a prueba la paciencia de Elaine.

—¿Qué es lo que te ha hecho decidirte? —preguntó Mick con curiosidad—. ¿Que te dispararan? Hay muchas personas que se lo replantean todo cuando se dan cuenta de que son mortales. A mí me cambió mucho el infarto que sufrí hace cinco años.

—No, no fue eso, o no directamente —negué con la cabeza—. Más bien fue darme cuenta de que la vida es demasiado corta como para dejarla en segundo plano durante unos años, sobre todo ahora que tengo motivos para quedarme en Nueva York.

—Parece que tú también eres más sabio que tu padre. —Mick rio y yo le correspondí, pero noté que me miraba con atención—. Cuando nos vimos la última vez, te conté mi historia con Elaine, ¿verdad? Y tú me dijiste que era imposible que tú tuvieras un final feliz. ¿Es posible que haya cambiado eso?

Incliné ligeramente la cabeza y sonreí con complicidad.

—Es posible.

—Pues me alegro mucho, chico. —Me dio un apretón en el hombro—. El amor es lo más importante en la vida. Y comer, por supuesto. Con la edad, las prioridades van cambiando.

Con una sonrisa, acepté su bolígrafo caro y abrí la última página del contrato de compraventa. Había una nota en forma de flecha pegada en el lugar indicado, y firmé sin dudarlo. Entonces asimilé el momento y me di cuenta de que no había amargura ni miedos en mi decisión. Tal vez llegase el día en el que me marcharía de Nueva York y dejaría atrás el restaurante, pero, mientras tanto, aprovecharía el momento.

# 31

# Helena

En cuanto oí los pasos al otro lado de la puerta del apartamento, salté de la cama y corrí escaleras abajo. Justo cuando llegué al último escalón, Jess entró. No conseguí interpretar su rostro, lo cual era extraño, pues normalmente se leía como un libro abierto.

—¿Y bien? —pregunté con impaciencia—. ¿Cómo ha ido?

Jess se quitó la chaqueta y se encogió de hombros. Parecía algo insatisfecho, y mi humor se fue al garete. ¿Habría vendido el restaurante Mick Harper a otra persona? No había mencionado nada al quedar con Jess, pero había aceptado reunirse con él. Yo lo había tomado como una buena señal de que el restaurante seguía disponible, pero puede que fuera demasiado tarde.

Justo cuando estaba a punto de decir algo como «Lo siento mucho» y «Ya encontraremos algo que encaje», la expresión de Jess cambió de súbito. Una sonrisa se dibujó en su rostro inexpresivo y sacó el contrato del bolsillo trasero de sus pantalones.

—¡Es mío!

—¿Cómo me torturas así? —me quejé indignada, pero entonces me rodeó con los brazos y se me olvidaron las ganas de pegarle.

—Lo siento —se disculpó mientras me abrazaba—. Era demasiado tentador.

Me aparté y consideré por un instante castigarlo por ello, pero parecía tan feliz que no tuve corazón para hacerlo.

—¿Ya lo habéis solucionado todo? —pregunté señalando el contrato que Jess acababa de tirar sobre el sofá—. ¿Así de sencillo?

—Es que Mick me ha puesto las cosas muy fáciles. Sospecho que tenía toda la documentación en un cajón desde que hablamos el año pasado. Me ha dicho que siempre supo que algún día iría a verle.

Me reí.

—O te conoce muy bien o muy poco.

—Creo que sabe que soy el hijo de mi padre y que, al final, no sería capaz de resistirme a una oferta tan buena.

Jess ensanchó su sonrisa y me alegré mucho de que hubiera tomado esta decisión. Tal vez el restaurante no conseguiría reconciliarlo del todo con Nueva York, pero sin duda le haría su estancia más llevadera. Y en un par de años revisaríamos el tema.

—Qué maravilla. ¿Cuándo se lo vas a decir a Balthazar? —Jess no había querido contarle nada a su amigo hasta que no estuviera seguro de que Mick quería venderle el restaurante.

—Hemos quedado mañana por la noche en el Bella Ciao, así que se lo diré entonces. Debería contratar a alguien para que le saque una foto cuando llegue el momento. Podría burlarme con ella durante años.

Sacudí la cabeza entre risas y estuve a punto de decirle que me encantaría estar presente, pero no era posible. Todavía no nos habíamos dejado ver en público, ni una vez desde que habíamos vuelto de Australia hacía dos semanas. Después de todo lo que estábamos pasando, no era lo más importante (además, me sentía infinitamente agradecida de que pudiéramos vernos, tocarnos y estar cerca el uno del otro siempre que quisiéramos), pero una parte de mí deseaba poder estar juntos al aire libre, mostrárselo a todos. Pero también me daba miedo.

—¿Todo bien? —preguntó Jess con mirada atenta.

—Sí —asentí, pero no me callé lo que estaba pensando—. Simplemente estaba pensando que a mí también me gustaría ir a cenar contigo. Soy una tonta, lo sé.

—Sabes que podemos hacerlo. —Me acarició la mejilla—. Si quieres, puedes venir mañana conmigo. Estoy seguro de que a Thaz no le importará.

Eso me recordó que, en realidad, yo era la que más miedo tenía a que la ciudad se enterara de nuestra relación, a hacer público que estábamos juntos y a escuchar toda la habladuría que vendría después. Las especulaciones, la comidilla de que estábamos siguiendo los mismos pasos que nuestros hermanos. Literalmente me los imaginaba susurrando que solo lo hacíamos para superar nuestro dolor y que nunca funcionaría. Y, por supuesto, estaban mis padres y Trish, que sabían que hablábamos en serio. Era algo que no debería molestarme, al fin y al cabo, había sido yo la que había decidido de forma consciente que no quería pertenecer a la élite a toda costa. Pero, aun así, me daba miedo que cambiara algo entre Jess y yo. Nuestros sentimientos siempre habían existido en secreto, donde estaban a salvo y bien protegidos y, aunque creía ciegamente en nosotros, sacarlos a la luz era un paso más importante del que quería admitirme a mí misma.

—No —desdeñé mis pensamientos y sonreí con suavidad—. Lo del restaurante es cosa vuestra, yo solo sería un estorbo.

—¿Ese es el único motivo? —preguntó Jess.

—Claro que no. —Esbocé una sonrisa—. Pero creo que es mejor no provocar a tu madre sin necesidad.

Trish seguía siendo un hueso duro de roer después de que Jess la amenazara con la muerte del trabajador. Por el momento, no había hecho nada para hacerme daño a mí o mi familia, así que parecía que la estratagema había funcionado. Pero no sería Trish Coldwell si permaneciese así para siempre. Seguía convencida de que Adam y Valerie habían muerto porque estaban enamorados el uno del otro. No nos dejaría en paz hasta que le demostráramos lo contrario.

—Sí, lo sé. —Jess me dio un beso—. Pero me gustaría celebrar contigo que he comprado el Harper's.

Posé una mano en su pecho y me deslicé hacia su cara.

—Eso lo podemos hacer cuando vuelvas de tu cena con Thaz.

—Vale, aunque no sé si podré dejarte aquí sola. —Levantó una ceja y fingió una expresión seria—. Acabarás incendiando mi cocina si decides que quieres hacerte algo de comer.

Ahora sí que tenía motivos para pegarle.

—¡Que fue una llamita de nada, leñe! No sabía que tenía que presionar ese botón cuando se encendía el gas.

Jess soltó una carcajada cargada de cariño.

—Y ahí está otra vez mi princesa de clase alta.

—Nunca lo he sido y lo sabes —farfullé, aunque no me moví cuando me rodeó con los brazos y me rozó con la nariz.

—Entonces ¿lo celebramos luego? —preguntó en un susurro y con un tono que me subió la temperatura de forma involuntaria.

Alcé la cabeza.

—Solo si retiras lo de princesa de clase alta.

—Retirado —respondió deprisa.

—Vale, pero, ahora en serio, me alegro de que haya salido bien. Estoy segura de que será el restaurante más popular de la ciudad. ¿Cuánto tardaréis en abrir?

No era una pregunta desinteresada; ya se me hacía la boca agua pensando en los platos que podría pedir en el Adam & Eve. Jess frunció el ceño.

—Dependerá de si consigo los albañiles y los materiales que quiero. Además, no sé si hay que arreglar algo primero. Mick dice que el local está en buenas condiciones, pero tengo que verlo con mis propios ojos. Al menos tres meses, creo. Puede que cuatro o cinco.

Entonces sería verano. Quizá ya habríamos encontrado al asesino de Adam y Valerie, y Trish ya no sería una amenaza para nosotros. Puede que para entonces ya hubiéramos hecho pública nuestra relación, la tormenta de rumores habría amainado y podríamos estar juntos sin preocupaciones. Me parecía un milagro poder visitar el restaurante de Jess sin miedo a nada.

El tono de llamada de un móvil interrumpió el silencio, pero no se trataba del mío. Jess se separó de mí y fue en busca de su chaqueta, que se encontraba en uno de los taburetes de la cocina. Tras rebuscar en los bolsillo, descolgó.

—Thaz, pensaba llamarte ahora… Vale, tú primero. —Se quedó callado, intercalando algún «hum» y «ajá» de por medio, sus ojos se posaron en mí y luego apartó la mirada. Estuve a punto de pedirle que pusiera el manos libres, pues era evidente que estaba relacionado con el caso, pero entonces le recordó a Thaz que mañana habían quedado donde Taddeo y colgó—. Thaz ha averiguado algo del tío que le ofreció dinero a Simon y a los demás.

—¿En serio? ¿Tan rápido?

—Ya te dije que tenía muy buenos contactos. —Jess dejó el móvil a un lado—. Por lo visto, James Miller frecuenta un club de póquer ilegal exclusivo para las altas esferas que pertenece a alguien del Upper West Side, Miles Holloway.

Fruncí el ceño.

—Me suena ese nombre. Creo que Lincoln lo ha mencionado en algún momento.

Deprisa, saqué mi propio móvil y le escribí un mensaje a mi hermano para confirmar mi mala memoria. No tardó mucho en responder.

«Holloway trabaja para los Lowell. No solo es su sobrino-nieto, sino que también es apoderado. Y un gilipollas. ¿Por qué lo preguntas?».

—¿Cómo? —solté, a pesar de que Lincoln no podía escucharme. Jess sí, y se apresuró a ponerse a mi lado. Le enseñé lo que me había escrito mi hermano.

—Una conexión interesante —comentó, y supe en qué estaba pensando.

—No —repuse sacudiendo la cabeza—. Es solo una coincidencia. Los Lowell no tienen nada que ver con esto, seguro. Son amigos de mis padres desde hace décadas y, además, se dedican a las joyas, no a los bienes inmuebles. No les beneficiarían en nada las muertes de Adam y Valerie.

Jess asintió lentamente.

—Sí, tal vez sea demasiado descabellado, que Miller vaya al club de póquer de Holloway no significa que hagan allí otros negocios —comentó, aunque sonaba como si se estuviera convenciendo a sí mismo de esas palabras. Pero yo estaba segura; Ian y yo habíamos estado juntos, su familia y la mía estaban muy unidas, era imposible que hubieran tenido algo que ver. ¿O era solo lo que yo quería creer?

—¿Te ha dicho Thaz si nos puede dejar entrar en ese club de póquer? —Era mejor que me concentrara en las pistas en vez de en los pensamientos oscuros que invadían mi cabeza.

—Sí que puede, pero supongo que no querrás aparecer allí conmigo, ¿no? —Era una pregunta retórica.

—Bueno, siempre podemos ir juntos para ver cómo reacciona Miller —contradije, aunque mis palabras no sonaron muy convincentes. Por supuesto, quienes iban a este tipo de partidas ilegales solían encubrirse unos a otros, pero eso no significaba que no fueran capaces de extender el rumor de que Jess y yo estábamos juntos. Y, además, eso podría asustar a Miller.

—Creo que con que vaya uno de los dos será suficiente —dijo Jess—. ¿Quieres ir tú o voy yo?

Tenía que concederle el mérito por no dar por supuesto que sería él quien iría, aunque en sus ojos vi que estaría muy preocupado por mi seguridad si decidía lo contrario.

—¿Se te da bien jugar al póquer? —pregunté sin contestar a su pregunta. Tenía una cara de póquer malísima, y se llamaba así por un motivo.

—No, de hecho, se me da fatal. —Esbozó una sonrisa—. Pero eso no tiene por qué ser un obstáculo. Podría fingir que me lo paso estupendamente apostando miles de dólares. Y cuando Miller esté de buen humor, le pregunto por sus servicios, quedamos en algún sitio y lo presiono un poco.

Teniendo en cuenta que no sabíamos ni de la existencia de Miller hasta hacía cinco minutos, no era mal plan, pero no era el único que se me había ocurrido.

—¿Y si te dijera que a mí el póquer se me da bastante bien? —solté alzando el mentón.

Jess me miró a la expectativa.

—Vale, ¿cuál sería el plan?

—Muy simple: le quito todo el dinero y luego le ofrezco seguir jugando a cambio de hacer un trabajito para mí. Después le doy una dirección, lo esperamos allí y entonces lo presionamos un poquito.

—No está mal, podría funcionar. —Jess asintió para dar su aprobación, pero un segundo después, resopló—. Pero ¿a quién quiero engañar? Por favor, deja que vaya yo. No quiero ser condescendiente, pero me moriré de la preocupación si vas sola a un club de póquer ilegal para jugar con las personas que podrían haber matado a nuestros hermanos.

Sonreí con dulzura al verlo derrumbarse así.

—Ha sido muy amable por tu parte intentar ocultarlo durante al menos tres minutos. —Acaricié su cuello con mis manos—. Y no voy a insistir en hacer esto yo sola, así que ve tú con Thaz y tráeme a Miller, ¿vale?

Jess se inclinó y me dio un beso tan intenso que de inmediato hizo vibrar mi cuerpo.

—Gracias —se limitó a decir.

—Pero tienes que prometerme que irás con cuidado —repuse en tono serio. Era un Coldwell y seguramente lo trataran con respeto en un círculo como ese, pero, después de lo que le había pasado en Navidad, me daba miedo—. Ya he estado a punto de perderte una vez. No quiero que vuelva a ocurrir. —Mi voz era apenas un susurro. Sabía que la investigación que estábamos llevando a cabo era peligrosa, pero no estaríamos a salvo hasta que no supiéramos la verdad. No encontraríamos la paz hasta que no descubriéramos quién había asesinado a nuestros hermanos.

—Te prometo que tendré cuidado.

Jess cerró los brazos a mi alrededor, y yo apoyé la cabeza en su hombro y disfruté de la sensación de protección que sentía siempre que estábamos juntos.

«Por favor, que no nos vuelvan a quitar esto», supliqué en silencio, sin saber a quién estaba dirigiendo ese ruego. Daba igual. Lo único que me importaba era que no volviéramos a perdernos el uno al otro, que tuviéramos un futuro.

Un futuro sin miedo.

# 32

# Jessiah

—Jessiah Christopher Coldwell decide ir a una partida ilegal de póquer de las altas esferas y yo voy a estar ahí para verlo. Hoy es mi día de suerte.

Balthazar me sonrió de oreja a oreja y brindó por mí con la copa que se había servido en el bar de la limusina. El coche era de su madre, y supuse que no habría ninguna otra bebida a bordo. Thaz había afirmado que necesitábamos hacer una buena entrada en el local de Holloway, y yo no le quise llevar la contraria, aunque me parecía algo estúpido. Ninguno de los clientes iba a asomarse por la ventana para ver con qué coche llegábamos. No había ninguna alfombra roja.

—A pesar de todo este entusiasmo, recuerdas por qué hemos venido a esta partida de póquer, ¿verdad?

Di un tirón al nudo de la corbata, que me pareció que estaba demasiada apretada. Acabábamos de pasar por Colombus Circle y conducíamos ahora por la oscuridad de Central Park.

—Por supuesto —respondió Thaz en tono ofendido—. Me he pasado varios días intentando que nos metan en este grupo tan exclusivo. Holloway es un esnob de mil demonios. Hasta que no mencioné tu nombre, no quiso ofrecerme los dos asientos.

Torcí el gesto de forma involuntaria. Sabía que no había habido otra opción, pues los tipos como Holloway valoraban la exclusividad de su clientela. Sin embargo, iba en contra de todos mis principios y, además, habría preferido que Miller no estuviera avisado de que yo iba. Ya solo cabía confiar en que no se cayera de la partida solo porque yo participara en ella.

—Entonces no sé por qué estás de tan buen humor. —Miré a Thaz con escepticismo.

—Sí que lo sabes. Porque mi buen amigo Jess, quizá hayas oído hablar de él, por fin ha entrado en razón y quiere abrir un restaurante en Nueva York.

Thaz ensanchó más su sonrisa. Ya habían pasado dos semanas desde que firmé la compra del Harper's, pero Thaz todavía lo estaba celebrando.

—Bueno, a ver si sonríes tanto cuando te cuente todo el trabajo que nos queda por hacer.

Ya había encargado los primeros planos para el diseño interior y había empezado a calcular los costes. Incluso si lo subcontratábamos todo, todavía nos quedaba mucho por hacer. Era algo que esperaba con ansia, pero esa alegría siempre se veía empañada por no saber aún quién había matado a Adam y a Valerie. Hasta que no resolviéramos el caso, no tendríamos una paz verdadera, estaba convencido de ello.

—¿Y estás seguro de que Miller estará allí esta noche? —le pregunté a Thaz, y no era la primera vez.

—Tal como te he dicho, no puedo garantizarlo al cien por cien, pero hay muchas probabilidades. Sé que está en la ciudad y mi contacto dice que nunca se pierde una partida. Por lo visto tiene un problemilla de adicción.

Eso jugaba a nuestro favor, porque, con un poco de suerte, conseguiríamos sonsacarle a Miller quién lo contrató para sobornar a los invitados de la fiesta de Valerie para que contaran todas esas mentiras. Solo rezaba para que no se tratase de Trish porque, de ser así, esta pista no nos llevaría a nada, y ya no teníamos más.

Me llegó un mensaje al móvil. Era de Helena, que me repetía que tuviese cuidado. Sonreí mientras le respondía.

—¿Cómo os va, por cierto? —Balthazar levantó una ceja con interés. Había intuido a quién le estaba escribiendo solo con verme la cara—. ¿Todavía estáis en la etapa en la que no podéis esperar a que se acabe el día para follar o ya habéis pasado al momento sofá, patatas fritas y ver la tele?

—¿Qué tienen de malo el sofá y la tele? —contrarresté con media sonrisa—. Ahí también se puede follar si quieres. —Que era lo que solía pasar, aunque prefería cuando Helena me despertaba por las noches. Éramos felices en nuestra pequeña burbuja, alejados del mundo exterior. Por ahora no me molestaba que lleváramos nuestra relación en secreto, había algo especial en tener nuestros sentimientos solo para nosotros, sin que nadie nos juzgara.

Thaz se rio.

—Es que ya me lo veo venir. Vais a ser una de esas parejitas felices a las que odias un poco, pero, en el fondo, envidias con todo tu corazón.

—Bueno, eso espero.

Reí, pero en mi estómago noté el nudo que se había formado hacía semanas y que se había apretado desde ayer. Había ido a Coldwell House para recoger a Eli, y Trish se había comportado con demasiada amabilidad para mi gusto. Me preguntó cómo me iba, me felicitó por la compra del Harper's y me dijo que esperaba que fuese feliz. Sin embargo, irradiaba algo más, una cierta tensión, como siempre que estaba a punto de obtener algún triunfo. Tal vez se tratara de algún nuevo proyecto, pero algo en mis entrañas me advertía de que estaba relacionado conmigo.

Mi hermano me había asegurado que no había escuchado nada raro en las últimas dos semanas, pero yo sospechaba que mi madre se había dado cuenta de lo mucho que ponía el oído Eli y que había dejado de tener conversaciones importantes en su apartamento. Si estaba intentando librarse de mi chantaje, haría lo que fuera por mantenerlo en secreto. En el fondo, mi madre sabía con quién se iría Eli si le daban a elegir. Y ese era el otro motivo por el que me estaba volviendo paranoico. Amenazar a Trish Coldwell no era buena idea, toda Nueva York lo sabía. Sin embargo, yo lo había hecho y ahora solo quedaba esperar a que me la devolviese.

—Hemos llegado —anunció la voz del conductor por el altavoz, y el coche se detuvo para que saliéramos.

Mientras caminábamos, me abotoné la chaqueta negra que llevaba debajo de mi abrigo abierto, que, como solía, conjuntaba con una camisa y una corbata del mismo color. A todas las partidas de póquer a las que había asistido había ido en vaqueros y camiseta, pero, por supuesto, esta tenía código de vestimenta. Tal como había dicho Thaz, Holloway era un esnob de cuidado.

El local se encontraba en un edificio antiguo del Upper West Side, a dos manzanas del Museo de Historia Natural. Era una de las casas típicas de la zona, con ladrillos de color rojo, una cabeza de león sobre la puerta y distintos ornamentos en la fachada, bañada en sombras y luces por una farola cercana. Me quedé observándolo todo mientras Balthazar llamaba a la puerta.

Al poco, alguien se asomó al otro lado del cristal, una chica rubia con un vestido ajustado. Nos abrió la puerta.

—Señor Coldwell, señor Lestrange —pronunció con una sonrisa muy ensayada, y me pregunté si Holloway también contrataba señoritas de compañía para las partidas—. Caballeros, bienvenidos.

—Muchas gracias —respondió Thaz, ya que yo no dije nada y di el primer paso—. Es un placer venir a jugar.

—Veo que ya han pagado las entradas —comentó mirando su tablet, donde tenía abierta una hoja de Excel. Intenté echar un vistazo al resto de nombres, pero, por desgracia, se volvió hacia nosotros en ese momento—. Clara se encargará de proporcionarles las fichas en la planta de arriba. Las bebidas se las servirán en la mesa. Pásenlo bien.

Nos quitamos los abrigos, subimos una escalera de madera restaurada y seguimos las voces amortiguadas.

—¿Vas a estar todo el tiempo con cara de querer darle una paliza a alguien? —Thaz me miró fijamente—. Te lo pregunto por si me tengo que preparar para eso.

Resoplé un poco.

—¿De verdad creías que iba estar de tan buen humor como tú?

—No, jamás lo conseguirías, pero, por el bien de la misión, podrías al menos fingir que te apetece estar aquí.

Tenía toda la razón, así que trate de relajarme un poco mientras nos encaminábamos a las puertas dobles. Había pagado cincuenta mil dólares para que ambos pudiéramos participar en esta estúpida partida de póquer. Para los que estaban allí, tenía que parecer que esta era una gran noche para mí.

—Ya conoces el plan —le recordé a Thaz—. Si consigo que Miller esté dispuesto a hacer algo por mí, lo apostaré todo. Luego decidiremos si podemos seguir adelante aquí o no.

Thaz bufó.

—Lo sé. Amigo, lo hemos repasado cientos de veces. Empiezo a pensar que habría sido mejor que viniera con Helena.

—¿Para que fuera la única mujer que juega?

Estábamos en medio de la habitación, que contaba con seis mesas de póquer de tablero oscuro, y ya había algunos jugadores sentados. Pero no había ninguna jugadora. En las sillas de terciopelo negro solo se sentaban hombres, las únicas mujeres presentes eran las camareras y un par de acompañantes que esperaban vestidas con bonitos vestidos y con cara de aburrirse. «Bienvenidos a la prehistoria». Pasé la vista entre los asistentes y, de repente, encontré un rostro conocido.

—Ay, mierda —solté, y rápidamente le di la espalda a esa mesa.

—¿Qué pasa? —preguntó Thaz en tono apresurado.

—Tobias Weston está aquí.

No me lo esperaba en absoluto. La imagen que proyectaban los Weston era tan limpia que jamás me habría imaginado encontrarme aquí con el padre de Helena. Cierto era que en el último año se había extendido el rumor de que tenían problemas maritales, incluso habían llegado a mí, y se decía que la familia había cometido un error y habían estado a punto de arruinarse. Pero justo por eso habría creído que valoraría aún más su reputación.

—Y está sentado a la misma mesa que Miller —me informó Thaz en tono sombrío—. ¿Qué hacemos? ¿Quieres que te sustituya?

Lo consideré un momento. No era que no confiara en que mi amigo perdiera contra Miller, aunque Thaz, al contrario que yo, sí que era un excelente jugador de póquer. No obstante, su apellido era Lestrange, no Coldwell. Miller elegía cuidadosamente sus proyectos y sin duda no se interesaría por un cliente del que jamás había oído hablar. Así que solo había dos posibilidades: o nos íbamos o seguíamos adelante. Esta última implicaba contratar a Miller delante del padre de Helena, el hombre que creía que le había arrebatado a su hija y que no era suficiente para ella. Pero esta era una oportunidad única; las partidas se organizaban cada dos o tres meses, y necesitábamos información de Miller.

—No —dije cuando tomé la decisión—. Yo me encargo.

—¿Estás seguro?

Asentí.

—Hemos venido por Miller, ¿no? Pues vamos a por Miller, esté aquí Weston o no.

—¿Y si se interpone en tu camino?

—No lo hará. Es el padre de Helena, no un mafioso. Puedo manejarlo.

Me acerqué al mostrador donde estaban repartiendo las fichas. Thaz me siguió y susurró cuando volvió a hablar:

—¿Necesitas mi apoyo o prefieres que compruebe si Holloway tiene algún trato con Miller?

Thaz sonrió con encanto a la chica cuando esta le entregó las fichas. Yo me limité a asentir y cogí las mías.

—Me parece bien. Nos vemos luego.

No necesitaba que Thaz me ayudara para llevar a Miller adonde quería, pero para el golpe final era mejor superarle en número.

Puse una expresión de indiferencia y me acerqué a la mesa en la que no solo jugaban Miller y el padre de Helena, sino también dos hombres a los que no conocía.

—¿Está libre? —pregunté, y me senté en ese mismo instante sin esperar respuesta. La arrogancia era el único idioma que se hablaba en estos círculos y que, inexplicablemente, exigía respeto. Era algo que detestaba, pero estaba dispuesto a integrarme aquella noche con tal de conseguir la información que necesitábamos para resolver el asesinato de Valerie y Adam.

—Jessiah.

Tobias Weston me dedicó un asentimiento simple, pero su mirada era de desaprobación. No me quedó claro de si se debía a que el novio de su hija estaba participando en este tipo de partidas de póquer (la clase alta era conocida por este doble rasero), o si era solo porque Helena y yo estábamos juntos. Tal vez fueran ambas cosas.

—Tobias —le devolví el asentimiento. Tenía veintitantos años, no quince. Si pensaba llamarme por mi nombre, yo haría lo mismo.

Una de sus cejas se arqueó. Al parecer consideraba una falta de respeto mi decisión de tutearle, pero no dijo nada.

—No te esperaba por aquí —dijo en su lugar.

—Lo mismo digo. Supongo que los negocios os vuelven a ir bien.

La entrada era cara y, hacía menos de un año, los Weston se encontraban casi en la ruina. ¿Sabría su mujer que hoy estaba aquí y que podría perder la fortuna que acababan de recuperar? Tobias suspiró suavemente para que solo yo lo oyera.

—Así es, gracias a nuestro empecinamiento en no dejarnos intimidar por ciertas personas.

—Ah, ¿sí? Hasta donde yo sé, eso lo ha conseguido otra persona.

Intenté recibir la primera ronda de cartas con tranquilidad, aunque en mi interior bullía la ira. ¿Helena había renunciado a mí para salvar a su familia y su padre pretendía llevarse todo el mérito?

—¿Cómo te atreves? —siseó entonces.

Podría haber respondido muchas cosas, pero mantuve la boca cerrada. Aunque estábamos hablando en voz baja, noté que Miller se interesaba por nuestra conversación.

—Eres Jessiah Coldwell, ¿verdad? —preguntó.

No era un hombre especialmente atractivo, tenía el mentón hundido y era calvo, aunque no aparentaba tener más de treinta y pocos años. Aun así, parecía una persona segura de sí misma y, si se sintió incómodo al conocerme, no lo demostró.

—Sí —respondí y me tomé un momento para revisar mis cartas antes de volver a prestarle atención—. ¿Y tú eres…?

En circunstancias normales, no habría sido tan condescendiente, pero lo cierto era que me ayudaba a mantener a raya la rabia que sentía por la muerte de mi hermano. Además, los tipos como él anhelaban la aprobación de la gente de clase social superior, así que yo debía ser esa persona.

—James Miller. —Inclinó ligeramente la cabeza y supe que mi estrategia estaba funcionando.

—Qué original —comenté en tono seco y un par de desconocidos de la mesa rieron—. ¿No has pensado en cambiarte el nombre?

—La verdad es que no. Es útil para el negocio —respondió con una sonrisa pícara.

—¿Y a qué te dedicas exactamente? —No quería dejar entrever que me había abierto una puerta muy interesante, así que hablé en tono desganado, casi aburrido.

—Resuelvo los problemas de la gente que puede pagarlo. —Miller cogió un par de fichas del centro de la mesa y dio un sorbo a su bebida.

—Lo dices como si fueras asesino a sueldo.

Esbocé una sonrisa perezosa, como si tampoco me sorprendiera si ese era el caso. Sin embargo, Miller estuvo a punto de ahogarse con su vodka con tónica y, en ese mismo instante, me di cuenta de que probablemente él no había sido quien había obligado a Adam y a Valerie a tomar cocaína.

—N… no, por supuesto que no. —Soltó una risilla nerviosa y miró a su alrededor—. Me encargo más bien de que ciertas informaciones permanezcan en secreto y otras se hagan públicas.

—Qué interesante.

Eso fue todo lo que dije por el momento, ya que si seguía preguntando podría levantar sospechas. Así que me limité a asentir y me concentré en el juego.

En la primera ronda tuve que retirarme; mis cartas eran tan malas que ni un profesional podría haberles sacado partido. Y aunque se me dio mejor de lo que esperaba (probablemente porque no quería quedar mal delante de Tobias Weston), mi montón de fichas no paraba de disminuir. Había pasado una hora y media cuando volví a llevar la conversación al negocio de Miller.

—Si tuviera un problema en concreto y quisiera contratarte, ¿qué debería hacer?

Dejé dos fichas en el centro de la mesa. Me había tocado una buena mano.

—Depende del problema —explicó Miller y en sus ojos entreví que estaba más que interesado en tenerme de cliente—. A veces es suficiente con pagar los honorarios, en otras ocasiones hace falta algo más.

—Por eso no habría problema —asentí, y noté que el padre de Helena fijaba la vista en mí con el ceño fruncido.

—De tal palo, tal astilla —masculló con desprecio y vi que apretaba el puño en el que no sostenía ninguna carta.

No era el primer comentario que hacía de ese estilo, pero sí era el más evidente. No me venía bien en absoluto. La rivalidad entre los Weston y los Coldwell era de sobra conocida en toda la ciudad y a nadie le extrañaba que mostrásemos nuestra aversión en público. Sin embargo, si yo continuaba desempeñando mi papel esta noche, Tobias acabaría yendo a mi casa para alejar a Helena de mi lado y no permitir que pasara ni un minuto más en mi presencia, y no podía culparlo. Pero todo esto me venía fatal para mis intereses. Estaba a punto de echar por la borda mis planes y debía impedir que eso sucediera, así que, cuando se levantó para ir al baño, me puse en pie y lo seguí.

—Espera —lo llamé cuando ya iba a medio camino por el pasillo. Tobias se detuvo, pero tardó un momento en girarse hacia mí, como si estuviera tratando de mantener el control de sus emociones.

—¿Qué quieres? —Sonaba más triste que agresivo y supe que estaba molesto por toda la situación con Helena. De repente sentí compasión. Ya había perdido a una hija y ahora creía que se había distanciado para siempre de la segunda, por mi culpa.

—Una tregua —respondí—. Es perjudicial para el juego que estemos peleándonos así a cada momento.

—¿Que perjudica el juego? ¿Eso es lo único que te interesa? —Resopló—. Me parece increíble que una chica lista como Helena se haya enamorado de alguien como tú.

—No, lo realmente increíble es que se haya convertido en una chica tan lista a pesar de toda la mierda de la que se ha rodeado en Park Avenue —le espeté con brusquedad, incapaz de contenerme. Luego respiré hondo y sacudí la cabeza. No serviría de nada que empezáramos a discutir ahora—. Escucha, sé que no soy de tu agrado pero…

—Esto no tiene nada que ver con que seas de mi agrado o no. —Dio un paso en mi dirección—. Eres el novio de mi hija y estás interesándote por los servicios de uno de los tipos más turbios de la ciudad. Te lo juro, como la metas en algo…

—¡Jamás haría eso! —le interrumpí sin alzar el tono—. No estoy en absoluto interesado en los servicios de Miller, o, al menos, no como tú te piensas.

—¿Qué quieres decir? —No parecía convencido.

—Todo esto es parte de un plan que ahora mismo estás poniendo en peligro.

—¿De qué plan estás hablando?

No sabía si debía cruzar la línea para contárselo, pero Valerie era su hija y, por mucho que los Weston no lo demostraran, Helena me había dicho que sufrían su pérdida. Su padre no nos delataría, era algo que me decía mi instinto. Así que abrí la puerta más cercana y le indiqué con un gesto que pasara a la sala que había al otro lado. Tobias vaciló un instante antes de cruzar el umbral.

Nos encontramos en una habitación espaciosa que estaba desierta, a excepción de unas cuantas sillas apoyadas contra la pared. Bien. Aquí nadie podría escucharnos. Respiré hondo y recé por estar haciendo lo correcto.

—Sé que, hace cuatro años, Miller pagó una cuantiosa cantidad de dinero a los invitados de la fiesta para que hablaran mal de Valerie públicamente. Todo forma parte de una conspiración que estoy intentando descubrir.

No mencioné la participación de Helena en el asunto, al fin y al cabo, era su padre. No se quedaría de brazos cruzados si supiera que su hija estaba investigando la muerte de su hermana. Tobias frunció los labios.

—¿Estás diciendo que se cargaron la reputación de mi hija a posta?

Asentí y me quedé callado, porque no solo se trataba de su reputación, sino que además había sido un asesinato. Pero no necesitaba saber eso para seguirme la corriente. Le correspondía a Helena decidir cuándo quería contárselo, si es que llegaba a hacerlo.

—Me enteré de que Miller estaría aquí esta noche, así que Balthazar y yo ideamos el plan de hacerle creer que quería contratarlo. Así podríamos llevarlo a algún sitio donde podríamos hacerle preguntas sobre el tema sin que nadie se enterara.

Era evidente que el padre de Helena estaba asimilando la información, pues se paseó por la habitación, se echó para atrás el cabello canoso y espiró audiblemente. De repente, pareció caer en algo y se volvió hacia mí con brusquedad.

—¿Qué te hace estar tan seguro de que no fue todo cosa de tu madre? Odiaba a Valerie más que ninguna otra persona.

—No estoy seguro de que no fuera ella —admití—. Si es así, lo descubriré. Pero hay indicios de que no fue ella.

Tobias siguió pensando. Luego asintió y pareció aceptar lo que acababa de contarle.

—¿Qué puedo hacer para ayudar?

—Tienes que dejar que me dedique a lo mío sin mirarme de forma tan obvia. O, al menos, hacerlo más disimuladamente. —Alcé el mentón—. Nadie sabe nada de la relación que tengo con Helena y preferimos que siga siendo así. Por seguridad.

—Entiendo. —Tobias se frotó la cara y, cuando eché a andar, volvió a hablar—: ¿Cómo está Helena? Lincoln apenas nos cuenta nada y... me gustaría saber si es feliz.

Lo miré con gesto serio.

—Sería más feliz si supiera que sus padres la apoyan con independencia de lo que quiera hacer en el futuro.

—Se fue —repuso con amargura, y su expresión se endureció—. Decidió irse contigo en vez de con nosotros.

Esas palabras me demostraron que seguía sin entender a Helena. Tenía la oportunidad de cambiar las cosas, así que la aproveché.

—No decidió irse conmigo en vez de con vosotros, decidió apostar por ella misma, por tener la vida que quiere. Y siempre podéis formar parte de esa vida, si no fuerais tan orgullosos y aceptarais que vuestra hija es capaz de tomar sus propias decisiones. No tengo ninguna intención de interponerme en vuestra relación.

Me miró sorprendido y, por primera vez, reconocí en sus ojos algo parecido al respeto. Empecé a sentir esperanza. Tal vez los problemas con nuestras familias no fueran tan graves como yo pensaba.

Tal vez todavía existía la posibilidad de que pudiéramos coexistir en paz.

«¿También con Trish?».

Probablemente no.

Antes de que pudiera contestar, oí un ruido: la puerta que yo había cerrado estaba abriéndose, y Thaz entró en la habitación.

—Aquí estás.

Thaz nos miró a mí y al padre de Helena de hito en hito y por fin Tobias se despidió con un breve asentimiento. Me dio pena que nos hubieran interrumpido, ya que quería saber si pensaba ponerse en contacto con Helena. Aunque no dijera nada, sabía que le dolía no tener contacto con sus padres. Solo pude confiar en que mis palabras surtieran algún efecto.

—¿A qué se debe esta charla? —me preguntó Thaz.

—Estaba intentando evitar que lo arruinara todo. Cada vez que quería sacarle algo a Miller, Tobias parecía a punto de querer estrangularme. Pensé que, si seguía así, el tipo empezaría a sospechar.

—Bueno, por eso no te preocupes —dijo mi amigo—. Miller ya se ha ido.

# 33

# Jessiah

Miré a Thaz desconcertado.

—¿Qué?

—Lo que oyes. Miller ha recibido una llamada y ha tenido que marcharse urgentemente.

«Mierda». Habíamos perdido nuestra única oportunidad solo porque había tenido que tranquilizar a mi futuro suegro. Pero ¿por qué Balthazar no parecía tan decepcionado como yo?

—Te ha dejado algo. —Thaz sacó una tarjeta con una dirección de correo electrónico y un número de teléfono—. Se acercó a mí, supongo que vio que habíamos venido juntos, y me dijo que lo llamaras si necesitabas sus servicios.

Tomé la tarjeta y asentí aliviado. Me valía lo mismo que un acuerdo verbal, ya que significaba que tendríamos la posibilidad de interrogar a Miller sobre el caso. Aun así, no podía ponerme en contacto con él hoy mismo, parecería desesperado. Debía dejar pasar al menos un día para llamarlo.

—Entonces deberíamos irnos —dije y me encogí de hombros. Podría intentar averiguar quiénes de los presentes estaban haciendo negocios con Miller, pero podía enterarme de eso por él mismo.

—¿Estás loco? —Thaz negó la cabeza con vehemencia—. Hemos apoquinado cincuenta mil pavos para entrar y estoy a punto de ganar.

—Vale, entonces me voy sin ti. Yo estoy a punto de perder, así que es mejor que me vaya.

—Ah, venga ya, JC. Porque tengas a una chica esperando en casa no significa que no puedas divertirte. Disfruta un poco.

Solté una carcajada, ya que todo lo que había dicho me sonaba tan mal que no sabía ni por dónde empezar.

—A mí no me resulta especialmente divertido estar aquí, el póquer se me da muy mal y odio ir en traje. Además, yo disfruto mucho cuando pido una pizza y me…

—Ni menciones la palabra sofá o me echo a llorar. —Thaz compuso un gesto dramático—. Pero, vale, tú mismo. ¿Puedo quedarme con tus fichas?

—¿Con las cinco que me quedan? Claro.

Volvimos a la sala de las mesas de póquer y me disculpé por tener que abandonar la partida. El padre de Helena me lanzó una mirada inquisitiva, pero yo me despedí con un asentimiento, le di mis fichas a Thaz, me puse el abrigo y salí del edificio. Estaba buscando un taxi cuando me sonó el teléfono. Lo saqué rápidamente del bolsillo y descolgué.

—¿Jess? Soy Thea.

—Hola, ¿va todo bien? —No lo parecía; de hecho, daba la impresión de que había pasado algo. Además, me estaba llamando a mi móvil habitual, algo que nunca había hecho. Yo lo revisaba cada poco tiempo para asegurarme de que no estaba pinchado, pero nunca estaba del todo seguro—. ¿Lilly está bien?

Había ido a verlas en secreto a Nueva Jersey la semana anterior, la primera vez desde que salí del hospital. Todo iba bien entonces.

—Si te soy sincera, no lo sé. —Respiró entrecortadamente—. Cuando la he recogido hoy del colegio, me ha dicho que ha ido una mujer al recreo a hacerles fotos a los niños, por lo visto para un artículo de un periódico. Pero cuando he llamado a la profesora para preguntar de qué periódico se trataba, me ha dicho que no sabía nada del tema. Aparentemente, nadie del colegio sabe nada, a pesar de que había una supervisora, y ella no me responde al teléfono.

No me costó entender por qué Thea estaba tan alterada. A diferencia del resto de madres, ella no creía que esa mujer quisiera las fotos para algún motivo pervertido.

—¿Y crees que Trish está detrás de eso?

—¿Quién si no? Ningún pedófilo se inventaría lo del artículo del periódico para hablar con los niños y sacarles fotos. —Thea respiró hondo con fuerza—. Tengo miedo, Jess. ¿Y si lo ha descubierto? ¿Y si ha mandado a alguien para encontrar a Lilly? Se parece tanto a Adam… Con que vea una foto, se dará cuenta.

Quise decir algo para tranquilizarla, pero todo lo que se me ocurrió se me antojaron frases vacías, porque yo compartía el mismo miedo que Thea. No sabía si estaba justificado. Por lo general, solía confiar en mi intuición, pero, en este caso, no me parecía que fuera a servirme de ayuda.

—Hemos sido muy cuidadosos en todos nuestros encuentros —probé a decir en tono calmado—. Nadie me ha seguido y tampoco había nadie en vuestra calle. Es imposible que lo sepa.

—¿Y si ha descubierto que has comprado nuestra casa? ¿O que nos pasas dinero todos los meses?

Negué con la cabeza, aunque ella no me veía.

—No, imposible. Lo he revisado innumerables veces, por todas partes, para asegurarme de que no pueden relacionarlo conmigo.

Aunque no podía descartar la posibilidad de que Trish fuera capaz de seguir el rastro de esas transferencias, primero debería tener la sospecha de que pasaba algo, y no había ningún indicio de que así fuera. Si hubiera sospechado que tenía una nieta y que yo tenía contacto con ella, me lo habría echado en cara.

«Ah, ¿sí? ¿Incluso después de haberla chantajeado?».

Hice un esfuerzo por adoptar un tono cargado de confianza.

—Yo me encargo, ¿vale? Si sabe algo, lo descubriré y la mantendré a raya. —Lo que había usado para proteger a Helena serviría también para Thea y Lilly.

«¿Estás seguro? ¿Y si quiere devolvértela? ¿Y si ha estado buscando algo para neutralizar el chantaje?».

—Gracias, Jess —respondió Thea—. Puede que esté exagerando y mañana se solucione todo, pero…

—No, has hecho bien en decírmelo. Toda precaución es poca. Luego te llamo.

Colgué, llamé a un taxi y le di mi dirección a la conductora. Apenas llevaba en el vehículo cinco minutos cuando mi móvil volvió a sonar. Era un mensaje, y era de mi madre.

«Tenemos que hablar».

Nada más. Solo esas tres palabras, y entendí que ya no había esperanza. Me quedé mirando la pantalla, incapaz de moverme. Frío. Eso fue lo único que sentí en ese momento. Un frío helado que no se parecía en nada a cualquier otra cosa que hubiera experimentado, ni siquiera las aguas de Rockaway Beach en pleno invierno. Entonces, mi cerebro fue asimilando lentamente lo que había pasado: esa mujer en el colegio de Lilly no había sido una cualquiera. Thea tenía razón: Trish lo sabía. Sabía que tenía una nieta.

«Me cago en todo».

Tiré de mi corbata y me la aflojé, pero seguí sintiendo que no podía respirar. Mi primer impulso fue llamar a Helena, pero lo descarté de inmediato. Siempre había sido sincero con ella, pero ahora... No podía contárselo. Al menos hasta que supiera con certeza con qué nos iba a amenazar Trish. Causarle dolor a Helena era peor que ocultarle algo, al menos en este caso.

Así que le escribí a mi madre un «Ahora nos vemos», envié el mensaje y me incliné hacia delante para acercarme al asiento del conductor.

—El destino ha cambiado —le dije a la taxista—. Vamos a la calle 57, a Coldwell House.

La mujer asintió y cambió de dirección. Unos cinco minutos después de pensar a toda velocidad y sumirme en el pánico, llegamos a la entrada. Pagué a la taxista y me bajé corriendo.

El legado de mi madre brillaba en la oscuridad, gracias a cientos de luces incrustadas en el suelo. Respiré hondo, atravesé el portal de entrada, saludé al conserje al pasar y fui directo al ascensor. Arrugué la corbata de seda en el puño hasta que no quedó más que un bulto de tela. ¿Qué me esperaba allí arriba? ¿Qué estaba planeando Trish? ¿Y qué podría hacer para contraatacarla si sabía de la existencia de Lilly?

«Quizá no sea tal como piensas», probó otra voz en mi cabeza para tranquilizarme. «Quizá solo quiera tener contacto con su nieta en vez de usarla para chantajearme».

Sí, con una madre corriente podría haber sido así. Pero Trish no era una madre corriente, si es que acaso era una. La existencia de Lilly no la convertiría en una abuela de ensueño que la llevaría al zoo o a la tienda de juguetes, solo querría poseerla. No en vano Thea había pasado tantísimo miedo por que llegara este momento. Recé para que no fuera mi culpa, porque de lo contrario no sería capaz de perdonármelo.

Mientras el ascensor subía, busqué en el cerebro alguna salida, pero no encontré ninguna. No sabía para qué utilizaría Trish este descubrimiento, pero podía hacer con nosotros lo que quisiera, con Helena, con Thea, con Lilly y conmigo. Aunque todavía estaba la muerte del trabajador en la obra, me recordé. Ese conocimiento serviría para algo. Tenía que servir para algo.

Trish me estaba esperando en el salón, de pie junto al sofá, con los brazos cruzados, mirándome. Iba sin maquillar, llevaba un jersey de cachemira y unos pantalones de chándal y, en otras circunstancias, habría hecho algún comentario sobre la comodidad de la ropa que llevaba, pero la expresión de su rostro ahogó todas las palabras. No porque estuviera enfadada, ese sentimiento lo conocía y podía manejarlo. Más bien parecía conmocionada, y eso era mucho más peligroso.

—¿Cuánto hace que lo sabes? —preguntó sin rodeos, y tiró unas cuantas fotografías sobre la mesa blanca del comedor. Eran fotos de Lilly, pero no solo en el colegio, sino también en el parque junto a su casa, comiendo helado con Thea y a lomos de un poni. Era evidente que Trish llevaba siguiéndolas durante una temporada, y entendí por qué la mujer de hoy se había vuelto tan descuidada: a propósito. Trish quería que Thea me llamara para ver si yo lo sabía. Seguramente tenía pinchado el teléfono de Thea y había rastreado la llamada de esta noche. El frío que sentía en mis entrañas se tornó más helado aún.

—Desde septiembre del año pasado. —No tenía sentido mentir.

—¿Y no se te ocurrió hacérmelo saber? ¿Contarme que Adam tenía una hija? —La última parte de la pregunta la gritó con tanta fuerza que me estremecí. Jamás le había tenido miedo, y no la temía a ella ahora, sino a lo que podía hacer con este conocimiento.

—No era decisión mía —dije tratando de mantener la calma. Era la verdad. Aunque hubiéramos tenido una mejor relación, tampoco se lo habría contado.

—Ah, de haberlo sido, ¿lo habrías hecho?

—No —respondí con sinceridad—. Aunque eso dice más de ti que de mí.

Mi madre resopló, ahora sí parecía enfadada, pero no me tranquilizó. Había sufrido todas las variantes de la desaprobación, la decepción y la ira de Trish, pero esto era algo nuevo y no tenía ni idea de cómo gestionarlo. Que mi hermano tuviera una hija tenía tanto potencial de destrucción que no sabía qué hacer para evitarlo.

—¿La conoces? ¿La has visto? —preguntó Trish con algo parecido a la avidez.

En las fotos no aparecía yo, así que podría haberle mentido y haberle dicho que solo las ayudaba económicamente, pero que no tenía contacto con Lilly. Preferí no hacerlo. Estaba volando a ciegas, así que no podía prever sus movimientos y decidí seguir a mi instinto. Asentí.

—Las he visto un par de veces desde que me enteré.

—¿Y cómo te enteraste?

Los ojos de Trish se clavaron en los míos. No preguntó cómo era Lilly, si tenía algo de la personalidad de Adam o cualquier otra cosa que hubiera interesado a una abuela. No, solo quería saber por qué la había traicionado. Era algo que había hecho tantas veces en el pasado que no debería haberme sorprendido.

—¿Qué más da eso?

No quería mentirle, pero tampoco podía decirle la verdad. Mencionar a Helena no habría mejorado la situación en absoluto.

—Entonces no nos lo dijo a ninguno de nosotros. —Miró con tristeza las fotos y supuse que su decepción no estaba dirigida a mí, sino a Adam. Había sido él quien había ocultado la existencia de Lilly, mucho antes de que muriera, y eso debía de ser lo que la había conmovido tanto—. Viven en Jersey —dijo sin fuerzas—. La niña va a un colegio público y, hasta hace poco, residían en uno de los peores barrios de la ciudad, en una casa casi en ruinas compartida con más personas. —Trish sacudió la cabeza—. ¿Cuánto me desprecia esa mujer como para soportar todo eso? ¿Por qué me ocultó Adam que tenía una hija?

Comprendí que estaba equivocado. No estaba decepcionada con Adam, porque eso le resultaba impensable, así que había concentrado toda su ira en Thea. El frío de mi interior se me extendió hasta la punta de los dedos. Tenía que hacer algo, porque sabía cómo acabaría todo esto: en odio. Al igual que había pasado con Valerie.

—A ambos les preocupaba que te enteraras y obligaras a Lilly a vivir con Adam. —«O contigo», pero eso no lo dije en voz alta. No quería darle ideas.

—¿Cómo lo sabes? A ti tampoco te lo contó. —Los ojos de Trish brillaron de forma inquietante—. No, Adam jamás me lo habría ocultado si no lo hubiera convencido esa mujer. No habría mantenido algo así en secreto.

—Puede que sí —dije en un tono más suave, porque sabía que cualquier forma de provocación solo empeoraría las cosas—. Puede que Adam no quisiera que su hija se criara en el mismo entorno que él.

Trish me miró sin entender nada.

—¿Quién no querría algo así? ¿Quién no querría la mejor educación, la mejor sanidad, la mejores oportunidades durante toda su vida? —Y entonces pareció entenderlo y su tono se tornó sarcástico—. Claro. Tú. Porque nunca aceptaste el hecho de que los privilegios conllevan responsabilidades. Pero no dejaré que suceda lo mismo con esa niña. Mi nieta se merece algo mejor que una vida mediocre. Y yo me ocuparé de ello.

Justo esta decisión era lo que más había temido desde que Trish me había convocado para hablarme de la existencia de Lilly. Sin embargo, superé el estado de conmoción.

—¿Qué significa eso? —pregunté, y detesté lo indefenso e impotente que sonaba—. ¿Qué piensas hacer?

Trish se cuadró de hombros y levantó la barbilla.

—Por lo pronto voy a informar a mis abogados de la existencia de una hija de Adam, para que lleven a cabo la prueba de paternidad, aunque eso solo es una formalidad. Y luego me informaré de qué puedo hacer para formar parte de su vida. Con suerte, conseguiré que se olvidé rápido de sus recuerdos en Nueva Jersey, o de la odiosa de su madre.

El corazón empezó a latirme con fuerza, mi visión se volvió borrosa y dejé de pensar con claridad. La culpa, el miedo y la desesperación se abrieron paso por mi cuerpo y me aferré a algo que se me había cruzado por la mente cuando Thea me llamó por teléfono.

—No harás nada de eso. —Me tembló la voz, pero saqué mi carta ganadora—. Si lo haces, iré a la prensa y les contaré lo que le pasó al trabajador en tu obra.

—Ay, Jessiah. —Chasqueó la lengua y cogió su portátil, que se encontraba sobre la mesa, para girarlo en mi dirección—. Déjame que te dé un consejo para el futuro: si quieres meterte en una guerra de esa manera, asegúrate de que tienes munición de sobra.

Observé la pantalla, en la que aparecía un artículo de una página web: «Trish Coldwell admite lamentable accidente», anunciaba en letras grandes, justo encima de un texto menor: «La empresaria de éxito aboga por mejores estándares de seguridad en las obras de Nueva York».

—¿Qué…? —conseguí decir—. ¿Cómo…?

—A veces la mejor defensa es un buen ataque —replicó—. Al hacerlo público y, al mismo tiempo, ofrecer una solución, las consecuencias no serán ni la mitad de devastadoras que si alguien lo hace público de repente.

Quise responder algo, pero no se me ocurrió nada. Me había dado el jaque mate en apenas unos cuantos movimientos. Siempre había sabido que no era rival para ella en cuanto a sangre fría y crueldad; yo era hijo de mi padre, no de mi madre. Aun así, creía que podría vencerla. Qué ingenuo había sido. Ahora ya no tenía nada con lo que presionarla, nada que usar en su contra. Estaba indefenso.

Así que dije lo único que se me ocurrió para proteger a Thea y a Lilly.

—¿Qué tengo que hacer para que las dejes en paz?

Trish me miró a los ojos y entendí que esa pregunta era todo lo que ella había pretendido. Ya no había rastro alguno de decepción, ningún brillo irracional en sus ojos, solo una determinación gélida que me hizo comprender al instante que el objetivo siempre había sido yo. Solo había jugado sus cartas para que yo le demostrara lo comprometido que estaba con Lilly, lo mucho que significaba esa niña para mí. Así obtendría lo que quería. Lo que había querido todo este tiempo.

—Bueno, creo que ambos sabemos la respuesta a eso, ¿no? —preguntó con un tono que sonó casi amable, y estuve a punto de cargarme algo de ese apartamento tan impecablemente limpio solo por haber caído en su trampa con tanta ingenuidad. Eso era lo que ella buscaba, claro. Debería haberlo adivinado.

—Nunca dejaré a Helena —afirmé con dureza, o con la dureza que pude reunir—. Nunca.

—Tendrás que hacerlo si quieres que Thea y Lilly se queden en su nidito desolado de Nueva Jersey.

Al decir eso, en un tono tan frío y desalmado, estalló toda mi ira y algo en mí se rompió en pedazos. Estaba cansado de tener que luchar para que no les sucediera nada a la gente que amaba, para vivir una vida que fuera digna de llamarse así, para poder amar a quien quisiera. Estaba exhausto. Y exploté.

—¡¿Por qué haces esto?! —grité— ¡¿Por qué estás tan obsesionada con que Adam murió solo porque estaba enamorado de Valerie?!

—¡Porque es la verdad! —contestó chillando—. Tu hermano murió solo porque estaba enamorado de esa chica, ¡y no pienso perderte a ti también porque quieras cometer el mismo error que él!

—¿Cómo sabes eso? ¡Llevamos meses investigando y no hay ninguna prueba que demuestre eso!

—Ya, ¡porque tú no sabes lo que yo sé!

—Por el amor de Dios, ¿y qué es lo que sabes?

—¡Os están amenazando, Jess! —estalló mi madre.

Me quedé mirándola, los segundos se estiraron entre nosotros. Luego conseguí volver a hablar, en voz baja y pasmado.

—¿Qué? —pregunté de forma casi inaudible—. ¿A qué te refieres?

Trish se echó el pelo hacia atrás y se cruzó de brazos. No era un movimiento a la defensiva, más bien parecía querer protegerse.

—Justo lo que he dicho. El primer correo llegó dos días después del evento en mi honor en la sala Rainbow. Una foto de Helena y de ti, hablando delante del ascensor, no venía ningún texto, solo una fecha: 28/05.

La miré fijamente, el miedo se deslizó por todo mi cuerpo cuando terminé de asimilar lo que acababa de escuchar.

—El día de la muerte de Adam y Valerie.

Trish asintió. Por primera vez, no parecía conmocionada ni calculadora, sino del todo exhausta. Todas las máscaras que había mostrado hasta hoy parecieron caer, y solo quedó una mujer afligida e impotente. Pocas cosas me habían dado tanto miedo en mi vida.

—Pensé que sería una broma cruel de alguien que quería hacerme daño. Imagino que hay muchas personas que disfrutarían haciéndolo.

No me cabía ninguna duda.

—Pero ¿no se detuvo ahí?

—No. Recibí una llamada que se guardó en el buzón de voz de alguien que decía que os había visto juntos en Tough Rock. No reconocí ni la voz ni el número. Así que hablé contigo y me dijiste que no había nada entre vosotros. Después de eso, hubo silencio durante una temporada, así que pensé que el asunto estaba resuelto. Tampoco me lo estaba tomando muy en serio en ese momento.

Sentí que el miedo me encogía el pecho, pero lo ignoré. Primero necesitaba saber todos los hechos para decidir si la preocupación de mi madre era real o pura paranoia de la que alguien se había aprovechado.

—¿Cuándo volvió a pasar?

—La noche en que Helena y tú… Míralo tú mismo.

Mi madre se acercó a su portátil y me mostró un correo que tenía una foto adjunta. No era de muy buena calidad, pero reconocí a la persona que aparecía: era Helena delante de mi casa, con el vestido de princesa Disney, subiendo las escaleras en dirección a mi apartamento. El texto solo contenía una amenaza clara como el agua: «¿De verdad quieres que vuelva a pasar?».

Por muy aterrador que sonara, también significaba que quien fuera el responsable de todo esto, no se había enterado de que Helena y yo nos vimos en la Glowfy y que después estuvimos en el Bella Ciao. Ni tampoco de lo que sucedió en el Mirage. Sentí algo de alivio, aunque no supe muy bien por qué. Al fin y al cabo, sabía lo que esto suponía para nosotros, aunque no me permitiera ni pensarlo.

—¿Por eso te presentaste allí a la mañana siguiente para hablar con Helena? —pregunté.

—¿Qué otra opción tenía? —Trish sacudió la cabeza—. Sabía lo que le había sucedido a su padre aquella noche y que no sería capaz de negarse si le ofrecía el acuerdo de Winchester. Parecía la solución más limpia para todos. Y durante meses, funcionó.

Meses llenos de dolor y angustia para dos personas que se querían, pero a quienes no les permitían, estar juntos. ¿Se hacía una idea de lo que nos había hecho pasar? Seguramente no. Puede que hubiera tomado esa decisión por miedo, puede que por amor, pero no entendía de verdad lo que implicaba.

—¿Por qué no me lo dijiste? —pregunté en tono acusador—. ¿Ni entonces ni ahora? ¿Cómo pudiste pensar que la mejor solución era amenazar a Helena y ahora a mí, en vez de hablar con nosotros?

—¡Porque no habría servido para nada! —exclamó—. ¡Jamás habrías renunciado a esta chica por un correo, y ella tampoco a ti! Sin duda me habrías acusado de habérmelo inventado para separaros solo porque odiaba a Valerie.

En eso tenía razón, aunque pensé que al menos la habría escuchado. O habría intentado buscar al que enviaba esos correros. Debían de ser los mismos que asesinaron a Adam y a Valerie, los mismos intereses, que al parecer también nos amenazaban a Helena y a mí. Y eso significaba que era un asunto serio. Más de lo que pensábamos.

—¿Es todo?—La miré fijamente. Si se había esforzado tanto en volver a separarnos después del trato que había hecho con Helena, debía de haber un motivo para ello.

Trish respiró hondo, se acercó a su portátil y seleccionó algo. Era otro correo, de hacía diez días, sin texto, solo un documento adjunto. Lo abrí y mis ojos se ensancharon cuando vi lo que era. Un formulario, de los que se rellenan cuando alguien ingresa en el hospital. Aparecía mi nombre y mis datos, junto a la fecha de Nochebuena. Era una amenaza poco sutil. Empezaron a temblarme las manos.

—¿Por qué? —pregunté en un susurró mientras cerraba el documento—. ¿Por qué hacen esto?

—No sé cuáles son los motivos, no tengo ni idea de por qué no puede existir una relación entre Weston y Coldwell —negó con la cabeza—. Quizá alguien pensara que empezaríamos a trabajar juntos si Adam y Valerie se casaban, y piensen que ahora pasará lo mismo si Helena y tú sois pareja.

Me resultaba difícil de creer. Nuestras familias eran ricas e influyentes, sobre todo ahora que los padres de Helena habían recuperado su estatus en la ciudad, pero, aun así, la forma de dirigir las empresas era tan diferente que nadie en su sano juicio creería que Trish y los Weston podían trabajar juntos. ¿Qué proyecto iban a hacer? ¿Un rascacielos de arquitectura antigua?

—¿Hubo alguna vez una razón para esto? —seguí preguntando—. ¿Un rumor o algo que diera pie a un malentendido?

De nuevo, mi madre negó con la cabeza.

—No recuerdo nada por el estilo.

—Yo sí —dijo una voz en la puerta que daba al pasillo, y ambos nos quedamos petrificados. Allí estaba Eli, sudoroso con su ropa de deporte. Era evidente que había estado en el gimnasio que había al fondo del apartamento y que no nos había oído desde el principio; los auriculares caídos alrededor del cuello lo demostraban. Yo ni siquiera sabía que estaba en casa, aunque eso no habría cambiado la discusión con Trish.

—¿El qué? —pregunté con impaciencia, desesperado por saber alguna pista que nos llevara a algún punto que pudiera controlar—. ¿A qué te refieres?

Eli respiró hondo.

—Un par de semanas antes de que muriera, estaba en casa con Adam y escuché que hablaba por teléfono con el padre de Valerie. Por lo visto, los Weston estaban trabajando en un proyecto descomunal en Queens de cientos de viviendas. Estaban buscando un socio, porque no sabían cómo gestionar la obra, o al menos eso creo ahora, entonces era muy joven para entenderlo. Adam quería que mamá y los Weston se sentaran a hablar del tema. Pero, hasta donde sé, el padre de Valerie no quiso.

Trish lo miró desconcertada.

—No tenía ni idea. ¿Por qué no me lo dijiste?

—Creí que Adam te lo habría contado —respondió Eli—. Además, no sabía que era algo importante. —Me miró a mí—. ¿Por eso murieron? ¿Podría haberlo evitado?

—No, enano, claro que no —repliqué con una sonrisa tranquilizadora, aunque me costó lo indecible. No era culpa de Eli, sino de todo lo demás—. ¿Sabes si alguien más escuchó esa conversación? ¿Había alguien en casa o estaba la puerta abierta?

—Estábamos solos en casa. No había nadie, ni siquiera Valerie. Pero si alguien tenía pinchado… el teléfono de Adam o… —Reconocí la incomodidad en el rostro de Eli, la culpa que tan a menudo había sentido yo, y me habría encantado quitársela, pero en ese momento no podía.

—Entonces sí que existe la posibilidad del rumor. Que Westwell pudiera hacerse realidad a menos que Adam y Valerie desaparecieran.

No era ninguna pista, pero por fin había un motivo para todo lo que había sucedido. Posiblemente podríamos sonsacarle a Miller quién tenía miedo de que CW Buildings y el Grupo Weston unieran fuerzas.

—¿Y en qué ayuda eso? —preguntó Trish.

—Porque por fin sabemos dónde buscar. Descubriremos quién estaba interesado en reavivar vuestra enemistad a toda cosa —dije asintiendo con vehemencia—. Encontraremos a los responsables y pagarán lo que han hecho. Así Helena y yo estaremos a salvo. Ya tenemos a alguien, se llama Miller y…

—¿Hablas de James Miller? —Mi madre alzó la mirada—. ¿El que le dio dinero a los invitados de la fiesta para que hablaran mal de Valerie? Olvídate. Mi gente interrogó a Miller hace semanas. No tiene ni idea de para quién trabajaba. Le hicieron transferencias desde sociedades *offshore* y recibió las instrucciones por correo. Lo habitual.

La esperanza que tenía se desinfló como un globo pegado con cinta adhesiva antes de clavarle un alfiler… de forma lenta pero imparable. Miller, nuestra mejor pista, del que esperábamos tanto, ya no valía nada.

—No encontrarás a esa gente, Jess. Nadie puede. —Trish sonaba impotente, de una forma que jamás había visto en mi vida, ni siquiera cuando murió Adam—. Lo sé porque lo he intentado. He pasado meses tratando de descubrirlo, me he gastado lo indecible, y no he conseguido nada. La gente que asesinó a Adam y Valerie son fantasmas. Y los que lo orquestaron son tan poderosos que nunca asumirán la responsabilidad de lo que han hecho.

—¿Quiénes son? —le pregunté—. ¡Tendrás tus sospechas!

Porque, de no ser así, no teníamos nada. Ni pistas, ni indicios, ni posibilidades de resolver el asesinato, o de evitar la amenaza que nos acechaba. Si no dábamos con esos cabrones, Helena y yo nunca estaríamos a salvo. Tendríamos que… No. No quería ni pensarlo, porque, si lo hacía, se convertiría en realidad, y no podía soportarlo.

—¡No lo sé! —estalló Trish—. Tengo una lista entera de nombres, pero no sé quién de ellos podría tener tanto interés en matar a mis hijos.

—Esa lista —dije en un tono que me esforcé por controlar, aunque solo fuera porque Eli estaba presente—. Dámela, por favor.

Debía mantener la cordura para encontrar la solución. Las personas que habían matado a mi hermano y a la hermana de Helena existían. Existían y nos estaban amenazando, y no iba a dejar que se salieran con la suya.

—No. —Mi madre negó con la cabeza—. Si te la doy, la usarás para buscar a los culpables, y eso sería igual de peligroso que seguir con la relación que tienes. ¿No has tenido suficiente con la lección que te dieron en Navidad?

—Markham está en la cárcel —le recordé, aunque sabía con certeza que la seguridad que había sentido hasta ahora era una mera ilusión.

—Markham era solo el chivo expiatorio porque la investigadora les estaba pisando los talones. Abre los ojos, Jess.

No quise asimilar lo que implicaban esas palabras. No las dejé entrar en mi mente, solo porque era demasiado.

—¡Pero tenemos que hacer algo, joder!

¿Cómo era posible que, justo ella, me dijera que debía quedarme de brazos cruzados y dejar que los asesinos de su hijo se salieran con la suya? Mi madre asintió, una expresión dura e inflexible.

—Ya sabes lo que tienes que hacer. Y ya te he dicho lo que pasará si no estás dispuesto a hacerlo.

La miré atónito.

—No hablarás en serio —pronuncié sin fuerzas. ¿Después de todo lo que acabábamos de hablar volvía a chantajearme?

—Claro que sí. —Me miró fijamente—. Me da igual si quieres odiarme, Jessiah. Me da igual si no vuelves a dirigirme la palabra, si así sé que estás a salvo. Y solo puedo garantizar esa seguridad si dejas de ver a Helena Weston. Si no estás dispuesto a protegeros a ambos, tendré que obligarte a hacerlo. Y eso significa que me encargaré de que Thea Wallis pierda a su hija mañana mismo si no acabas con esta relación.

Lo peor de sus palabras no fue la angustia que me causaron, ni que Trish no me dejara otra opción. Lo peor era que tenía razón. Después del ataque en Nochebuena, me había distanciado de Helena porque me daba miedo que los matones volvieran a intentarlo. Me había jurado que haría absolutamente todo lo posible por protegerla y, en eso, Trish tenía razón: Helena no estaría a salvo si seguía conmigo. Podíamos intentar encontrar a esas personas, pero tardaríamos un tiempo y, mientras tanto, llevaríamos una diana en la espalda, tal vez hasta acabáramos como Valerie y Adam. No podía arriesgarme. No podía arriesgarme a que le pasara algo a Helena.

Al darme cuenta, sentí como si desapareciera el suelo de mármol blanco de mis pies. Me dio la sensación de que ya no podía respirar. Trish dijo algo y Eli se acercó a mí y estiró la mano, pero yo me aparté, me di la vuelta y me dirigí al ascensor. Mi hermano me gritó alguna cosa, pero no lo escuché, no entendí el significado. Esperé a que se cerraran las puertas y empecé a bajar, sin tener ni idea de cómo afrontarlo. Cómo, después de todo lo que había pasado en los últimos meses y años, íbamos a afrontarlo.

Cuando salí a la calle, estaba lloviendo. Las gotas frías cayeron sobre mi piel, una tras otra, y yo me quedé donde estaba, sin moverme. Me sentía vacío. Sordo. Mudo. No sentía nada y, al mismo tiempo, lo sentía todo: el dolor, el miedo, la rabia. Y sobre todo, la impotencia.

No podía volver a casa. No podía abrir la puerta del apartamento, ver allí a Helena y decirle que todo había acabado, que debíamos separarnos, otra vez. No porque mi madre me hubiera amenazado, sino porque ahora conocía la verdadera razón por la que mi hermano y la hermana de Helena estaban muertos. Si era cierto, todo lo demás también. Corríamos peligro mientras estuviéramos juntos. Tal vez se podía impedir que nuestras familias trabajaran juntas en un mismo proyecto, pero no se podía impedir que a alguien le preocupara que Helena y yo estuviéramos juntos. Valerie y Adam habían muerto por una conversación privada y solo llevaban juntos seis meses. ¿Cuántas posibilidades habría si seguíamos juntos dos o cinco años? ¿Qué probabilidades teníamos de tener una vida en común sin preocupaciones si había gente que tenía tanto miedo a que se unieran nuestras familias que estaban dispuestos a matar?

Sabía la respuesta.

Ninguna.

No podía ir a casa, así que eché a correr bajo la lluvia torrencial sin saber hacia dónde. Me estaba mojando, hacía frío, pero no sentía nada. Solo dolor y desesperación, y no tenía ni idea de qué debía hacer, de qué debía decirle, de cómo se suponía que iba a afrontarlo. La quería más que a mi propia existencia y, aunque había estado a punto de perder la vida hacía unos meses, la habría arriesgado de nuevo si esto solo se tratara de mí. Pero también se trataba de ella, de su vida y de su futuro.

Intenté dar con una solución desesperadamente, pero no encontré ninguna. Sí, podíamos seguir buscando a los responsables y yo pensaba continuar con esa búsqueda. Pero si la relación de Adam y Valerie los había conducido a la muerte, no podíamos seguir investigando juntos con la esperanza de atraparlos a ellos antes de que nos dieran caza a nosotros. ¿Y si Helena era la siguiente en la lista? ¿Y si descubrían que aún estábamos juntos? Habíamos sido cuidadosos, pero quizá no lo suficiente.

Seguí corriendo, más y más, la camisa mojada rozaba mi piel, la ciudad pasaba de largo a mi paso. La lluvia arreció, luego se calmó, y después volvió a intensificarse, y una parte de mí deseó que pudiera lavarme, deshacerme, disolverme hasta no quedar nada. Pero, como es obvio, eso no sucedió. Seguí de una pieza, aunque no de verdad. ¿Cómo iba a permanecer nadie de una pieza en esta situación?

No podía volver a casa, pero sabía que algún momento tenía que hacerlo. Ya era tarde y, después de todo lo que habíamos pasado, no podía esperar que Helena no se preocupara, incluso aunque eso fuera mejor que lo que tenía que decirle. Así que escapé de mis pensamientos sombríos durante un instante, para darme cuenta de que no estaba lejos del Village. Cinco manzanas, diez minutos, y estaría delante de mi casa. Del piso salía luz, así que Helena seguía despierta. Mis entrañas se encogieron ante la perspectiva de lo que iba a pasar, de tener que hacerle daño otra vez.

Como si fuera una marioneta, me dirigí a la puerta, la abrí, subí las escaleras y busqué las llaves, pero la puerta ya se estaba abriendo y Helena me miraba desde el otro lado, con una expresión de absoluta preocupación. Preocupación por amor, por un amor que nunca llegué a creer que merecía, puede que aún no lo hiciera. Y a pesar de ello, allí estaba Helena, que me amaba tal como era. Pero era inútil, pues cuando le dijera lo que había descubierto hoy, ese amor volvería a convertirse en un dolor descorazonador.

—Jess, ¿qué sucede? —preguntó cuando se dio cuenta de que estaba empapado. Se apresuró por llevarme al interior del apartamento y me puso las manos en las mejillas. Las noté cálidas en comparación con mi piel helada—. ¿Qué ha pasado? ¡Háblame!

Quise hacerlo, quise decirle lo que había ocurrido, pero no lo conseguí. Las palabras se me quedaron en la lengua, el dolor me ahogaba la garganta. Así que no dije nada. En su lugar, la envolví en mis brazos mojados y la abracé tan fuerte como pude.

Entonces empecé a llorar.

# 34
# Helena

Esperar en el apartamento sabiendo que Jess y Thaz estaban a la caza de Miller fue insoportable. Primero me puse a ordenar la cocina, una tarea sin sentido, ya que estaba meticulosamente organizada y limpia. Después me centré en la investigación, aunque siempre con un oído en la puerta. Llegaron las diez y, luego, las once. Llamé a Jess, pero no respondió. Thaz tampoco. ¿Cuánto iba a tardar en volver a casa? ¿Les había pasado algo? Los recuerdos de los terribles acontecimientos de Nochebuena me atenazaron y sentí un frío indescriptible. Debería haber sido yo la que fuera a aquella partida de póquer. Aunque Adam y Valerie fueran hermanos de los dos, resolver el caso había sido mi misión, mi idea. Si algo le sucedía a Jess, no lo soportaría.

Cuando llegó la medianoche, empecé a deambular por la casa de un lado a otro. Me planteé por un instante llamar a Eli, pero no quería inquietarlo y probablemente no sabría mucho más que yo. Así que volví a llamar a Jess, de nuevo sin éxito. ¿Dónde había sido la partida de póquer? Había escuchado la dirección, estaba por el Upper West Side, cerca del museo. ¿Y si pedía un taxi y me acercaba allí? En el exterior estaba lloviendo a cántaros, así que sin duda era una idea estúpida. No, estaba claro. Pero ¿qué más podía hacer?

Me di la vuelta como un látigo cuando por fin oí pasos al otro lado de la puerta y llegué allí antes de que Jess la abriera.

—Jess, ¿qué sucede? —pregunté al ver que estaba completamente mojado. La preocupación queda de toda la noche dejó paso a un miedo atroz—. ¿Qué ha pasado? ¡Háblame!

Jess abrió la boca con intención de decir algo, pero luego tragó saliva con dificultad, respiró hondo y me abrazó tan fuerte que me quedé sin respiración. La fría humedad de su abrigo se filtró hasta mi sudadera, pero no me separé ni un centímetro, solo le correspondí el abrazo. Estaba temblando y llorando, en silencio, yo lo sentía, sentía cada sollozo en mi cuerpo. Y, aunque estaba tan preocupada que temía perder la cabeza, lo dejé desahogarse.

Cuando al fin se separó de mí, no volví a hacerle las mismas preguntas. En su lugar, me ocupé de lo más importante y de aquello en lo que podía influir.

—Tienes frío, tienes que quitarte la ropa mojada —dije, y le aparté el abrigo de los hombros. Lo dejé caer sin miramientos al suelo, al igual que su chaqueta y su camisa, que desabroché con los dedos mojados. Luego corrí al baño y saqué una de las toallas grandes del armario. Jess seguía donde lo había dejado, jamás había visto sus ojos tan vacíos, y mi miedo me dijo que había pasado algo realmente malo.

—¿Se trata de Eli? —pregunté, ya que me parecía la posibilidad más obvia. Jess actuaba como si alguien hubiera muerto—. ¿De Thaz?

Volvió a negar con la cabeza.

—Ella tenía razón —susurró entonces con la voz áspera del llanto y la angustia.

—¿Quién tenía razón? ¿Y sobre qué?

Le envolví los hombros con la toalla y froté con las manos. Habría sido mejor que se diera una ducha caliente, pero primero debía averiguar qué había pasado.

—Trish. Y eso significa..., significa... —Se le cortó la voz y se llevó una mano a la boca.

Me rompía el corazón verlo así y no entendía qué quería decirme. Lo guie con amabilidad hasta el sofá e hice que se sentara. Apoyé mi mano en la suya antes de preguntar de nuevo.

—Entonces ¿sabe algo de Miller?

—No. Miller es un callejón sin salida. Fui..., fui a casa de Trish después de la partida de póquer. Quería verme porque había descubierto lo de Lilly.

Abrí tanto los ojos que me dolieron un poco. Una violenta conmoción sacudió mi cuerpo.

—¿Lo sabe? ¿Y qué va a hacer?

—Nada. —Jess resopló y sonó tan triste que se me encogió el estómago—. Pero solo si nos separamos.

La conmoción se tornó en una ira ardiente en apenas unos segundos.

—¿Qué? ¿Todavía está con esas? ¿Cómo se atreve a volver a hacernos esto? ¡Espero que le hayas dicho que puede meterse sus amenazas por donde le quepa!

—No podía hacer eso —afirmó sacudiendo la cabeza y evitó mi mirada.

—¿Por qué no?

—Porque lo único que quiere es protegerme.

Me miró y me acarició la mejilla con suavidad. Yo me aparté, llena de ira. No sabía qué había pasado en las últimas horas, pero este no era el Jess que yo conocía.

—Pero ¿qué leches te pasa? —exclamé—. ¡Odias a tu madre precisamente por hacer este tipo de cosas! Ella fue el motivo por el que estuvimos separados durante meses y fuimos infelices, ¿y ahora de repente te ablandas y crees que solo hace esto por ti?

Jess asintió, pero no intentó acariciarme de nuevo. En su lugar mantuvo la vista fija en un punto a mi espalda y se sumió en el silencio, como si estuviera buscando las palabras. Me dieron ganas de zarandearlo para que recobrara el sentido, pero supuse que no serviría de nada, así que probé a dejar a un lado mi enfado.

—Por favor, explícamelo para que lo entienda —supliqué con la voz temblorosa—. Explícamelo desde el principio, ¿vale?

Y eso hizo. Me relató rápidamente lo que había pasado en la partida de póquer, que se había encontrado allí con mi padre, aunque ahora mismo no me interesaba eso. Luego me contó que había recibido una llamada de Thea porque alguien le había sacado fotos a Lilly en el colegio y que, poco después, su madre le había pedido que viniera a hablar con ella.

—Sabía lo que eso significaba. —Jess se estremeció, pero no supe si se debía a su encuentro con Trish o a que todavía tenía la ropa mojada—. Entendí que había descubierto la existencia de Lilly, pero pensé que tal vez no lo usaría en mi contra. En nuestra contra.

—Pero lo hizo —afirmé sin emoción.

—Sí, porque tiene miedo. Y con razón.

Jess volvió a mirarme y estuve a punto de apartar la mirada, porque reconocí mucho dolor en su mirada, como si ya me echara de menos a pesar de que estaba allí mismo. Apreté sus manos para no perderlo. No importaba lo que Trish hubiera planeado, encontraríamos una solución. No nos quedaba otra.

—¿Por qué piensas eso?

Seguía sin entenderlo. Durante mucho tiempo, nos habíamos rebelado contra los planes de su madre y ahora, de repente, parecía estar de acuerdo con lo que nos estaba haciendo. Nada me daba más pavor que ver a Jess dándose por vencido.

—Porque está recibiendo correos con amenazas. Contra ti y contra mí. —Se enjugó el rostro—. La primera fue después de que nos conociéramos en la sala Rainbow. Le mandaron una foto de nosotros con la fecha de la muerte de Valerie y Adam.

Boqueé en busca de aire, pero fue como si no consiguiera respirar.

—¿Qué? —susurré.

Jess asintió y frunció los labios para mantener la compostura.

—Fue solo el primer correo de muchos que demuestran que nuestras familias no pueden unirse de ninguna forma, ya desde la época de nuestros hermanos. Cuando estuvimos en Tough Rock, mi madre recibió una llamada anónima y, cuando estuviste aquí en el aniversario de la muerte de Valerie y Adam, recibió otro correo con una foto en la que aparecías tú delante de mi casa. «¿De verdad quieres que vuelva a pasar?», decía. Y luego… llegó el último hace unos días. Mi parte de ingreso en el hospital en Navidad.

—No.

Me tapé la boca con la mano, desconcertada, aunque esa palabra no abarcaba en absoluto lo que estaba sintiendo. Fue como si el mundo se me cayera encima, como si todo lo que consideraba una realidad se disolviera y se derrumbara sobre mi cabeza. Me puse en pie y anduve unos pasos, pues empezaba a sentir el agobio. Metí las manos en las mangas de mi jersey, como si pudiera permanecer así, aunque sabía que era imposible. Era demasiado. Simplemente era demasiado.

Pero no estaba dispuesta a rendirme. Me giré hacia Jess.

—Tiene que haber alguna solución.

—No hay ninguna —negó con la cabeza—. Mi madre ha estado investigando, ha hecho todo lo posible por encontrar a los responsables. Dice que son demasiado poderosos como para dejarse atrapar. Y aunque lo consiguiéramos…, es demasiado arriesgado.

Respiré hondo, la impotencia y la ira se abrieron paso hacia el exterior.

—¡Mataron a nuestros hermanos, Jess! ¡Intentaron matarte a ti! ¡No podemos dejar que se salgan con la suya!

—¡Yo tampoco quiero eso! —exclamó desesperado—. Pero ¿qué precio estamos dispuestos a pagar? ¿Tu vida? ¿La mía? ¿La de los dos? ¿Vamos a hacerle eso a nuestras familias? ¿Crees que Lincoln o Eli podrían volver a superar una pérdida así? ¡Eso no es lo que habrían querido Adam y Valerie!

Abrí la boca para decir algo, para contraatacar con algún buen argumento, porque la causa merecía la pena. Pero entonces recordé el miedo que me recorrió la cabeza, el corazón y el cuerpo el día de Nochebuena. Al igual que después de la muerte de Valerie y los años posteriores, aún no lo había superado. ¿Qué conseguiríamos si alguien más perdía la vida? ¿Cuánto nos destruiría a nosotros y a los demás si pasaba?

No noté que había empezado a temblar, apenas me di cuenta de que estaba llorando, porque en mi interior sabía lo que significaba:

nuestro fin. Después de todo lo que habíamos superado, después de todos los umbrales que habíamos cruzado solo porque nuestro amor mutuo era lo bastante fuerte, habíamos llegado a un punto en el que no podíamos seguir avanzando. Y el dolor se hizo patente en mí sin que pudiera evitarlo.

No fui consciente de que Jess se levantaba, pero sí que noté sus brazos cuando me abrazó. Esos brazos que tanto me habían hecho sentir como en casa, que siempre serían mi lugar favorito en el mundo. Sabía que Adam había supuesto lo mismo para Valerie. Me dijo una vez que lo había encontrado a él y también a sí misma, que se había calmado desde que lo conoció porque era el primer hombre que no esperaba nada de ella. Al igual que me pasaba a mí con Jess. ¿Mi hermana y yo no solo compartíamos ese sentimiento, sino también nuestro destino? ¿Perdería mi vida si no me separaba de Jess? No lo sabía. Lo que sí sabía era que, de alguna u otra forma, moriría.

—No puedo perderte —murmuré contra su cuello—. No podría volver a soportarlo.

Vivir en la misma ciudad y no poder vernos ya había sido un calvario el verano pasado, y entonces no teníamos la conexión que compartíamos ahora. Nunca me habría imaginado que podía amar a alguien tanto como a Jess, con todo lo que era y con lo que sería. Lo habría dado todo por él, incluso la vida.

—Claro que sí —me respondió, y se separó un poco de mí para acariciarme la mejilla—. Eres la persona más fuerte que conozco, amapola. Si alguien puede conseguirlo, esa eres tú.

—Pero no quiero —lloré—. No quiero vivir sin ti.

—Yo tampoco quiero eso. —Me miró cargado de tristeza—. No hay nada que quiera menos, pero no puedo arriesgar tu vida.

Lo besé, las lágrimas se precipitaron por mis mejillas al hacerlo. Lo más sensato habría sido marcharse. Marcharse de inmediato para no complicar las cosas, o para no correr más riesgos. Sin embargo, no tuve fuerzas para desaparecer de su vida de un momento a otro, así que intensifiqué el beso, me acerqué más a Jess y nos convertimos en ese uno que ya no nos permitían ser. Sus manos arañaron mi jersey, me besó intensa y desesperadamente, pero luego se interrumpió.

—Helena, no —pronunció sin aliento, y noté su miedo. Miedo a que nos doliera todavía más. Miedo de darle más motivos a la gente que había asesinado a nuestros hermanos para que hiciera lo mismo con nosotros. Pero, aunque hubieran conseguido separarnos, no nos arrebatarían la despedida que merecíamos.

—Solo esta noche —supliqué—. Danos solo esta noche, Jess.

Reconocí las dudas en sus ojos, la preocupación, que rápidamente se transformó en deseo y abandonó la lucha. Un segundo después, se acercó a la puerta, apagó la luz, volvió a mi lado y me besó con tanta pasión que se me aflojaron las rodillas. La oscuridad intensificó las caricias, la respiración, los movimientos. Pero también nos envolvió, protegiéndonos del exterior.

Y mientras el resto del mundo desaparecía a nuestro alrededor, tuve la certera de que tal vez esta forma de morir no estaba tan mal después de todo.

# 35
# Helena

Nueva York por las noches no dormía, pero sí estaba más tranquila de lo que muchos pensaban. Y desde la azotea, cualquiera podría creer que se encontraba en otra ciudad. Sin embargo, hoy no conseguí olvidarme de todo lo que me rodeaba con tan solo cerrar los ojos.

Debían de ser como las cinco de la madrugada. Me había despertado hacía una media hora y no había sido capaz de seguir en la cama. Aunque sabía que esa noche era lo único que nos quedaba, no pude permanecer más tiempo en los brazos de Jess. Estaba demasiado inquieta, demasiado triste, contando los minutos hasta que tuviéramos que decirnos adiós. Así que me levanté sin despertarlo, subí a la azotea y me senté en el enorme sofá con una manta por encima. En realidad, mi intención había sido quedarme allí unos minutos hasta que me entraran ganas de volver a dormir, pero, en cuanto pisé la azotea, mis pensamientos se pusieron en marcha como un motor que no dejaba de girar.

Nuestra ruptura parecía inevitable y, al mismo tiempo, oía una vocecita en mi cabeza que me decía que no era lo correcto, que ceder ante las personas crueles que habían asesinado a nuestros hermanos no podía ser el último recurso. Me había jurado a mí misma que jamás volveríamos a separarnos y quería mantener esa promesa. Pero eso significaba que necesitaba un plan. Un plan que no solo resolviera el asesinato de Valerie y Adam, sino que también nos asegurara que Jess y yo podíamos vivir en paz.

Desde la muerte de mi hermana, había aprendido a pensar de forma estratégica. Tal vez tuviera talento para ello, o tal vez no, pero, cuando empecé a recopilar los hechos del caso para limpiar el nombre de Valerie, me di cuenta de que debía dejar a un lado mis sentimientos, aunque fueran unos minutos o media hora, para pensar con claridad. Y eso hice ahora. Tomé la desesperación y la angustia y, junto al amor que sentía por Jess, los encerré en mi corazón para poner en marcha mi cabeza. Sabía que no duraría mucho, pero tal vez aguantara lo suficiente para dar con algo. Tenía la certeza de que no existía ningún camino fácil que estuviera libre de riesgos, pero quizá sí existía alguno difícil, arriesgado… pero factible.

Abrí la aplicación de notas de mi móvil, que me había metido en el bolsillo al despertarme, y empecé a hacer una lluvia de ideas totalmente confusa y en la que no me limitaba a nada. Escribí y escribí durante una hora, eliminé posibilidades y agregué otras, volviéndome cada vez más atrevida y pensando con perspectiva. Y, de repente, algo en mí se liberó, como si hubiera tenido un freno mental y ahora estuviera lista para arriesgarme, para arriesgarlo todo.

Ese fue el momento en el que se abrió un camino.

No era una calle ancha, sino más bien una oquedad en la selva que no te quedaba otra que atravesar y que se cubría de maleza en cuanto la dejabas atrás. Un sendero lleno de trampas, baches, donde a veces encontrabas una rama o tenías que saltar por encima de una zanja. Pero era un camino, y eso era lo único que importaba. Por desgracia, no podía atravesarlo sola; necesitaba la ayuda de una mujer que sin duda me odiaba más que a nadie en el mundo y que probablemente sería la última persona que querría ayudarme. Necesitaba la colaboración de Trish Coldwell.

Eran casi las seis y media de la mañana cuando bajé de la azotea. Jess seguía durmiendo, aunque no fuera de forma plácida, pero no me atreví a despertarlo. Sabía que me echaría a llorar tan pronto viera esos ojos verdes y no haría más que complicar las cosas. Además, no quería hablar con él de esta mínima posibilidad hasta que no hubiera visto a Trish.

Así que reuní todas mis fuerzas para evitar darle un beso de despedida en la frente y descendí los escalones en silencio hacia la planta baja, donde cogí mi abrigo y mis zapatos. Sentí una emoción palpitante y temerosa cuando salí del apartamento y llegué a la calle, donde pedí un taxi y le dije al conductor adónde quería ir.

A esta hora el tráfico de Nueva York empezaba a intensificarse, por lo que el viaje duró más de lo esperado. Me aferré al móvil, consumida por una tensa inquietud, y me quedé mirando por la ventana hasta que me di cuenta de que no podía entrar sin más en Coldwell House. Si pedía en recepción subir al ático, Trish me negaría el paso. Así que busqué el número de Eli, confiando en que estuviera despierto y con su madre, y le mandé un mensaje.

«Necesito hablar con Trish, es muy importante. ¿Puedes dejarme pasar sin que ella lo impida?».

En otras circunstancias habría sido más educada, pero en estos momentos estaba de los nervios. Por suerte, Eli no me lo reprochó. En cuanto apareció en línea, empezó a escribir.

«Claro. ¿Estás ya aquí? Puedo abrirte la entrada del servicio».

«Llego en cinco minutos», respondí, y por suerte, acerté. Poco antes de las siete, me bajé del taxi en una calle lateral del edificio y me acerqué a la puerta secundaria. Esta se abrió antes de que llegara, y Eli se encontraba al otro lado, vestido con el uniforme del instituto, pero con cierta actitud soñolienta.

—Es por lo de ayer, ¿verdad? —preguntó mientras lo seguía por un pasillo sencillo hasta el ascensor. Esta era la zona reservada para todos los que trabajaban en Coldwell House—. Sé lo que pasó.

Asentí.

—Sí, está relacionado, pero luego te lo explico, ¿vale?

Si Trish accedía al plan (y las probabilidades eran mínimas), pondría al tanto a Eli sin dudar, al igual que a los demás.

—De acuerdo —aceptó él, que sacó una tarjeta de entrada de color negro de sus pantalones y la acercó a un panel del ascensor para que se pusiera en movimiento—. ¿Tienes un plan?

Un risa histérica se abrió paso por mi garganta al escucharlo, y lo disimulé con una tos mal pretendida.

—Algo así. —No podría haber dado una respuesta más vaga, era consciente de ello, pero si quería salvar mi amor por Jess, este era mi único intento.

—Espero que lo consigas —repuso Eli y, un segundo después, el ascensor se detuvo y se abrieron las puertas—. ¿Mamá?

—Estoy aquí —sonó desde la cocina—. ¿Para qué sales de casa tan temprano? Todavía no tienes el perro. Helena… —Trish se interrumpió cuando me vio doblar la esquina al lado de su hijo menor y me miró fijamente. Ya estaba arreglada para ir a la oficina, con un vestido de tubo en color crema y una chaqueta del mismo color. En cuanto me vio, se cruzó de brazos y se sentó delante del enorme ventanal que había a su espalda. Era una pose eficaz, tenía la ciudad a sus pies, una ciudad en la que había dejado su huella. Pero no permití que eso me detuviera; me lo estaba jugando todo, no me dejaría intimidar.

—Tenemos que hablar —dije.

Trish miró a su hijo.

—Elijah, tienes que ir al instituto —le ordenó para que nos dejara a solas.

Eli me lanzó una mirada preocupada, cogió su mochila y fue en busca del ascensor. Trish esperó a que se cerraran las puertas y entonces volvió a mirarme.

—Me imagino por qué estás aquí.

—Lo dudo mucho —respondí yo.

—Ah, ¿sí? —Una de sus cejas perfectamente depiladas se alzó—. ¿No has venido a negociar por Jessiah?

Estuve a punto de soltar un bufido.

—No negocio por el hombre al que amo, ni por nuestro futuro juntos.

—Bueno, no serviría para nada. —Se mostraba fuerte y bajo control, pero reconocí en sus ojos que estaba asustada—. ¿Te ha contado el motivo por el que haré cualquier cosa para evitar que estéis juntos?

—Por supuesto —asentí—. Jess siempre ha sido sincero conmigo, desde el día que nos conocimos. Nunca me ocultaría algo así.

—Y, no obstante, aquí estás. ¿Tan poco valoras tu vida, o la suya, que estás dispuesta a seguir viéndote con él?

Negué con la cabeza.

—Quiero a Jess y haría lo que fuera por protegerlo, pero haría aún más para que ambos estuviéramos a salvo y juntos. Por eso estoy aquí.

Trish permaneció en el sitio sin articular palabra. Respiré hondo y busqué las palabras que me había preparado en el taxi.

—Entiendo que tienes miedo, señora Coldwell. Yo también. —La miré a los ojos—. Pero tienes que comprender… que lo que propones no acabará con este asunto. Hasta que no atrapemos a las personas que asesinaron a Adam y Valerie, no estaremos a salvo, ni nosotros ni todos los que están por venir. Quien es capaz de asesinar una vez para proteger sus intereses, lo hará de nuevo, con independencia de lo que hagamos Jess y yo. ¿Y si quieres fusionarte con otra empresa y a ellos no les gusta? ¿Y si el jefe de esa empresa tiene una hija y Eli se enamora de ella? ¿Estará entonces él en peligro? ¿O Lilly, solo porque es tu nieta?

El gesto de Trish se torció ligeramente ante la mención de la niña, pero no de una forma siniestra por no haber conocido la existencia de Lilly en todos estos años. No, en sus ojos llameaba una verdadera preocupación. Puede que esta mujer fuera una reina de hielo, pero también tenía un corazón. Un corazón que se preocupaba por aquellos a los que amaba y por toda su familia. Y por eso no era capaz de simplemente odiarla, también me causaba compasión. Había difamado a mi hermana, había hecho trizas su reputación y se había encargado de que todo el mundo pensara que Valerie era la responsable de la muerte de Adam. Era algo que nunca podría perdonar, lo sabía, pero también entendía por qué lo había hecho. Trish no sabía cómo procesar el dolor de su muerte, sin duda era algo que nunca había aprendido. Que intentara proteger a Jess después de haber perdido a Adam era un sentimiento con el que podía identificarme con todo mi corazón. Y quizá esa era la conexión que necesitaba.

—Tenemos que ponerle fin —continué con firmeza, ya que Trish aún no había dicho nada—. Tenemos que descubrir quién mató a tu hijo y a mi hermana y asegurarnos de que nadie de tu familia ni de la mía vuelva a acabar herido. Pero solo lo conseguiremos si me ayudas.

Trish tragó saliva y luego respiró hondo.

—¿Cómo vas a dar con…, con quien los asesinó? He contratado a muchos investigadores y ninguno de ellos me ha dado ni tan siquiera una pista útil, y mucho menos un nombre.

Sentí esperanza al escucharla decir eso, porque sabía que no se había negado en redondo a una posible solución en equipo. Por supuesto, podría cerrarme la puerta en las narices en cualquier momento, pero, por ahora, existía la posibilidad de que me escuchara. Y pensaba aprovecharla, porque sabía que, si fracasaba aquí y ahora, Jess y yo tendríamos que dejarlo.

—Llevo investigando el caso desde que volví a la ciudad —le expliqué todo desde el principio—. Al principio solo lo hacía por ti: quería limpiar el nombre de Valerie después de que tú lo ensuciaras. Siempre estuve convencida de que mi hermana no tenía la culpa de sus muertes y quería demostrarlo.

Trish no se disculpó por su comportamiento y yo tampoco lo esperaba, así que seguí hablando.

—Había inconsistencias en la noche de la fiesta de compromiso; por ejemplo, que Adam despachara de la fiesta a un camello que había acudido como una especie de regalo por parte de Carter Fields, a pesar de que yo sabía que ni Valerie ni Adam consumían drogas. En algún momento, Jess descubrió lo que estaba haciendo y seguimos juntos, hasta que llegamos a un punto en el que tuvimos que contratar a una investigadora. Ya sabes lo que descubrió.

Trish asintió, la boca fruncida en un gesto triste y amargo.

—Lo sé, pero nada de eso os acercó a los responsables de este asunto.

—Por ahora no, pero eso no significa que no podamos conseguirlo. Jess me dijo que tenías una lista de sospechosos que creías capaces de hacer algo así.

—La tengo —admitió—. Pero no te la daré a ti tampoco.

—¿Ni siquiera si te digo que tengo un plan en el que podemos usar esa lista para descubrir quién mató a Adam y a Valerie?

Era un plan sumamente atrevido, donde cualquier cosa podría salir mal, pero estaba dispuesta a correr el riesgo porque, si funcionaba, se acabaría todo: la preocupación, el miedo, la amenaza. Si este plan funcionaba, Trish no tendría motivos para oponerse a nuestra relación de una forma tan violenta. Era mi única oportunidad de tener un futuro feliz, así que haría lo que fuera por cumplirlo. Se me encogió el estómago al pensar que podría no volver a ver a Jess nunca más, pero me obligué a seguir razonando con la cabeza en vez de con el corazón.

Trish me miró durante tanto tiempo que, de repente, fui consciente de lo que llevaba puesto: la sudadera del día anterior y unos vaqueros con descosidos en las rodillas. Ni siquiera me había peinado. Pero me daba igual. No tenía que verme guapa, tenía que ayudarme.

Al cabo de un rato, respiró hondo.

—¿Cuál es el plan? Si no se basa en que Jess y tú lo dejéis…

—Es todo lo contrario —la interrumpí.

—¿Todo lo contrario?

—Sí —afirmé—. Jess y yo nos comprometeremos.

—¿Comprometeros? —Me miró fijamente con los ojos abiertos. Luego soltó una de esas carcajadas que a mí siempre se me habían antojado más como una tos o un ladrido y sacudió la cabeza—. Estás loca si piensas que te voy a ayudar con nada que implique una boda. ¿Es que has olvidado lo que pasó la última vez que una Weston y un Coldwell planearon una boda juntos? —No tuve que responder—. Por el amor de Dios —espetó—. Eso es lo que quieres, ¿no? ¿Que se repita la historia?

Ahora llegaba el momento en que debía evitar que me echara de su ático en los próximos cinco minutos. O en los próximos dos.

—No quiero que la historia se repita —repuse enseguida, y levanté las manos como si así cambiara algo—. O al menos, no todas las partes de la historia. Pero si les damos a estas personas los mismos motivos para hacernos algo, reaccionarán igual que la última vez. Excepto que esta vez vamos a vigilar a todos los que están en tu lista para ver quién salta cuando Helena Weston y Jessiah Coldwell anuncien su compromiso.

Ese era mi plan. No al completo, aún quedaba algún otro punto importante, pero esa era la base: provocación. Era evidente que los asesinos de Adam y Valerie sabían que Jess y yo estábamos juntos, pero, aun así, no habían hecho nada desde Navidad. De hecho, habían usado un chivo expiatorio para que no los descubrieran por el ataque de Jess. Así que entendí que necesitábamos provocarlos para que reaccionaran y, de esta forma, poder darles caza.

—Tenemos que controlar esta situación —jugué mi última carta—. Y sé que yo no te importo, pero Jess sí, al igual que Eli o Lilly. Por eso te pregunto, señora Coldwell: ¿estás preparada para ayudarme a proteger a la gente que quieres?

# 36

# Jessiah

Incluso antes de abrir los ojos y despertarme del todo, supe que Helena se había ido. No sabía por qué, quizá habíamos pasado tantas noches juntos en las últimas semanas que la extrañaba aunque no fuera del todo consciente de su ausencia. Tal vez se debiera a la sensación de finalidad que pendía en la habitación y al silencio que tronaba en mis oídos. En un primer momento, me planteé si era mejor hundir la cabeza en la almohada y abandonarme al dolor o levantarme y hacer frente a mis sentimientos. Al fin abrí los ojos y asimilé la realidad.

Ya no estaba. Simplemente no estaba.

Mi cabeza no llegaba a comprenderlo, pero mi cuerpo sí. La pena me asfixiaba, casi de forma literal, me quitaba el aliento de una forma que no pude seguir tumbado en la cama en la que había dormido con ella el día anterior. Así que me levanté enseguida, me puse algo de ropa y bajé a la cocina.

Mi abrigo mojado seguía en el suelo junto a la puerta. Lo recogí y saqué mi móvil que, por suerte, era resistente al agua. No había llamadas perdidas ni ningún mensaje. Por un momento, sentí el impulso de sacar el móvil de prepago de la caja fuerte, pero supuse que tampoco en él habría señales de vida. Así había sido la última vez que Helena se había visto obligada a separarse de mí. Y aunque probablemente me habría dolido en el alma escuchar su voz, habría dado lo que fuera por hablar con ella.

Como no sabía qué hacer, me metí en la ducha, aunque sabía que así eliminaría todo rastro de Helena en mi cuerpo. Tal vez lo hiciera por eso.

El resto del día lo pasé en silencio y en soledad, al igual que los dos siguientes. Pasé la mayor parte del tiempo en el sofá, mirando el techo, buscando soluciones y no encontrando ninguna que no pusiera en peligro mi vida o la de Helena. Así que me di por vencido, dejé que cayeran las lágrimas y, en algún momento, me recompuse lo suficiente para pedir algo de comer, solo para acabar metiéndolo intacto en el frigorífico. Era como si el mundo siguiera girando, pero yo me hubiese parado. Tal vez estaba sufriendo una conmoción, tal vez fuera que mi razón y mi corazón no podían soportarlo. Cualquiera que hubiera perdido a tanta gente como yo se volvería loco tarde o temprano.

Eran las nueve de la noche, tres días después de que Helena se hubiera marchado, cuando sonó mi móvil y, por primera vez en horas, me moví. Me puse en pie y corrí con el corazón en un puño a la cocina, con la esperanza de ver su nombre. Pero no era Helena, era Thaz.

—Hola, tío —saludé, aunque hubiera preferido no hacerlo. ¿Cómo iba a explicarle a mi amigo todo lo que había pasado en las últimas setenta y dos horas después de la partida de póquer?

Y sobre todo, ¿cómo iba a hacerlo sin que me sobrepasaran mis propios sentimientos?

—Colega, tienes que venir —dijo Thaz en tono urgente.

La adrenalina se extendió a toda velocidad y noté que se me aceleraba el pulso. ¿Había sucedido algo? ¿Habían dado con Helena después de que se marchara de mi piso?

—¿Qué sucede? —pregunté ahogado, el nudo que me apretaba la garganta no dejaba paso a la voz—. ¿Le ha pasado algo a Helena?

—¿A Helena? —repitió desconcertado y sentí el alivio recorrer mi corazón—. ¿Por qué le iba a ocurrir algo? ¿Va todo bien?

—Nos… Lo hemos dejado —logré decir. Pensé con odio en todas las personas que nos habían estado vigilando todos estos meses y que ahora sabían que las amenazas de Trish habían surtido efecto. También pensé con odio en los asesinos de Adam y Valerie, a los que nunca atraparíamos y que seguirían viviendo sus vidas como si nada, a pesar de haber destrozado la existencia de tantos otros. Pero, sobre todo, odiaba que Helena no estuviera aquí conmigo. Estábamos hechos el uno para el otro, jamás había estado más seguro de nada en mi vida y aun así, se había marchado, sin esperanzas de volver a verla.

—¿Dejado? Lo siento mucho, JC. —Había una preocupación genuina en la voz de Balthazar, pero recordé que me había llamado por otro motivo. Antes de que pudiera seguir preguntándome por la relación, hablé yo.

—¿Qué sucede entonces? ¿Por qué tengo que ir y adónde?

—Al Harper's. He venido para ver qué color le vendría mejor a las baldosas y acabo de darme cuenta de que hay agua en el suelo de la cámara frigorífica.

—Vaya por Dios. —Cerré los ojos—. ¿Cuánta agua? —Según la respuesta, podría determinar si era una catástrofe absoluta o solo una a medias.

—Un par de centímetros diría yo. No he entrado, no quería que se me estropeasen los zapatos.

Entonces probablemente no se debiera a una tubería rota, sino más bien parecía una fuga del sistema de refrigeración. Aun así, tenía que ir a verlo y llamar a alguien para que lo arreglara. Según habíamos estipulado, Thaz no era responsable de ninguna de las cuestiones técnicas, ya que apenas sabía distinguir una llave inglesa de una de tubo.

—Estoy allí en diez minutos —prometí, y luego colgué.

Me puse una sudadera y una chaqueta y salí por la puerta. Cuando llegué a la calle, miré a mi alrededor en busca de cualquiera que pudiera estar vigilándome. Pero no encontré a nadie, claro. Quienquiera que hubiera contratado a esas personas se habría asegurado de que no hacían tan mal trabajo como para que yo me diese cuenta.

En vez de coger el coche, decidí ir a pie, ya que el local apenas estaba a un par de manzanas. El aire era frío y me pregunté si algún día llegaría la primavera o si tendríamos que vivir para siempre en este extraño mundo intermedio de frío con rayos ocasionales de sol. En realidad me daba igual, porque ahora que sabía que no había esperanza para mí y para Helena, me sentía entumecido por dentro. La ciudad podía mostrar su mejor cara y aun así no serviría de nada.

El Harper's solo estaba tenuemente iluminado en la zona del mostrador. Ya habíamos hablado con la interiorista la semana anterior, pero todavía no habían empezado las obras, y el comedor se veía algo triste, aunque quizá era solo cosa mía. Comprar este restaurante había sido el primer paso en mi futuro con Helena, la decisión de que no quería pasar los próximos años en Nueva York a la espera de otra cosa. Ahora me parecía irónico haberme atado al Harper's.

—Ya estás aquí. —Thaz apareció en la puerta que daba a la cocina—. Siento haberte pedido que vinieras a estas horas, pero pensé que era mejor que vinieras cuanto antes.

—Sí, has hecho bien —confirmé.

Crucé la habitación intentando dejar a un lado la sensación de vacío y entumecimiento que sentía en mi interior. La cámara de refrigeración no estaba junto a la cocina, sino en el pasillo que había más allá. Thaz lo atravesó y yo lo seguí, pensando en los daños que tendríamos que evaluar.

—Antes que nada, habrá que recoger el agua y luego…

Me quedé a media frase, porque justo entonces alguien salió de la cámara frigorífica al pasillo, con un abrigo oscuro y las manos en los bolsillos.

No, alguien no.

Ella.

—Helena —susurré casi imperceptiblemente. Esta me sonrió, pero parecía tensa.

—No hay agua en la cámara frigorífica —explicó Thaz como si hiciera falta—. Solo era una excusa. Te espero fuera con los demás.

Y desapareció.

—¿Con los demás? ¿Qué…?

No terminé la pregunta, porque entonces Helena me abrazó y, aunque sabía que lo mejor era mantener las distancias, no pude resistirme. Así que enterré la nariz en su pelo y le acaricié la espalda, y todo lo que había sentido vacío y muerto en los últimos tres días cobró vida de nuevo. Cuando me di cuenta, me separé enseguida.

—Esto es demasiado peligroso. Si se enteran de que estamos juntos…

—No lo harán. —Helena me acarició la mejilla—. Por eso le he pedido a Thaz que te traiga con una excusa, así podremos hablar del plan con tranquilidad.

—¿El plan? —repetí sin entender nada—. ¿Qué plan?

—Uno que nos permita estar juntos.

En el rostro de Helena apareció la determinación, una de mis expresiones favoritas. Pero yo solo sentía miedo. Yo también había pensado en soluciones mientras corría bajo la lluvia después de hablar con Trish, al igual que durante estos últimos días. Si hubiera encontrado alguna opción segura, no me habría decantado por separarnos.

Antes de que pudiera expresar estas dudas, Helena me cogió de la mano y me llevó hasta la puerta por la que había desaparecido Thaz, donde se encontraba el antiguo despacho de Mick. Cuando entramos, comprendí finalmente a qué se refería mi amigo con «los demás». Alrededor de una mesa redonda que el anterior dueño había usado para jugar al póquer, se encontraban Thaz, Malia, Simon y Lincoln, todos con la misma expresión de tensión expectante.

—Vale, ¿qué está pasando aquí? —pregunté—. ¿Me lo va a explicar alguien?

Helena me soltó la mano, se sentó y señaló con un toque la silla de al lado. Mientras tanto, Thaz me acercó un vaso que contenía whisky. Tuve el presentimiento de que lo hacía porque no me iba a gustar lo que estaba a punto de escuchar.

—He ideado un plan para atrapar a los asesinos de Valerie y Adam —dijo Helena—. Todavía no está pulido del todo y sin duda necesitamos mejorar algunos puntos, pero confío en que funcionará.

Miré a su hermano, que asintió, al igual que Malia y Simon. Helena parecía haber hablado con todos ellos, pero eso no me tranquilizó en absoluto. No había ninguna solución sin peligro. Y todos los sabíamos.

—A ver que lo escuche —dije a pesar de ello, porque era incapaz de desdeñar esa posible esperanza si de verdad había encontrado una forma de solucionarlo. Yo también quería que existiera una posibilidad, no había nada que deseara más. Pero no la veía.

Helena respiró hondo.

—La única forma de controlar la situación es pasar a la ofensiva y provocar una reacción. Solo existe esa manera de sacar a los culpables de su escondite.

Fruncí el ceño, porque solo con dos frases ya se habían activado todas mis alarmas.

—¿Y cómo vas a hacer eso sin correr el riesgo de que nos hagan daño?

—Bueno, el primer paso sería... —Vaciló un instante y su mirada recorrió a los demás antes de posarse en mí—. El primer paso sería que me pidieras matrimonio.

Abrí los ojos de par en par.

—¿Que haga qué?

La determinación de Helena se convirtió en algo parecido a la vergüenza.

—Sé que no suena especialmente romántico que me pidas matrimonio solo para culpar a alguien de asesinato, y entiendo que no quieras hacerlo, pero…

—No tengo ningún problema con pedirte matrimonio —la interrumpí—, sino con lo que pueda pasar después. Valerie y Adam se prometieron y ahora están muertos. ¿Cómo se supone que vamos a evitar que vuelva a pasar lo mismo?

Entendía que esa era justo la cuestión del asunto, pero no me quedaba claro cómo íbamos a protegernos de ella. Y aunque sentía pánico al pensar que nunca volvería a ver a Helena, que no podría ni tocarla, más miedo me daba que muriera.

—Tomando precauciones de seguridad. —Era evidente que había quedado con los demás en que sería ella quien me explicaría el plan, pues Malia, Lincoln y Simon estaban muy callados—. Haremos todo lo posible para que no nos pase nada durante toda la operación.

—¿Puedes asegurar que no nos pasará nada entonces? —No tuvo que decir nada para darme una respuesta, y yo no estaba dispuesto a jugarme su vida por la posibilidad de salvar nuestros sentimientos—. No —añadí con decisión.

—Jess…

—No, Helena, es demasiado peligroso. Prometí que te protegería y si me embarco en esta misión de locos, rompería esa promesa.

—También nos prometimos que nunca nos volveríamos a separar —me recordó en voz baja—. Y sé que es peligroso, pero al menos podrías escucharnos antes de tomar una decisión.

Negué con la cabeza.

—Incluso aunque estuviéramos de acuerdo, incluso aunque estuviera dispuesto a arriesgar que te pasara algo, todavía nos quedaría Trish. Le quitará Lilly a Thea si no hacemos lo que nos pide.

—Eso ya lo he hablado con Trish —afirmó Helena con el mentón alzado—. Está de acuerdo con el plan y, de hecho, forma parte de él.

Entonces me faltaron las palabras y necesité unos segundos antes de ser capaz de decir algo. Vale, esto era un sueño. Seguro que me había quedado dormido en el sofá y mi cerebro había decidido montar este espectáculo absurdo para que me sintiera todavía peor cuando me despertara. Aun así, pregunté.

—¿Has hablado con mi madre y ha accedido a ayudarnos?

Helena esbozó una sonrisa y no respondió.

—¿Qué? —pregunté un poco molesto.

—Has dicho «ayudarnos».

—No has respondido a mi pregunta.

Helena suspiró, claramente frustrada por mi insistencia. ¿De verdad creía que iba a celebrarlo con un «¡Hurra!»?

—Tu madre está muerta de miedo por lo que pueda pasarte, pero le he hecho entender que ese miedo no desaparecerá si nosotros lo dejamos, porque también podrían ir a por Eli o por Lilly si toma alguna decisión comercial que no le guste a esos criminales. No fue nada fácil, pero está de acuerdo con que atrapemos a esos tipos. De hecho, me ha dado la lista de sospechosos.

—Venga ya —solté.

—Sí, es cierto. —Lincoln hizo girar la tablet que tenía delante y me mostró un documento de Excel.

Solté una carcajada, aún sin creerme que nada de esto fuera real, pero, en realidad, tampoco me sorprendía que Helena hubiera convencido a mi madre. Había vuelto a Nueva York con un único objetivo: limpiar el nombre de su hermana. Para ello, se había puesto en peligro varias veces, me había robado, la había atacado Pratt y se había colado en una clínica de desintoxicación. ¿Por qué había pensado que Helena no removería cielo y tierra para acabar con este asunto y mantener nuestra relación?

—Has perdido la cabeza —mascullé—. Después de todo lo que ha pasado, ¿de verdad quieres arriesgarte a que acabemos como Adam y Valerie? ¿Y si te pasa algo? ¿Y si me pasa a mí? Ya lo han intentado.

La mirada de Helena se ensombreció al oír el tono acusador de mis palabras. Tal vez no estaba siendo justo al recordarle que había estado a punto de perder la vida en Navidad, pero no veía otra forma de dejarle claro que todo esto era una locura. ¿Fingir una boda para sacar a esos tipos de su escondite? Lo mismo daba jugar a la ruleta rusa.

—Tal vez deberías escuchar el plan hasta el final, tío —me dijo Thaz y sonó extrañamente serio.

—De acuerdo. —Levanté las manos y miré a Helena—. Te escucho.

Esta se cuadró de hombros.

—No voy a decirte que no hay ningún riesgo, pero sería mínimo si conseguimos averiguar quiénes son los responsables del asesinato antes de que la situación empeore, sin darles oportunidad a que nos atrapen. No daremos una fiesta de compromiso como Valerie y Adam. Simplemente vigilaremos y pincharemos las comunicaciones de todos los que aparecen en esa lista, así sabremos quién organiza un ataque contra nosotros cuando se sepa la noticia de que nos casamos.

Me acerqué la tablet y leí los nombres. Eran diez personas, incluido Lowell padre y algunos que me resultaban familiares. ¿De verdad alguno de ellos había ordenado la muerte de mi hermano? Y si era así, ¿cómo íbamos a supervisar las llamadas, los correos y todos los encuentros de diez personas?

—¿Y si usan móviles de prepago para organizar algo así? ¿O cuentas de correo cifradas? ¿Cómo tendremos acceso a eso?

Helena miró a su hermano.

—Conozco a alguien que trabaja en la NSA —dijo Lincoln, que parecía incómodo de tener un contacto así—. Es una antigua conocida que trabaja como analista para el servicio de inteligencia. Tuvimos algo en el pasado. —Vale, ahora entendía la expresión de su rostro—. Puede vigilar a las personas de esa lista durante un tiempo sin que nadie se dé cuenta: teléfonos, correos electrónicos e incluso conversaciones en persona. Por lo visto, convierten los móviles en grabadoras, no me preguntéis cómo. Sin embargo, no tenemos mucho tiempo, como mucho tres días; de lo contrario, se meterá en problemas. Por eso tenemos que ser precisos con el plan.

—Y cuando tengamos algo, podremos detenerlos —intervino Malia—. Garrick, la comisaría siete y yo estamos preparados para ello.

Parecía que podía funcionar, y estaba convencido de que Miranda habría hecho algo muy parecido. Pero todavía quedaban lagunas. Varias lagunas.

—¿Qué pasa con nosotros mientras los descubrimos y los arrestan? Durante ese tiempo tendremos una diana en la espalda.

—De eso me encargo yo —afirmó Simon—. En el gimnasio tenemos varios miembros que trabajan como personal de seguridad y al menos dos de ellos formaban parte del servicio secreto. Durante ese tiempo, os protegeremos a los dos para que sea lo más complicado posible que den con vosotros.

—Lo más complicado posible no es imposible —le recordé.

—Es cierto —coincidió—. Pero, si todo sale como hemos planeado, no tendremos que protegeros mucho tiempo. El compromiso y la reunión de vuestros padres levantará suficiente revuelo como para que se asusten de verdad. No tardarán en organizar algo.

Contuve el aliento.

—Espera, ¿qué reunión de nuestros padres?

Esta vez fue Lincoln quien contestó.

—Tu madre ha accedido a reunirse con nuestros padres en público para aumentar la presión. No sabemos qué dirán ellos cuando se lo contemos, pero Helena irá mañana a hablar con ellos y esperamos que estén de acuerdo.

—Guau —solté, y me recliné en el asiento.

Era un plan verdaderamente completo y estaba asombrado de que Helena, junto con nuestros amigos, hubiera conseguido idear algo así en tan poco tiempo. Pero también había tantos interrogantes que mi miedo seguía presente.

Miré a Helena, vi sus ojos cargados de tensión y supe lo que esperaba: que diera el visto bueno. Sin embargo, no estaba seguro de querer dárselo. No sabía lo que haría si le pasaba algo, cómo viviría con ello. No estar con ella era una perspectiva terrible y jamás volvería a ser quien era cuando estaba a su lado, y por supuesto que yo también quería dar con aquellos que habían matado a nuestros hermanos. Pero hacía apenas setenta y dos horas había decidido que el riesgo era demasiado grande. ¿Y ahora debía dar mi consentimiento y aceptarlo?

—Necesito un poco de aire fresco —dije, y me puse en pie y salí del despacho sin esperar a que nadie reaccionara.

No me conocía especialmente bien el plano del Harper's, pero sabía que había un patio interior en el que se ponían mesas en los meses de verano. Ahora estaba vacío, y solo quedaba un banco de madera contra la pared. Me senté, inspiré el aire frío e intenté poner en orden mis pensamientos y sentimientos desbocados.

Pero no estuve solo mucho tiempo.

Por supuesto que no.

# 37

# Helena

Mientras le estuve explicando el plan a Jess, notaba las entrañas tan tensas que parecían a punto de romperse. Sabía por qué se mostraba tan reacio: porque le daba mucho miedo que me pasara algo. Era el mismo motivo por el que había accedido a que nos separásemos y el mismo motivo por el que había cedido a las exigencias de su madre. Y yo no podía ofrecerle ninguna garantía de que el plan saliera adelante, pero sabía que mi amor por él era más grande que mi miedo. Quería arriesgarme, no solo para hacer justicia por las muertes de Valerie y Adam, sino también por nosotros. No era capaz de imaginarme una vida sin Jess y, después de toda la angustia que habíamos sufrido la última vez, estaba más que lista para luchar con todo lo que tenía.

Observé a Jess cuando se fue y yo también me puse en pie, mientras Thaz les contaba a los demás dónde guardaba Mick Harper las cosas interesantes de su despacho.

El pasillo estaba desierto. Como nunca había estado aquí antes, no sabía a dónde había huido Jess. Si había salido del restaurante, no podría seguirle, porque no podía dejar que nos vieran juntos. Pero le esperaría.

El comedor estaba a oscuras y al otro lado de los ventanales no pasaba nadie, así que me di la vuelta y fui al fondo, donde había otro pasillo. Siguiendo una corazonada, lo crucé y vi que había una puerta de cristal que conducía a un patio interior. Cuando la abrí, lo encontré.

Jess estaba sentado en un banco y levantó la vista cuando me acerqué. Reconocí la preocupación y el cansancio que sentía de no saber si debía dejar que me acercara. Nuestra última noche juntos había sido tan bonita como terrible y noté que aún la recordaba, que todos esos sentimientos resonaban en su interior.

—Sabes que es una locura, ¿verdad? —me preguntó con voz ronca. Siguió mirándome con reservas.

—Es nuestra única oportunidad de ser felices —repliqué y me senté a su lado—. Y creo que hemos pensado en todo.

Todavía quedaban algunas lagunas que resolver y mis padres en particular serían difíciles de manejar, pero estaba convencida de que podía funcionar.

—Una locura bien pensada sigue siendo una locura —dijo Jess sacudiendo la cabeza.

Perdí la confianza. Por un lado, lo comprendía, pero, por el otro, deseaba que sintiera lo mismo que yo: esperanza, rabia. La necesidad de no dejar que esas personas se salieran con la suya.

—Yo también tengo miedo de que todo se vaya al traste —admití—. Incluso aunque no me creas, yo tampoco he olvidado lo de Nochebuena. —Creer que Jess estaba a punto de morir había sido una de las experiencias más duras de mi vida.

—¿Y aun así quieres desafiar a esa gente? —Levantó la mano para hacerme una caricia, pero luego la volvió a bajar y la entrelazó con la otra sobre su regazo. Sin embargo, posó su mirada en mí y eso me acercó a él mucho más que cualquier otro contacto. Se debatía entre estar conmigo y preocuparse de que el precio fuera demasiado alto—. Te he perdido tantas veces, Helena —dijo en un susurro—. La última vez hace tan solo tres días. No lo soportaré una vez más.

En aquel momento entendí por qué mantenía las distancias y no terminaba de abrirse al plan. Después de la conversación con su madre, algo había muerto en su interior, al igual que en el mío. Volver a sentir esperanzas para que todo acabase en catástrofe... era demasiado para él. Probablemente también lo fuera para mí, pero estaba tan convencida del plan que mantenía mis miedos a raya. Ante todo, estaba enfadada y, aunque no sabía si era muy inteligente volcar esa rabia en Jess, así lo hice.

—Pues entonces no permitas que suceda —supliqué—. Ya nos arrebataron a nuestros hermanos, no dejes que nos quiten también lo que hay entre nosotros.

Nos miramos el uno al otro, nuestros ojos se encontraron y continuamos esa conversación en silencio, a solas con nuestros sentimientos, los que albergábamos el uno por el otro y los que intentaban impedir que corriéramos este riesgo. En aquel instante, percibí mi amor por Jess con tanta claridad que parecía estar hecha solo de eso, de esta energía cálida cargada de seguridad y cercanía. No quería perderla, no quería volverla a perder, no quería volver a perderlo a él. Quería estar con él, descubrir el mundo a su lado, pasar mi vida con él hasta que fuéramos viejos de cabello gris y hasta el final. Todo eso se lo dije sin palabras, solo con la mirada, y supe que él lo recibía. Es más, supe que él sentía lo mismo que yo.

Jess respiró hondo un par de veces y luego, por fin, por fin me tomó de la mano. Lentamente entrelazó sus dedos con los míos y acarició el dorso de mi mano con el pulgar. Fue un pequeño gesto, pero se me hizo un nudo en la garganta al ver que seguíamos conectados.

—Hagámoslo —accedió Jess por fin—. Acabemos con ellos, amapola.

—Acabemos con ellos —repetí, me incliné y le di un beso. Nos habíamos atrevido y ganaríamos, me lo juré en ese mismo instante. Por Valerie, por Adam, por nosotros.

No nos quedaba otra opción.

Me resultó extraño cruzar la puerta de la casa en la que había pasado la mayor parte de mi vida después de semanas de ausencia. De hecho, me pareció más raro que cuando volví después de más de dos años, aunque entonces también había cambiado mucho. Sin embargo, ahora me sentía como si hubiera crecido desde que me fui en Navidad, más adulta, más segura, independiente. Era una buena sensación, pero se vio eclipsada por haber venido a ver a mis padres para contarles algo que iba a sonarles más que absurdo.

Hacía ya dos semanas que Jess y yo habíamos decidido tomar este camino y, aunque seguía viviendo en casa de Lincoln porque no queríamos que nadie supiera que estábamos juntos, me sentía más cercana a Jess que nunca. Era tal como me lo había descrito Valerie una vez: «Cuando encuentras a esa persona que lo significa todo para ti, nunca dejas de tener miedo y, al mismo tiempo, dejas de tenerlo».

En lugar de usar mis llaves, llamé al timbre y esperé. Unos segundos más tarde, apareció un hombre de mediana edad con un traje de tres piezas y corbata. Jamás lo había visto, pero me hacía una idea de quién era.

—Señorita Weston —dijo con una sonrisa—. Pase, por favor.

—Gracias… —Dejé el final de la frase abierto.

—Frederic —confirmó—. Soy el nuevo mayordomo de sus padres, señorita.

Ensanché mi sonrisa.

—Me alegro mucho de conocerle, Frederic.

Era evidente que lo habían contratado después de mi marcha. Les había costado mucho decidirse por alguien que reemplazara a nuestro antiguo mayordomo, Vincent.

—El placer es mío. ¿Quiere dejar algo aquí?

Me quité el abrigo y se lo di al mayordomo, que desapareció. Entonces llegó alguien al vestíbulo de la entrada.

—Helena. Me alegro de verte.

Mi padre se acercó algo incómodo y me sonrió con más calidez de la que me esperaba. Sabía que Jess había hablado con él durante la partida de póquer, pero mi padre no se había puesto en contacto conmigo desde entonces y estaba segura de que no tenía ningún interés en hacerlo. Parecía distinto, pero no había venido por eso.

—Yo también me alegro de verte, papá. —Me habría encantado preguntarle si debía preocuparme por que acudiera a partidas de póquer ilegales de la alta sociedad, pero supuse que no era el mejor momento.

—Ven, tu madre nos está esperando en el salón.

Lo seguí hasta el salón, donde se encontraba mi madre, que se levantó y se alisó su falda de tubo. Algunas cosas nunca cambiaban.

—Helena. —Su saludo fue mucho más frío que el de mi padre—. Siéntate. ¿Un té?

Acepté su oferta por tener algo entre las manos. La última vez que había estado en esta casa, había discutido con ellos y había acabado yéndome de casa. Había pasado un tiempo, pero en aquel instante sentí como si los recuerdos de la pelea se depositaran en mí como una capa de polvo.

Frederic trajo el té y nos lo sirvió mientras reinaba un silencio tenso entre los tres, como si ya no fuéramos familia y solo se tratase de una reunión de parientes lejanos. Traté de ocultar mi decepción; no había venido a hablar de nuestra relación.

—Necesito vuestra ayuda con una cosa importante.

Rodeé la taza con las manos, como si así pudiera extraer el valor que necesitaba para decirles lo que teníamos planeado. Habría preferido que Jess me hubiera acompañado en esta conversación, pero seguramente no habría servido de mucho. A mí sí, pero no a nuestro objetivo. También había rechazado la ayuda de Lincoln. Este era mi plan, debía ser yo quien lo explicara.

—Si quieres volver a casa, estaremos encantados —dijo mi madre con cautela—. Por supuesto, tendremos que hablar de cómo vas a acatar nuestras normas en el futuro…

—No, no he venido por eso —la corté con todo el tacto que pude. Me había mudado hacía meses y no habíamos tenido ningún contacto. ¿De verdad creían que había venido por eso?

—¿Qué sucede entonces? ¿Has venido por el testamento? —A mi madre le tembló un poco la voz y entendí que estaba dolida, pero este no era el momento de hablar de ese tema.

—Tampoco. De eso se encargarán los abogados. Se trata de otra cosa. —Me recompuse rápidamente y los miré a ambos a los ojos—. Queremos esclarecer las muertes de Valerie y Adam y hemos ideado un plan para atrapar a los responsables, pero necesitamos vuestra intervención.

Mis padres intercambiaron una mirada y reconocí el dolor en sus ojos. Lincoln les había contado hacía un par de días que Adam y Valerie no habían muerto porque hubieran tomado cocaína de manera voluntaria, y ahora veía que la verdad había conmocionado muchísimo a mis padres. Seguramente todavía no lo hubieran asimilado.

—¿Qué podemos hacer? —preguntó mi padre con voz ronca, y sus palabras me llenaron los ojos de lágrimas porque ahora, tal vez por primera vez en cuatro años, sentía que echaban de menos a Valerie. Extrañaban a su hija y querían encontrar a los responsables tanto como yo.

Necesité un segundo para poder hablar de nuevo y, cuando lo hice, mi voz sonó más débil.

—Hemos descubierto que los responsables, sean quienes sean, creían que Trish Coldwell iba a trabajar mano a mano con vosotros. Al parecer, les daba tanto miedo esa unión que asesinaron a Valerie y a Adam para reavivar vuestra enemistad.

—¿Esa fue la razón? —Mi madre me miró atónita, parecía saber de lo que estaba hablando—. ¿Asesinaron a Valerie porque pensaron que trabajaríamos con Trish en el proyecto de Queens? Pero si ni siquiera lo intentamos. Lo rechazamos tan pronto como Adam nos lo propuso.

—Entonces la muerte de Valerie fue un sinsentido —murmuró mi padre—. ¿Cómo podía pensar nadie que quisiéramos establecer una relación real con esa mujer? ¿Por qué no esperaron a ver si sucedía de verdad?

—Se ve que la posibilidad fue suficiente —respondí en voz baja.

Nosotros nos habíamos hecho las mismas preguntas, pero sin una declaración de los culpables no podíamos ir más allá de especulaciones. Probablemente, si nuestras familias se hubieran unido, se habría convertido en un negocio demasiado influyente: una fusión entre los Weston y los Coldwell habría alterado para siempre la dinámica de poder de Nueva York.

—Espero que ardan en el infierno por lo que hicieron. —Mi madre empleó un tono lúgubre que jamás le había escuchado. Luego me miró—. Dices que tienes un plan. ¿De qué se trata?

Recobré la compostura.

—Necesitamos atraerlos de forma calculada, un escenario en el que quede más que claro que estáis listos para esa fusión. Y una opción para evitarlo.

—Eso suena muy vago, Len —dijo mi padre con ceño fruncido.

—Vale, te lo aclaro: vuestra parte sería quedar con Trish Coldwell mañana por la tarde. Lo único que importa es que algún ayudante o compañero de trabajo os vea hacerlo, así los culpables pensarán que vuelven a estar en peligro.

—Entiendo —asintió mi padre—. ¿Trish está de acuerdo?

—Sí —respondí—. Yo misma hablé con ella y está dispuesta a hacer lo que sea para meter entre rejas al asesino de Adam.

Mi madre bebió de su taza vacía y la dejó en la mesa contrariada.

—Has dicho que esa es nuestra parte. ¿Cuál es la tuya?

«Mierda». Había confiado en que no quisiera saberlo, pero mi madre era demasiado lista y una mujer de negocios muy buena. Y en los negocios, si no se conocían todos los detalles, no se podían tomar decisiones.

—Yo... voy a prometerme con Jess.

Y no dije nada más, ni tampoco tuve que hacerlo. La sorpresa se instaló en la expresión de mi madre y el horror en la de mi padre. No porque les hubiera dicho que quería prometerme con un Coldwell, sino porque entendieron de inmediato por qué lo estaba haciendo.

—No —repuso mi padre con voz ahogada—. No serás el cebo de esa gente, Len. ¿Y si todo sale mal? ¿Y si también acabáis...? —Se le rompió la voz.

—Tomaremos precauciones —les aseguré, tal como les había prometido a Trish y a Jess—. Hemos informado a la policía, hemos contratado personal de seguridad y tenemos vigiladas nuestras casas. No vamos a esperar a que ataquen, simplemente vamos a supervisar a los sospechosos para ver quién reacciona cuando anunciemos que nos casamos.

Mis padres intercambiaron una mirada y yo contuve el aliento, porque sabía que este era el momento decisivo, el más importante de todos. Era posible que la noticia del compromiso bastara por sí misma para dar la alarma entre los asesinos, pero si se producía esta reunión nos aseguraríamos todo el numerito. Necesitaba su ayuda, y ellos lo sabían.

—Llevas mucho tiempo planeando esto, ¿verdad? —me preguntó mi madre y no sonó tan dura como habría esperado. Asentí.

—Desde que volví a Nueva York. Bueno, desde antes en realidad. —Ya no tenía que mantenerlo en secreto, pues no dependía de ellos—. No soportaba que la gente pensara así de Valerie, así que me propuse descubrir la verdad sobre su muerte y la de Adam, aunque no sospechaba que habían sido asesinados. Pero esto nos da la oportunidad de hacerles pagar lo que hicieron.

—¿Y estás segura de que no corres ningún riesgo? —Mi padre me miró preocupado y no pude culparlo por no querer perder a otra hija. A todos nos asustaba que el plan se fuera al traste, pero no había ninguna alternativa.

—Hay ciertos riesgos —respondí sin querer mentir demasiado—. Pero si queremos evitar que los asesinos de Adam y Valerie se salgan con la suya, tenemos que hacer algo.

—¿Y si no ceden? ¿Qué haréis entonces?

Sobre eso también habíamos hablado Jess y yo largo y tendido, y no habíamos llegado a ninguna conclusión definitiva. Por supuesto, siempre podríamos romper de manera oficial y pública si no teníamos éxito, pero me negaba a creer que nuestro plan no fuera a funcionar.

—Entonces lo dejaremos —dije aun así, porque supuse que eso la convencería—. Para siempre.

De nuevo, mis padres se miraron y mi madre suspiró.

—Tenemos que pensarlo. Como entenderás, no es una decisión fácil.

—Lo sé —asentí—. Pero seguiremos adelante aceptéis o no. Si os reunís, tendremos más posibilidades.

No era del todo justo exigirles algo así, pero hacía meses que había decidido no volver a depender de la buena voluntad de mis padres. Desde mi punto de vista, era coherente informarles de que no tenían ni voz ni voto en si llevaríamos a cabo la misión, únicamente cómo se iba a desarrollar.

Entonces sonó el móvil de mi madre y esta se despidió de mí con un asentimiento antes de atender la llamada y correr al despacho.

—Te llamaremos con lo que hayamos decidido —intervino mi padre—. ¿Quieres quedarte a comer? Nos gustaría mucho.

Sonreí, porque era el primer indicio de un posible acercamiento desde Navidad.

—Gracias, es muy amable por vuestra parte, pero tengo que irme. Todavía nos quedan algunas cosas que preparar para el compromiso de esta noche.

Mi padre palideció.

—¿Vais a comprometeros esta noche?

Volví a asentir.

—Hemos pasado las dos últimas semanas planificándolo todo, así que no hay motivos para seguir posponiéndolo. Cuanto antes atrapemos a esa gente, mejor. Y no te preocupes, hemos contratado seguridad.

Esbocé una sonrisa para despejar sus miedos, pero sabía que eso era imposible. De hecho, habría preferido ocultarle todo lo que estábamos planeando hasta que ya lo hubiéramos hecho, pero la reunión con Trish era demasiado importante.

Entonces mi padre hizo algo que no me esperaba en absoluto: me abrazó. No de adulto a adulto, sino como si todavía fuera una niña pequeña. Yo correspondí de la misma forma y, cuando nos separamos, ambos teníamos lágrimas en los ojos.

—Estoy muy orgulloso de ti, hija. Eres una persona decidida y fuerte, a todos nos convendría aprender algo de ti. —Me acarició con suavidad la mejilla—. Y tenías razón. Tu Jessiah… parece un buen tipo.

—Lo es, y creo que deberías llamarle Jess.

—¿Por qué?

—Muy simple —contesté con una sonrisa—. Solo le llaman Jessiah aquellos a quienes no les cae bien.

# 38

# Jessiah

—Estás guapísima —le dije con una sonrisa a Helena, que iba sentada a mi lado en la limusina con un vestido de encaje negro que le llegaba hasta las rodillas—. La única pregunta que tengo es cómo piensas superarlo cuando un día nos comprometamos de verdad.

—De ninguna manera —replicó en tono seco—. Tenía pensado llevar una sudadera y un chándal, porque espero que no lo hagamos en público.

—Dios, y yo que pensaba que no te podía querer más.

Me incliné y la besé levemente en los labios. Un profundo deseo se abrió paso por todo mi cuerpo. En las últimas dos semanas no habíamos pasado ninguna noche juntos y nos habíamos visto en contadas ocasiones, la mayoría de las veces rodeados de otras personas y con el mayor de los secretismos. Estaba deseando que pudiéramos cambiar eso porque la anhelaba de todas las formas posibles.

—Ya casi hemos llegado —susurró y exhaló de forma entrecortada, como si estuviera a punto de entrar en batalla. Y de algún modo, así era. Hoy nos lo jugábamos todo.

La cogí de la mano y la apreté con fuerza para inspirarnos calma a los dos. Dejábamos atrás largos días y noches de planificación meticulosa y todo conducía a este momento: al día en el que Helena Weston y Jessiah Coldwell se comprometerían y conmocionarían a toda la alta sociedad de Nueva York. Y si todo salía bien, no solo a ellos, sino también a los sospechosos de nuestra lista, tan despiadados como para asesinar a fin de satisfacer sus intereses.

La vigilancia de la amiga de Lincoln que trabajaba en la NSA había comenzado hacía diez minutos y los guardaespaldas de Simon ya se encontraban apostados en sus puestos y uno de ellos conducía la limusina. Malia y Garrick estaban de guardia por si alguien daba el primer paso y nuestros padres iban a reunirse mañana mismo, así se lo habían comunicado los padres de Helena hacía una hora. Lo único que quedaba por hacer era poner en marcha este compromiso.

Cinco minutos después, llegamos al Emperador. Aún sostenía la mano de Helena en la mía y sentía la caja del anillo en mi bolsillo. Habíamos elegido uno de mis restaurantes porque así podía controlar lo que sucediera y habría gente de sobra para que compartieran las noticias. Si hubiera podido escoger libremente dónde hacerle esta pregunta a Helena, jamás lo habría hecho aquí, ni ante los ojos de otras personas. Quizá la habría llevado al Bella Ciao, pero siempre de noche, cuando el resto de comensales ya se hubiera ido. Sin embargo, no iba a hacerle la pregunta por propia voluntad, no era más que una treta para atrapar a los asesinos de nuestros hermanos.

—Saldrá bien —dijo Helena en voz baja, más para sí que otra cosa.

—Sí —coincidí para infundirnos valor.

Entramos en el restaurante por la puerta lateral y Sarah, la camarera, nos llevó hasta nuestra mesa, que yo había reservado con antelación. Era uno de los rincones más discretos del restaurante, así nadie se fijaría en nosotros hasta que me pusiera de rodillas delante de Helena. No sabía cómo íbamos a conseguir comer algo, pero tendríamos que hacerlo para mantener las apariencias. No podíamos permitir, bajo ninguna circunstancia, que nadie se oliera el pastel; era la única oportunidad que teníamos de sacar de su escondite a los perpetradores.

Sarah, que no hizo saber quiénes acababan de entrar en el restaurante, nos llevó unas cartas y, poco después, un aperitivo.

Helena dejó su móvil sobre la mesa y, cada diez segundos, miraba la pantalla con ojos tensos, como si esperara un mensaje de Lincoln.

—No sucederá tan rápido —intenté tranquilizarla, aunque yo no me podía estar quieto de los nervios. Cuando estaba estresado, solía moverme para sobrellevarlo, pero ahora teníamos que aparentar que éramos una parejita feliz cenando, no una parejita que estaba esperando a que alguien los amenazara de muerte en media hora.

—Lo sé —respondió Helena, y dio un sorbo a su bebida—. Pero no dejo de pensar en cuándo será.

—Vale, tenemos que distraernos de alguna forma. —Deslicé la mano por debajo de la mesa y entrelacé mis dedos con los suyos—. Cuéntame cómo va a ser la visita guiada que me tienes preparada.

Helena parpadeó desconcertada.

—¿Quieres que te hable ahora de visitas guiadas?

—Sí —aseguré imperturbable—. Me dijiste que yo sería el primer conejillo de Indias, que si podías hacer que a mí me gustase Nueva York, convencerías a cualquiera. Pues cuéntame tus ideas. Estoy seguro de que lo tienes pensado desde hace tiempo.

En un primer momento, pensé que se negaría, pero luego pareció entender por qué le había pedido justo eso. Hablar sobre algo que le gustaba tanto distendería un poco el ambiente. Aunque el resto de comensales no pudiera vernos, alguien podía decir que estuvimos aquí y que no fue una ocasión especialmente feliz. No podíamos permitirlo.

—Creo que empezaría con High Line Park —dijo Helena tras considerarlo—. Allí hay más naturaleza de la que uno esperaría ver en la ciudad y, además, está por encima del nivel del suelo. Seguro que te gusta. High Line es un trozo de la historia de Nueva York, pero también es muy divertido. —Sonrió y yo le rocé el dorso de la mano. Cuando hablaba de la ciudad, siempre esbozaba cierta expresión, una sonrisa específica que me hacía sonreír a mí también, aunque no me gustara Nueva York. Y sabía que tenía que encontrar la forma de vivir aquí, al menos durante un tiempo, pues no quería arrebatarle esta sensación.

—Vale, High Line Park. ¿Y después?

—Sin duda el museo Guggenheim.

—Pero ¿qué te crees, que no he ido nunca? —le pregunté en tono burlón.

—Sí, pero nunca has ido al Guggenheim conmigo. —Alzó la nariz un poco más, sin dejar dudas de que era una Weston. Sonreí de lado al darme cuenta. Helena lo advirtió—. ¿Qué pasa?

—Nada, solo estaba pensando en lo extrañamente absurdo y al mismo tiempo maravilloso que es que nos hayamos enamorado.

Acarició mis dedos con los suyos.

—Todavía recuerdo que me llamaste en la sala Rainbow con un «Oye, espera». Lo primero que pensé fue: «Ostras, qué tío más guapo», seguido de «Mierda, es el hermano de Adam». —Sacudió la cabeza con una sonrisa.

—Nunca me habías contado que fue en ese orden —sonreí, aunque me volví serio al instante—. Aunque no pude resistirme. Cuando te vi, sentí algo que me golpeó como un mazazo. La expresión de tu rostro, el dolor y la rabia, me resultaron tan... familiares. Y no tenía ni idea de quién eras hasta que dijiste que estábamos contando mentiras sobre Valerie.

Helena me miró algo avergonzada.

—Fui un poco borde esa noche.

—Cierto, pero yo tampoco fui muy amable contigo, y tú tenías tus razones para defender a tu hermana.

—¿También cuando me vengué en Tough Rock?

Helena sonrió con socarronería y entendí que aquella noche era el momento perfecto para hablar de los difíciles comienzos de nuestra relación, casi como si estuviéramos aquí por gusto y no para fingir nuestro compromiso. Me alegré por ello. Todo lo que nos distrajera nos vendría bien.

Sarah se acercó a la mesa y contuve mi respuesta mientras apuntaba lo que queríamos tomar. Cuando se fue, no había olvidado las palabras de Helena.

—Eso fue una jugarreta —dije—. Pero yo también me estaba comportando de forma arrogante al pensar que solo eras una novata que quería rebelarse contra sus padres.

Helena rio y la carcajada se me clavó en el estómago y extendió una calidez agradable. Tenía razón; nuestros primeros encuentros no habían sido especialmente prometedores. Pero ahora teníamos una relación tan maravillosa y real que deseaba poder ser felices sin miedo y sin desaprobación por parte de nuestras familias.

—¿En qué momento te diste cuenta? —me preguntó Helena y no tuve que pedir que me explicara a qué se refería.

—¿De forma definitiva? Creo que cuando estuve con Eli en Swan Lake, cuando fuimos a pasar el finde a la granja de mi padre. —Sonreí de oreja a oreja—. Estábamos paseando y, a la vuelta, Eli me preguntó por qué estaba tan ausente. Esa fue la primera vez que me lo admití a mí mismo y, a la vez, supe que tenía que sacarte de mi mente porque nunca funcionaría.

—Joder, sé a qué te refieres. —Helena hundió la mirada—. Yo creo que lo supe cuando estuvimos en el Mirage. Pero permitirme pensar en ello de verdad... Eso no llegó hasta que estuvimos en aquel cuarto y pudimos hablar. Entonces me di cuenta de que podíamos hacer lo que quisiéramos, pero que nunca lo conseguiríamos.

Solté sus dedos y le acaricié el antebrazo.

—Y, sin embargo, aquí estamos, y no dejaremos que nadie nos separe.

Me había mostrado escéptico cuando me explicaron el plan en el Harper's, pero ahora, dos semanas después, sabiendo todos los detalles, estaba convencido de que tendríamos éxito. Esclareceríamos la muerte de nuestros hermanos y salvaríamos nuestra relación.

—No, nunca —respondió Helena en un susurro y sonrió—. Te quiero demasiado como para eso. Además, cocinas tan bien que no creo que pueda prescindir de ti.

Me eché a reír y articulé un «Yo también te quiero» en silencio, porque Sarah acababa de llegar con los platos.

Cuando apareció la comida, logramos dejar a un lado las circunstancias que rodeaban esta velada. Le conté a Helena mi última visita a Thea y Lilly, donde les había asegurado que no corrían ningún peligro por parte de Trish. Mi madre no había cambiado desde su conversación con Helena, pero parecía haber entendido que no tendría relación con su nieta si había amenazas y chantajes de por medio. Del mismo modo, Thea aún no estaba dispuesta a permitir una visita de mi madre, y lo entendía perfectamente. Aunque Thea no conociera todos los detalles de la conversación que había tenido con mi madre, podía hacerse a la idea. Aun así, tal vez llegara el día en el que Lilly quisiera conocer a su abuela y estaba seguro de que Trish cambiaría a mejor cuando lo hiciera.

Además, la semana anterior había ido con Eli a ver a su futuro perro y jamás había visto a mi hermano más contento que en el momento en el que se conocieron. Fue amor a primera vista, algo que también dijo el entrenador de Buddy, aunque Eli no podría tenerlo en casa hasta dentro de un par de meses. En general, todo iba bastante bien. Al menos, si ignoraba que esta noche estábamos caminando sobre brasas y que podríamos perderlo todo.

Cuando los camareros se llevaron los platos y rechazamos el postre, Helena y yo intercambiamos una mirada, y la tensión regresó con toda su fuerza. Los dos sabíamos que era el momento.

—Es la hora —dije, y busqué la caja del anillo en el bolsillo de mi chaqueta.

—Sí —respondió ella, y vi que contenía el aliento.

Me puse en pie y saqué la cajita. No habíamos hablado de lo que debía decir Helena, me parecía mal. No solo porque queríamos que su reacción fuera lo más auténtica posible, sino también porque en realidad nunca me había imaginado cómo le propondría matrimonio. Era consciente de que todo era una farsa, pero aunque le estuviera pidiendo la mano de mentira, quería que mis palabras fueran honestas.

—Amapola —empecé y me dejé caer sobre una rodilla a su lado, bien a la vista de la gente que nos rodeaba. No tardaron en volverse hacia nosotros, se dieron codazos y nos señalaron. Ese había sido el objetivo, pero apenas me di cuenta. Solo veía a Helena, que me miraba y, en ese segundo, sentí una felicidad absoluta—. Sé que no llevamos juntos mucho tiempo —seguí—, pero siento que te he estado amando durante toda mi vida. Tal vez porque hubo una conexión desde el primer momento en que nos vimos, que se ha reforzado a cada momento que hemos pasado juntos. Tal vez sea porque encajamos tan bien que casi duele. Eres todo lo que siempre había soñado: fuerte, valiente, segura de ti misma e inteligente. Sabes lo que quieres, sabes quién eres y yo sé que es contigo con quien quiero pasar el resto de mi vida.

Intenté mantener la compostura, pero la mirada emocionada de Helena estuvo a punto de hacerme perder el hilo. Sin embargo, ya solo me quedaba un pedacito, un par de frases, y las dije tan serio como pude porque, en aquel momento, fuera una farsa o no, eran mi verdad.

—No quiero volver a perderte, dejar de llamarte, no verte ni tenerte entre mis brazos. Quiero que estemos juntos, ahora y siempre. —Respiré hondo, abrí la cajita que tenía en la mano y miré a Helena—. Y por cso te pregunto, Helena Grace Weston, ¿quieres casarte conmigo?

# 39

# Helena

No pude ocultar el enjambre de mariposas que me aleteaba en el estómago cuando Jess me dijo esas maravillosas palabras. Aunque no lo habíamos hablado, sabía que todas y cada una de ellas eran ciertas. Se arrodilló delante de mí, con el anillo en la mano… y a pesar de que en el fondo sabía que no era de verdad, de alguna forma sí que lo era, así que mi emoción fue tan sincera como mi alegría cuando asentí.

—Sí, absolutamente sí.

Lo puse en pie tomándole de la mano, rodeé su cuello con mis brazos y lo besé, mientras a nuestro alrededor se desataban los aplausos como si fuéramos célebres actores después de una obra de teatro. En cierto modo así era, pero por un segundo me olvidé de todo.

—Lo hemos conseguido —me susurró Jess al oído antes de separarse de mí y colocarme el anillo en el dedo: una reliquia de su abuela que le había dejado su padre por si algún día quería casarse. Eso también formaba parte de la actuación, pero no lo sentí así cuando noté el peso de la piedra gris en la mano. De repente entendí la felicidad que había sentido Valerie cuando Adam le había pedido matrimonio y me pareció triste a la par que maravilloso.

Jess me volvió a besar y, acto seguido, agradecimos con una sonrisa la enhorabuena del resto de comensales y nos volvimos a sentar. Sarah nos trajo un par de copas de champán y nos felicitó, pero yo noté un nudo en la garganta. Estaba claro: habíamos dado el pistoletazo de salida. A partir de ahora, solo tendríamos unos días para vigilar a las personas de la lista y, con suerte, atrapar a quien decidiera contratar a alguien para hacernos daño. Si no funcionaba, no habría justicia para Valerie y Adam, ni tampoco un futuro para nuestra relación.

—Por nosotros —dijo Jess, esforzándose por parecer feliz en lugar de profundamente preocupado.

Brindamos y le mandé un mensaje a Lincoln para que informara a los demás. Luego levanté la vista.

—¿Nos vamos? —pregunté en voz baja y recibí un asentimiento inmediato como respuesta. No es que esperáramos que un asesino viniera a por nosotros en los próximos minutos, pero lo más sensato era pasar en público el menor tiempo posible.

Estaba a punto de levantarme cuando una mujer que llevaba una chaqueta oscura se acercó a nuestra mesa. En un primer momento, sentí un miedo paranoico de que pudiera ser una amenaza, pero la reacción de Jess me hizo saber que la conocía.

—Señor Coldwell, en nombre del personal del Emperador, queremos darle la enhorabuena —dijo con una sonrisa educada—. Si nos hubiera dicho con antelación que planeaba pedirle matrimonio a la señorita Weston, nos habríamos preparado mejor, pero, aun así, tenemos una sorpresa para ustedes.

Señaló a un lado y apareció Sarah, que en las manos llevaba una tarta pequeña de color rosa pastel y blanco que parecía una obra de arte.

—Muchas gracias, Maya. No era necesario. —La sonrisa de Jess era mucho más forzada que la de la gerente del restaurante, pero quizá solo yo me di cuenta.

Sarah dejó la tarta entre ambos, la cortó y nos puso un trozo delante de cada uno. Yo di dos bocados por educación, al igual que Jess, y luego este pidió que el resto se repartiera entre los empleados y firmó la cuenta.

—Larguémonos de aquí —dijo cuando regresó.

Me puse en pie y Jess me dio la mano, siempre mirando a nuestro alrededor y a la gente que nos rodeaba. Pero aún no habíamos terminado. Habíamos decidido que a la vuelta no saldríamos por una puerta lateral sino por la delantera, para pasar por delante de todos los comensales. Tuvimos que parar un par de veces porque alguien quería felicitarnos, pero conseguimos escapar relativamente rápido, en parte gracias al carisma de Jess, que dejó claro que queríamos un ratito de intimidad. Cuando por fin estuvimos fuera y nos montamos en la limusina, respiré hondo.

—Gracias a Dios que hemos salido —solté—. No sabía que conocías a tanta gente de las altas esferas. ¿No decías que siempre habías mantenido las distancias? —A mí también me habían felicitado muchos, pero eso era de esperar.

—Es lo que he intentado —respondió Jess, que se retiró la corbata del cuello de la camisa—. Pero todo el mundo sabe quién es mi madre y, si no se interesan por mí por eso, lo hacen por mi trabajo.

Parecía tan aliviado como yo cuando miró al chófer y le dio la dirección de Lincoln. La casa en la que vivía con mi hermano había sido asegurada tanto como el apartamento de Jess, así que habíamos decidido pasar allí los días críticos.

La ventanilla que nos separaba del conductor se cerró y yo me recliné en mi asiento, acurrucada junto a Jess. Por cómo me rodeó con el brazo, percibí que estaba tenso, sus músculos endurecidos, su abrazo más protector que cariñoso. Cuando me posó sus labios en la frente, cerré los ojos.

—Todo irá bien —susurré contra su garganta, aunque no solo se lo decía a él, también a mí.

Apenas había quince manzanas hasta la casa de Lincoln, es decir, unos diez minutos en coche, y ya habíamos avanzado la mitad. Además, era poco probable que alguien pudiera ponerse en marcha tan rápido. En el caso de Valerie y Adam, tardaron dos semanas en contratar a alguien que los asesinara. Sin embargo, no volvería a respirar tranquila hasta que estuviéramos a salvo, al otro lado de las puertas cerradas del piso y con el personal de seguridad de Simon cuidándonos.

En el bolsito que llevaba vibró mi móvil y lo saqué.

—Lincoln dice que todo el mundo está al tanto. Su amiga de la NSA dice que la vigilancia está en marcha, pero que aún no ha pasado nada.

—Bien. —Jess se relajó un poco, al igual que yo. Si ninguno de nuestros sospechosos había hecho ninguna llamada de teléfono sobre nosotros, estábamos a salvo—. ¿Tú sabes qué es lo que pasó con esa agente de la NSA? Es muy reservado con ese tema.

Sonreí de lado y noté que la adrenalina se iba calmando.

—Sé tanto como tú. Hasta que la mencionó hace dos semanas, no sabía de su existencia. Creo que coincidieron en la universidad y tuvieron una relación breve pero intensa. Dice que tuvo una buena relación con ella, pero no tengo más datos.

—Bueno, creo que todos estamos más felices de que ahora esté con Penelope. No me apetecía tener a alguien en las cenas familiares que supiera exactamente qué hay en mi historial de navegación.

Me reí.

—¿Tan sospechoso es tu historial?

—¿El tuyo no? —Jess sonrió y se inclinó para besarme de una manera muy tentadora. Pero cuando abrí ligeramente los labios, se detuvo—. Entonces ¿tu hermano está en casa?

—Sí —confirmé—, junto con cuatro guardaespaldas.

Jess se separó y se reclinó en el asiento.

—Esto no es un compromiso como Dios manda —resopló decepcionado. Yo sabía que ninguno de los dos teníamos el sexo en mente con todo lo que estaba pasado. Esperar a que alguien gestionara tu asesinato no creaba el mejor de los ambientes, pero valoré que quisiera hacernos cambiar de opinión.

—No te preocupes. —Le aparté un mechón de la frente—. Cuando pase todo, recuperaremos el tiempo perdido.

—Me parece perfecto —dijo con una sonrisa y miró el reloj. —Ya casi estamos.

No había prestado atención a lo que me rodeaba hasta ahora, pero cuando miré por la ventana vi los habituales edificios del Upper East Side que empezaron a dar paso lentamente a las construcciones modernas del centro. Supuse que saldríamos de Park Avenue en el siguiente cruce y después giraríamos hacia la 51 hasta llegar a Lexington, donde vivía Lincoln. Pero la limusina siguió adelante. Al principio no le di importancia, a veces había atasco en las calles principales y era más rápido dar un rodeo. Sin embargo, el chófer no giró en la siguiente calle, ni tampoco en las que vinieron después.

«Algo va mal». Pronunció mi cerebro antes de que quisiera pensarlo.

Sin decir una palabra, me separé de Jess y fui hacia el panel de control que tenía el botón de llamada. Lo presioné.

—Jared, ¿por qué vamos al centro? —No respondió—. Jared, ¿me oyes?

Intercambié una mirada angustiada con Jess y este presionó el botón que bajaba la ventanilla que nos separaba. Mi mano aferró automáticamente el antebrazo de Jess y me invadió una oleada de miedo. ¿Qué estaba pasando? Nadie de nuestra lista se había puesto en marcha, era imposible que estuviéramos en peligro.

—No te preocupes, será un problema técnico.

Jess me pasó un brazo por encima y, con la mano libre, sacó su móvil, pero entonces la ventanilla se movió. Empezó a bajar y al otro lado no se encontraba Jared, sino dos hombres desconocidos.

Nos quedamos paralizados, petrificados.

Uno de ellos llevaba un arma en la mano.

Y nos apuntaba directamente.

# 40
# Jessiah

En cuanto vi el arma, se sucedieron varias cosas en mi cabeza. En primer lugar, me atenazó el pánico, luego la necesidad de proteger a Helena y, por último, el recuerdo de la última vez que me habían disparado. No recordaba el cañón del arma, pero sabía que había estado allí, que alguien había apretado el gatillo y que yo había estado a punto de morir. Y también sabía que ahora podía volver a pasar, que alguien volvía a amenazarme de muerte, solo que esta vez no estaba solo.

Sin pensarlo siquiera, me puse delante de Helena todo lo que me lo permitió el espacio de la limusina y la cogí de la mano. Sus dedos se estrujaron tanto con los míos que me dolió, o tal vez fuera al revés.

—¿Qué queréis de nosotros? —pregunté con toda la seguridad que fui capaz de reunir en ese momento. Pero yo conocía la respuesta: nuestro plan había funcionado, demasiado bien por lo visto.

—Los móviles aquí —intervino el hombre que conducía y que no nos apuntaba con ningún arma. Tenía algo de acento que no logré identificar. Con cierta duda, le entregué mi teléfono y Helena también el suyo, le temblaban las manos. En cuanto se los dimos, la protegí entre mis brazos.

—Y ahora bajaos. No queremos destrozar unos asientos tan bonitos, ¿no? —El de la pistola se rio con frialdad.

Estuve a punto de negarme, pero fui consciente de que en aquel espacio reducido no tendría posibilidad de atacar ni de defenderme. Así que me separé de Helena, aunque no la aparté de mi lado, y nos bajamos de la limusina. En cuanto pusimos un pie en la acera supe dónde nos encontrábamos.

—¿El Vanity? —preguntó Helena incrédula y palideció aún más.

Tenía razón. Estábamos delante de la puerta de servicio del hotel en el que habían muertos nuestros hermanos. ¿Es que querían recrear toda la historia? ¡Era una locura!

—¿Qué hacemos aquí? —pregunté mirando a los dos tipos.

Estos no me respondieron y tuve la sospecha de que ellos tampoco sabían por qué estábamos aquí. Algo típico en los matones de personas poderosas y me pregunté si daríamos con ellos en algún momento.

«¿Te refieres a antes de que os maten?». El pensamiento fue tan grotesco como aterrador, pero hice todo lo posible por mantener la compostura. Iba a necesitar de todo mi ingenio si queríamos tener alguna posibilidad.

—Entrad. —El más alto de los dos nos sostuvo la puerta abierta—. Y más os vale no pedir ayuda ni hacerle señales a nadie. No tengo ningún problema en mataros en mitad del vestíbulo. O a cualquier otra persona que ande por allí.

No nos quedó más opción, así que cumplimos sus órdenes, atravesamos la puerta y cruzamos un estrecho pasillo que daba a recepción. Allí había algunas personas, al fin y al cabo, no eran ni las diez de la noche, pero no me atreví a llamar su atención. Era posible que el tipo solo nos estuviera amedrentando y no se atreviera a causar un baño de sangre aquí, pero no estaba seguro. Tendríamos que liberarnos de otra forma.

Helena me tomó del brazo con fuerza mientras atravesábamos el vestíbulo. Los recepcionistas ni siquiera nos miraron, ya fuera por estar ocupados con su trabajo o atendiendo a alguno de los huéspedes. Cuando miré a mi alrededor, no vi a nadie que conociera, la gente que estaba en el bar no nos veía y la pareja que se cruzó con nosotros tan solo nos sonrió con amabilidad. En el restaurante todo el mundo sabía quiénes éramos, ¿cómo era posible que ahora nadie se interesara por que una Weston y un Coldwell estuvieran paseándose por el vestíbulo de un hotel? Era imposible.

Nos acercamos al ascensor con los dos tipos y vi el pánico en los ojos de Helena. Seguramente ella también había rezado por encontrarse a alguien conocido que desbaratara el plan de esta gente. Pero no sucedió tal cosa.

—¿Qué hacemos? —lo pronunció tan bajo que apenas la entendí.

—Se nos ocurrirá algo —respondí y le apreté la mano para tranquilizarla cuando nos metimos en el ascensor. Eran unos cuatro metros cuadrados y me planteé si sería posible vencer a los dos. Llevaban las armas escondidas en las chaquetas, por lo que no podrían disparar ni rápido ni con precisión. Pero ¿y si lo conseguían y nos atrapaban a uno de los dos? No podía arriesgarme.

Sumidos en un miedo silencioso, subimos seis pisos y Helena miró con ansiedad la pantalla. Sabía por qué: la habitación de Valerie y Adam se encontraba en el sexto piso. Todo indicaba que pretendían repetir la misma y terrible historia.

Por desgracia, el pasillo estaba vacío cuando salimos del ascensor, pero en mi cabeza empezó a desarrollarse un plan. Nuestra mejor oportunidad era alertar a los de seguridad a través de las videocámaras, pero eso solo sería posible mientras estuviéramos en el pasillo. En cuanto nos metieran en una habitación, todo sería en vano, así que debía atacarlos ahora, tan rápido como me fuera posible.

—Cuando diga «ahora», sal corriendo —le dije a Helena en voz baja.

—¿Qué? ¡No! —siseó, sospechando lo que tenía pensado—. Lo haremos juntos. Encárgate del grande, yo me ocupo del delgado.

Los hombres se dieron cuenta de que estábamos hablando y se acercaron a nosotros a medio metro de distancia con actitud amenazante. No había tiempo de discutir, así que decidí que era el momento de intentarlo.

—Ahora.

Nos dimos la vuelta para aprovechar el elemento sorpresa. Helena impidió que el de menor estatura sacara la pistola con una patada y luego levantó los puños para golpearlo. Yo le pegué un puñetazo limpio al más grande de los dos. El tipo aulló de dolor y soltó su arma, que salió despedida y aterrizó sobre la alfombra azul oscura. Me abalancé sobre ella, pero el hombre me agarró por la chaqueta y tiró de mí hacia atrás. En ese mismo instante, su compañero consiguió empujar a Helena contra la pared, pero esta se zafó de él, le dio un pisotón y siguió con los puños. Me separé de mi atacante con una mezcla de adrenalina y euforia. Tal vez podríamos conseguirlo, tal vez podríamos dejarlos noqueados el tiempo suficiente para escapar. O podía hacerme con la pistola.

Estaba solo, corrí más rápido que mi oponente, me agaché, recogí la pistola, me di la vuelta y apunté a ambos hombres. Pero estos fueron más inteligentes que yo. En lugar de impedir que me hiciera con el arma, ambos se volvieron contra Helena… y ganaron. La sujetaron con fuerza, y uno de ellos rodeó su cuello con el brazo. El miedo en sus ojos estuvo a punto de hacerme perder la cordura.

—Suelta el arma o esparciré sus sesos por la pared.

Presionó el cañón del arma contra la sien de Helena y me detuve de inmediato. Dejé la pistola en el suelo. El otro me la quitó de la mano y me propinó un zurdazo doloroso. Me tambaleé y escuché que Helena gritaba mi nombre. Luego me agarraron y me arrastraron hasta cruzar una puerta. Cuando la cerraron y emitió el típico sonido amortiguado de los hoteles de lujo, supe que nuestra oportunidad de escapar se había esfumado. Aunque quizá tuviéramos suerte y alguien hubiera visto los vídeos de seguridad. Quizá vinieran a ayudarnos.

Volví a tomar la mano de Helena y esta se acercó a mí, como si sirviera de algo que estuviéramos lo más cerca posible el uno del otro.

—Todo irá bien —le susurré al oído, sin saber si podría mantener esa promesa. Pero tenía que decirlo; si no había esperanza, lo habíamos perdido todo.

¿Se habría sentido Adam igual que yo ahora? ¿Habría repasado mentalmente todas las posibilidades para poder salvar a la mujer que amaba? Mi hermano también iba de forma habitual a entrenar a Tough Rock. ¿Habría intentado atacarlos y habría fracasado como yo?

—¿Por qué habéis tardado tanto? —dijo una voz enervada al otro lado de la habitación. No logré ubicarla, pero me sonaba. ¿Era uno de los de la lista? A un par de ellos los conocía, pero a los demás no. Al mirar a Helena, vi que ella también estaba pensando.

—Hemos tenido una peleílla en el pasillo —admitió uno de los matones frotándose la sien dolorida.

—Bueno, menos mal que esta vez hemos manipulado las imágenes de seguridad con antelación. —El hombre que hablaba parecía estar más cerca y, finalmente, apareció en el pasillo que daba al salón.

Entonces entendí por qué me había resultado familiar.

—¿Tú? —Apenas fui capaz de procesar que la esperanza de que nos rescataran se acababa de esfumar en el aire, porque no lograba entender cómo era posible que delante de mí estuviera el alcalde. Lo miré fijamente, atónito ante la ira y el horror—. ¿Tú mataste a Adam y a Valerie?

Había hablado con este hombre innumerables veces desde la muerte de mi hermano, había bromeado con él, le había preguntado por su familia y por su estúpido perro. ¡Había venido a verme al hospital cuando me dispararon! Y en todo este tiempo no había tenido ni la más mínima sospecha de que era un asesino.

El alcalde Roscott negó la cabeza con ligereza.

—Suena un poco manido, pero no es nada personal, Jessiah. Me caes bien, al igual que tu madre y tus padres, Helena. Simplemente no puedo permitir esta unión de ninguna manera.

—¿Y por eso vas matando a la gente? —exclamó Helena a mi lado, tan horrorizada como yo—. ¿Es que has perdido la cabeza?

—Yo diría que soy un tipo pragmático. Todos tenemos que saber cuál es nuestro sitio.

Roscott me dedicó una mirada cargada de frialdad y comprendí que siempre había estado desempeñando un papel. El papel de político agradable y cercano que solo quería lo mejor para Nueva York, cuando, en realidad, era un sociópata calculador al que solo le preocupaba su propio beneficio, tal como indicaban sus ojos. Y yo no había sospechado en absoluto. Menudo instinto para la naturaleza humana.

—Entonces ¿lo admites? —pregunté con voz temblorosa—. ¿Admites que mataste a nuestros hermanos?

—No, ese fue Ralph. —Roscott señaló al más grande de los dos matones—. O más bien la cocaína que compró. Pensé que sería una método más elegante y, durante mucho tiempo, nos salimos con la nuestra. Hasta que llegasteis vosotros.

—¿Y ahora quieres repetir toda la historia? —Helena alzó el mentón, y yo la amé más que nunca en este momento, porque era increíblemente valiente al plantarle cara—. ¿En la misma habitación y de la misma forma? ¿De verdad crees que te vas a salir con la tuya? No somos los únicos que hemos investigado este caso. Hay más personas que saben lo mismo que nosotros.

Roscott sonrió de una forma poco amigable.

—Es cierto. Por ejemplo, tu amiga policía, tu hermano, el bueno de Balthazar Lestrange y Simon Foster, a cuyo chófer reemplacé enseguida en una intersección por estos dos. ¿Creíais que no sabía nada de vuestro pequeño escuadrón? Llevo semanas vigilándoos.

—Entonces sabes que si nos pasa algo, todo saldrá a la luz —presionó Helena.

Cuando Ralph dio un paso al frente, me puse en medio. Ninguno de ellos le haría nada mientras yo estuviera con vida.

—Vaya, ¿en serio? —Roscott levantó una ceja con gesto divertido—. Pero yo ni siquiera estoy en esa listita tan chula que tenéis y que Trish Coldwell fue tan amable de proporcionarme.

—¿Cómo sabes eso?

—Bueno, digamos que Rodney McVeil, el matón de tu madre, tiene una deuda con Hacienda bastante cuantiosa. No fue difícil convencerlo de que se uniera a mi causa y me hiciera desaparecer de esa lista.

No esperábamos algo así. Con este movimiento había declarado el jaque mate sin que siquiera sospecháramos con quién estábamos tratando.

—Jessiah, por tu expresión entiendo que nadie sabe quién se ocupó de mantener el equilibrio en esta ciudad —afirmó satisfecho.

Resoplé en un intento de ocultar el pánico que me estaban causando sus palabras. Tenía toda la razón. Ninguno de nuestros amigos sospechaba de él.

—¿Por eso lo haces? ¿Por el equilibrio de Nueva York?

—No tienes ni idea de lo importante que es ese equilibrio, hijo —refutó el alcalde en tono condescendiente—. Si nadie se encargara de ello, el sector inmobiliario sería una anarquía. Si vuestras dos familias se unieran, todo se iría al traste.

—¿Por qué? —Helena lo miró fijamente, pero él se limitó a sonreír.

—¿Os pensáis que os voy a relatar todo mi plan diabólico para dominar el mundo antes de mataros? Esto no es una película de James Bond. —Le hizo una seña a Ralph y al otro matón—. Pero no te preocupes, Helena, no vas a morir igual que tu hermana. Se me ha ocurrido otra cosa.

Los matones parecían estar preparándose para lo que fuera que hubieran pensado, y yo apreté los puños por si acaso. Sí, tenían armas, pero no me rendiría sin luchar. Tal vez había otra forma de evitar todo esto.

—Nuestros padres jamás trabajarían juntos —dije, porque no sabía qué más podía hacer para salvarnos—. Helena y yo no queremos casarnos, solo lo fingimos para que cayeras en la trampa.

El alcalde me escudriñó de arriba abajo.

—No está mal —afirmó con aprobación—. Pero no negaréis que sois pareja, ¿verdad?

—No lo somos —intervino Helena antes de que pudiera contestar—. No estamos juntos. Solo hemos estado juntos para mantener las apariencias. De hecho, Jessiah ni siquiera me cae tan bien.

—¿En serio? —El alcalde ladeó la cabeza—. Demuéstramelo.

Le dirigió a Ralph un asentimiento. Este dio un paso en nuestra dirección, me apartó de un empujón y fue a por Helena. La agarró del pelo y la arrastró consigo. Yo me abalancé sobre él sin pensar, listo para defenderla.

—Olvídate, Coldwell —gruñó el matón. Me apuntó con el arma y la amartilló. Un sonido ensordecedor—. El numerito del caballero de armadura reluciente tampoco le sirvió a tu hermano.

Noté que la ira en mi interior aumentaba y empecé a verlo todo de color rojo, porque le estaba haciendo daño a Helena y porque le había hecho daño a Adam y a Valerie. Quise retorcerle ese maldito pescuezo con mis propias manos, sin importarme una mierda lo que me hiciera después. Pero seguía sujetando a Helena y no podía hacerle daño.

—Demasiadas emociones para no significar nada el uno por el otro. —Roscott parecía satisfecho y Ralph soltó a Helena con un movimiento de la mano. Ella vino a mí corriendo, la estreché entre mis brazos y le acaricié la cabeza—. Pasó lo mismo con vuestros hermanos, estaban obsesionados con salvarse el uno al otro. —El alcalde puso los ojos en blanco—. Adam quiso negociar, de hecho. Me dijo que sería suficiente con que él muriera, pero que debíamos soltar a Valerie. ¿No fue caballeroso?

—Sois repugnantes —dijo Helena con desprecio, aunque vi las lágrimas en sus ojos. Después de tantos años buscando la verdad, descubría que la forma en que habían muerto había sido terrible. Pero, a menos que ocurriera un milagro, ese descubrimiento moriría con nosotros.

—Sí, eso mismo dijo también Valerie justo antes de…, bueno, ya sabes. Una pena. Tu hermana era una chica increíblemente guapa. —Roscott nos miró como si fuéramos actores de una obra de Broadway y él fuera el director—. Esto es lo que vamos a hacer. Como es evidente que vuestras familias necesitan un incentivo para seguir odiándose hasta el fin de los tiempos, vamos a subir la apuesta.

No quise preguntar de qué hablaba, pero lo hice de todas formas.

—¿De qué estás hablando?

—Muy simple. —Pasó la vista de mí a Helena—. Significa que tienes que disparar a Jessiah.

# 41
# Helena

—Significa que tienes que disparar a Jessiah.

Miré con atención a ese hombre tan evidentemente perturbado al que siempre había considerado una persona amable y respetuosa. Pero no lo era. Era un asesino cruel que había matado a mi hermana y a Adam, y sin duda a otros que se hubieran interpuesto en su visión de Nueva York. Todo este tiempo había pensado que Trish Coldwell era lo peor que había en esta ciudad, pero me equivocaba. Estaba claro que la madre de Jess no era buena persona, pero al menos era persona.

—Nunca —dije, aunque pareció que Roscott no me escuchaba.

—Seguro que entiendes lo trágico que sería, ¿verdad? Dos personas que han perdido a sus hermanos se enamoran, se comprometen y mueren por culpa de los celos en el mismo hotel: ella le dispara a él y luego a sí misma. —Cogió una carpeta y sacó unas fotografías de gran tamaño que sostuvo delante de mis narices—. Creo que esto es razón de sobra.

Eran fotos de Jess y su amiga Samara, imágenes bastante explícitas en un apartamento que no reconocí. No fue agradable ver a Jess en la cama con otra mujer, pero no sentí celos. No tenía que mirar a Jess para saber que esas fotos eran antiguas, de antes de que decidiéramos estar juntos. Lancé una mirada llena de furia al alcalde.

—Debes de estar muy perturbado para pensar que así me convencerás de hacerle daño.

—Ah, no me importa si no lo haces por voluntad propia. Las fotos son solo para dar credibilidad a la historia. Cuando las encuentren aquí junto a los cadáveres, será explicación de sobra. Trágico como Romeo y Julieta. Otra vez. Así podré llevar a cabo mis proyectos sin que vuestros padres se interpongan en mi camino.

Aunque no había explicado exactamente por qué le temía tanto a esa alianza, lo sabía: Trish y mis padres juntos habrían tenido más poder que cualquier otra persona de la ciudad, más que el alcalde y sus partidarios. Si unían sus recursos, no solo económicos sino también sus contactos y relaciones, nadie podría derrotarlos. Y Roscott no podría participar en el diseño de su propia ciudad, sería un espectador en su propio mandato, durante el cual pretendía moldear Nueva York a su antojo.

—No te saldrás con la tuya —afirmé intentando no dejar ver mi miedo, pero no pude—. Nadie que nos conozca se creerá que yo haya hecho algo así.

—Puede que no, pero tal como viste con tu hermana, puedo salirme con la mía si actúo de forma inteligente. Y los dos sabemos que Trish Coldwell reducirá el Upper East Side a los cimientos si cree que eres la responsable de la muerte de un segundo hijo. —Roscott miró a Jess—. Esperemos que Elijah no corra la misma suerte.

—¡Eres un cabrón!

Jess se movió tan rápido que los secuaces del alcalde no reaccionaron a tiempo. En dos zancadas se plantó delante de Roscott y le propinó un puñetazo tan fuerte que el alcalde trastabilló hacia atrás. Tuvieron que llegar Ralph y el otro para mantenerlo alejado de Roscott. Cuando golpearon a Jess en el estómago y se dobló, me dolió tanto como si lo hubiera recibido yo. Grité su nombre, quise ayudarlo, pero el alcalde me alejó de él.

—Dejaos ya de tonterías. No tenemos toda la noche. —Roscott me señaló—. Ralph, ¿procedemos?

Retrocedí con los puños levantados, lista para defenderme, pero ese tipo era más fuerte. Me rodeó, me agarró la mano con un gesto brusco y me colocó a la fuerza una pistola pequeña que no había visto antes. Me retorcí cuando intentó colocar mi dedo sobre el gatillo y le lancé una patada a lo *krav maga*. Por un instante logré zafarme, pero luego me envolvió el cuello y empezó a estrangularme tan fuerte que apenas podía respirar.

—No te angusties, querida. Todo acabará muy pronto. No tendrás mucho tiempo para llorar a tu amorcito, te lo prometo.

En mi cuerpo ya solo quedaba miedo, odio y desesperación, porque habíamos llegado hasta aquí y ahora íbamos a morir sin sentido, igual que Valerie y Adam. No, sin sentido no, de una forma aún más cruel. ¿De verdad creería la gente que había disparado a Jess por un ataque de celos? ¿Sería esa la historia que se contaría de nosotros?

La mano de Ralph desplazó la mía hacia arriba, hasta que el arma apuntó a Jess. El otro secuaz lo mantenía sujeto con la pistola en el cuello. El corazón me latía tan rápido que pensé que me desmayaría, pero mi cuerpo no me hizo ese favor.

—Lo siento —dije en voz baja a Jess. Era todo culpa mía. Si no me hubiese empeñado tanto en descubrir la verdad, si no hubiese roto el acuerdo con Trish, si no me hubiese enamorado de él, Jess estaría a salvo.

—¿No habíamos quedado en que no tenías que pedirme disculpas por nada? —replicó con una leve sonrisa.

—Eso fue hace mucho.

Miré los ojos verdes de Jess, la presión en mi dedo índice iba en aumento. Nunca había disparado un arma, pero todavía sentía algo de resistencia y sabía que si cedía… Jess moriría. Las lágrimas empañaron mis ojos, pero, aun así, lo contemplé con más claridad que nunca: era el hombre al que amaba por encima de todo. Estaba absolutamente aterrorizado, lo veía, pero me sonrió como si estuviéramos solos en la habitación.

—Amapola —dijo con suavidad—, cierra los ojos.

—No —dije en un sollozo. Sabía que con toda probabilidad era lo mejor, pero no podía cerrarlos sabiendo que sería la última vez que lo vería.

—Te quiero, ya lo sabes. —Se enjugó las lágrimas del rostro—. Y pase lo que pase, ha merecido la pena.

—Yo también te quiero —logré decir mientras notaba que Ralph empezaba a perder la paciencia. Sin embargo, no cerré los ojos. Quería morir sabiendo que nos amábamos. Quería ver a Jess hasta el último segundo.

Y con una cruel certeza, supe que había llegado el momento.

De repente, en el siguiente segundo, pasaron un montón de cosas increíbles al mismo tiempo.

La puerta se abrió de par en par, alguien gritó «¡Policía!» y varios agentes antidisturbios irrumpieron en la habitación y se abalanzaron contra Roscott y sus dos secuaces. Me zafé del agarre de Ralph, le quité el arma y me di la vuelta. De repente me vi cara a cara con el asesino de mi hermana y con la oportunidad de matarlo. El mundo que me rodeaba pareció congelarse cuando apunté la pistola a su pecho, lenta y deliberadamente, mientras una voz en mi cabeza me instaba a hacerlo. Y por un segundo, quise hacerlo. Quise matarlo.

—Helena, no lo hagas —escuché entonces otra voz, la voz que más amaba en este mundo, y supe que nunca sería capaz de hacer algo así. Jamás podría quitarle la vida a otra persona, ni siquiera aunque lo mereciera, porque con ello no recuperaría lo que me había arrebatado.

Así que bajé el arma, un agente se acercó y me la quitó, y otro agente se llevó a Ralph. Yo me hundí en los brazos de Jess, enterré la cabeza en su hombros y me eché a llorar. A nuestro alrededor se había desatado el caos, pero no me interesaba. Lo único que me importaba es que estábamos a salvo.

—Se acabó —repetí una y otra vez hasta que fui capaz de creerlo yo misma. Mis rodillas ya lo habían asimilado y estuvieron a punto de ceder mientras abrazaba a Jess.

—Sí, se acabó —susurró Jess, que me abrazó con más fuerza—. Hemos ganado.

Supe a qué se refería: no solo habíamos sobrevivido, también habíamos resuelto el asesinato de nuestros hermanos y ya no tendríamos miedo en el futuro a que alguien nos hiciera daño solo por apellidarnos Coldwell y Weston. No, éramos Westwell, ahora y siempre. Y estaba segura de que a Adam y a Valerie les habría gustado.

—Camine, señor alcalde —escuchamos a nuestra espalda y me separé de Jess para darme la vuelta.

Pocas veces había sentido más satisfacción que en aquel momento en el que una de las agentes esposaba al alcalde y se lo llevaba. Sus matones ya estaban bajando, así que Jess y yo nos quedamos solos un momento. Aunque no por mucho tiempo.

—¡Len!

Lincoln y Malia irrumpieron en la habitación, nos abrazaron a mí y a Jess al mismo tiempo y nos apretaron con tanta fuerza que casi me quedo sin respiración. Luego mi hermano se despegó de mí y vi el miedo que había pasado.

—¿Estáis bien? ¿Os han hecho algo?

Negué con la cabeza, aunque era mentira. Tardaría una temporada en olvidar todo esto. No solo esta noche, sino también que el alcalde fuera el responsable de asesinar a nuestros hermanos por la razón más egoísta posible. Pero lo conseguiríamos, ahora que estábamos a salvo, juntos.

—Estamos bien —respondió Jess y yo me acurruqué nuevamente. Tenía un par de moratones en la mandíbula, pero, aparte de eso, estaba ileso.

—Bien. —Lincoln respiró hondo—. Mamá y papá vienen de camino, y también Trish. Se lo he contado todo.

Lo miré con curiosidad.

—¿Cómo supisteis lo que estaba pasando? Roscott no estaba en la lista.

—Gracias a él. —Malia señaló a alguien que aguardaba en el umbral de la puerta con una expresión que parecía no entender lo que acababa de pasar.

—¿Carter? —Lo miré desconcertada y él se acercó con las manos en los bolsillos y visiblemente conmocionado. ¿Él nos había salvado? ¿Carter Fields? Y yo que pensaba que ya no podía sorprenderme más—. ¿Cómo supiste que estábamos en peligro? —le pregunté—. Los vídeos de seguridad estaban manipulados.

—Justo por eso —explicó sacudiendo la cabeza—. Alguien del restaurante me dijo que estabais aquí, al igual que el alcalde. Y entonces recordé una cosa: ya lo había visto aquí antes, la noche en que murieron Val y su caballero andante. Recuerdo que me sorprendió verlo aquí tan tarde y solo, pero tampoco me interesa mucho qué hace el alcalde en su tiempo libre, no sé si me entendéis. Sin embargo, hoy sí me pareció raro, así que fui a revisar las cámaras y entonces vi que habían insertado un vídeo en bucle. Llamé a la policía y vinieron a rescataros.

Automáticamente me lancé a su cuello y Carter parecía algo abochornado mientras me daba unas palmaditas en la espalda.

—Gracias, Carter. Ahora sí que me gustas.

De repente, cambió su actitud.

—¿Quieres decir…?

—No, no es eso lo que quiere decir —intervino Jess.

—Una pena, pero vale. —Se encogió de hombros—. Y no me debes nada, Helena. Considéralo una compensación por mis mentiras sobre tu hermana. Era una chica maravillosa y ojalá siguiera con vida.

Sonreí y noté que el cansancio se apoderaba de mí conforme la adrenalina desaparecía de mi torrente sanguíneo. Cuando Jess se dio cuenta, volvió a arrebujarse contra mí y respiramos juntos un par de veces antes de separarnos de nuevo.

—Me están esperando los demás. Me alegro mucho de que os encontréis bien. —Malia me abrazó de nuevo y le dio una palmada a Jess en el hombro—. ¿Estaréis bien? Tenemos un servicio psicológico de emergencia para este tipo de casos.

Malia no sabía qué había pasado exactamente y yo no tenía fuerzas para contárselo en estos momentos, pero llevaba siendo policía el tiempo suficiente para imaginarse lo terrible que había sido. Negué con la cabeza y vi que Jess hacía lo mismo. Ya buscaríamos ayuda más adelante, pero ahora no era el momento. Malia asintió y se marchó, y Lincoln salió con Carter al pasillo.

Jess me miró y me acarició la mejilla con tanta suavidad que estuve a punto de echarme a llorar de nuevo.

—Quiero irme de aquí —susurré.

La habitación y todo lo que había sucedido aquí me estaba asfixiando y lo único que quería era volver a casa, al apartamento de Jess, acurrucarme en el sofá y dar las gracias por haber salido sanos y salvos de esta situación.

—Sí, yo también —admitió Jess, que me cogió de la mano y me llevó hasta la puerta.

En el pasillo ya no había ningún agente de policía que quisiera hacernos preguntas y yo me alegré de que pudiéramos posponer los interrogatorios e irnos a casa. O eso habríamos hecho si no hubieran aparecido nuestros padres.

—Por el amor de Dios, Helena, ¿qué ha pasado?

Mi padre apareció entonces en el pasillo, seguido de mi madre y de Trish y, en ese momento, pareció que la enemistad entre nuestras familias había caído en el olvido. Mis padres me abrazaron a mí primero y después a Jess, y luego recibí un abrazo de Trish, que fue mucho más cálido de lo que esperaba.

—Estáis bien —dijo Trish, y asentí. Tenía lágrimas en los ojos. No alcanzaba a imaginar el miedo que habría pasado en el último año y, aunque eso no justificaba nada, explicaba muchas cosas.

—¿Es cierto lo que dice Lincoln? ¿Fue el alcalde? —preguntó mi padre sin creerlo.

—Sí —respondió Jess—. Por lo visto quería evitar que trabajaseis mano a mano con mi madre. Por eso mató a Valerie y a Adam y pretendía hacernos lo mismo a nosotros.

No mencionó los detalles. Tendríamos que contarlo todo, al menos en los tribunales, pero, hasta entonces, era mejor asimilar las cosas.

—Con toda probabilidad esté relacionado con los que financiaron su campaña —dijo Trish frunciendo el ceño—. Según decían los rumores, se involucró con personas muy turbias que seguramente le pidieron algo a cambio.

Mi madre sacudió la cabeza desconcertada.

—Hemos invitado a ese hombre a nuestra casa, incluso quise que salieras con su hijo… —Soltó una risa histérica que se convirtió en llanto.

—Bueno, eso no habría pasado en cualquier caso. —Jess me pasó un brazo por encima y me depositó un beso en la frente—. Solo espero que a todos los presentes les parezca bien que ame a esta mujer. Porque no pienso separarme nunca de ella.

Su madre se limitó a asentir y mi padre le dio una palmadita en el hombro.

—No tenemos nada que objetar. Tal vez seáis la prueba de que hay que cuestionarse las viejas rivalidades. —Y acto seguido, le estrechó la mano a Trish Coldwell, dando la sensación de que eran dos jefes de Estado que se reconciliaban después de años de guerra.

Pero como si eso no fuera suficiente, la madre de Jess miró a mis padres con una expresión que delataba cierta culpabilidad.

—Todo lo que dije sobre Valerie hace cuatro años era mentira. Si hubiera sabido la verdad en aquel entonces, seguramente habría hecho las cosas de otra forma.

No es que fuera una disculpa en toda regla, pero incluso eso me alivió, pues, de lo contrario, habría tenido la sensación de haber acabado en ese mundo paralelo que tantas veces había deseado que existiera. Y entonces no habría sido cierto que por fin fuéramos libres.

Mi hermano apareció de nuevo, con Thaz pisándole los talones, que se había quedado atrapado en algún atasco, y ahora todos querían saber qué había pasado exactamente y nos asediaron a preguntas.

Jess detuvo el interrogatorio con las manos levantadas.

—Entiendo que queráis respuestas, pero ¿pueden esperar a mañana? Estamos agotados, necesitamos con urgencia una ducha, algo de comer y, en mi caso, un buen trago.

Recibió de inmediato un asentimiento comprensivo, aunque sospeché que sería difícil de entender para nuestros padres. Sin embargo, reconocí algo que me pareció extraño en los ojos de mi madre: un cariño verdadero e incondicional. Sentí que había esperanza en que este fuera el comienzo de algo bueno.

—Os llamaré mañana —prometí, y mis padres asintieron, al igual que mi hermano.

Entrelacé mi mano con la de Jess y lo miré. Vi el mismo amor que yo sentía en sus ojos y supe que jamás me sucedería nada mejor en mi vida.

—¿Te parece si nos vamos a casa? —preguntó con una sonrisa.

—Sí —respondí—. Vámonos.

# Epílogo
# Jessiah

*Seis meses después*

—Vale, ¿qué te parece?

Helena abrió los brazos como si estuviera enseñándome un reino secreto en el que nadie hubiera puesto un pie antes. Lo cual era evidente que no era así, ya que los bancos del parque estaban llenos de gente leyendo, hablando e incluso durmiendo. Aun así, sonreí. No solo porque fuera un lugar especialmente bonito, sobre todo para los estándares de Nueva York, sino, además, porque sabía que el Elizabeth Street Garden era el sitio favorito de Helena.

—La verdad es que es muy bonito —respondí con sinceridad.

Mi aversión por Nueva York no había desaparecido, pero sí había disminuido un poco. En parte, por culpa de la maravillosa mujer que no se cansaba de enseñarme los rincones de la ciudad que no eran ruidosos, caóticos o estaban abarrotados.

Me llevó hasta un banco que había junto a la estatua de un galgo. Nos sentamos y miré en derredor, a la gente que se tomaba un descanso del trabajo o de hacer recados. No parecían tan estresados como el resto de neoyorquinos que conocía. Tal vez sí que fuera un reino secreto.

—Me parece increíble que no haya estado nunca. —Me recliné y Helena colocó las piernas sobre mi regazo—. En realidad no está muy lejos de mi casa.

—Eso es porque no tenías el menor interés en conocer Nueva York antes de que apareciera yo —afirmó con gesto divertido.

—¿Quién dice que lo tengo ahora? —Levanté una ceja—. Lo mismo solo hago estas visitas porque tú me lo pides.

Helena me pegó en el brazo.

—Menuda chorrada. La semana pasada, cuando estuvimos en el bar Please don't tell, sonreíste cuando creías que no te estaba mirando.

Me incliné y le di un beso en los labios.

—Vale, me has pillado. Es verdad, hay sitios en esta ciudad que son muy chulos.

Me gustó mucho el bar clandestino que estaba junto al parque Tompkins, sobre todo por la temática del secretismo. De hecho, me había gustado tanto, que estaba pensando en abrir uno del mismo estilo.

—Te lo dije —soltó Helena satisfecha y se acurrucó junto a mí.

Nos quedamos un rato así sentados, con el sol bañándonos la cara, en silencio. Era septiembre pero todavía hacía buen tiempo. Cuando salimos de casa para hacer esta excursión dos horas antes, nos habíamos puesto una chaqueta, pero habíamos acabado paseándola la mayor parte del tiempo.

Pasar los domingos así se había convertido en una especie de ritual en verano. Una o dos veces al mes, cuando estábamos en la ciudad, Helena me enseñaba sus sitios preferidos. Sabía que se había reservado este parque porque significaba mucho para ella. Y, siendo sinceros, no estaba exagerando: este oasis recóndito bien merecía una visita. Aun así, me conformaba con que estuviéramos juntos. Seis meses habían pasado desde los terribles eventos en el hotel Vanity, y todavía no había asimilado que nunca más debíamos tener miedo. Cada mañana, cuando despertaba junto a Helena, sentía una profunda gratitud.

—¿Te he contado que mi sueño es casarme aquí algún día? —me preguntó al cabo de un rato.

—No, la verdad es que no. ¿Es eso posible?

Helena se incorporó y asintió.

—Si alquilas el parque, cierran las puertas y te lo dejan todo para ti. Una vez pasé por aquí y vi que había gente casándose. Era precioso.

En sus ojos noté que no se había planteado la posibilidad de ser ella la que se casara aquí.

—Bueno, ya estamos prometidos —le recordé con una sonrisa y pasé los dedos por su columna hasta llegar al anillo que tenía en la mano. Seguía llevando la reliquia de mi abuela. Poco después del compromiso, me preguntó si lo quería de vuelta, pero le dije que no. Me parecía lo correcto que lo tuviera ella, ya que mi padre me lo había regalado para que se lo diera a la mujer con la que quería compartir mi vida. Y aunque le había pedido matrimonio para hacer que los asesinos de nuestros hermanos salieran de su escondite, Helena seguía siendo esa mujer. Y ahora soltó una carcajada.

—Es cierto. Pero creo que tampoco viene mal que nos esperemos un tiempo. Tardaremos unos años en ponernos de acuerdo con qué apellido quedarnos.

—Ah, para eso ya tengo la solución —dije como si nada. Hacía unas semanas me había dignado a organizar por fin las cosas de Adam, que llevaban cuatro años en el trastero. Entre ellas había encontrado un formulario que mi hermano había rellenado poco antes de su muerte—. ¿Sabías que en Estados Unidos puedes elegir tu propio apellido en determinadas circunstancias?

Helena me miró con curiosidad.

—Ah, ¿sí? No sabía que fuera posible.

—Yo tampoco, pero se ve que Adam sí, porque poco después de comprometerse, pidió un cambio de apellido para Valerie y para él mismo, algo que no fuera ni Weston ni Coldwell.

—¿Y cuál era?

—Adivina.

—¿Westwell? —Helena ensanchó la sonrisa—. Qué guay.

—¿Ves? —Sonreí y le acaricié la mejilla—. Un problema menos.

—¿Eso significa que te casarás conmigo? ¿Ahora?

—Me casaría contigo en cualquier momento, amapola. Pero creo que, por Valerie y Adam y por el bien de nuestras familias, deberíamos esperar un poco más.

—Sí, tienes razón. —Se apoyó en mí de nuevo, satisfecha, y le pasé un brazo por encima. Era verdad que me casaría con ella en cualquier momento, pero tampoco teníamos prisa—. Podemos darnos con un canto en los dientes de que no se estén peleando por algún trato empresarial.

Los Weston y Trish no se habían hecho amigos, en absoluto, pero habíamos conseguido que al menos se respetaran entre ellos y nuestra relación. Al parecer, nuestros padres habían aprendido la lección con lo sucedido a Valerie y a Adam y, aunque cenar en casa de los Weston no era la mayor de mis predilecciones, era mucho más llevadero de lo que habría imaginado. Me llevaba bien con Tobias, pero la madre de Helena seguía tratándome con frialdad y no parecía estar de acuerdo con la decisión de su hija. No importaba. Apenas un año atrás habían amenazado a Helena con mandarla al extranjero si seguía conmigo, así que era todo un avance.

—¿Puedo traerme el escritorio de Valerie del trastero para ponerlo bajo la ventana del ático? —Helena levantó la vista—. Allí hay buena luz y no quiero estar siempre ocupando la mesa del comedor.

—Claro. Después de apoderarte de la mitad de mi vestidor, de mi baño y de mi cama, puedes ir haciéndote con el resto de la casa.

Se rio y se inclinó hacia delante hasta que su boca estuvo junto a mi oído.

—Vaya, de lo de la cama no te has quejado nunca.

Un escalofrío placentero me recorrió la espalda y no pude evitar besarla, probablemente con más pasión de la que deberíamos mostrar en público. Cuando nos dimos cuenta, nos separamos y respiramos hondo.

—Eso lo dejamos para luego —murmuré—. Pero lo del escritorio lo digo en serio. De todas formas, ese espacio está desperdiciado.

Helena asintió. En realidad, prácticamente vivía conmigo y yo estaba más que contento, incluso aunque a veces me metiera con ella por eso. En un primer momento, consideró invertir la herencia de Valerie en un apartamento pequeño, pero descartamos la idea enseguida. Mi casa estaba a unos minutos a pie de la NYU, donde acababa de empezar a estudiar Turismo y, además, seguía teniendo la habitación en casa de Lincoln para cuando queríamos estar a solas. En las últimas semanas, Helena había pasado más tiempo que yo en el apartamento, ya que después de poner a punto el restaurante, yo me había entregado de lleno a mi nuevo proyecto.

Durante mucho tiempo, estuvimos pensando en cómo podía encontrar el equilibrio, en tener un segundo lugar en el que vivir cuando Nueva York me asfixiara. Al final, había sido Eli el que había tenido la idea y yo no pude entender cómo no se me había ocurrido antes: la granja de mi padre en Swan Lake. Estaba a unas dos horas en coche de Manhattan, rodeada de una naturaleza impresionante y apenas había necesitado una mínima reforma para dejar la casa a nuestro gusto. Así, Helena y yo teníamos una especie de refugio y tanto amigos como familiares estaban deseando venir.

Miré la hora.

—Deberíamos ir tirando, ¿no?

Esta noche teníamos un compromiso, como todos los domingos.

—Ay, mierda, sí. —Helena bajó las piernas—. Cuando estoy aquí, se me pasa el tiempo volando. Es la magia de este parque.

Nos pusimos en pie y nos dirigimos a la salida, pero tomé nota mental de que debía volver más a menudo y, quizá, algún día, casarnos aquí.

—¿Quién viene hoy? —preguntó Helena cuando salimos a la calle.

—Todo el mundo, excepto tus padres.

—Entonces ¿crees que ella vendrá? —preguntó Helena.

Sabía a quién se refería: a Trish. Unas semanas antes, habíamos invitado a nuestros padres a comer el domingo en el restaurante: una tradición para la familia y los amigos que inventé justo después de la inauguración, ya que así era la única forma de vernos entre el ajetreo de la ciudad. Quien quería, venía a tomar algo y, a veces, nos quedábamos charlando hasta que alguien se daba cuenta de que había que trabajar el lunes por la mañana.

Los Weston habían acudido una vez, pero hoy estaban en Chicago. Trish no había venido nunca y siempre ponía de excusa a la empresa o se disculpaba a través de Eli. Nuestra relación seguía siendo complicada. A pesar de que mi madre había aceptado mi relación con Helena (a veces me daba la impresión de que se llevaban mejor entre ellas que Trish conmigo), no encontrábamos ningún punto en común por mucho que lo intentáramos. Nunca sería el hijo que ella deseaba.

—No creo —respondí un poco después—. Me temo que nunca se sentirá cómoda en ese tipo de situaciones.

—Es una pena. —Helena suspiró y me pasó un brazo por la cintura—. A veces ella misma es su propia enemiga.

—Bueno, al menos se ha relajado un poco con Eli. Eso es más importante para mí que mi relación con ella.

Trish seguía manteniendo sus esperanzas e ilusiones para mi hermano, pero le presionaba mucho menos que antes. Y desde que le había permitido ir a la psicóloga de Queens y tener su perro, estaba progresando con sus miedos.

No tardamos mucho en llegar al Village y plantarnos delante del Harper's. De inmediato me sentí como en casa. No me arrepentía de haberlo comprado y, cada vez que entraba, recordaba por qué había soñado tanto con este sitio.

El restaurante había quedado tal como lo había imaginado: suelos de madera de color miel, asientos en verde pino, lámparas de un tono cobrizo. Reinaba un ambiente relajado al que podías acudir en vaqueros y camiseta al igual que con camisa y chaqueta. Al pasar, saludé a la gerente del restaurante, Mila, y a dos de los camareros, que servían la comida con diligencia, pero nunca con prisas y siempre con una sonrisa amable en la cara. Queríamos que aquí todos se sintieran como en casa, no solo los comensales, sino también el personal.

En una parte del restaurante había mesitas cerradas, como si fueran alcobas, para las parejas o quienes buscaran intimidad y, al otro lado, se encontraban las mesas largas para grupos y familias. Nos dirigimos hacia una de esas, en la que ya nos esperaban.

Lilly y Thea estaban sentadas a uno de los extremos, pero no se encontraban solas. Mi sobrina le mostraba algo a Lincoln para lo que, aparentemente, hacían falta muchas servilletas y pajitas. A su lado estaban Penny, luego Thaz y Malia, Simon y Demi, Edina y Finlay. Eli se encontraba en el extremo contrario del banco, para así estar cerca de su perro, Buddy, que estaba tumbado sobre una manta, mordisqueando un palito y dejando que su nuevo dueño le acariciara la cabeza. Sonreí de oreja a oreja cuando los vi a todos allí sentados, a nuestros amigos y familiares, aunque tal vez era todo lo mismo. Helena se dio cuenta, pues se apretó contra mí y me miró.

—Es perfecto, ¿verdad? —preguntó.

—Sí, más que eso.

# Helena

Me puse de puntillas y besé a Jess, sin importarme dónde estábamos. Ni un segundo tardaron en llegar los silbidos y vítores de la mesa y nos separamos riendo.

—¡Jess! —Lilly se puso en pie, corrió hacia nosotros y se lanzó a los brazos de su tío.

Él la levantó en el aire y percibí lo feliz que era de poder verse con Lilly siempre que quisiera. Sin miedo, sin preocuparse de que su madre se enterara. Trish parecía haber entendido que solo tendría relación con su nieta si no se arriesgaba a quitarle a Thea su hija.

La había conocido hacía dos semanas en Nueva Jersey y todo había ido bastante bien. Nosotros estábamos presentes, así que pude ver algo en los ojos de Trish Coldwell que me hizo pensar que podría cambiar por esta niña. Menos miedo, menos dureza, más amor. Aunque ya veríamos cómo iba la cosa.

—Llegáis tarde —dijo mi hermano cuando me senté enfrente, pero empleó un tono despreocupado. Desde que hacía unas semanas nos habíamos retrasado a una cita con Penny y Lincoln porque se nos había ido el tiempo en otras cosas, no dejaba de burlarse de mí.

—Estábamos en el Elizabeth Street Garden. —Alcé una ceja.

—Eso lo explica todo —sonrió mi hermano—. Papá te manda recuerdos, he hablado con él por teléfono. Dice que siente mucho perderse la comida, aunque no sé si lo dice por la compañía o por los churros que probó la última vez.

Sentí una ligera punzada de dolor cuando habló solo de nuestro padre y no de nuestra madre. A pesar de que nuestra relación había mejorado, avanzábamos muy poco a poco y todavía tenía la impresión de que ella estaba profundamente decepcionada de que ya no estudiara en Columbia y estuviera con Jess. Quizá llegaría un momento en el que lo aceptara, o quizá no. Yo seguiría así con independencia de su decisión.

Mi hermano levantó la vista cuando la puerta se volvió a abrir y noté que su actitud se volvía algo incómoda antes de sonreír de nuevo. Cuando seguí su mirada, entendí a qué se debía ese cambio de humor: Paige acababa de entrar acompañada de una chica y ambas se acercaron a nuestra mesa.

—¿Qué pasa? ¿Todavía te resulta extraño? —pregunté en tono burlón mientras su exprometida saludaba a los demás.

—No, para nada —dijo negando con la cabeza—. Es solo que siempre me siento algo culpable por haberle pedido matrimonio.

—Bueno —contravine yo, levantándome para saludar a Paige y a su novia—, parece que ya lo ha superado.

Le di un abrazo a mi excuñada, que parecía mucho más relajada que antes, y no solo porque hubiera dejado de llevar trajes y perlas y ahora vistiera un vestido largo y holgado. Tras haber salido del armario, se había convertido en una persona feliz que ya no tenía nada que esconder. Y afortunadamente, en los días buenos, tampoco le importaba lo que su madre tuviera que decir al respecto.

—Me alegro de que estés aquí —le dije, y luego saludé a Ciara, con quien no llevaba saliendo mucho tiempo y a la que solo había visto una vez. Era evidente que para Paige era una persona importante, ya que la había traído aquí, así que se la presenté a los demás y las dejé con Thaz y Malia antes de pasarme por el extremo de la mesa.

—Oye, vosotros dos, ¿cómo estáis?

Me dejé caer sobre la silla que había en el extremo y me agaché para acariciar la cabeza de Buddy. El perro de pelaje negro me miró con sus preciosos ojos oscuros como si esperara que le diera algo de comer. Por muy perro de apoyo emocional que fuera, no dejaba de ser un labrador.

—Estamos de maravilla. —Eli sonrió feliz, como siempre que miraba a su perro. El mismo hecho de que pudiera acudir a estas comidas los domingos habría sido impensable sin Buddy y el trabajo de la nueva psicóloga, y yo estaba más que satisfecha con esos progresos—. Ha aprendido otra cosa nueva, mira. —Eli levantó la mano, como si quisiera dar una palmada—. Buddy, choca esos cinco.

El perro se sentó y levantó una pata para colocarla contra la mano de Eli. Con eso se ganó los efusivos elogios de su dueño y una chuche que ingirió con ansia y a gran velocidad.

—Qué guay —dije sonriendo.

Buddy tenía cierta formación, pero su entrenador no le había enseñado ese tipo de trucos precisamente para que Eli y el perro fortalecieran el vínculo cada vez que aprendían algo nuevo juntos. Y así estaba siendo; jamás había visto tan feliz al hermano de Jess.

La pantalla del móvil de Eli se encendió y vi que había recibido un mensaje.

—De mamá —dijo—. Le he preguntado si iba a venir, pero me ha dicho que no va a poder ser. Algo de una comida con el nuevo alcalde. —Puso los ojos en blanco—. Sé que no es más que una excusa.

—Es posible, pero si no quiere venir, tenemos que aceptarlo. —Me encogí de hombros levemente—. Nadie debería sentirse obligado a comer con nosotros, y si ella cree que no va a estar cómoda, quizá sea lo mejor.

Me resultaba difícil imaginarme a Trish Coldwell sentada a la mesa, rodeada de toda esta gente que estaba aquí reunida. Le lancé una mirada a Jess y, como si supiera que estaba pensando en él, levantó la vista y me sonrió. De inmediato noté la habitual sensación cálida en el estómago, que no había disminuido ni una pizca en estos seis meses.

—¿Hola, Tierra llamando a Helena? —La voz de Eli me trajo de vuelta y torcí el gesto cuando me di cuenta de que me había quedado mirando a Jess embelesada.

—Perdona, ¿qué decías?

—Nada importante. —Sonrió de lado y miró de reojo su móvil, al que acababa de llegar otro mensaje.

—¿Otra vez tu madre? —pregunté.

—No. —¿Eran imaginaciones mías o le estaba dando vergüenza? De forma rápida se metió el móvil en el bolsillo del pantalón y le dio a Buddy otra chuche—. Era otra persona.

Levanté una ceja.

—¿Alguien… especial? —Me abstuve de decir nada sobre novias porque no quería parecer la hermana mayor que se entromete demasiado. Aun así, Eli entendió mi expresión y supo lo que estaba diciendo en realidad.

—Es… No somos… Es complicado.

Soltó un suspiro. Se me escapó una risilla.

—¿Complicado? ¿Cómo de complicado en una escala entre uno y Westwell?

—Bueno, no tan complicado. —Eli fijó la vista en la mesa—. Va a mi instituto y la mayoría de la gente de la clase alta es muy exigente. Todo gira en torno a lo que uno tiene y a lo que quiere ser… No sé si me termina de gustar eso.

—Oye, nada de meterse con las princesas de clase alta —dijo Jess de repente. Se sentó a nuestro lado—. ¿Hay alguna chica? Cuéntamelo.

Eli no parecía querer hacerlo, más bien lo contrario.

—Creo que Buddy necesita salir —eligió como método elegante para huir y, unos segundos después, ya estaba al otro lado de la puerta con el perro.

Jess se echó a reír, pero pronto se tornó serio.

—A veces me recuerda mucho a Adam.

Me acerqué para darle un beso.

—No es un mal modelo.

—No —replicó Jess, que inspiró y espiró—. En absoluto. Voy a traernos algo de beber.

Se puso en pie y yo regresé a mi asiento habitual, ya que no esperaba que Eli quisiera retomar la conversación sobre aquella chica cuando volviera. Desde mi sitio observé al resto de nuestros amigos.

—¿No crees que Thaz y Malia se llevan muy bien? —le susurré a Jess cuando volvió con nuestras bebidas. Aunque había camareros de sobra, nunca se resistía a echar una mano.

—¿Tú crees? —Jess sonrió de lado y miró a mi amiga y a su amigo, que juntaron sus cabezas y rieron como si estuvieran contándose algún secretito obsceno—. Estaría bien. Me encantaría que conociera a alguien que no saliese corriendo en cuanto escucha la palabra «relación».

Sonreí de oreja a oreja y tuve que darle la razón: la tasa de acierto de Balthazar era un despropósito. Además, en los últimos meses le había cogido cariño a ese excéntrico y caótico amigo de Jess.

—Lo mismo me acerco a ver qué se cuece —pensé en voz alta.

—O mejor los dejas en paz y te quedas conmigo —propuso Jess que sonrió y me pasó el brazo por encima de los hombros.

—Sí, mejor.

Me apoyé en él con satisfacción y observé el estante que había sobre nuestra mesa, donde descansaba una foto en blanco y negro de Adam y Valerie justo debajo del letrero que rezaba «Adam & eVe» en cursiva. Jess había marcado en mayúsculas la uve en honor a mi hermana y, cada vez que lo veía, se me saltaban las lágrimas. No solo por los nombres, sino por la foto. No era una de esas fotos vestidos de etiqueta y con una pose ensayada, sino una que había encontrado en el panel de corcho del trastero: Valerie con una trenza y con su sudadera de Columbia y Adam con la suya de Cornell que empezaba a deshilacharse en la zona del cuello. Los dos parecían a punto de soltar una carcajada. Era la foto de una noche feliz y nos recordaba lo preciadas que eran esas noches. Pero sobre todo, nos recordaba que nuestros hermanos siempre estarían con nosotros. Los habíamos perdido, pero nunca los olvidaríamos.

—¿Va todo bien, amapola? —preguntó Jess, acariciándome el brazo. Por supuesto, se había dado cuenta de que estaba en mi mundo.

—Sí —respondí con una sonrisa—. Todo va perfectamente.

Me posó un beso cariñoso en la frente y nos miramos un momento, agradecidos y felices. Habíamos luchado tanto para poder estar juntos que jamás daríamos por sentado lo que había entre nosotros.

—¡A comer! —gritó Thaz con entusiasmo y cortó todas las conversaciones.

Jess sonrió de lado, le acaricié la mejilla y volvimos a prestar atención a los demás. Los camareros nos trajeron varias bandejas con diferentes tipos de desayunos y, como siempre que quedábamos, cada uno iba cogiendo lo que le apetecía. No tardó en haber discusiones, porque Thaz y Lincoln querían el mismo *Dutch baby*, una especie de tortita horneada que estaba deliciosa. No obstante, volvió a reinar la paz en un santiamén y entonces solo se escucharon los «oh» y los «ah» de todo el mundo, porque la comida del Adam & eVe estaba buenísima. Sonreí al ver que Lilly trataba de meterse un trozo enorme de tortilla en la boca y luego me di prisa para no quedarme sin nada.

Era un poco ruidoso, un poco caótico, pero sobre todo, era maravilloso que todos estuviéramos aquí. Y mientras estaba allí sentada, con el amor de mi vida a mi lado, rodeada de amigos y hermanos, me acordé de lo que había pensado hacía un año y medio cuando regresé a Nueva York. Me miré la muñeca, donde tenía una filigrana de tinta negra. Siete palabras escritas en cursiva; me las había tatuado el mes anterior. Siete palabras en mi piel, como si la adornaran, pero que escondían mucho significado.

«El hogar está donde está el corazón».

Y hoy era más cierto que nunca.

# Agradecimientos

Y aquí estamos, al final de un viaje que comenzó en enero de 2020, cuando tuve la idea que dio pie a esta historia. Desde el principio tuve el presentimiento de que Helena y Jess podían ser el inicio de algo especial, tanto para mí como para vosotros. Desde entonces han pasado cosas increíbles, tantas que aún no he sido capaz de asimilarlas. Westwell ha alcanzado todo lo que deseaba y más, y eso se debe no solo a vuestro entusiasmo, sino también al trabajo incansable de unas personas maravillosas:

En primer lugar, quiero dar las gracias a Stephanie Bubley, la mejor editora con la que he tenido el placer de trabajar. No solo me has entendido a mí, sino también a Helena y a Jess, de una forma que nunca me habría imaginado. Además, te mostraste abierta cuando quise hacer un proyecto totalmente distinto al planeado. Muchas gracias por todo.

Por supuesto, gracias al equipo de LYX por acogerme con tanto cariño entre sus filas. Simon Decot y Ruza Kelava, gracias por confiar en mí. Muchas gracias a Andrea Berlauer por ser mi maestra zen en los momentos de más estrés. Gracias a Steffi Ebert, Sabrina Weber, Laura Klingenberg, Sarah Schneider, Annett Brandt, Jeannine Schmelzer y a todos los que tan bien cuidan de mí y de mis libros. Sois geniales.

Dedico un enorme agradecimiento a Melike Karamustafa, porque ahora puedo aceptar a ciegas todos los cambios que sugieres. Eres todo lo que podía pedir y mucho más.

Por supuesto, gracias de todo corazón a mi agente, Gerlinde Moorkamp. Este año has sido un apoyo muy importante en mi vida y siempre consigues que me sienta como una persona talentosa y satisfecha después de cada conversación. También quiero agradecer a Silke Weniger y a Anne Kästner por vuestra ayuda. ¿Quién habría pensado que llegaríamos tan lejos cuando me llevasteis a vuestra agencia con una distopía?

Charlie y Mimi, mis lectores cero con corazón y razón. Gracias, Charlie, por escucharme, por el refuerzo positivo y por aportar tantas nuevas canciones a mis listas de reproducción. Mimi, tienes poderes mágicos, no me cabe duda. Si no, no me explico cómo consigues hacerme feliz con cada mensaje que me mandas.

Simone, te amenacé (¡con cariño!) con dedicarte este libro, y espero que estés de acuerdo. Te estoy muy agradecida por todo lo que haces; para mí eres la personificación del amor a los libros.

A mis compañeros: Merit, gracias por aguantarme incluso cuando me convierto en la reencarnación de Hä-Hasen y por emocionarme tanto con tus libros (que conste que todavía estoy a favor del Proyecto Crucero). Kira, eres una mujer increíblemente lista y divertida que me haces reír con todos tus mensajes; gracias por estar de mi parte desde el principio. Kim, mi hermana de suspense, gracias por pensar lo mismo que yo en tantas ocasiones. Nicole, te agradezco las maravillosas ilustraciones que has hecho para estos libros, nadie podría haber captado mejor la esencia de Helena y Jess. Tanja, Yvy y todos los que aman este trabajo tanto como yo: gracias por dejarme compartirlo con vosotros.

A mi familia: mamá, papá, gracias por escucharme y por pillaros un perro. Kathrin, tu apoyo lo es todo para mí, y más aún, tu entusiasmo. Esta vez quizá puedas leerlo hasta el final.

Le doy las gracias a todos mis amigos, pero especialmente a Paddy. Has sido una fuente de inspiración desde que nos conocimos, pero este año has sido mi modelo. Tu fuerza es admirable.

Y por supuesto, Felix. Este es mi undécimo libro y nunca es fácil ser original a la hora de describir lo que siento por ti (una vergüenza, porque, al fin y al cabo, ese es mi trabajo). En todos mis protagonistas, ya sea Lucien, Lyall, Noel, Jess o Eli, siempre hay un poco de ti, y no solo porque tú eres la persona que siempre me hace sentir a salvo. Gracias por todo.

Queridos lectores, sé que a veces he puesto a prueba vuestra paciencia con esta trilogía y sus momentos de suspense, pero, aun así, habéis sido fieles a Helena, Jess y a mí. ¡Muchísimas gracias! Espero que estéis satisfechos con el desarrollo de esta historia y que os guste que haya un final feliz. Si os apetece, nos volveremos a leer en Coldhart. La historia de Eli estuvo en mi cabeza desde que empecé con Westwell y soy una afortunada por poder escribirla. Pronto seréis bienvenidos de nuevo a Nueva York. ¡Espero volver a veros!

Este libro se terminó de imprimir
en el mes de septiembre de 2024.